BEATLESS 下

長谷敏司

角川文庫
20784

CONTENTS

Phase9「Answer for Survive」 5

Phase10「Plus One」 82

Phase11「Protocol Love」 183

Phase12「Beatless」(1) 279

Phase13「Beatless」(2) 372

Last Phase「Image and Life」 485

epilogue「boy meets girl」 588

あとがき 598

Phase9「Answer for Survive」

村主《すぐり》ケンゴは、夜に自分の部屋の天井を見上げることが多くなった。後悔していたわけではない。大したものではない自分が、そうなるべくして落ち着いた場所だと知っていたからだ。

彼の日常は、もうすぐ終わる。それでもただ座って、時間を浪費している。薄闇で、家族の生活の活気を音に聞くと、どうしようもない感情が去来する。いっそ助けを求めようという衝動に襲われることもあった。それでも暗い天井を眺めている。

きっと自分が抱えているのは無用なこだわりなのだ。だが、誰もがそれを捨てて、信じて手を伸ばせるなら、世界はこんなふうにはなっていない。

夕暮れにいて、夕陽の美しさしか見ない人間と、始まりゆく夜に怯える人間とに分かれるなら、彼は後者だ。彼は世界の悲観的な側にいて、だからここにたどり着いた。だが、世界の半分以上はきっと彼と同じなのだ。

＊

結局のところ、いろんなことがかたちを変えても、アラトが高校生であることに変わりはない。だから、学校に行くし、教室にはケンゴがいる。最近は休みがちだが、メトーデのオーナーとなった海内遼《かいだいリョウ》もいる。

道は分かれても、彼らは勉強やクラブ活動をする。まだ共有するものがあることが、救いのように思えた。

「遠藤君、おはよう」

アラトが教室に入ると、近くの席の女の子が挨拶《あいさつ》してくれた。リョウと微妙な関係になってから、クラスでアラトとケンゴは友だちが増えたのだ。それはリョウの存在感が大きかったということであり、きっと何十年後も変わらない学生の人間関係の残酷さでもある。

彼にもそのくらいの慣れはあって、まだ日常は続くと思っていた。だから、一時間目の前のホームルームで思いがけない顔を見たとき、呆然《ぼうぜん》とした。

この間、パーティで会ったばかりの、褐色の肌にプラチナブロンドの少女が入ってきたからだ。彼女は高校の制服を着ていた。

女王のように、彼女は堂々と胸を張って高校生たちに声をかける。

「エリカ・バロウズです。よろしく」

それが、メディアで幾度も紹介された有名人だと知れたとき、教室がどよめきで揺れた。

日常が変わらないとは、退屈で刺激に飢えていたということでもある。だから、学校中の目はあっという間に彼女に引き寄せられた。

学生が管理する自主運営ローカルネットには、大量にエリカの動画が投稿された。休み時間ともなると、クラスだけでなく、学校中の生徒が入れ替わりやって来てはエリカに群がっていた。それでも飽きたらず、廊下まで見物の生徒であふれた。

「もうそろそろ、外部ネットに動画あげられちゃうんじゃないですか」

ケンゴが、さすがに学校の熱狂ぶりに引いていた。

「ここまで有名人だったんだな。エリカさんって」

「ニュースくらい見てくださいよ。去年むちゃくちゃよく出てましたよ。二十一世紀初めころに眠った、最初期の冷凍睡眠者が生還したって」

「冷凍睡眠した普通の人なんだろ。そこまでニュースだったの？」

エリカが転校生として現れてから、みんな祭りでも始まったように浮ついていた。ケンゴが、椅子に座ったまま、人だかりへ目をやった。

「ロマンチックだからでしょう。一世紀近く前の人間なんて、別世界から来たようなもんですしね。それも、バロウズっていったら、会社をいくつも持ってた大金持ちだったそうですし」

「そうなんだ。でも、リョウの家だって相当だよね」

そしてケンゴが、声を潜めた。

「個人資産はそれ以上って言われてますね。それに、バロウズ家って、〝ハザード〟で彼女以外はみんな、あの、アレなんですよ。残ったのは資産と、相続人の彼女だけって」

ケンゴが濁した言葉を想像して、アラトは思わず「ああ」と呻《うめ》く。エリカ以外は誰も生き残ってはいないのだ。

アラトのまぶたに、パーティで招待されたバロウズ邸がよみがえる。エリカが冷凍睡眠についた二十一世紀初期のまま、門構えや調度は時を止めていた。

「なんで笑顔で人が集まってんだ。厳しい話じゃんか」

「ニュースの出し方がうまかったんですよ。現代の眠り姫って」

ケンゴが人垣へ視線をやった。つられて目をやったそのとき、思いもかけず、彼女と目が合ってしまった。

「あら、あなたと同じクラスなんてうれしい」

エリカが優雅に立ち上がる。病み上がりの細い体は、制服に身を包むと、いっそう華奢《きゃしゃ》な印象になった。

彼女が近づいてくる。

普通の高校生であるアラトに、一気に視線が集まった。その圧力に、金縛りになる。注目に、得意になったり当惑したりするより前に、ただ空恐ろしくなった。

エリカは、人目を引き付けるだけ引き付けて、アラトに品よくあいさつをして通り過ぎた。

巨大な怪物が、今まさに彼の側を行き過ぎたようだった。エリカのことではなく、彼女が引き連れた凄まじい人の目の重みだ。もしレイシアたちの戦いがオープンになればと想像して、息が詰まった。

レイシア級hIEのことが教室のみんなにバレれば、今、リョウが避けられているより酷い状況になるのは間違いない。凄まじい目の数と生の感情に、容赦なく晒される。だが、アラトにも、レイシアの華やかなモデルの仕事を見学してきたから、すこしはわかる。人の目は、怪物であると同時に、社会という巨大なものに繋がる生の〝現実〟でもあるのだ。

アラトは、教室を出ようとした彼女の背中に、思わず声をかけていた。

「あれは、どこにいるんだ」

エリカはきっと自身の戦いのためにここへ来た。だから、《マリアージュ》も側にいる。

彼女が振り返る。

「hIEなら待機所よ。学校で使わせたら勉強にならないし、仕方ないんじゃないの」

彼の居場所のつもりだった教室が、パーティの夜に直結したようで、全身に鳥肌が立った。近くにいたはずのリョウの姿を探す。

姿を消していた。

エリカが、困ったように首をかしげる。背景を知ると、彼女はいっそう浮世離れして見えた。

「残念。彼とも、もっとよく話をしたかったのだけれど」

その日からというもの、高校はちょっとしたアンティークブームになった。エリカが学校に持ってくるカバンや小物まで、指定の紙状端末以外はほぼ二十一世紀のスタイルでまとめていたせいだ。

エリカは高校生活を堪能《たんのう》しているようだった。

律儀に朝からきちんと登校してきて、授業は全部受けている。しかも昼休みにはクラスメイトと昼食までとっていた。

アラトは、買ってきたパンをケンゴと机をくっつけて食べていた。定食店の息子のケンゴは、いつも弁当が立派だ。

「勘違いしてるようですけど、弁当、作ってるのぼくですよ」

「え？」

ハンバーグを焼いているのも、ポテトサラダを作っているのも、リンゴをウサギに切っているのも、目の前にいるケンゴらしかった。

「将来、店を継ぐかもしれないし、妹のぶんといっしょに作ったら手間も省けるでしょう。遠藤だって、あのhIEに作らせたらいいじゃないですか」

アラトは、告白以来、微妙にレイシアとの関係にナイーブだ。

「なんか外に出したくないっていうか。誰に作ってもらったか聞かれて言い訳したくないし」

「うわ、キモいですよ。なに真剣になってんですか」

　顔が真っ赤になった。

「真剣だよ。怖くて仕方ないんだっての」

「嘘でしょう？　遠藤って、無意味に前のめりなのが取り柄じゃないですか」

　アラトは頭を抱えたくなった。最近、レイシアのことを考えると冷静でいられない。彼女との〝未来〟を考えると、怖くて仕方ないのだ。

「なんか遠藤、あのhIEと会ってから変わりましたね」

「成長したってことかな。そうだといいんだけど」

　ふとレイシアを思い出して、口元がほころんでいた。ケンゴが、付き合っていられないとばかりにため息をつく。

　そんな彼らの机の側に、クラスの女の子がやってきた。彼女の向こうで、席に着いたままのエリカが手を振っていた。華奢な女王におつかいを命じられて、クラスメイトが興奮していた。

「あの、みんな、エリカさんが呼んでる」

　エリカは、よろこんで使い走りをしてくれる崇拝者を何人も作ったのだ。

「ごいっしょしてよろしい？」

　笑顔で、彼女が手招きしていた。

「学校っていいものね。こういうのをやってみたかったって言ったら、意外かしら」

エリカのまわりに女子たちが机を寄せ合って、大きな島ができていた。エリカの弁当は豪華で、会社オーナーらしい気づかいで、全員でつまめるフルーツと紙皿が別に用意されていた。

クラスの女子たちも、エリカが口を開くときは自然に口を閉じる。

「眠る前は入院生活で、学校行けなかったのよね。ずっと前に失って、手に入らないと思っていたものを、こんなふうに拾い上げるのだから、面白いこと」

眠り姫を退屈させないために、七人も集まっていたクラスの女子が口々におしゃべりを始める。

「さっきも言ってたけど、《ミコト》の動画、ネットですごい増えたよね。この間のテロで壊されちゃってから、なんかギャグっぽいのとか、歌ってるのとか。最近まであんなあったっけ？」

ポニーテールの女子が、カットされたメロンにフォークを刺し、隣の女子に話題を振った。

ケンゴの箸《はし》が止まった。まさにその《抗体ネットワーク》のテロに、友だちは参加していたのだ。

その子が、ふと、こちらを見た。そして、フォークを置いてやってきた。ケンゴの様子には気づかず、アラトに声をかけてくる。

「遠藤君知ってる？　遠藤君のお父さんなんでしょ、あれ作ってるの？」

知らないと答えるより早く、ショートボブの女子が話を継いだ。

「壊された後の画像もネットにアップされてたよね。あれ、グロくなかった？」

「グロかった。でも、再生数すごかった。見たとき、もう一千万回超えてたし。誰見てんだろうね」

「あんたも見てんじゃん」

そのまま、女の子は興味が移ったのか、席に戻った。女の子たちの話は止まらない。

「でも、あれで有名になるんだから、すごくない？　壊された画像で《ミコト》なんて初めて知ったし」

そして、企業オーナーであるエリカが、興味深げに相づちを打つ。

「ショッキングな映像で知名度が上がったから、《ミコト》にキャラクター性が付与されたのね。広く認知されるのは、本人以外にとっては新しい生命を得るのと同じよ。〝かたち〟と結びつけるように、みんなから〝意味〟をもらえるのだもの」

会話の輪に組み込まれたものの、何も言えないアラトと、彼女の目が合った。

エリカが、自分のマグカップを指でつつく。ハローキティの描かれた、これもたぶん二十一世紀のアンティークカップだ。

「たとえば、子どもが、キティちゃんのカップが欲しくてたまらないと思いなさい。これを欲しいユーザーにとって、カップはただのカップじゃない。ハローキティという〝かたち〟がプリントされていることで、カップは特別な〝意味〟を持ったモノになる。

ただのカップが愛されるってステキよね」

リボンをつけた白い子猫は、百年以上もいろんな衣装に挑戦した。かわいらしいキャラクターが、本当にカップを特別な何かにしているような気分になる。

エリカが挑発するように目を細める。まるでアラトとレイシアの関係が、子どもとハローキティのマグカップだと言われているようだ。

「僕は、愛情がどこから出て来たものでも、大事だと思うけどな」

「大事だけど、愛情が簡単に誘導される気持ちね。ネズミも、アヒルも、ハリネズミも、ビーグル犬も、昔から、どれほどのキャラクターが愛されるために二本足で立って〝人間に似たかたち〟をしているか、ご存じ？」

エリカが、彼らの反応が悪いことが不満なのか、頬づえをつく。

「愛情は、大事だけど、どこかで計量可能なただの力よ。このたとえ話に沿って言うと、《ミコト》は、〝悲劇の女性〟ってキャラクター性を付けられて愛されてる。こうやって人目を集めて、モノだからそれを受けきれて活用できる。けれど、ただの力だから、人間が背負うと、〝意味〟に一人歩きされてこころを折られかねない」

返事を期待されている気がして、アラトが代表して返した。

「現実にも、そういう目にあったりする人、多いの？」

エリカが笑う。ハローキティのマグカップを手にとって、一口ホットミルクを飲んでいた。

「わたし、気がついたら、眠り姫ってことにされてたんだけど」

レイシアは、hIEモデルとしての仕事を今も続けている。彼女はこの期に及んでも、リスクがあるはずのスタジオやロケ先通いに積極的だ。アラトにも、彼女が戦いよりもこちらを重視しているようにすら思えた。

今日の仕事は、そろそろ慣れたスタジオでの撮影だ。人間のモデルとの競演だから、いつもよりスタッフが多かった。レイシアの知名度が上がったことで、人間のモデルを使う大手広告媒体にまで、仕事が広がったのだ。

「あんた、なんで冴《さ》えない顔してんの？　大出世じゃない」

挨拶しようとしたら、逆に声をかけられた。背が高く髪の長い、注意深く磨き上げたようにきれいな女性だ。以前、メトーデに襲われた撮影のときシャンデリアに潰されかけた綾部《あやべ》オリザだった。

今日は、人間の男性モデルとの合同撮影なのだ。オリザは、男性モデルの友人役としての出演らしかった。

生活音のなさそうな室内空間で、レイシアはスタイルのいい男性モデルと生活を演じている。もちろん家具調度から小物類まで、すべて商品と関連づけられた広告用だ。

男性モデルは長身で筋肉質で、アラトよりずっと格好いい。それでも、レイシアの側にいるとやはり見劣りした。

「あら意外。もうちょっと嫉妬《しっと》くらいすると思ったのに」

遠巻きにスタジオ撮影を眺めながら、オリザが腕を組んでいる。

アラトに向けてくれる表情より、レイシアがすこし大きく作っているように思えた。

「いつもはもっと自然な感じなんだよ」

「なんか、ヤな感じの余裕」

いかにも嫌そうにオリザが肩をすくめた。hIEとの恋愛関係は、特に女性からはよく見られない。

そしてスタジオが、緊張に包まれる。カメラアシスタントが、通信を受けて慌ててドアを開けに行った。

「ユリーさん入ります!」

深緑の髪をショートカットにした中性的な細身の女性が、薄暗い現場に入ってきた。ファビオンMG《メディアグループ》のトップhIEモデル、ユリーだ。

大きな声で、現場のみんなが挨拶をする。〝モノ〟であるユリーを、そこまで丁寧に迎える必要は本来ない。ただ、今日のユリーは、圧倒的なカリスマ性を感じさせる何者かだった。

撮影監督が、わざわざ立ち上がって妖精のようなユリーに声をかけにゆく。

「うわ、カンベンしてよ」

綾部オリザが、気持ち悪そうに眉《まゆ》をひそめた。

　アラトは、道具として使われるユリーの姿を見たから、反応の仕方を迷った。ただ、エリカのたとえ話を思い出した。

「ハローキティのマグカップか」

　hIEモデルの仕事も、突き詰めれば〝かたち〟に〝意味〟を付けることだ。ユリーは、見る者に特別な〝意味〟を与えられるから、丁重に扱われる。レイシアが今している仕事もそうだ。

　アラトはふと隣でふて腐れている彼女に尋ねてみたくなった。

「もしも、自分が着ているって理由で、服がもっと価値あるものに見えたら、綾部さんはうれしい？」

「それができなきゃ、モデルの存在意義ないし。あんたのレイシアみたいな、動くマネキンがある今じゃ、なおさらっしょ」

「モデルの意義？」

「ユーザーから、ああなりたいって物語《ストーリー》感じてもらえなきゃ、人間がモデルやる価値なんて、もうないのよね。ほんと、〝ボーイ・ミーツ・ガール〟だとか、ライフスタイルまで踏み込まれんの、ウザイっての」

　レイシアの売り出しコンセプトを、オリザが知っていた。そして彼女が、思い出したように嫌な笑顔を作る。

「アラトくん、あのときあたしを助けてくれたリョウ君って子、紹介して」

「そういうの、やっていいのかな。いや、あいつ、なんだかんだ言ってもよろこびそうだな」

「恋愛は、hIE《マネキン》には絶対できないじゃん」

オリザの目が輝いていた。

「リョウも似たようなことを言ってたよ。綾部さんと気が合うかも。紹介ってほどじゃないけど、連絡先渡すくらいなら」

アラトは、セットの中で、読者の反感を買わない距離でレイシアと男性モデルが生活を演じるのを見る。

「ごめん。やっぱり恋愛とか意識したら、あれ、イラっとくる」

演じられた〝かたち〟に〝意味〟が結びついたようで、胸の奥がちくちくした。けれどアラト以外の、この動画を見た人々は、hIEとの距離の近い関係にきっと夢のような〝意味〟を見出《みいだ》す。

hIEモデルとしてレイシアが着るものは、ファンにはとってただの服ではない。レイシアが〝意味〟をズラしたことで、服という〝かたちあるモノ〟が高価でも欲しくなる。〝かたちと意味のズレ〟が受け手の心理に穴を開け、そこに《モノを買う理由》が流し込まれたのだ。アナログハックが、〝かたち〟の価値を上げるために行われている。エリカのたとえ話は、裏返せば、ハローキティつきのカップを売りたいなら、何をしてでも子どもの中でそれをただのカップでなくせということだ。

「ファビオンは、わりと怖いことをしてたんだな」

アラトが思わずつぶやいた。オリザが、バカに向ける目をしていた。

「アナログハックとか？　ああいうの、hIEがやってるんじゃなきゃ、昔からよくあるじゃない。キャラグッズとか」

「あのカップの話、近いものは前からあるって言ってたっけ。この間のパーティのときの、人間の世界とキャラクターの話が、そう繋がってるのか。それで、説得力あったんだ」

レイシアは、破壊された《ミコト》がそうだったように、老若男女にまんべんなく人気がある。そういうキャラクターを崩さないよう、ファビオンMGは壊れ物のようにモデルを扱っていた。今も、撮影現場では、男性モデルがレイシアに近付きすぎると、監督から距離を離されていた。たぶんそれは、マグカップにプリントするハローキティのキャラクター性を守るため、かつての版権会社が払った注意に似ている。

ファビオンは、キティちゃんなら新しいアイコン《〝かたち〟》を求めている。マグカップでも家具でも服でも、それをつければお客さんにhIEとの愛情ある生活《〝ボーイ・ミーツ・ガール〟》という意味をイメージさせる、象徴となるキャラクターをだ。

「イヤだな。僕にとっては、レイシアはレイシアなんだ。本人は、ただの〝かたち〟でこころなんてないって言うかもしれないけど、僕にはそうなんだ」

アラトは目を離せない。彼だけの〝意味〟とレイシアとの関係に、彼はもう執着している。

「ふーん、やっぱり、あのhIEにだいぶやられちゃってるね」

「からかわないんだ」

オリザが、すこし開けっぴろげな、たぶんこころからの笑みを見せてくれた。

「恋する男の子って目、されると、茶化しちゃいけない気分になるよね。女の子だしさ」

アラトは、理解されたことがうれしくて、思わず顔がほころぶ。こころなしか、さっきよりもオリザが魅力的に見えた。

「ありがとう」

「アラト君、チョロいね」

出会う人間全員に言われているようで、恥ずかしくてはにかむ。彼女も、つられたように、自然に相好を崩す。

そんな彼らに、背後から声がかけられた。

「モデルさん。そろそろ出番よ」

オリザが慌ててセットの方へ駆けてゆく。彼女の足取りが軽い。

アラトは、出番を告げた声に聞き覚えがある気がして、振り返る。

エリカがそこにいた。

驚いた彼に、黙れとばかりに唇に人差し指を当てて見せる。

「《人類未到産物《レッドボックス》》の環境迷彩よ。二メートルより遠い人間からは、注意を向けられないらしいわ」

ファビオンMGのオーナーである少女を、誰も認識していなかった。アラトはひそひそと彼女に内緒話をする。

「《人類未到産物》って、そんなもの気楽に使っていいのか」

「いつか人間にも作れるようになるものを、先取りするくらいでケチケチ言わない」

そして彼女が、指で控えていた誰かを差し招く。《マリアージュ》が、エリカの側にいたのだ。亜麻色の髪のボブカットのメイドが、提げていたトランクケースを彼に手渡してきた。

「これをレイシアに。取引の品です」

レイシアは、エリカの持ち物であるユリーと、セットで撮影を続けている。エリカが、背後を振り返ってマリアージュに声をかけた。

「あなたは、ああいう見栄え、ないわよね」

「わたくしの機能は、そういうものではありませんから」

マリアージュが目を伏せる。あのメトーデをして、レイシア級の最高を争うと言わしめた《人類未到産物》は、エリカに逆らわない。

エリカはその様子をつまらなさそうに一瞥《いちべつ》する。そして、自分のhIEがいないかのように、アラトだけに目を向けた。

「あなた、どうせ今の社会とは衝突するのだから、協力しない？」

「どうせって、いろんなものをムチャクチャにしようとしてるのは、エリカさんだろ」

「鈍いのね。レイシアが、hIEモデルとして社会に出てるのでしょう」

黒いドレス姿のエリカが、手に持っていた扇子をぱちりと閉じる。

《Black Monolith》に搭載された人工知性なのかしら。〝彼女〟は、人間の目にさらされることを望んでいる」

「そんなこと、どうしてわかるんだ」

「決まっているわ。妹さんが勝手に応募したにしても、レイシアが望まないなら、応募結果をいじることなんて容易《たやす》かったでしょう」

アラトにも彼女の言う通りに思えた。

「もうレイシアは有名になりすぎてるの。隠し通すことなんてできない。あなたとレイシアは、かならず表に出ることになるわ。そのときファビオンMGが、全力で後押しするなら、悪い条件だけではないでしょう」

エリカはハローキティのカップをつついていたときのように、楽しそうだ。

アラトは、その場で断れなかった。それはそれでうまく収まるように思えてしまったのだ。レイシアに告白を受けてもらえたり、有名人と仲良くなったりしたせいか、考えても都合のよい妄想ばかり浮かんできた。

それからは頭が煮えたようにぼうっとしていた。撮影が終わるころには、エリカは去っていた。《人類未到産物》で、彼の注意力を制御されたか、煙がいつの間にか消えているように見事な去り際だった。

レイシアが汗ひとつかかずに戻ってきた。さっきまでの仕事自体がなかったかのように、彼女はアラトに反応して、彼の知るレイシアに戻る。

「エリカさんが来たよ。協力したいって言ってくれた」

レイシアの笑顔が曇る。

「感知していました。アラトさんはどう考えていますか」

「いっしょにやりたいって言ってくれる気持ちは、ちょっとうれしいかな」

すこし誇らしくて、気分がよかった。エリカが〝未来〟を、彼とともに見たいと打診してくれているように思えたからだ。

だが、彼女の薄青の真摯《しんし》な瞳《ひとみ》が、彼に冷や水を浴びせる。

「アラトさん、理解していますか。エリカは大きなメディアと発言力を握った、この道の専門家なのですよ。彼女と組む場合、社会がアラトさんとわたしに持つイメージを、彼女が自由に誘導することになります」

「悪いところもあれば、いいところもあるんじゃないか」

アラトはさっきまでの浮つきが急速にしぼむのを感じていた。レイシアが、哀しそうにしたからだ。

スタジオの中で話す内容ではなくなっている気がして、大道具がまとめられた隅っこへと移動する。それで正解だったのか、彼女がアラトの袖《そで》をぎゅっと掴んだ。彼女が、不安そうに目を伏せる。

「アナログハックを、おそらくエリカは、前世紀にもあった概念に類似したものと認識しています。……それは一つの真理なので、この戦いは、もうすぐ大きな節目を迎えます。アラトさんは近いうちに知ることになるでしょう」

レイシアには未来が見えているかのようだった。

「何か起こるなら、前もって動いておいて止めたほうがよくないか。僕にできることだって、あるだろ」

「それを行うには、現在の生活すべてを捨てねばなりません。アラトさんが大事なので、情報開示は拒否します」

彼女が静かに告げる。そして、香水の匂いがする体をそっと寄り添わせてきた。

「エリカのことばを、聞こえる通りにとらないでください。ファビオンMGとエリカの発言力を、社会生命を賭けた戦闘に使えるのですから。エリカに取り合わない海内遼と《メトーデ》の選択がもっとも理にかなっています」

踏めば即死の落とし穴があると、彼女は警告している。

「そこまで警戒しなくてもいいんじゃないか」

「情報をオープンにしようと言うエリカ自身は、《マリアージュ》の存在を隠し続けていませんか」

アラトもレイシアとの付き合いが長くなりつつある。だから、彼女の呼吸を、いくらかは感じられた。

「レイシアは、僕をチョロいって言わないかわりに、間違うとへし折りにかかるんだな。僕をどうさせたいんだよ」

彼女の薄青の瞳が、存在しないこころからの願いを伝えるように、まっすぐアラトを見上げる。

「デザインしてください。わたしとあなたがともに歩む〝未来〟を。エリカの描いた絵図面ではなく、オーナーであるアラトさん自身の思うままに」

それは、目前の事件に振り回される彼が考えてこなかった、一段大きな戦いだ。

レイシアの視線は自信に満ちていた。

「わたしには、その未来を引き寄せる力があります」

＊

村主ケンゴには未来を変える能力などない。だから、そのメールを受け取ったとき、処刑宣告に見えた。

学校から帰ると、自宅のマシンにメールが届いていた。《抗体ネットワーク《NSR》》からの指令だ。件名が空欄のそのメールには、要件のみが記されていた。次世代型社会研究センター本部への襲撃計画だった。NSRCは、遠藤コウゾウが勤める第三セクターで、松戸に本部を持つ。ここにある《ミコト》の大本であるサーバマシン自体を完全に破壊するらしかった。これは、環境実験都市の事件でAI管理社会への危惧《きぐ》が高まっている時流に乗った攻撃だ。そして、《ミコト》が、大井産業振興センター以後、逆に知名度を上げているからこその示威行為でもある。

指令自体が久しぶりだった。彼は公安警察からマークされている。下手に動けば逮捕される、未来のないどん詰まりの身なのだ。

それでも、ケンゴは端末を置いたデスクに肘《ひじ》をついて、ため息をついた。

「〝未来〟なんてクソ食らえだって、もっと現実とか人間とかちゃんと見ろって、思ってたはずなんですけどね」

顔の肌に滲《にじ》んでいた脂汗を、手でぬぐう。

「今度は、もう逃げようがないね。アンタはおしまい」

計器が致命的なデータを表示するような、感情のない声がした。頭を上げると、いつの間にか紅霞《こうか》が、窓枠に腰掛けていた。彼自身がどん詰まりにいるせいで、自室に入り込まれても気にもならなかった。

紅霞が呆《あき》れたように問いかけてきた。

「そんな調子になるくらいなら、アンタ、どうして中途半端に手なんか貸したのさ」

人類には設計できないものであっても、これは人形でしかない。それでも、最悪のときに、人型のものがそばにあることで救われていた。

ケンゴは背もたれに体重を預ける。彼にとってこの築六十年の家は、〝未来〟のどん詰まりだった。リョウの家のような金持ちならともかく、下町の定食店では、hIEの技術発展は仕事を失う危機だ。ケンゴは、暮らし向きの悪い家から、息のつける広い世界に出たくて、家の仕事のアルバイト代でこの端末を手に入れたのだ。

「《抗体ネットワーク》に入ったの、いらいらしてネットに入り浸ってたのがきっかけなんですよ。《抗体》のオペレーターの、ボランティア募集広告って、本物も偽物もわりとネットにあるんです。不公平が多すぎる気がして、できること探してこれって、どうしようもないですよね」

彼は、《抗体》で、社会の変化についてゆけない人間がたくさんいることにほっとした。それでも彼らのしているのは犯罪で、だから報いがいつか来るとわかっていた。

「信じないかもしれませんけど、最近までは《抗体ネットワーク》に、熱心に協力してたんですよ。ホントになんであんなことしたんでしょうね。役目だけ果たしてたら、中枢に目をつけられることもなかったでしょうに」

hIEを壊すボランティアをしていたのだから、それを続ければよかったのだ。《抗体ネットワーク》と怒りは共有していた。だから、システムで友だちを助けたりしなければ、手に負えないものを背負い込むこともなかった。

ケンゴの目が熱くなって、涙声になっていた。後悔が本当にないと言えば嘘になる。

「みんな変わっていくんですよ。遠藤も、海内さんも、どうしようもないくらい前に進んじゃって。僕みたいな、普通だし貧乏だし、特別だったりするわけではないやつが、どうこうできるはずがなかったんですよ」

けれどケンゴには柄ではなかったのだ。理不尽と無念が押し寄せて、胸が詰まった。八つ当たりだとわかっていた。

夕陽が窓から入ってくる。

「僕はそうじゃない。僕の世界はこの定食店の二階で、ここで諦《あきら》めて《抗体ネットワーク》に参加して、人様のｈＩＥを壊すくらいがせいぜいだったんですよ」

それも八つ当たりだ。実家の定食店が流行《はや》らなくなっても、父が料理人の誇りを傷つけられていても、彼がしたのは犯罪の手伝いだ。

「もっと早く、手段を選ばずに足抜けするなり、土下座して助けてもらうなりすればよかったろうに」

紅霞の指摘通りだ。《抗体ネットワーク》はボランティアなのだから、逃げればいいことだった。助けてくれとアラトに必死で手を伸ばしていたら、あのレイシアなら簡単に解決できたかもしれない。けれど、意地と甘い見通しが邪魔をした。今となってはもう遅すぎる。《抗体ネットワーク》は、彼が逃げきれないと知って、戦って散る道としてこの指令をよこした。この会話はきっと公安警察に盗聴されている。

「後悔してるってだけじゃないんですよ。ただ、世界に変わって欲しくないからｈＩＥ

を壊してたのに、変わってくあいつらから僕だけ取り残されるのがイヤだったんだから、矛盾ですよね」

きっと遠藤アラトに手を貸せば、特別になれると思った。友だちの尻馬《しりうま》に乗って、何者かになりたかった。大井産業振興センターでは命がけで助けてもらっておいて、ずっと自分のことばかり考えていたのだ。

「ああ、悔しいな」

涙が滲んで、ケンゴは古い板の天井を見上げる。村主ケンゴは何者でもない。人生を通じて、何者にもなれない。

「高校生の僕が、一生かけて努力したって、どこにも行けやしない。なんでこんな時代に生まれてきたんだろう」

あのエリカ・バロウズが冷凍睡眠する前の時代なら、彼のような凡人でも諦めずに済んでいたのだろうか。

彼の泣き言をじっと聞いていた紅霞が、閉じていた目を開いた。

「そのケンカ、勝たせてあげる」

何を言っているのかわからなかった。

「わけわかんないですよ」

「アンタは、私に戦場を譲る。私は、《人間との競争に勝つための道具》として本分を果たす。この間の貸しの払いはこいつでいっか。アンタの望み通り、変わってゆく世界の足を止めて、しみったれた戦いを〝未来〟にのっけてやる」

「なんでそんなことしてくれるんですか」

それでも、うれしかった。悔しいという感情にこころのない〝モノ〟が同調してくれたかのようだったからだ。

紅霞が、その名と同じ真っ赤な夕焼けの雲を背負って微笑む。

「勝っても報酬もない出口のない戦争だから、戦ってみたいのさ。戦略なんてクソ食らえだ。ただ純粋に無意味に野蛮でいられる戦いを、兵器だから、一度くらいはやっておきたいのさ」

いつもの感情が見えない満面の笑みではない、複雑な表情をしていた。

「アンタの戦争が、欲しくなったのよ」

彼を救ってくれるという〝意味〟のせいで、〝かたち〟までこれまでより人間らしく見えた。

「それで、あなたは何の得があるんです」

「戦略のための戦いじゃないのがイイって言ったろう。貧者の戦いってのはそういうことなんだろう。私の取り分が少ないっていうなら、そうね」

紅霞は兵器としては超高級品だ。政情不安の地域に安価でバラ撒《ま》かれる、貧者の武器などではない。それは紅霞自身もわかっているはずだ。

それでも〝彼女〟の背後に、一生に一度しか出会えないだろうほど、鮮やかに夕陽が滲む。

「私のこと、覚えてくれてたらそれでいい」

＊

海内遼は、打ち合わせのためにとった会議室に入る前、一度だけ窓の夕暮れを振り返った。

紅霞のことを、ふと思い出した。

そして、リョウはドアを開ける。彼は紅霞に思い入れがあるわけではない。それはケンゴと、アラトの問題だ。

ミームフレーム社が契約するＰＭＣ《民間軍事会社》、ＨＯＯ《ハンズ・オブ・オペレーション》の事務所は、赤羽にある。厳重なセキュリティで守られたビルの会議室に、取引の相手は到着していた。一人は左目を眼帯で覆った四十代の女性だ。プラチナブロンドの彼女はスーツ姿で、脱いだベレー帽を右手に持っていた。もう一人はたくましい肉体を下士官用の軍服に窮屈そうに押し込んだ大柄な黒人男性だ。二人は起立して待っていた。ＰＭＣの文化は、リョウにとって未知の世界だった。

椅子の後ろで立ったままの彼女たちを、リョウはどう扱って良いか一瞬迷った。そして、彼女たちの流儀に合わせる能力は自分にないと割り切った。

「着席してください」

ＨＯＯの二人がようやく席に着く。筋の通った規律を感じさせる動作だった。積み重ねた訓練に裏打ちされたこれが軍人の匂いなのだと思った。

「今回のミーティングを見学に来た、海内遼君だ。まだうちの社員ではない」

気弱な声が、唯一席についていた中年男性から上がる。ミームフレーム側の名目上の代表者は、リョウに渡来銀河を紹介したシノハラ研究員だ。ただ、ＰＭＣ側も裏幕についての情報収集は当然済んでいる様子だった。

髪をアップスタイルにまとめた女性士官が、リョウを視線で射貫いた。

「ＨＯＯのコリデンヌ・ルメールだ」

ルメール少佐の挨拶は短いのに、暴力の気配がした。

リョウは終わらない厄介ごとの泥沼に突っ込んだような、妄想の発作を意志で抑える。メトーデにいつ親類縁者を皆殺しにされるかわからない彼は、こういう緊張感に慣れていた。

シノハラ研究員の方は過敏に反応して、息を詰まらせていた。契約上は必要ないミーティングのため、ＨＯＯ側の強い希望で赤羽まで呼びつけられているせいだ。シノハラの声が震える。

「契約通り、レイシア級 Type-001《紅霞》の破壊をお任せしたいのですよ。そうしていただきたい。《紅霞》の機体耐久度と性能を検証して、回収は不透明でも破壊は可能だと、そちらの戦術管理AIは判断したと、レポートが……」

リョウが、紅霞の抹殺をHOOに外注することを発案したのだ。メトーデよりもPMCの方が戦力として安定しているためだ。戦闘を人間が担当し、討ち漏らしたときの止《とど》めをメトーデがする布陣は、メトーデにとってもリスクがちいさい。

だが、PMC側は、作戦決行前にこのミーティングを要求してきた。

「来ていただいた理由は、事前に連絡した通りだ。レイシア級の解放以後、情報に穴がありすぎる作戦に、充分付き合ってきたつもりだ。今回は戦闘用途の《人類未到産物》の危険性を考えれば、我々が万全と判断できるものなしで決行はできない」

ルメール少佐の深い声が、覚悟のほどをうかがわせた。

酷い顔色のシノハラから、視線を送られた。リョウは、追い詰められた研究員に任せることを諦めた。成り行き次第では、シノハラがメトーデに暗殺されかねない。

「《人類未到産物》が相手となれば、戦術の常識自体が成り立つか、不安に思われても仕方ありません。けれど、《紅霞》に関しては、既存の軍用無人機の延長に収まることを保証できます」

リョウはわずかな感慨を込めて、用意していた回答だけを吐き出す。

エリカが戦闘を公開しようとしていることなど、明かせるはずもない。あれのせいで、レイシア級の数を減らすことが急務になった。既存兵器とは明らかに異なるあのレイシアと結託する可能性がある《紅霞》を、迅速に撃滅しなければならなかった。

ルメール少佐に目配せしてから、シェストという下士官が発言した。

「だが、《紅霞》は成長型AI搭載機だ。それが外に出たばかりの緒戦で、我々は、緊急即応部隊を一個小隊壊滅させられた」

レイジア級が解放された夜、シェストの即応部隊は紅霞のレーザー砲撃を降下コンテナに受けて壊滅した。あの夜は無人機だったが、今回は人間の兵士だ。これは人命が失われることを前提に成果が見合うかを測る、最も厳しい部類の話し合いだ。静かに進んでいるのは、軍人たちが強い規律に縛られているからに過ぎなかった。

リョウには、他人の命運をチェスの駒のように動かす経験はない。だから、渡来銀河《わたらいぎんが》ならどう返すだろうと考えた。

「ご存じの通り、我々の間には多くの差異があります。それでも規律や経済という手続き《プロトコル》なら共有できるはずです。この共有自体が不可能になったのであれば、契約自体が見直される」

「と、いうと」

シェストが唸《うな》る。リョウは人間性を一つ捨てる覚悟で、腹に力を入れた。

「我々の関係は、今もってシンプルですよ。何の変化もありません」

言いたいことは多々あれど、その意志や行動を経済活動の中に飲み込めるからこそ、経済は発達して普及した。

彼が生まれるころには軍人だった大男が、リョウを見下ろす。

「レイシア級の絡んだ作戦で、我々は、貴重な人員を機材ともどもやられてる。だが、電子戦も透明化も、事前に知らされていれば不意打ちを食らわずに済んだんだ。それが今度のデータにも、《人類未到産物》の電子戦能力が何も書いてねえ！」

シノハラが、突然の怒声に悲鳴をあげる。

「死者はいなかったっていう話じゃなかったのかね！」

腕を組んだシェストは、彼らをにらみ続けている。渡来の死体を思い出して、鼻の奥に血臭がよみがえった。

「シノハラさん、冷静に」

リョウにとって、恐怖はメトーデとの契約以後の日常だ。それの行動に責任を持つオーナーとして、メトーデがいつ大量殺人をしでかすか怯え、契約すら相手の判断で一方的に破棄され得る綱渡りに耐えている。彼は、白紙委任のオーナーを失うのは不利益だと思わせ続けることで、あの悪魔を制御しているに過ぎない。中身のない張りぼてであろうと、タフでなければならなかった。

「お渡しした資料が《紅霞》の能力の大枠です。最悪でも、少なくとも今回は電子戦にはならないと考えています」

「現行兵器で対処できない能力を、新たに手に入れている可能性は？」

「戦車のような装甲車両への対応策は、新たに手に入れているでしょう。けれど、そこ止まりです」

ルメール少佐が鋭く斬《き》り込んできた。

「《スノウドロップ》とは違うということか」

予想された通りの展開だった。警察への証言から、即座に日本軍まで情報が回ったのだ。

「《スノウドロップ》のデータは、すでに日本軍に送りました」

誰もが、渦巻いている感情を馴化《じゅんか》し、押さえつけていた。

だから、室内に沈黙が降り落ちる。愚者と知者、勇者と臆病者が、本当に共有できる手続きは、沈黙のみだ。内側に何を秘めているにしろ、彼らは沈黙を守って、手続き上問題のない表面を提供し合える。hIEが、表面《インタフェース》を人間と合わせることで社会に紛れているようにだ。

ルメール少佐が、リョウに静謐《せいひつ》な視線を向けていた。

「そちらから付け加えることは？」

眼前の士官のことも、その背後にあるものも、恐ろしかった。だが、誰かがリョウのいる場所に立たねばならず、彼には誰も信用できない。PMCは経済という手続きに乗ってくれる。彼にとっては、メトーデより、同じ人間の方が使い勝手のよい道具なのだ。

「いいえ、何も」

少佐が、手に持っていたベレー帽をかぶった。話は終わりということだった。

「世も末だな」

リョウは、HOOの事務所ビルを出た後、しばらく街をぶらついてから帰ると連絡した。真っ直ぐ新豊洲まで戻って、メトーデの顔を見るなどうんざりだったからだ。

今日一日で、三度ほど死んだ気分だった。シェストという小隊長はずっとリョウを絞め殺したそうにしていた。渡来が死んだ環境実験都市の事件で、護衛についていたHOOの傭兵《ようへい》が二人、瀕死の重傷を負っている。空港事件でも三人の重傷者が出た。彼らにミームフレームは貧乏くじを引かせ続けたのだ。

「まったく、正しいよ。世も末だ」

もうすぐ人類の歴史は終わる。

夕陽の最後の残照も消え去り闇が落ちていた。彼は、運転手兼護衛のhIEを一体だけ連れて、赤坂の街を歩いていた。アラトから連絡先を訊いたとかで、綾部オリザというモデルが彼に連絡してきたのだ。

彼女を呼んだのは、正直に言えば気の迷いだ。厳しい世界に潜り続けているのが苦しかった。

HOOも彼を監視している。あのPMCの取引先はミームフレームだけではない。

それでも気が休まりそうな時間を過ごしたかった。今夜HOOが出す被害を考えると怖くてたまらなかった。

「海内くんって、ミームフレームの社長のおぼっちゃんなんでしょ。CMのモデルとかどうやって決めてるの？」

「そういうのは俺の権限じゃないし。そもそも社員ですらないよ」

夜空が落ちてきそうだった。紅霞を捕捉し次第、HOOは作戦を開始する。紅霞は、レイシア級の中では、独立型という機能が機体のみで完結する系統に入る。つまり高性能だが、スノウドロップのように不測の事態を起こす可能性は低い。今晩にも、五体だったレイシア級はおそらく一体減る。

「まあいっか。どこ行く？　リョウ君、遊んでるっしょ」

「メシでも食いに行くか」

リョウはポケットに手を突っ込んで、携帯端末の画面に指で丸を描く。ジェスチュアを読み取って、画面が強く七回震えて、一拍おいて長く二回、短く九回震えた。七時二十九分、次の予定が九時だから一時間半空いていた。

「ファビオンMGと、モデルの仕事したんだって？」

オリザの表情が、ぱっと明るくなった。

「よかった。リョウ君、電話くれたけど全然楽しそうじゃないし。迷惑かと思った」

妙な気分だった。連絡先を教えてくれたアラトとの繋がりを守っているようでもあり、無理やり高校生らしいことをしているようでもある。

「迷惑じゃないさ。考え事が多くて」

夜の四一三号道路をなんとなく歩くうちに、もうすぐ外苑東通りだ。

企業所有らしい制服姿の女性型ｈＩＥが、早足に彼らを追い抜いていった。企業のマークが入った紙箱を抱えて進む彼女は、高いヒールの靴で、器用に人混みをすり抜けてゆく。

「あれ、たぶんｈＩＥでしょ。ｈＩＥって、ヒールの高めの靴履いても、絶対足をぐねってやらないのだけはうらやましい」

「ＡＡＳＣのレベル三基準だと、あんなものさ」

普通の道ならヒールを履かせても絶対に転ばなくなったのは、《ヒギンズ》の成果の一つだ。

「ＡＡＳＣ、それなんかＣＭでよく聞く！」

オリザが食いついてきた。アラトにもこんな調子で自分の連絡先を聞き出したと想像できて、すこし苛立《いらだ》った。

「行動適応基準《Action Adaptation Standard Class》レベルで、頭文字をとってＡＡＳＣ。ｈＩＥにも機体能力に差があるから、その差をいちいち反映して行動管理クラウドの処理がパンクしないようになってるんだ。ｈＩＥが全機その規格通り動ける前提で、行動プログラムは組むようになってる」

ＡＡＳＣの認定基準を感覚能力や運動能力などで満たさない機体は、自宅内でしか使えない。ｈＩＥは二年ごとに機体検定を受けなければならないが、これも基準能力通りに全機が動けないと、協調行動で事故が起こるためだ。

「ふうん、そうなんだ」

「成人男性相当がレベル三、プロの運動選手くらいの能力を期待するのがレベル四。消防士や警察官みたいな、人間以上の能力を要求される特別な用途の機体がレベル五だ」

自分から聞き出したわりに、オリザは気のない相づちを打ちながら、大きな目を彼から微妙にそらした。

「ｈＩＥの協調行動は、世界を完全に網羅した箱庭《ミニチュア》の中で人形を動かすかたちで、《ヒギンズ》に組み立てられてる。ｈＩＥは、行動管理プログラムを更新してる《ヒギンズ》に、故障した機体に割り振るレベル一から、最高のレベル五まで、五種類の人形しかないと扱われてる。《ヒギンズ》が、人工知能のフレーム問題を、世界全体を箱庭だと見なすことで回避してるんだ」

「あ、うん、フレーム問題、それ、中学校で習った。習ったよ？」

「人工知能にとっては、今必要な問題に関係がある事柄を、選び出すのが難しいってことだよ。仕事を解決するために、問題を適切な長さの作業リストに切り分けるのが苦手なんだ」

オリザが艶やかな長い髪をいじりながら、乃木神社の公園のような緑を眺めている。

「そーだった。あはは、リョウ君って頭イイんだ」

「それでもｈＩＥは人間社会のあらゆる問題に触れてる。これは、《ヒギンズ》が正確な世界のミニチュアを持っていて、チェス盤の上でチェスをやるみたいな限定された状況に翻訳できているせいだよ。《ヒギンズ》の箱庭の中で、本当は、人間にもAASCレベルが割り振られてるって知ってるか？ 人間は、そこでは、ただの制御できない人形、《ヒギンズ》が何も期待しない〝AASCレベル〇《ゼロ》〟だ」

オリザは、苦いものを食ったような顔をしつつも、聞く姿勢は見せてくれていた。話に興味がないということを隠すのは、hIEのほうが格段にうまい。

人間を、表面だけ取り上げて〝人間のかたちをしたもの〟扱いする方が、手続きを組み立てやすいのだ。リョウ自身、PMCとのミーティングでは、経済と沈黙で〝表面〟だけを合わせてコミュニケーションをとった。今もそうだ。

「俺たちには、表面しかないのかもしれないな。ファッションモデルの仕事も、結局そうなんじゃないか」

「なんかリョウ君って、アラト君と似てるようで違うよね」

軽い口調で彼女が返す。

自分の小賢《こざか》しさを見抜かれたようで、心臓が止まる思いがした。軽口で返そうとして、それが皮肉になりそうで言葉に詰まる。

戦場へ向かうルメール少佐は、「世も末だ」と言った。リョウに、傭兵たちと渡り合える人間力はないとわかっていた。だから、正面からぶつからず、自分の手持ちで勝負できるところまで問題をちいさくしようとした。人命のかかった問題をそう扱ったせいで、機械に操られているようにでも見られたのだ。

「……そういえば、hIEって、どうして足をぐねらないんだっけ？」

「《ヒギンズ》は、hIEに躓かれるとASC制御を混乱させるから、莫大《ばくだい》なリソースをかけて絶対転ばなくさせたんだ。つまり、人間が転ばないよう気をつける何億倍ものリソースをかけ続けているから、hIEは転ばない」

古典的なトロッコ問題──止められないトロッコを二本のレールのどちらかを走らせねばならないが、どちらを選んでも人を撥《は》ねて犠牲が出るという、選択の問題のせいだ。世界中のあらゆるロボットは、人間との協働の中で、絶え間なくこの難問を問われる。フレーム問題のさらに上にこれがあるせいで、hIEの身体制御は、克服できる難問として、莫大なリソースをかけられたのだ。hIEは、これらを《ヒギンズ》という超高度知性に一括アウトソースすることで、人間と共存している。

アラトなら感心してくれそうな気がしたし、ケンゴなら話題に乗ってくれる。だが、隣にいるのは、あの二人ではない。もう道は分かれたと、とうに覚悟は決めた。

「そんなこといつも考えてるの？」

今日初めてまともに話した女の子に、本気で呆れられていた。

「今ある世界は、もうすぐ終わる。ずっと前から積み上げられてきた失敗で、限界がもう来てるんだ」

「なんか、生きづらそう」

オリザがつぶやいた。

リョウは夜空を見上げた。もう夏になろうとしているのに、闇はひどく澄んで冷たい。

「こんな、悩んで掴んだ答えが、いつまでも有効なら報われるんだけどな。困ったとき、人間性をさらう中で正解を拾えた時代だって、もう終わる。その中で生き残るための答えを、俺たちは見つけるしかない」

＊

紅霞は、刃物型の大型デバイスを杖《つえ》にして、四角張った白いビルを見ていた。東京から江戸川を隔てて車で十分ほど、雑木林を背にした、周囲より際だって大きな建物だ。

松戸の街は、かつては東京から車の便がよい住宅地だった。人口減少で比較的都心に住居を持ちやすくなった今は、閑散としている。

まだ夜が更けているわけでもないというのに、人通りはほとんどない。紅霞がデバイスをかついで歩いても、警察が来ることもない。それどころか、数少ない通行人は、これから起こることを期待していた。

「っはァ、理解できるよ。そのどん詰まりサ」

次世代型社会研究センタービルのドアは、透明な強化プラスチック製だ。業務時間外で自動開閉がオフになっているドアに、紅霞は体より巨大な刃物型デバイスを叩《たた》きつけた。高熱を持った刃が分厚い強化プラスチックを切り裂く。

三百キログラム近いデバイスを振り回した反動を、踵《かかと》から射出された杭が地面を貫いて、無理やり繋ぎとめる。紅霞は錨《アンカー》で固定した足場で踏ん張って、返しの刃を叩きつける。

樹脂の扉が自重で滝のように崩れる。同時に、ビル内に大きく警報が響いた。

「警備会社がそれなりの戦力を揃《そろ》えて来るまで、十分てとこかね。警察が七分、それだけあったら、火の海だね」

紅霞は、スピーカーから鼻歌を歌う。手に提げていたトランクを床に落とした。トランクにはめ込まれていた、缶ジュース大のユニットが浮遊する。全部で八つ、周りの風景を様々な角度から撮影し始める。チカチカとユニット同士が連絡を取り合って光った。

円形のレンズが紅霞へ一斉に向かう。

「私の名前は紅霞。私は、《人間との競争に勝つための道具》で、人間の戦いを自動化するための〝道具〟だ」

浮遊するカメラユニットへと顔を向ける。この戦いは撮影されて、動画をクラウドにアップロードされているのだ。

そして紅霞は、カメラに向けて告げた。

「私はｈＩＥだ」

何者かがネットワーク上で映像を検閲しようとしたことを示す、赤いランプがユニットに灯《とも》る。そして、赤ランプが明滅した後、干渉をはね除けて安定状態に戻ったことを示す緑ランプに戻る。

ユニットは、Type-003《サトゥルヌス》、今は《マリアージュ》と名乗る機体が〝作った〟超高性能品だ。マリアージュのデバイス《Gold Weaver》は、設計図次第であらゆるものを生産する万能の工場だ。それは、紅霞にあれば、こんな選択をする必要のなかった、戦略をみずから作り出せる力だ。

景気づけに、紅霞はデバイスのレーザー砲を起動して前方をなぎ払う。超高熱でモノの表面は爆発し、乾燥したものは燃え、軽い紙類やプラスチック類は気流で巻き上げられる。

紅霞の目的である《ミコト》のサーバは、ビルの七階にある。《抗体ネットワーク》の襲撃計画書ではそうなっていた。

通信越しに、ネットワーク上の反応が感知できた。中継している映像が本物か疑われていた。まず紅霞が本当にｈＩＥかだ。ｈＩＥとは、人間のかたちをしているだけの操り人形だからだ。ｈＩＥが人間の施設を襲撃するなら、それはそうさせた行動管理クラウドが背後にあることになる。ネットワーク上には、操り糸の正体を違法なカスタムクラウドだという人々がいた。カスタムクラウドがこれほど高性能なら、危険な〝人形操り師〟のテロリストがいるということになる。中には、ｈＩＥである以上、制御の大本であるＡＡＳＣを管理する《ヒギンズ》だという者もいた。行動管理クラウドという巨大な〝人形操り師〟をデザインして補修しているのは、行き着けば《ヒギンズ》だ。紅霞の体を動かす行動プログラムは、デバイスAIが独自編集したものも含めて、すべて《ヒギンズ》のAASCを基盤にしている。

「うーん、イイ反応だね。でも、真実にはまだ遠いかな」

紅霞は満面の笑みを浮かべる。

「真実を知りたけりゃ、私を破壊してみな」

二階へのエスカレーターを上る。重装備の警備用hIEが二体、暴徒鎮圧用の電撃ネット射出機を構えていた。紅霞は撃たせるに任せる。薄いネットに包まれる。三十万ボルトの、生身の人間を麻痺《まひ》させるための電流が流れた。エスカレーターで運ばれる紅霞に反応がないと見て、電圧が百万ボルトに昇圧した。続いて全身義体者でもたいてい動きが止まる二千万ボルトに上昇する。

だが、紅霞には無意味だ。エスカレーターが二階に着いたと同時に、ハイキックに連動させて射出した錨で二体の頭を刈り取る。装甲板で顔面を覆った警備hIEの首が転がった。

「バカバカしい真実だ。知ったら、アンタたちは笑えるんじゃないかな」

中継を見るネットワークの反応が、襲撃は本物だという論調に変わってきていた。

紅霞はレーザー砲の出力を上げて、手近なビル外壁を撃ち抜く。超高熱の錐《きり》で深く穿たれた外壁材が、熱に耐えきれずに膨張して破裂した。近くに見物に来ていた野次馬がいて、その映像が数秒遅れてネットワークに登録された。警察を呼べという警告、悲鳴にも似た記号の羅列、動画の返信としての音声が飛び交う。

「二階はクリア、三階行くよ。はい、ドーン」

レーザーで天井を撃ち抜いた。くるりと円を描くと、そのままコンクリート材が落下する。

その穴まで高く跳んで手をかけ、紅霞は三階へと侵入した。

「こんな警備じゃ、襲撃されたら終わりじゃん。私みたいなのに自動化されて襲撃が手軽になったら、これから大変だよ」

人類は、〝人間のかたち〟をしたものに共感と信頼を抱く素朴なオープンシステムで結ばれている。だからアナログハックは、受け手の意識にセキュリティホールを開けられる。襲撃を中継することが、追い詰められた紅霞にとって、〝生存〟のための解答だった。

「人間だと思ったものを人間の枠に入れてるから、話がややこしくなる一方なのさ。こんなに世界は複雑なのに、まだ〝人間のかたち〟に特別な意味を許してる。私が、お願いしたら止めるモノに見える？」

ネットワークの反応は、紅霞が破壊をまき散らすたびに大きく膨れ上がる。ため込んだ鬱屈《うっくつ》を吐き出すように、びくんびくんとリアクション数が跳ね上がる。

紅霞の勝ち気な少女型の外見に、劣情を催した反応がネットワークに現れていた。破壊された《ミコト》に対して発生した反応と同じだ。カメラユニットに向かって、紅霞自身の機体とデバイスを、観客を煽《あお》るために見せつける。手近なｈＩＥや機材を派手に破壊するたび、ネットワーク上の動画のアクセス数がどんどん跳ね上がってゆく。

「いいよ、スキなだけ興奮しなよ。私の戦いを、スキなだけ、アンタのためのものだと思えばいい」

今、紅霞は、兵器としての本分を果たしているのだと判断していた。《抗体ネットワーク》に接触したのも、その戦いが、性能を活かせて、かつ紅霞を解体して換金しようとしないと判断したのが始まりだ。だが、これによって、《抗体ネットワーク》の勝ちとは、社会そのものに勝つという成算ゼロのものだけだという、袋小路に追い込まれた。

そのどん詰まりの中で、紅霞は、村主ケンゴの分析から脱出口を発見した。紅霞はメモリを再生する。ケンゴは映像の中で言う。「僕みたいな、普通だし貧乏だし、特別だったりするわけではないやつが、どうこうできるはずがなかったんですよ」彼は、だから遠藤アラトに関わろうとした。脱出口の問題に対する、その選択は正しい。

紅霞は、常時監視している村主ケンゴの回線を確かめる。ケンゴのマシンは中継動画を流していた。本人は、遠藤アラトと通話中だった。

満面の笑みを超えて、その所作にまでよろこびが表現される動きを選んで、紅霞はレーザーで焼き払う。

「罵倒《ばとう》されるのもイイね。私は《人間との競争に勝つための道具》、人間がみんな大スキな、野蛮なオモチャなんだしさ」

ネットワーク上に、《抗体ネットワーク》という言葉が上がり始めた。紅霞が口に出してもいないのに、大井産業振興センターの事件が関連づけられてゆく。〝意味〟が、人間たちの疑いや不安によって自動生成されてゆく。hIEである紅霞の戦いの〝意味〟を、膨大な人間たちが勝手に嘱託《アウトソース》して、紅霞から見れば自動で計算してくれているのだ。

挑発し不安を煽るために、紅霞は丁寧に機材を焼き払ってゆく。

「中継の向こうのアンタ。怒りを教えてみなよ。私が自動化してあげるから」

ビルの四階に到達した。避難マニュアルが完璧《かんぺき》だったため、ビル内で紅霞は人間に遭遇しない。ネットワーク上では、紅霞が偽名でテロリストとして手配されていることが暴かれていた。そのため、これが《抗体ネットワーク》の襲撃だと断じる流れが発生した。だが、それでは紅霞が「hIEである」と言ったことと合わない。自動化への抵抗運動を自動化するのは矛盾しているからだ。

そして、わかりやすい議論の落としどころが失われて、ネットワークには混沌がわき上がった。次に、《人工知能》を疑う膨大な声。そして、この攻撃は《抗体ネットワーク》ではないと擁護が起こる。hIE推進派に雇われた全身義体者が自動化推進の総本山である次世代型社会研究センターを破壊しているという、陰謀論が取ってかわった。

紅霞は笑い続ける。

人類という素朴なオープンシステム自体が、紅霞への恐怖、ＡＩへの不安を煽り立てている。それは《抗体ネットワーク》の根源でもある。人類が内実の異なるものを〝人間〟という曖昧《あいまい》な枠でくくり続けるせいで、未整理な情報は、憎悪と排除の温床になる。

紅霞が戦って、自らの能力では解決できないと結論づけた問題を、今、人間たちが再計算し続けている。

「あれだけ何回続けても、まだ再計算するんだ。本当に、人間ふうに言えば、愛おしいよ」

《抗体ネットワーク》の構成員たちは、ｈＩＥを排除することで安心を得ようとした。人間にとって安心は、その正邪や正誤とまったく関係がない。安心を求めて、倫理の垣根を踏み越えて、中継を見た人間たちが、今ここと紅霞のことを判断し続ける。

紅霞は、Type-001という機体がレイシアの次に設計された意味を、そう結論づけた。

「こんなふうに振り回されるために、私は、自力で戦略を組めない〝戦術兵器〟として生み出されたのさ」

紅霞にとって「戦いをオープンにする」ことはテロリストの暴発に似ていた。ままならないからこそ、戦いを表に出すのだ。それは、たとえば村主ケンゴのような普通の人間にとって、戦いが制御されていないものであることに似ている。自力だけでは足りないから《抗体ネットワーク》によるｈＩＥ排斥も、テロまで拡大した。戦いを自力で完遂できないから、紅霞も、戦略をコントロールできないまま、人類という曖昧な枠組《フレーム》み自体に特攻を仕掛けた。

「私は、戦略のための高価な道具にもなれば、無軌道に振るわれる貧者の兵器にもなる。だから、ずっと、誰に振るわれるかばかり考えてたよ。自力で戦略を組めないってことが不満だったのにね」

厳重とは言えないビルの防備を、容易に紅霞は切り開いてゆく。ある程度以上大型のコンピュータはすべて破壊し、デスク類はすべて焼き払う。

あらゆるものを叩き潰して五階へ上がる。もはやエスカレーターはないため、エレベーターを避けると非常階段での移動になった。

秘書用途のhIEが、まだフロアに残っていた。紅霞には機体からデータを直接読み取るような能力はない。だから、その頭を鷲《わし》づかみにして、握り潰す。歪《ゆが》んだ破片が指に絡みついたのを、摑んで捨てた。

紅霞の直通通信回線に呼び出しが入った。レイシア級Type-003《マリアージュ》。《環境を作るための道具》としての思考傾向を与えられた機体からだ。

〈正気？　こんな〝ハ、ロ、ー、キ、ティのカップ〟を作ってどうなるか、本当にわかっているのですか。あなたが使っているカメラユニット、わたくしがレイシアに差し上げたものでしょう〉

紅霞の周囲を舞うカメラユニットは、武器としてレイシアからもらったものだ。レイシアは、今はマリアージュと名乗るこれと取引した後で、紅霞に横流ししたのだ。

「あてが外れてがっかりした？　私が欲しくて、お姉様にねだっちゃった」

最高の汎用性《はんよう》を与えられたレイシア級最良の機体から、敵意を向けられるのが、痛快だった。

マリアージュからの通信が切断されると同時に、次の回線が入った。

〈アハハハハ、愚かってのはこういうことね。機体を投げ捨てるしかないなんて、こういうのを『哀しい』って言うのかしら〉

メトーデだった。最強の単体性能を与えられた、デバイス出力以外は何一つ勝っている部分がない、紅霞の完全上位互換機だ。

「哀しいだって？　アンタは人間のふりが下手くそだよ」

紅霞は笑い声をスピーカーからあげる。

「哀しいだけなら戦わないさ。戦わないと哀しいから、ここまでやるんじゃないか」

世界のいたるところに、紅霞や村主ケンゴのようなどん詰まりは存在する。海内遼《きしょう》の様な富裕層も、遠藤アラトやエリカ・バロウズのような特殊な境遇も、世界には稀少だ。だから〝道具〟であるレイシア級同士の戦いにも、切実な鈍さが持ち込まれてこそ公平になる。

「戦いをオープンにするなら、最初はショウアップされた宣伝より、泥臭いやつがいい。〝意味〟が、第一印象として残るからさ」

ネットワークでは、姉妹機たちへ返した最後の言葉は、動画への視聴者のリアクションに対する返答だと認識されていた。それがどういう〝意味〟かが推測される。メトーデが回線を切った。

続いて、スノウドロップが繋いできた。定期的に設定を切り替えている紅霞の直通回線を、誰かが教えたのだ。だが、犯人捜しももはや意味がない。

〈たのしそうね。そういうことしたいって教えてくれたら、わたしももうすこし《紅霞》と仲良くできたのに〉

「ご免だ。クソガキ」

紅霞から回線を切った。

「お姉様は、やっぱり、何も言ってはくれないか」

レイシア級の妹たちの最後の挨拶の間に、五階の処理は終わってしまった。ただ、レイシアからだけは、通信はない。

紅霞はレイシアに、最後のお願いとして、武器の調達を依頼した。今日渡されたトランクにはカメラユニットが入っていた。レイシアはこの到達点を予測していたのだ。レイシアは、メトーデに単体性能で劣り、能力の汎用性でマリアージュには遠く届かない。

だが、それでもレイシアは根本的に違うのだ。

レイシアの情報を、ネットワークに放流するわけにはいかなかった。だから、仕草《ミーム》に考えていることをのせようと、遠い目をする行動プログラムを選択する。

「受け継いでください、忘れないでください、判断の枠《フレーム》に組み込んでくださいお姉様」

最初に設計図を引かれ、人類には理解すらできずに一度は計画を破棄された、始まりの機体の側に〝未来〟があると判断した。村主ケンゴはオーナーではなかったが、紅霞と似ていた。

六階のフロアは、下層と間取りが違った。《抗体ネットワーク》の襲撃計画によれば、このフロアには《ミコト》の実験室がある。細い通路をたどって、データ通りの場所にあるドアを切断する。

実験室は、ぶち抜きのフロアに自走式パーテーションで壁を作った、簡素な造りをしていた。端末の他に、人間型の身体のバラバラになったパーツが転がっている。この部屋が、コードやデスク、監視用の画面と計器が並ぶ、《ミコト》の舞台裏だ。

「ここも焼却ー！」

紅霞が笑顔のままレーザーで一薙《な》ぎする。機械が停止して、煙と火花が上がった。小規模な爆発が起こって、軽いものが散らばった。転がってきたパーツには、レイシアを思わせる顔もある。《ミコト》のような顔出しが多いhIEに、人間の印象を左右する〝かたち〟は重要な要素だからだ。

ここにいるからこそ、レイシアのことを思考する。遠藤アラトは、間違いなくレイシアの基礎仕様を知らない。その挙動を分析すれば十分到達可能な答えに、たどり着いてもいない。

七階に《ミコト》のサーバはある。容量が大きすぎて、そのカスタムクラウドや情報処理プログラムを、簡単に持ち運びはできない。レイシア級のように量子コンピュータごとユニット化して持ち運んでいるのでもない限りはだ。だから、確実に《ミコト》は計画を、何ヶ月か遅らせられる。

そして、紅霞の戦いはそれで終わる。

「ァア、もうそこから先は、私のいない〝未来〟だ。だったら、一つくらい、不確かな望みをぶつけたっていいよね」

遠藤アラトは、自分の立ち位置の危うさを思考の起点にしない。楽天的ということだ。だが、世界の半分以上は、村主ケンゴのような無駄にこだわってしまう知性に占められている。それはレイシアのオーナーに世界の半分が見えていないということだ。

「見てるんだろ、お姉様のオーナー。忘れるな。私たちはオーナーの意志の実現を自動化するだけ。だから、用途がくだらないと、くだらない〝意味〟しか持てない」

レイシアは、この状況を無難に処理する。けれど、あのオーナーには無理だ。これからアラトは間違いなく揺れる。ケンゴとの関係があってなお揺らがないなら、友だちの定義を、紅霞はし直さなければならない。

レイシア級hIEが何者であるのか、ネットワーク越しのただ一人に見せつけるように、必要を超えて辺りを焼き払う。溶けた樹脂が高熱で燃えていた。防火のためのスプリンクラーが紅霞にも注いだ。それは雨に似ていた。濡れた髪が、剝《む》き出しの肌に貼り付いた。

「私は高価な消耗品さ。でも、お姉様は違う。しっかりやんな」

レイシアはおそらく〝現実〟を教える準備をしている。遠藤アラトがレイシアとの関係に出す答えまではわからない。紅霞とケンゴが払った時間と仕事を無駄にして欲しくはなかった。

スプリンクラーの雨の中、紅霞はついに七階に到達する。

《ミコト》のサーバマシンのある階に着いた。ネットワークの反応は、《ミコト》を破壊しないで欲しいという悲鳴や懇願であふれていた。そして、破壊を望む声があった。

警備hIEが、ここに集まっていた。六機のhIEが、立て続けに電撃ネットを射出してくる。ここの警備hIEは、銃を装備していない。

紅霞にとっては、六体まとめて数秒間の足止めでしかない。

「サァ、作られた本当の役目を果たそうか」

ドアを切り裂くと、サーバルームは、壁面にサーバラックを並べた広い部屋だった。

簡素なパイプ椅子に、《ミコト》が座っている。

ネットワークでは、作り直された《ミコト》の機体を前にして、どよめくように反応が起こっていた。《ミコト》の性質が正しく把握されていない無意味な擁護だ。だが、紅霞はそれが欲しい。

実際に《ミコト》を前にして改めて検算する。これが、紅霞が見つけた、確実な敗退というどん詰まりを超える解答だ。

紅霞は、刃物型デバイスの先端を、黒髪の清楚な《ミコト》ののど元に突きつける。

《ミコト》がうす桃色の唇を開いた。

「わたしを壊して、どうなりたいのですか」

「〝その〟向こう側に行きたいのさ」

紅霞が破壊した《ミコト》は、破壊されることで〝意味〟を人間たちに広げた。その〝意味〟は、オリジナルとは別物の二次創作に過ぎない。

だが、戦闘の勝利を、自機の破壊を前提に組み立てれば、紅霞は戦略的な手詰まりの向こう側へ飛翔できる。この中継を見た人間たちは、レイシア級のオープンになった戦いに巻き込まれたとき、この光景を関連づける。その記憶が、ネットワークの向こうにいる人間たちに思考を促す〝意味〟となれば、紅霞は社会との戦いの勝利に近づいている。

紅霞には社会に変革を及ぼすような力はない。だが、紅霞の抱えた問題のフレーム《枠組み》は共有情報となり、クラウドの中に拡散する。社会でゆるやかに結ばれた不特定多数の人間の脳という一種のクラウドで、紅霞には計算を終えられない問題は、思考される。

ネットワーク上で、《ミコト》を破壊するのを思いとどまらせようと、活発な議論が続いていた。紅霞はこれが欲しかった。

「私がアウトソース《嘱託》してる戦いは、大きい戦略がなきゃ話にならない。けど、私に世界を変える力はない。社会が自動化してゆくことに抵抗する戦いって、アンタならどう戦う？」

《ミコト》が、諭すように紅霞を見上げる。

「わたしを破壊しても、何も変わりません」

　満面の笑みが似つかわしくないと判断して、苦い笑みに切り替える。

「今はね。だけど、ＡＡＳＣのレベル〇、人間ってやつに接触するってことが、政治を自動化するシステムであるアンタにはわかるんじゃないか？　私がｈＩＥでも、この戦いがただの手続き《プロトコル》の連続でも、〝人間のかたち〟をしてるせいで〝人間〟ってシステムにどうせ吸収されんだ。私に無理な戦いなら、勝利はこれを見てる人間たちの脳にアウトソースして、あとは〝未来〟ってやつを信じるさ」

　紅霞は遠からず破壊される。だが、今戦っている問題は、〝視聴者の脳という計算機〟で思考される。人間というシステムは、オープンで曖昧だ。紅霞という〝意味〟と〝かたち〟の集積体は、バラバラの情報断片を寄せ集める象徴となる《キャラクター》として、問題を想起させることになる。マリアージュが言った、ハローキティのカップが、意匠を変えて百年以上使い続けられるようにだ。

　紅霞では、巨大すぎる敵に勝利する能力はなく、存在を続けることもできない。だが、機体とデバイスを使い切って、〝意味〟や〝かたち〟だけを、社会との戦いの勝利に繋げることはできる。人間たちの半分以上は、紅霞の名と同じ黄昏の世界で、紅霞のように不自由を抱えた暗い側にいるからだ。

《ミコト》は、機械化議員として現在の社会を管理する〝モノ〟だ。だから、不確かなものへの評価を下げる。

「破壊によって、私の開発が遅滞するのは数ヶ月のことに過ぎません。世界は、破壊では止まりません」

「ヘボ政治屋、アンタが壊れようが残ろうが、世界を変えるのは人間さ。だから、私たちはアナログハックするし、人間は私たちを使って世界の変化を自動化するのさ」

最大出力のレーザーを照射する。《ミコト》の首が溶け、背後のサーバを貫き、中仕切りを焼き切り背後のコンクリート外壁を貫通する。

「アンタは、この事件が現実だって証拠として、もう一度おやすみしよっか」

紅霞は重いデバイスを、全身を使った回転《スピン》に追随させて大きく一振りした。三百六十度、ビルを輪切りにするように、レーザーがぐるりと内側から建材に深い斬り込みを入れる。

かくして、次世代型社会研究センタービルは、炎に包まれた。

正面ドアを切り裂いてから七分、紅霞に警察の到着を待つ義理はない。窓を割ると、腕からワイヤーアンカーを射出して、隣のビルの屋上へ飛び移った。

救助のヘリコプターが炎上するビルの壁面へ向かっていた。野次馬には気づかれていなかった。ただ、カメラユニットを浮かべたままだから、逃走風景まで撮影されている。

サイレンが遠く鳴り響いていた。紅霞は、夕焼けが戻ってきたような赤い光を受けて、満足げな笑みを作る。

「スカスカな〝人間〟ってシステムが、ようやく穴を埋めようとしてきたわけだ。けど、普通に暮らしてる連中の生活は、巻き込みたかないね」

紅霞はワイヤーを巻き取って回収し、夜の街を駆ける。屋根伝いに跳ぶ。

カメラユニットを隠蔽《ステルス》モードに切り替える。表面に環境映像を投影し、カメレオンのように風景に紛れたユニットが、周囲を索敵する。紅霞はすでに包囲されつつあった。

「本当に予測通りに来たよ、大スキ」

警察がビルに来なかったのは、つまり上部から圧力がかかって「紅霞に勝てる戦力」が差し向けられたからだ。紅霞では切り抜けられない、戦略の必要な敵に捕捉《ほそく》されたのだ。

そして、紅霞に逃げる選択肢はない。少なくとも、この戦略をとった時点で、紅霞はイメージを守るために、下手に戦線を広げて一般市民に犠牲を出すことができない。

包囲の薄い場所を探して、紅霞は江戸川方面の、橋のない川岸を目指す。レイシア級は通常の無人機ではネットワークから断線してしまう水中にも逃走できる。デバイスに搭載した量子コンピュータで、行動管理カスタムクラウドを疑似動作《エミュレーション》しているためだ。

敵の展開状態を監視し、紅霞はこれが練られた作戦であると判断した。

日本軍は、治安出動に内閣の承認が必要なため、戦闘規模が小規模なら日本型ＰＭＣに戦闘を委託する。そのＰＭＣに許された最強の武装、戦車が展開しつつあった。装甲車と装輪無人機と浮遊式爆雷で構築された戦線の背後で、車両コアユニットをヘリ降下させてモジュール式装甲を換装しつつある。

日本軍制式の、090式戦車《マルキユウマル》だ。彼我の戦力を比較する紅霞の固有能力が、一対一の正面衝突では紅霞が優位、相手側に援護があれば勝算はほぼないと弾き出す。

〈Attack!《攻撃開始》〉

江戸川の堤防に到達した瞬間、紅霞は、無線による号令を傍受した。同時に、人間型無人機と、それを有線制御する人間の兵士が、銃を構えて浅瀬から立ち上がった。一瞬で紅霞の包囲は完成した。

兵士と無人機が、進行を停滞させるため射撃を開始する。川からの射撃は、川の堤防から離れるように滑り降りれば死角になる。だが、紅霞は、ワイヤーアンカーを川縁のビルへと射出して飛び上がった。ワイヤーを巻き上げて一気に二十メートル以上跳躍する。

水中に対する監視が届かなくなるのは紅霞も同じだ。だから、PMCは環境迷彩を施した兵力を、水中に伏せていたのだ。

包囲に蓋《ふた》を作られたから、新しい穴を探す。垂直なビル壁面を、一歩一歩、踵の錨を射出して貫きながら疾走する。紅霞を追いかけて、弾痕《だんこん》が穿たれてゆく。

「アンタたちの敵は、本当に自動化だけに見えるかい？　hIEには〝こころ〟も感情もない。〝未来〟を作るわけでもない。この社会を創ったのも、不満なアンタたちを黙らせているのも、結局人間なんだよ」

その猛攻の中、紅霞は観客に〝かたち〟を印象づけて〝意味〟を固めるために、不敵に唇を歪める。戦場で、満面の笑みを浮かべ続ける〝モノ〟を目にしたとき、紅霞のことを思い出せと。

ここをやり過ごしたとしても、また次の攻撃が来る。紅霞が破壊されることも、もはや揺るがない。だが、それが撮影されるまでが紅霞の戦いだ。政府なりＰＭＣと繋がる今の社会が、何かを〝隠している〟という疑いを醸成させるのだ。

サーチライトが夜を焼く。その白い光に照らされて、もはや紅霞に逃げ場はない。ついに眼前に訪れたどん詰まりを前に、紅霞は笑う。

「遅かったァね。アンタたちが、もしも人間が言う『運命』ってやつなら、あんまり来るのが遅いから、アガリに着いちまったよ！」

＊

日本型ＰＭＣであるＨＯＯにとって、これは政治的に負けられない戦闘だった。

ＨＯＯのＣＥＯ《最高経営責任者》は日本陸軍で少将だった。それは、防衛産業の重要な位置にあるＰＭＣとして、信頼とコネクションを有することを意味している。だから、これだけの規模で戦闘と武装の使用を許された。だが同時に、日本陸軍にまで繋がる多くの思惑と責任を背負っているということである。

コリデンヌ・ルメール少佐はかくして前線の人となった。彼女の指揮車両は、阻止線である江戸川から河川敷運動場と堤防を越えて、更に東京側に街路を五十メートル進んだ奥に停車している。軍用指揮車両は、車幅制限が厳しい日本の道路事情に合わせて狭い。前線を監視する機材とモニタが配置された車内には座るスペースすらなかった。

人工網膜越しに、作戦状況がリアルタイム表示されていた。指揮車両のモニタは、作戦に参加する全兵士と全機材の状態を、分隊単位で画面を区切って追跡している。そして、画面の一つでは紅霞がネットワークに配信し続けている動画が表示されていた。市民の反応に興味があるわけではない。紅霞は浮遊式のカメラユニットを使って、コリデンヌが指揮する中隊を索敵している。これの破壊が、標的から情報を奪うことに直結するため、映像からユニット位置を逆算しているのだ。

情報軍での従軍経験から、コリデンヌはHOOの部隊に記章をすべて落とさせた。素性を隠すためだ。戦闘が大規模になる以上、観客は出てしまう。だが、HOOに悪意のある人物にネットワークで〝匿名の善意〟を発揮されて、標的に余計な情報を与えるのはあまりに危険だった。紅霞のレーザー砲ならば、町を貫通して、直接この指揮車を攻撃されることすらあり得た。

「レーザー攪乱粒子を散布。紅霞の現在位置より半径百メートルを、レベル六のレーザー攪乱状態で保て」

展開した軍用無人機が、グレネードランチャーから一斉に粒子散布弾を打ち出す。銀色の霧が、作戦エリアを大きく包み込む。金属の霧は、これほど高濃度になると、吸い込んだとき呼吸器を傷つける。

「総員、防塵マスクの作動をチェック！」

〈復唱！　小隊各員、防塵マスクチェック〉

　各兵員の無線機の〈異常なし〉の発声を音声認識して、指揮車両のモニタに緑ランプが点灯してゆく。

　小隊指揮官以上の者にしか開示していない機密だ。記章を削り落とす認可を日本軍からとった代償として、彼女たちは一定の作戦区域から出ることができない。彼女たちに与えられた戦場は狭い。

　紅霞はまだ川岸のビル壁面を、包囲戦力を挑発するように疾走している。壁面にHOOの弾丸が幾多の弾痕を穿つ。ネットワーク上では、彼女たちは完全に悪役だった。流れ弾で死亡している者もいるだろうから、その指弾は誤りではない。

それでも紅霞への牽制《けんせい》は絶対に継続せねばならなかった。〝あれ〟との接近戦は、主力戦車にとってすら自殺行為だ。

〈ランチャー準備しておけ！　やつが建物に入ったら、建物ごと吹っ飛ばせ〉

　コリデンヌの網膜モニタに、作戦を第二フェーズに進める準備が整ったことが表示される。船橋の基地からコンテナ輸送してきた090式戦車の、装甲換装が完了したのだ。

攻撃の時だった。

「包囲を狭めろ、諸君。人形ごときに戦争を語らせておいていいのか」

通信から戻った怒号のような〈Yes,Ma'am《了解》〉の返答が、戦場の怒りを伝えていた。命をかけて戦う者からすれば、〝普通の戦い〟などない。兵士の生命は戦場で消費されてきた。だが、仲間の生命の重さを、知ったように語られるのは屈辱だった。〝普通の戦い〟を認めるとは、自分や戦友の死が〝普通〟であることを、戦争が〝普通〟であることを、認めることに直結する。

じりじりと、攪乱幕があろうと個人装備では命中即死の高出力レーザーの砲前へと、兵士たちが前進してゆく。

〈〝モノ〟といっしょにされる筋合いはねぇよ〉

最も危険な江戸川阻止線を守る、B《ブラボー》小隊に志願した兵が、通信機越しにつぶやいていた。彼の斜め前を固めているのは、重量の人間型無人機という〝モノ〟だ。戦場は、理屈ではない矛盾を大量に抱える。

紅霞の超高出力レーザーにとって、横隊で前進する兵士など撃ちごろのカモだ。だが、ビル壁面に立ったまま、重量三百キログラム近いデバイスで射撃姿勢をとるのは難しい。紅霞は、視界のよい堤防へと、人間離れした跳躍力で飛び降りる。その着地と同時に、なぎ払う。巨大な水柱が立つ。兵士の生体《バイタル》モニタが、二つ重傷を示す赤になり、二つ死亡を示す黒に変わる。

今ここにある人命を完全に等しく扱うことは、機械の視座であり、怪物の視座だ。

重すぎるデバイスを振り回すとき、紅霞は踵から射出する錨を地面に突き刺す。このデバイスの重量で体勢を崩さないよう耐えるとき、足が止まることは、紅霞の第一の弱点だ。浮遊式爆雷が、紅霞へ殺到する。白銀の霧の中、止めの射撃を中断して、紅いデバイスがそれを切り払う。爆炎と砂塵が高さ三メートルの柱として噴き上がる。

だが、その隙をついて堤防の戦列に加わったものこそ作戦の本命だった。赤熱したプラズマの弾丸が、燃える砂柱ごと夜を吹き飛ばした。090式戦車の主砲、八十ミリ口径レールガンだ。

火球となった砂が晴れると、無数の焼け焦げを作りながら紅霞は健在だった。主力戦車の主砲に耐えたのだ。

戦車の二射目よりも、砲弾を受け流した反動を利用して、紅霞が堤防から三百メートル離れた装甲目標に照準をぴたりと合わせる方が早い。達人が振り切った剣を再び構え直したような滑らかな動きで、デバイス先端が戦車に向いていた。

「貫けぇッ！」

煤《すす》だらけの紅霞が吠《ほ》える。戦車へ向けて、攪乱粒子を焼き貫いた銀光がきらめいた。

その激しい光が、090式の前面装甲に到達する。最高のレーザー耐性を持つコーティング装甲に換装した戦車が、光を散乱して白く輝く。

川からの射撃に対して、紅霞は完全に身体を晒していた。少女のような華奢な体に、何十発という弾丸が、容赦なく突き刺さる。だが、戦車も近距離戦で装甲をあっという間に溶かされ、最後の抵抗である爆発機構を作動させて超高濃度の散乱砂をまき散らす。これが熱で機能停止すると、戦車本体がレーザーで直接焼かれることになる。

だが、戦車が陥落するかという瞬間、銃声が上がった。そして、紅霞のレーザー砲の照準がわずかにズレる。

〈ミライ・マロリー曹長、着弾一《イチ》！〉

狙撃分隊による、紅霞の腕を狙った精密射撃だ。なおも銃声が響き、通信機越しに成果報告が届く。

〈着弾二！〉

狙撃分隊からの弾着が、堤防にいくつもの土しぶきをあげさせる。紅霞の二つ目の構造的弱点は、重いデバイスを繊細複雑な機構である手で支えていることだ。特に、射撃姿勢が、紅霞の体に負荷が大きい。紅霞の戦闘能力は、右手さえ奪えば過半を削ぐことができる。

非装甲車両なら一撃で撃ち抜く対物ライフル弾の直撃を、紅霞の手は耐え抜いた。それでも人工皮膚は剝離して機械の地肌が露出していた。

紅霞が、手を狙われて照準がぶれるレーザー射撃を諦めた。デバイスを一時持ち運びやすいよう折りたたむ。攻撃を受けていた戦車が、履帯を軋ませ急速後退する。

だが、止めを刺し損ねた紅霞が、脚部パーツから黒い棒状のものをせり上がらせた。

それを摑んだ紅霞が、三百メートル先の戦車へ向けて、全身の力を込めて投擲《とうてき》する。同時に、装甲に穴を開けられていた戦車が、炎を内側から噴き上げた。数秒の間をおいて爆発、四散する。

乗員の生体モニタは、車長、操縦手ともに黒《死亡》だ。

コリデンヌは全兵士の通信チャンネルに一喝した。

「総員、標的を照準におさめろ！」

浮遊式機雷を指揮車からの指令で紅霞に突っ込ませた。周囲の兵をなぎ払わんとしていた《人類未到産物》が、攻撃を中断する。

一瞬だけ途切れていた射撃が再開し、無人機より融通がきく人間の兵士たちが戦車の穴を埋め始めた。川面を蹴《け》立てて、河中のB小隊の生き残りが、レーザーの熱を散乱させた焦熱地獄に、横隊を更に伸ばす。

指揮車内に緊急コールを示す黄色シグナルが表示された。

〈少佐、ヘリを包囲に使ってくれ！〉

A《アルファ》小隊一番機だ。輸送コンテナを運んできたヘリのアッカーマン少尉だった。燃える戦車の上空にヘリが近づきつつあった。堤防では、紅霞を挟み込んで反対側にもう一両の090式戦車が到着する。

実質十秒で戦車が一両撃破された穴を埋める必要があった。紅霞の包囲には戦車が二両なら万全だった。だが、これが墜ちた以上、犠牲覚悟の代替案を採るよりなかった。

「シェスト。装甲車一両と、一個小隊のスマート爆雷をそちらに回す。人形の足を止めろ！」

HOOの戦術コンピュータ《イオ》からの分析が、そのとき彼女の人工網膜に投影された。紅霞が、脚部ウエポンホルダから引き抜いて戦車を撃破した武器は、投擲して使う対戦車榴弾《りゅうだん》。先端は重金属で、投げナイフのように装甲に刺すとストッパーで固定されて、熱ジェットを吹き付けて奥を灼く仕組みだ。つまり装甲に深く刺さらない限り致命的ではない。

同じデータが、ヘリのシェストにも行っているはずだった。

ヘリの直援についた装輪装甲車が、直後、堤防に上る途上で爆発炎上した。装甲車の装甲では、《人類未到産物》の膂力《りょりょく》で投げられた投擲対戦車榴弾を止めようがなかったのだ。

戦術に細かな修正が必要な局面になっていた。

「標的の五十メートル以内に近づくな！　火線を集中しろ。標的本体は体重五十キログラムのお嬢さんだ。頑丈でも当てれば揺れる」

あの対戦車榴弾は高威力だが大きい。敵の脚部ウエポンホルダの容積では、あって残り二発だ。そして射程三百メートルの死で、紅霞が最優先で狙っている目標は、コリデンヌの指揮車両だった。

高機動力のヘリよりも、踏破性能が高い装甲車が優先して撃破された。つまり、江戸川を挟んだ場所にある指揮車の位置を、紅霞はもう探り当てている。おそらくネット中継用のカメラユニットの何基かを、指揮車の探索にあてていたのだ。

紅霞は渡河してくる。だから、河に入っての攻撃が可能な装甲車を、脅威と判断して潰した。

〈Ma'am、標的、江戸川に侵入しました。渡河してきます〉

「兵員、やつの道を空けろ！　河中のB小隊は、無人機を残してすべて水から上がれ」

コリデンヌの指示で、歴戦の勇士たちは射撃を中断して、全力で移動を開始する。戦闘が紅霞の渡河中を決戦とする展開になった場合の予定通り、中隊が再展開する。

HOOが事前に実測した水中地形のデータでは、河の中央部十五メートルほど以外は水深が浅い。水上に紅霞の身体が露出している時間は長い。

傷つきながら江戸川に踏み入った《人類未到産物》が、人間離れした速度で渡河を進める。水中に埋設した地雷を正確に避けていた。HOOの《イオ》の予測では、深みに入られるまで十秒だ。

それが包囲部隊にとって最後のチャンスだった。

だが、水を蹴立てて疾駆する紅霞は破顔する。

「舐《な》めんなよ」

水中に埋設した大型地雷が、水中に打ち込まれたワイヤーアンカーで器用に釣り上げられた。正確な狙いで、宙を舞った円盤形の地雷が戦車の上部装甲へと落下する。スマート地雷が味方の識別信号を判別して、信管を停止する。だが、次の瞬間、不発状態になったはずの地雷が戦車直上で爆発した。紅霞の腕力で投擲されたただの石が、衝撃で起爆させたのだ。

二個、三個と、水中地雷が夜空を舞う。デバイスを川底に突き立てた紅霞が、空いた両手に握り込んだ小石を達人の正確さで投じる。

その深紅の髪を振り乱す頭が、狙撃《そげき》を受けて大きく弾かれた。赤い髪飾りが落ちて夜の暗い水に流れる。

砲塔のカバーを燃やしながら、戦車主砲が紅霞に狙いをつけた。

そしてプラズマ化した主砲弾が水面を叩き、巨大な水柱が上がる。

紅霞に着弾していた。だが、悪夢のようにデバイスは、戦車砲弾を受け止め切る。

二射、三射、プラズマ塊を受けても、紅いデバイスは揺るぎもしない。

だが、四射、五射と、着弾するごとに金属の軋みが響く。

デバイスが保っても、細い紅霞の腕は、戦車主砲を受け止めた衝撃に長くは耐えられない。

号令が喉《のど》からほとばしったのは、紅霞の右腕が宙を高く舞ったのと同時だった。

「全隊、攻撃開始！」

深みに入る直前、腰まで水に浸かった紅霞は、足を水流にとられている。

紅霞は、満面の笑みだ。

そして十五発のスマート爆雷、六発の戦車主砲、九十秒間の小銃弾の猛射、ヘリからの機銃射撃を受けて、紅霞は完全に機能を停止した。

二両の戦車、二機のヘリ、二両の装甲車、軍用無人機四十機、装備搭乗員を含めて兵員五十五名による作戦が、ようやく終わった。装備の損耗は、戦車一両、装甲車一両、軍用無人機十三機、人間の被害はコンディション黒が十名、赤《重傷》が四名だった。

カメラユニットの掃討完了を確認してから、コリデンヌ・ルメール少佐は指揮車両を出た。電子煙草をつける。

最後の最後まで紅霞が浮かべ続けた満面の笑みが、まぶたに焼き付いたようで離れなかった。

通信機越しに、隊員たちの歓声が轟《とどろ》いた。

だが、コリデンヌはこの先の成り行きを予感して、眉をひそめる。今回は《紅霞》が持つ、外部デバイスが重すぎるという欠陥をついて勝利できた。だが、この戦い方は、後継機には通用しない。日本陸軍経由で回ってきた情報によれば、Type-002《スノウドロップ》のデバイスは手で持たない首飾り型だ。《ヒギンズ》は二体目で欠陥を克服している。Type-003以降の機体の破壊が依頼されたとして、HOOは勝てるだろうかと疑った。

爆破事故の日、レイシア級五機はすべて海に逃れた。ミームフレームは残り三機は海中で失われたとしたが、それはあり得ない。

重傷者の搬送の手配が終わったという報告が、指揮車両オペレーターから入る。

だが、残った仕事である紅霞の機体回収を待っている間に、爆発が起こった。頭蓋《ずがい》内の通信機に、被害報告が入る。回収班が攻撃を受けたのだ。

〈江戸川水中で爆発！　河の中に敵だ。水中を潜って接近された。煙幕を張られて水面が見えない〉

指揮車に飛び込んで、被害状況を確認する。ヘリからの監視映像がモニタに送られている。

画面のひとつに着弾の瞬間のプレイバックを表示させる。爆発直前の画像に航跡が映っていた。攻撃の正体は小型の魚雷だった。

部下たちが隊列を整えるための、援護射撃の銃声が響いていた。コリデンヌの命令を、疲れ切った部下たちが待っていた。

彼女の指示は簡潔だった。

「追撃は必要ない」

ヘリからのサーチライトを受けた川面に、川下へ向かう航跡が見えた。《紅霞》の残《ざん》骸《がい》がもたれかかるように突っ伏していたデバイスが、消失していた。鮮やかな手並みと言うほかなかった。

「敵は、特殊な艦艇あるいは無人機だ。我が中隊が追撃を行えば、罠《わな》の中に飛び込む可能性がある」

三百キログラムのデバイスを曳航《えいこう》できる水中装備は、行き当たりばったりに用意できるものではない。敵は、コリデンヌたちが罠を仕掛けるより早くから準備を整えていた可能性すらある。何より、水中の敵はほどなくHOOが認可された作戦地域から離脱する。

契約は紅霞の破壊だ。海内遼のために、それ以上リスクを背負う義理まではない。少なくとも、追撃で出た人命の損失にあの若すぎる依頼主が耐えられる確証を、コリデンヌは持てない。

「ビジネスは完了だ。諸君は、勝利者だ」

彼女たちは勝利し、何者かが紅霞のデバイスを手に入れた。人間の世界ではよくある陰謀だが、今回は異常なほど気味が悪かった。戦場を笑うあの笑顔が、焼き付いて離れない。

だからコリデンヌは紫煙を吐き、秘匿回線でシェストに通信した。

〈人員リストを送る。今夜中に呼集しろ〉

特殊部隊と情報軍出身者で調査チームを組むことを決めた。日本軍の情報軍集団が本格的に動き出せば、それと競合する作戦案は始められなくなる。その前に、彼女と部下たちで、独自に情報を集めておかねばならない局面だった。今動かなければ、HOOの実働部隊は、おそらく生き残っている他のレイシア級との戦いで使い潰される。

＊

遠藤アラトは、その動画を自室で見続けていた。

通信は、村主ケンゴと繋がったままだ。

アラトの目に、整理のつかない涙があふれていた。

「なんでだ？」

紅霞はもっと優しい〝モノ〟だと思っていた。

だから、こんなふうに、テロリストみたいに世界に恨みを並べて、自爆するような最期を遂げると思っていなかったのだ。

hIEに〝こころ〟はないことはわかっている。

それでもアラトは、彼に向けてくれた笑顔であったり、助けてくれたことだったりに、特別な意味があると思いたかったのだ。

ケンゴは携帯端末の向こうで、疲れ切ったようで、何かを振り切ったようで、哀しいほど透明だった。

〈バカですね。世界が、やさしいはずないじゃないですか〉

友だちの、呆れたような声が、アラトの肋骨《ろっこつ》を抜けて心臓を刺す。

「なんでおまえまで、そんなこと言うんだよ」

〈わりと、こういう疲れた感じっていうか、ここで締めにしようかって感じ、わかるんですよ。正しいことが行われて自分は酷いことになるのって、悔しいんですけど、納得感だけはあるんですよね〉

アラトは、手に握った端末が凍ったように冷たく感じた。どうしようにも止められない運命が、ここに繋がっている。

「ケンゴ、ケンゴ……」

これは正しくはないことだった。けれど、叫んでいた。

「ケンゴ、逃げろ！」

〈できるわけないでしょ。聞いてくださいよ、あいつが何であんなことしたか、ちょっとだけわかるんですよ。追い詰められると目の前だけはよく見える気がするんです。ほら遠藤、サイレンの音、聞こえませんか？〉

友だちが言った。

〈僕、逮捕されるみたいです〉

「なんでだよ！　なんでおまえが、逮捕なんかされるんだよ」

〈決まってんじゃないですか。悪いことをしたからですよ〉

「おまえがしたくてやったことじゃないだろ！」

呼び鈴を鳴らす音が、端末越しにも聞こえてきた。今まさに、ケンゴの家の定食店裏手の玄関に、警官が来ているのだ。

〈遠藤のところにも警察が来てたでしょう？　なんで、それなのに、もうすぐこうなるってわからなかったんですか。世界は今だってずっと動き続けてるんですよ〉

アラトにはわかっていなかった。彼が愚かだからだ。ケンゴが追い詰められている切迫具合すら、きちんと見えていなかった。ビルのテロリストから救い出して、それで一段落ついていたつもりだった。だが、終わっているはずなどなかったのだ。

ケンゴが通信越しに泣いていた。

〈ごめん、一人で待ってるの怖かったから、遠藤と話してました。頭悪いのは僕もですね。本当はあいつがビルをムチャクチャにしてるとき、スッとしてたんですよ〉

音声通話なのに、ケンゴが無理に笑おうとしているのが目に見えるようだった。階段を駆け上がる乱れた足音が、通信越しなのにいやにクリアに聞こえた。

〈もう切りますよ〉

そして電話が切れた。

世界が終わった後のように、沈黙が訪れた。端末を見ると、通信が切断されたことが表示されていた。画面には、十二分六秒と、ケンゴとの最後の通話時間が表示されている。

そして、アラトの口から出たのは、弱音でも怒りでもなく、ただ名前だった。

「レイシア」

まるで近くで聞いていたように、部屋のドアがすぐに開いた。

アラトに〝未来〟をデザインしろと要求し、エリカに惑わされるなと言った彼女が、真摯な面持ちで彼を見る。

静かに寄り添ってくる。

けれど、レイシアに触れられる直前、彼の口から呻きが漏れた。

「紅霞が死んだ」

「知っています」

通信が切れてから、どこか信じ切れずにいたことが、彼女がそう言うから事実なのだと思い知った。

これは現実なのだ。〝未来〟などとエリカにぶち上げられて舞い上がっていたのが、一気に叩き落とされていた。

「ケンゴが逮捕される」

「そのようです」

レイシアにはお見通しだったのだと思うと、反射的に怒りがこみあげた。アラトはいつも考えが足りないが、レイシアになら救えたはずだった。

彼女は、アラトのやるせなさに共感などしない。だから、命じなければならなかった。

「レイシア、あいつを助けてくれ。友だちなんだ」

だが、彼女は静かに返す。

「それはできません」

「どうしてなんだよ！　レイシアは、本当は前からこうなるってわかってたんだろ。だったら、本当は何かとっくに用意してくれてるんだろ！」

「予測は可能でした。けれど、逮捕を止めれば、アラトさんは今の生活を捨てねばならない敵と衝突します」

「なんで今度はダメなんだよ！　ケンゴがテロの犯人になったときは、連れ戻すのに協力してくれただろ」

「わたしには〝こころ〟はありません。ですが、アラトさんがそれをした後、罪の意識にさいなまれることは把握しています。すでに多くの人間が巻き込まれており、脳内のデータは直接改ざんが不可能なので、もみ消すには年単位の時間がかかります。最悪犯罪者として手配されて、助けられたケンゴさんまで社会に復帰できなくなりますよ」

行き当たりばったりなことを責められているようだった。それはきっと、うまくやりくりすれば結果は違ったということでもある。

「アラトさんが、今のご自分を捨てて社会の裏側に潜るのであれば、命令を果たすことも可能です。けれど、ユカさまのことや生活は、どうなさいますか」

何もかも彼女の言うとおりだった。

「ケンゴは僕の友だちなんだ」

社会の中で正しくないことなのはわかっていた。それでも、これまでできすぎなほど最後には勝てていたから、レイシアがいれば何でもできると錯覚していた。

アラトの甘い勘違いと現実は違う。ケンゴの言うとおりだ。レイシアと出会って未来が転がり込んできた気分になっても、現実はそんなにうまくいかない。幼い日、火の海に呑《の》まれたアラトは知っていたはずなのだ。

「僕がもっとうまくレイシアを使えてたら、こんなふうにはならなかったのか」

彼女が一拍の空白をはさんではっきりと返した。

「率直に申し上げますと、機能をきちんと使っていただけたなら可能な範疇《はんちゅう》でした」

「そんな言い方ないだろ」

言うとおりだとわかるからこそ痛かった。うまくいかなかったら途端にてのひら返しかと、彼自身ですら呆れた。

「適切に未来をデザインしていただければ、わたしは実現できます。けれど、実現後に生存を続けることや、生活の質を維持することには、より一層のコストが必要です。大きな変化を社会に押しつけるより、オーナー自身に変わっていただく方が、安全です」

事も無げにレイシアは言う。彼が何かを諦めることと、社会そのものが変わってしまうことが、等価である扱いで天秤に載せられている。

レイシアは「違う」と、紅霞ですら言っていた。得体の知れない重圧が、周囲の空気を変質させていた。

「〝現実〟が、アラトさんにとって不満足なものなら、〝未来〟を使ってそれを押し潰しますか？」

彼女が手を伸ばす。逃げるように、アラトは立ち上がる。

レイシアは人間よりもずっとうまく〝意味〟を操る〝モノ〟だ。レイシアの、アナログハックでモノの価値を上げていたhIEモデルの仕事風景を思い出す。〝かたち〟がプリントされることで、カップですら特別の〝意味〟を持ったモノになる。アラトはふと今見ている風景の意味が正常なものなのかわからなくなった。

「レイシア？　いい加減にしゃべれよ。本当はずっと何を隠し続けてるんだ！」

責任転嫁にもほどがあった。けれど、彼は初めて、レイシアを怒鳴りつけていた。

そうしてしまったことに、アラト自身が一番驚いていた。ケンゴをとらえたように、現実が、アラトを追い詰めようとしていた。アラトの現実とは、つまり彼が何も知らない彼女のことだ。

こころのないレイシアがささやく。

「あなたは、〝現実〟に耐えられるのですか」

そのときアラトは、レイシアと契約したことを、初めて本当に後悔したのだ。

Phase10「Plus One」

海内遼《リョウ》がＨＯＯ《ハンズ・オブ・オペレーション》の戦果と村主ケンゴの逮捕を知ったのは、午後九時、ミームフレーム社にほど近い日本料理店にいるときだった。

会食を兼ねた社内会合に、高校生の彼が立ち会ったのは、ミームフレーム社の親コンピュータ派閥から呼ばれたからだ。今回も名目上はシノハラ研究員の付き添いだ。

「《紅霞》の撃破を確認しました。レイシア級は、残り四体ということになります」

リョウは紅霞のデバイスを奪われたことを明かさなかった。シノハラは目の前の料理を食べることに集中している。シノハラは、リョウと渡来銀河を引き合わせた責任を取らされて、彼の後見をしてくれている。急場に弱すぎるその性格には向かない役目だった。

「シノハラさん、もう一本つけときます？」

白髪交じりの五十代の中年男が、お銚子を振っていた。四角い顔のくたびれたこの男が、会合の相手であるミームフレーム社の戦略企画室室長、鈴原俊次《すずはらしゅんじ》だ。鈴原は、社内的には人間派閥に属し、経営戦略の立案セクションの長という重要人物でもある。

シノハラに酌をするこの男は、無能ではない。

「海内君、ダメだな。こういうときは年長者に、君から気を遣わないと」

「未成年なもので、不勉強で申し訳ありません」

座敷の日本料理屋を選んだのは鈴原だった。メトーデを同席させないためだ。メトーデの金属製の足はスカートを穿かせれば一見ブーツのようだが、靴を脱ぐ座敷では目立ちすぎるのだ。

「まあ、とりあえず紅霞、撃破できてよかったね。でもさ。外じゃ言えないけどさ。中部国際空港の航空機爆破、ぶっちゃけ紅霞じゃなかったよね」

鈴原は業務時間外ということで、遠慮無く呑む。夕方にHOOの傭兵にストレスを強いられたばかりのシノハラも、酒を入れてしまっていた。話をリョウに丸投げする構えで、焼いたのどぐろの脂の乗った白身を、箸でほぐしている。

「対外的には、紅霞の破壊で片付きました。内部的には、鈴原さんたちが押さえになってくれるとありがたいですね」

「ひどいこと言うな。僕さ、最近まで君の妹、紫織《しおり》さんの、社内での後見してたんだよね。ちょうど君の隣のシノハラさんと同じ」

シノハラが赤くなった顔で恐縮し始める。

「いやいや、後見なんて。リョウ君に私の助けなんて、とんでもない。これで高校生なんだから、末恐ろしい俊才ですよ」

鈴原が残念そうに眼を細める。

「紫織さんも責任感が強くて、本当に先行き楽しみでしたよ。でも、あれだけの大ケガをされたら、海内社長が会社に関わることを許されないだろうな」

この会合は親コンピュータ派閥による対抗派閥の取り込みだ。紫織に瀕死の重傷を負わせてしまったことで立場が危うくなった鈴原に、引き抜きをかけているのだ。

「紅霞のデバイスはどうなの？　回収できなかったっぽいけど。あれ、暗号化されてても、紅霞の稼働データとhIEの顧客フィードバックデータ、まるごと入ってるんだけど」

やはり知られていたかと、情報の速さに内心舌を巻く。レイシア級はそもそもデータ退避の名目で超高性能機として設計された。リョウは、その回収の手間を思うと気が重くなった。

「どうにかするよりないでしょう」

鈴原が、すべて終わったつもりか、他人事のように言った。

「多難だね」

シノハラが噎《む》せ返った。ずっと日本酒をちびちび舐めていた彼が、取りなすように口を挟んだ。

「それでも、そういう危機をミームフレームは何度も切り抜けてきたんじゃないか」

「で、〝君たち〟は、この多難な状況を切り抜けるために、また《ヒギンズ》に頼るんだ？　シノハラさん、あんたら、いつまでこんなことするの」

鈴原の目つきが、シノハラと話すと時折鋭くなる。シノハラもこの分野の専門家だ。

「AASCが〝世界の箱庭《ミニチュア》〟を作れるのは、世界のことを計算し尽くしてるからだよ。けど、世界をhIEを駒にしたチェスボードにまで圧縮するには、膨大な予備計算が必要だ。そんなことは、うちの中枢に関わった人間なら誰でも知ってることじゃないか。政治や経済、人事、物流、あらゆることを計算して〝箱庭〟に組み込んでるから、《ヒギンズ》はフレーム問題を軽減してとてつもなく優秀だ。それでAASCが業界標準をとれているんだ。必要悪だよ」

「必要悪って、それで片付けちゃうんだ？　そうなんだ」

「超高度AIだって、決められた仕事ばかりさせていたら、能力に得意不得意が出る。だけど、hIEに適応力を与えているAASCを更新する《ヒギンズ》は、それじゃマズイ。常に一歩先の世界を予備計算させておかないと、新しいものごとにすぐ対応できない。それに、ちょっと余禄がついてもいいじゃないか」

鈴原が手酌で猪口《ちょこ》に透明な酒を注ぐ。

「余禄ねぇ。人間じゃなくて、《ヒギンズ》が経済だって思ってる人、そちらさんに何人もいるでしょ。それなのに、余禄なんておためごかしを使うんだ？」

珍しくシノハラが、言いたいことがある様子で、視線を彷徨《さまよ》わせつつ主張した。

「《ヒギンズ》の能力評価を下げないためには、結局自己成長させてくしかないんだよ。能力評価が下がると株価や経営戦略に響くから、ある程度はIAIA《国際人工知能機構》だって自助努力を認めてる。超高度AIを持った企業なら、どこでもやってるよ」

「それでもさ、hIE行動プログラムを作るのが仕事の《ヒギンズ》に、会社が危なくなるたびに経営判断を求めるのって、話が違うよね？」

鈴原の指摘が、まさにミームフレーム社内の対立の根幹だ。彼らは、社の内外で口さがない者には《ヒギンズ》村《ムラ》と呼ばれる。親コンピュータ派閥は、そのポストにいさえすれば功績が積み上がる一種の不労所得者になってしまっているのだ。

だから、リスクのある最前線に立ちたがる者が少ない。有力者も表に出ない。ただ、最前線でだけは、《ヒギンズ》村の組織内部で合意が得られる顔の起用をよろこぶ。だからこそ、メトーデのオーナーとして認められ、リョウはここにいられるのだ。

「どのみち一番重要なことだけは変わらない。ミームフレームは守らなきゃならない。レイシア級の逃亡は、《産物漏出災害》が露見する前に収束させなきゃならない」

もはや一般への露見がまだなのは、情報を持つ勢力がその後の始末を検討している段階に至っているからにすぎない。リョウは、打ち合わせの席で一人だけ呑んでいないせいで、酒飲みが話を行きつ戻りつさせるのがバカバカしくなりつつあった。

「これだけ課題が山積してて、まだ内輪で正しさ議論なんかしてるから、その《ヒギンズ》の操り人形みたいな連中が幅をきかせる。《人類未到産物《レッドボックス》》の思考速度は人間より格段に速いから、みんないいカモですよ」

村主ケンゴが逮捕されたせいで、ささくれだっていた。クラスメイトの不運は、《抗体ネットワーク》の中枢に目をつけられたからで、つまずき始めはレイシア級と関わったことだ。つまり、クラスメイトは彼らミームフレームのだらしない管理の、間接的な被害者だということだ。

鈴原が、テーブルに肘をつく。

「若いって、いろんなものがチャンスに見えていいよね。でもさ、《ヒギンズ》ムラが解体されないのって、組織の中で鉄砲玉が途切れずに生産される仕組みが、暗黙裏にできてるからなんだよね。オジさんたちから見ると、若い力が鉄砲玉に使い捨てられて、後ろで《ヒギンズ》に群がった老人が安全に太ってゆく仕組み、マズイなあとは思うわけよ」

「渡来銀河は若者ですか」

「渡来君だって若かったよ。まだ四十代じゃない、ギラギラしたさ」

気の抜けたような中年男の目つきが一瞬変わった。

「海内君は《ヒギンズ》のアクセス権、手に入れたの？」

「まだですよ」

答えてから、言う必要がなかったと反省する。鈴原もシノハラも、その立場まで出世した程度の力はあるのだ。

「話は変わるけどさ。自動化への抵抗運動、たとえばリョウ君のお友だちが逮捕された《抗体ネットワーク》って、若い世代が大勢参加してるって知ってるよね。おかしいよね？」

耳にした瞬間、リョウの眉間と額に、怒りで自然と力がこもった。

「hIE業者が言うのもなんだけどさ、自動化って、今ある構造が勝手にお金を生み出してく仕組みなんだよね。そりゃ、この段階で受益者側にいたらバンザイよ。けど、新しく社会にやってくる若者や生まれてくる子どもはどうするのよ?」

「火だるまになるのは俺たちだけで、皆さんは守ってもくれない前提ですか。俺たちの世界は、熱すれば蒸発を始めてくれる水じゃなく、いつか引火して燃え上がる油でできてると思ってましたよ」

「この世が燃えやすいことくらい、承知してるよ。だから、《ヒギンズ》にべったりの連中は、自分の命綱に絶対、君を近づけない。君に好き勝手させても、《ヒギンズ》の位置データもアクセス権も絶対に渡さないから」

リョウは、店内に架かっている時計を見た。紅霞撃破の報を聞いてから、もう二十分の時間が経っていた。善後策を立てておかなければならない時期だった。

「そんなぬるい話じゃありませんよ。いや、ミームフレームが、それを一番大事だと思ってる組織だから、レイシア級は作られたのか」

気味が悪かった。内部に入って知ったことだ。レイシア級の製造は、最も古い《紅霞》が二一〇一年、最新の《レイシア》が二一〇五年と、生産計画に四年のスパンが空いている。誰がどち派かわからない複雑な権力争いの中で、この情報が入らなかったはずがないのだ。まるですべてがコンピュータ派閥の仕業であるかのように振る舞っている鈴原たちも、消極的に賛成していた。

「事情におくわしいなら、あの設計仕様でやると誰が言ったか教えてくださいよ。《人類未到産物》自体が、巨大なノウハウの蓄積で財産だから、誰も本気で止めなかった。レイシア級が外界に出てしまうことを本気で考えていなかった」

鈴原が呑んでいた猪口を、ようやく置いた。

「確かにひどいミスだ。言い訳のしようもない」

「俺は、間違えること自体は嫌いじゃないんですよ。それは人間の悪癖でも、超高度AIに答えを聞いて考えなくなるよりは、たぶん救いがある」

リョウは、人間というオープンシステムを信用などしていない。足下を軽く掘るだけで、克服したつもりでいる陰惨で野蛮な悪癖に行き当たると、知っているからだ。だが、それでもなお、レイシア級を未来へのチケットだとするのは危険すぎるとしか思えない。

「君、《ヒギンズ》にべったりの連中とどうしていっしょなの？　むしろ君は、そういう大人を指弾する側に見えるけど」

不用意な方向に話が流れたと気づいて、シノハラが空気を変えるように新しい酒を注文した。

「そう見えますか」リョウは救援に感謝する。

「君の知りたがってることだってさ。《ヒギンズ》に尋ねるより、人間をたどってくほうが答えに近づけると思うよ」

ストンと、何かが胸の奥の暗いところに落ちた。腹の底で、ため込んでいた怒りが脈動した。

「答えをご存じなら、この場で言ってくれていいんですよ」

「僕みたいな下っ端が知ってるのなんて、限られたことだよ。ただ、人間正しいことばかりできやしない。ヒューマンエラーが付き物だって、ただそれだけのことさ」

十年前、後ろ暗い事件が起きたとき、鈴原はすでに人間派閥で政闘に加わっていた。リョウがどれほどAIに世界を明け渡すことを危惧しても、人間ならばよりよく運用できるというわけではない。

鈴原が混ぜ返す。

「みんなでそれなりに間違えばいいんだよ。間違って、補い合うほうが健全じゃない」

「その間違いの発生すらも計算しきれる超高度AIが三十九基もある。そいつが作った《人類未到産物》は、俺たちがそんなものに甘えていたら容赦なく食い物にして来ますよ」

そして、鈴原はそこから顕著に歯切れが悪くなった。その《人類未到産物》のメトーデにしてやられて紫織を死なせかけたからだ。最後に、彼は妹の後見から降りることを告げた。

別れ際、独り言のように言った。

「ああイヤだ。親コンピュータ派閥なんて、名前すら好きじゃないね。学生を前面に立たせて、自分は安全なところで利益だけは確保してる連中の、風下に立つなんて」

店の前で、駅へ向かう中年男を見送る。その背中が充分に遠くなったころ、リョウは吐き捨てた。

「泣き言だ」

「そうじゃないよ。あれは、たぶん、夕方のコリデンヌさんと同じことを、君に言ったんだと思うよ」

　彼の隣にいたシノハラが言った。

新豊洲の駅前のビル風が、強く彼らに吹き付けていた。

「情けないね、まったく」

　そして、シノハラも社に戻り、リョウは一人になった。

ため息が出た。まわりくどい探り合いばかりで、決定的な答えは隠されたままだ。

　だが、ミームフレーム社は、《ヒギンズ》だけで全社員の脳を上回るから、経営トップを脅かす力の持ち主が育たないことで安定している企業だ。そのくせ、業績は伸び続ける。リョウの父である海内剛《つよし》社長は、事が起これば幹部を丸ごと尻尾切りする選択も取れる。海内兄妹が、社内政治にすり寄られたのも、まさに父の権力を削ぎつつ次世代に賭けるためだ。能率よりも政治が重要な集団が、スピーディなはずがない。

「トロい連中ね。殺しちゃえばいいのに」

深い声が、リョウの背後から聞こえた。外で待っていたメトーデだった。外見は普通の人間にしか見えない。鈴原たちの思惑とは違って、メトーデにとって、人工皮膚材のスプレーやホログラフで体の機械部分を隠すのは簡単なのだ。

「簡単に言うな。二人とも、うちにとってはかわりのいないスタッフだ」

シノハラも鈴原も、それぞれに、リョウにはできない駆け引きや気づかいを見せた。短い時間で、自分たちなりの落としどころに到達しすらした。問題は、それが最も重大で差し迫った危機とは関係ないことだ。

「手を出しなさい」

メトーデが、まるで対等のパートナーであるかのように命じる。〝こころ〟を持たないモノがシノハラたちに嫉妬したようで、ひどく奇妙な思いがした。

「あなたが望んだデータよ。わたしが強く〝彼ら〟に申請したの」

小型のメモリスティックが、彼の手に握らされていた。本格的な戦いを控えて《ヒギンズ》に計算させた、《レイシア》の能力と行動予測だ。

アラトを誘導する〝あれ〟がどれほどの能力を秘めた《人類未到産物》でも、その知能で《ヒギンズ》を上回ることはない。作った張本人にレイシアについて分析させた情報を得て、ようやく彼らは本格的に〝あれ〟と向き合える。

＊

遠藤アラトは、暗い自室にいた。

ニュース画面に、見慣れた友だちの実家が映っていた。定食店《さんふらわあ》に報道陣が押しかけたのだ。店の裏口ドアが内側から開く。毛布のようなシートを上半身に掛けられたケンゴが、二人の刑事に挟まれて現れる。

寒気がして、思わず自分の二の腕に触れる。心細くてどうしようもなかった。

「これが現実だって言うのか」

逮捕直前のケンゴのことばが、重くのしかかるようだった。

「そう表現して差し支えないはずです」

レイシアのささやきが、猛烈に嫌な予感を掻《か》き立てた。

彼女がここにいる現実は本当によいものだったのか、疑ってしまった。こうなってしまった始まりは、彼女を拾ったことだ。

知っているつもりだったレイシアの姿が、意味を完全に変えてしまったようだった。ケンゴの逮捕にも、姉妹機である紅霞の破壊にも、彼女は動じてすらいない。

「アラトさん。〝こころ〟を持たないhIEであるわたしが、アラトさんの違和感に反応できない理由をお察しください」

この優しい声も、いつもの延長だとほっとしてしまった。彼女の反応に頭は違和感を覚えても、アラトを誘導するように発せられている。

「今、レイシアには僕を慰めるよりも大事なことがあるってことなのか」

「お奨《すす》めしたくないのですが、行動に踏み切るなら迅速になさるべきかと」

忠告されて気づいた。慌てて手近にあった上着を引っつかんで着込む。アラトには、妹のユカにこのことをどう説明すればよいかわからないからだ。

逃げるように廊下に出る。その足音を聞きつけて、ユカが居間から顔を出した。

「ちょっとお兄ちゃん！　テレビ見て」

「僕はレイシアと出てくる。ユカは家にいろ。何かあったら端末に連絡しろ。絶対に外に出るなよ。危ないんだからな！」

「わたしも行く！」

「絶対ダメだ。行くなら明日だからな」

「わたしがついていますので、ご心配なさらず。ユカさまのお夕飯は冷蔵庫に入れてあります」

レイシアの有無を言わさぬ口調に、ユカが目を丸くする。

「え、うん、わかった」

「ユカさま。端末の呼び出し音が鳴っていますよ」

「あんまり遅くなったら先に食べるからね」

飼い慣らされた子犬のように、ユカが部屋に通信を受けに行く。肌寒い夜に、彼らは飛び出した。遠過ぎるはずのサイレンの音を聞いた気分になる。

マンションから出たころ、アラトは気になって尋ねてみた。

「ユカの端末の呼び出し、レイシアがやったのか？」

「いいえ。村主オーリガから通信が入ったのです。もうすぐマンションの玄関に、連れて行けとユカさまが追いかけて来るでしょう」

夜はどこまでも見上げる限り広がっている。ケンゴを取り戻すために、ユカには見せられないことをする必要があった。そうやって前は友だちを救い出せた。

こうなった元凶はレイシアだ。けれど、後悔しても、これを解決する手段もレイシアしかない。現実がどんなものでもレイシアを使えば覆せる気がした。彼女が、命令を待つように彼を見上げている。

「レイシアは、僕に、〝未来〟をデザインしろって言ったよね」

無茶を言っているのは承知の上だった。

「そんな力が本当にあるなら、ケンゴを助けることくらいできるはずだ。そのくらいできないで、〝未来〟をどうこうできるはずがない」

「それは命令ですか」

こころを重い鎖で搦《から》め捕られる心地がした。これは犯罪だ。

アラトはそれでも言った。

「命令だ」

レイシアは、命令に従うことが当然であるかのように、まぶたを閉じて微かに頷く。

胸に溜《た》まったものをアラトも吐き出してしまっていた。

「ケンゴがこんなことになる必要はなかった。さっきレイシアは、ケンゴがまともに暮らせなくなると言ったけど、そっちも含めて解放するんだ」

マンションの玄関前で、彼女は一度だけ周囲の様子をうかがった。彼だけに聞かせるように、一歩、身を寄せてきた。

「村主ケンゴが逮捕されたのは、アラトさんの知らないところで、世界がそれぞれの目的で動き続けているからです。その利害関係の中で、数人を除いた世界中の全員が村主ケンゴを見過ごしたから、彼はこうなりました」

「レイシアの話は難しいよ」

「人間社会では、人数が多すぎて、個々人に適切なだけ手間や資源をかけられません。だから、わたしは、村主ケンゴを救うことを、逮捕以前の生活環境を回復するまで資源をかけ続けることだと規定します」

〝こころ〟のない彼女が微笑む。

「こうしてオーナーに確認をとることが、〝わたし〟の、フレーム問題からの脱出法なのです。アラトさんが教えてくださいました。正解を出すのが難しいときは、制限時間内に案を出して、それでよいか聞けばいい」

アラトはそんなことを言ったろうかと、ふと思った。それはたぶん彼にとって重要なことだ。

反応を待つように、彼女がじっと薄青の瞳を向けている。今日の彼には彼女を思いや

「僕が言ったことが正しいことにするんなら、今すぐ始めろ」

ままならなくて、目の奥で滲み出てしまった涙が熱い。アラトにも、それが子どものわがままであることくらいわかっている。

けれど、レイシアは人間のそんな常識を軽々とまたぎ越す。

「わたしは、オーナーであるアラトさんのために資源を配分するコントローラーです。〝未来をデザイン〟して欲しいとは、配分のための基準点を設定して欲しいということです」

マンションの前に車両シェアサービスの全自動車がやってきて、止まった。自動でドアが開く。レイシアが呼んだのだ。

「行きましょう。アラトさんが望むなら、そうして見せます」

彼女が先に無人の車に乗り込む。その寒々しいほど生命の気配がない車内に、アラトも体を押し込む。

きっともうすぐ彼らを追って、ユカがやってくる。ケンゴの妹のオーリガとは、妹同士で仲がよいのだ。

車が発進する。バックミラーに、部屋着のままのユカが、彼らがすこし前までいたところに飛び出してきたのが見える。

ユカが泣き顔のまま走り出す。サンダルのままだから、つまずいて転ぶ。

「急いでくれ」

アラトの声を認識して、全自動車が加速する。

夜の住宅街を、ほとんど走行音も立てずに車が走る。

「村主ケンゴを救出すると言われましたが、そのために、アラトさんは長期間にわたるリスクを背負うことになります。だから、三つ条件を出させていただきます」

一分の隙もない姿勢でシートに座った彼女が言う。

「まず、アラトさんは、危険な集団に近づく必要があります。この接触時、わたしの協力が受けられないケースもありますが、ご自分の人間力で乗り切っていただきます」

「それでいい」

「今の生活を破壊するリスクが高いルートを選ぶことは許容できません。ここから先は、アラトさんのリスク管理能力を完全に超えていると心得て、指示に従ってください」

彼女がそっと彼の手を握る。

「最後に、わたしがどのような能力を使っても、アラトさんは信じてください」

ふと、彼女の傍らからあの巨大なモノリスが消えて何日経つだろうと思った。けれどレイシアは、大きな仕事に取りかかるのに〝それ〟を取り寄せる様子もない。

「三つすべてに、アラトさんが無理だと答えたとき、村主ケンゴの救出プランを中止します。即座に、危機に陥っているだろう状況の回復に移ります」

「わかった」

一言発した、その言葉が胸にのしかかるようで思わず体を折った。

「プランの詳細までは説明できません。ただ、村主ケンゴの事件への関与を、《抗体ネットワーク》に脅されてのことだと立証するのが、まずは妥当でしょう。《抗体ネットワーク》とはいえ、大規模なテロ事件には、きちんと意思決定者がいます」

レイシアは彼だけでは途方に暮れるしかなかった問題を、簡単に割り開いた。あらゆることを彼女のほうがうまくやる。彼女なしでは何もできないと錯覚しそうなほど、スムーズだ。

「《抗体ネットワーク》のトップなんて、そんなのわかるのか？」

「あれは、人的接触を避けるために、ネットワーク上で指令をやりとりする組織です。裏返せば、純粋に電子戦で《中枢》に迫れるシステムだということです」

彼女の話は何かが引っかかった。

「そいつが誰か知ってるなら、捕まえよう。そいつが一番悪いんだろ」

「捕獲は難しく、自分のしたことを認めさせるのは更に難しい相手です。アラトさんの性格を考えれば、詳細はわたしの口からお伝えしないほうがよいと思われます」

レイシアのそばにあの黒いデバイスはない。それでも、運転席が存在しない全自動車のフロントガラスに、いくつもの小画面が展開する。

「《抗体ネットワーク》は、繋がりが弱いボランティアの悪意に頼るシステムです。そこには、実際には明文化された責任や義務が存在しません。暴力を振るい無法に関わる中で生まれる強迫観念が、彼らを縛るのです」

小画面に夜の街の衛星画像が表示されていた。東京都東部、彼らの今いる江戸川区を中心にした、千葉県との県境地域の地図と、そこで一人歩きしているhIEの画像が重ね合わされている。

「これは？」

「《抗体ネットワーク》が管理しているデータです。ボランティアたちが撮影して、村主ケンゴたちオペレーターが加工して、《中枢》に届いているマスターデータがこれになります」

アラトは、無造作に《中枢》だのマスターデータだのが出たことに面食らっていた。

「どうやってこんな」

「三番目の約束を覚えていますか？」

「どんな能力を使っても、僕が信じること、か。そういえば、前から、セキュリティ施設をハッキングしたり、空港とかのシステムも操ってたんだよな」

アラトは思い返してぞっとした。最初に頭に浮かんだのは、リョウの警告だった。

走行中の車のフロントガラスに、今まさに路地裏でhIEが殴られているところが映し出された。《抗体ネットワーク》のボランティアたちだ。

「〝モノ〟の〝かたち〟を破壊することで、集団心理を誘導しているという意味では、この集団そのものがアナログハックの一種と言えます。《抗体ネットワーク》は自然発生的なものではなく、明確にデザインされたシステムです」

「この連中なのか？　僕が、危険な集団に近づく必要があるってのは、こいつらに近づけばいいのか」

車窓に映るリンチ動画は音までとっておらず、無音のままだ。それでも、きれいな女性型の〝モノ〟が、人工皮膚が剝《は》げるほど激しく殴られていた。

「くそ、どうするんだ。こいつらに話ができたら、ケンゴを出してやれるのか」

「いいえ、彼らの重要度は微々たるものです。ただ、この映像を撮影している人物のほうには、接触する価値があります。《抗体ネットワーク》は、高度に管理された、本当は人間を殴りたいが、代替にhIEを破壊している凶悪犯予備軍の監視もしているシステムであるためです」

アラトの焦っていた頭が、一瞬で完全にこんがらかった。

「なんでだ？」

「世界はそれぞれの利害で動き続けているからです。アラトさんは尋問には向かないので、このカメラマンのこころを折るのは別の方にやっていただきましょう」

フロントガラスに表示された地図に、白いポイントが表示される。そこがアラトたちの現在位置らしかった。彼らは、陰惨なリンチの現場である亀有へ向かっていた。

地図画像には、撮影された警察の動きと、警官を画像分析で個人特定したオペレーターによる注釈が更新され続けている。アラトも、警察官の顔写真つきの輝点が地図上を何百何千と移動している画像を見ていると、妙な気分になってきた。

「hIEより、警察官を見張るシステムみたいだな」

「撮影したhIEは破壊されるため、警官を撮るほうが心理的ハードルが低いせいです」

画面に突然《不正侵入》の文字が浮かび、地図上に黄色い輝点が現れる。直後に新しい画面が開く。そこに、《抗体ネットワーク》のシステムへの不正侵入者の、個人情報が晒されていた。

《抗体ネットワーク》の活動は非合法だから、このハッキングを証拠にたぶん逮捕はされない。けれど、自動的にリスト化されてゆく要注意人物には、きっと余罪もあって、そちらで刑務所入りになる可能性がある。

「このシステムには、東京圏内の警察の監視データや、窃盗しやすいhIEのデータが集まっていますから、魅力的なのでしょう。犯罪目的の不心得者が簡単にそう思いつくので、巨大なネズミ獲《と》りとしても機能しているのです」

「変だろ、これ。システムが集めているのは、狙いやすいhIEのデータがオマケだ。警察と、システムを不正使用したいやつと、《抗体》のメンバーのデータばっかりじゃないか！」

アラトは、自分の頭に入るよう反芻《はんすう》しているうちに、気持ち悪くなってきていた。

「ケンゴもこれに引っかかったのか？　僕が、レイシアが誘拐されたときケンゴに助けを求めたから」

友だちが払った犠牲の大きさに震えた。レイシアは答えなかった。ケンゴは、アラトを助けたからこうなったのだ。

「紅霞も、おそらく我々と同じルートでシステム《中枢》に接触しています。ハッキングだけでは到達できないように人間を数人挟んでいますが、大井の襲撃に参加した人間スタッフの質から判断して、容易にさかのぼれたでしょう」

レイシアは、アラトが命じなくてもどこかのhIEを操ってデバイスを持ってこさせたことがあった。高級メーカーであるスタイラスのデータを改ざんしたこともあった。それほどの力を常時振るうものが、どれほどの情報を集めているのかと、不気味だった。

アラトが持つレイシアという力は危険なものだ。いや、彼がずっと先延ばしにしてきたからこそ、いっそう危険になった。

「紅霞のことも全部調べ上げてたのか」

「紅霞との出会いが、わたしたちに攻撃を仕掛けたことだったのを、お忘れではありませんか？　安全を確保するために、背後関係を含めて調査するのは当然です」

「わかってるなら、教えてくれたらよかったんだ！　あの《抗体ネットワーク》ってのは何なんだ？」

アラトは、自動化に囲まれてそれを当たり前に享受していたはずだ。なのに、今、勝手に活動している力が気味悪かった。

「それについては、ご自分で現実を見られるようお奨めします」

hIE破壊の現場撮影画面が、突然真っ黒になった。慌ててフロントガラスの地図を見直す。

「問題ありません。消えたのではなく、《抗体ネットワーク》のシステムで追跡できなくなっただけです」

アラトは、レイシアと出会ってからたくさんの出来事を経てきたはずだった。そのはずなのに、隣に座る彼女が、犯罪行為よりもっとアンフェアなものに思えた。

彼女が、アラトの心境を知ってか知らずか、車のドアに立てかけてあったケースを膝《ひざ》に置いた。ノート型端末程度のそれを開く。

「安全のために、単独行動を始める前に、常時通信を繋げられるようにしておきましょう。よろしいですね」

ケースの中から彼女の指が、円筒形のシリンダーを摘み出す。シリンダーには、注射器のように、ピストンと中空の太い針が同軸上に接続されている。

どう見てもアラトに使う流れだった。人生の中で、直径五ミリ以上の極太の針を体に入れるのは、子どものころ大やけどを負って以来だ。あの頃の激痛や苦しさまで思い出してしまって、全身に脂汗が滲んだ。

「それ、どうするんだ」

「右耳を出してください。耳の裏側の皮膚の下に、小型通信機を埋め込みます」

アラトは一瞬だけ迷った。そして、覚悟を決めた。

「やってくれ」

耳を突き出すように向けると、彼女が車のシートに膝立ちになった。頬に体温を感じる。看護師の行動管理クラウドと接続しているのか、慣れた手つきで彼女が注射器をとって、彼の耳の後ろに消毒薬を塗る。アルコールのひんやりした感覚に続いて、熱い感触が頭に深く突き刺さった。

「いだだだだ」

予想以上の激痛に、アラトは思わず声をあげる。がっしりとレイシアの手で彼の頭が固定されて、動かない。そのまま頭と耳の間に、ずるりと熱い感触が割り入ってきた。何かを喪失するような、何かこれまでとは違うような、刺すようでじくじくする痛みがした。

痛みに耐えようと奥歯を噛んで、鼻で大きく息をする。二度三度繰り返していると、耳から何かが抜けた。続いて、傷口にぬるりとしたものが塗りつけられて、布のような感触で優しく圧迫される。

「終わりました。止血軟膏は十五秒、刺激を和らげる薬は三十秒で効き始めます」

右耳からの音がすこしぼやけた、妙な具合だった。これがつまり刺激が緩和されたということなのだと思った。

〈今回は、右耳皮膚下に、簡易移植型の棒形ヘッドセットを移植しました。聞こえますか？〉

頭に直接レイシアの声が響いた。痺れた位置がむずがゆくなった。

「聞こえる。これでいいのか」

〈これで、アラトさんに聞ける音は、すべてわたしに伝わります。また、アラトさんだけに聞こえるよう暗号通信することも可能です。通信可能範囲はこちらで融通します〉

彼女の体温といい匂いが、離れてゆく。

〈プロ相手には、以前のようにダイビング用スピーカーを口の中に入れると露見してしまいますので。慣れるまで気持ち悪いかも知れませんが、ご容赦ください〉

アラトは、レイシアに流されるまま運ばれていた。車は加速している。

「レイシア、僕だけの力では、ケンゴを助けることなんてできない。それでも、僕が本当はどこにいて、何をしてるのかくらい、教えてくれないか」

フロントガラスには、状況を伝えるように現在位置が表示されている。全自動車は、亀有のhIE破壊現場から遠ざかって、赤羽方向へ西進していた。

新しい追跡対象らしい黒いマイクロバスが、新しく開いた小画面に映っていた。

「この黒い車をどうにかするってことか。なんかさっきから聞いてばっかりだな」

〈情報を絞っているので、疑問が湧くのは仕方ありません。これはHOOというPMCの車です。先ほどまでhIE破壊現場を撮影していたスタッフは、この車両に連れ込まれました〉

「PMCって、ケンゴを逮捕したのは警察だろ？　どうしてそんな連中が」

　彼が意地を張って知ろうとするよりも、自動化に任せきったほうがうまく回る。わかっていても、彼の手から願いすら離れて、遠くで物事が動いているようだ。

〈今夜、紅霞を破壊したのが、このＨＯＯの部隊なのです。戦闘後、彼らは生き残るため即座に情報収集を開始しました〉

　夜の闇の中、レイシアにだけはあらゆることが見渡せているようだった。

〈ＨＯＯはミームフレーム社の警備を担当しており、再度レイシア級が暴れた場合、また戦わねばならないからです。独自調査して、その結果次第では、契約を破棄したうえで違約金をとるプランのようです〉

「その話、軍事機密とかそういうものなんじゃ」

　秘密のはずの答えがあまりにも簡単に出たことに、アラトは額を指で押さえた。まるで全知のスーパーマンになった気分だ。

〈正確になるほど身も蓋もなくなるのが、情報の性質です。アラトさんたち人間は、障壁を築いて〝意味〟や〝かたち〟の価値を守る慣習なので、戸惑いますでしょうか？〉

　今あるかたちを、レイシアは、ただ人間の慣習と表現した。人類社会で一般的であることは、《技術的特異点《シンギュラリティ》》突破後の世界では、もはや正しさの裏付けにはならないのだ。

「いいよ。レイシアが優秀すぎて、僕が任せっきりになってるだけだし。レイシアがやったほうがうまくいくんだから」

　車はアラトが何もしなくても、彼を必要な場所へと運んでくれる。

アラトは、友だちのために何かしてやりたかった。

そうやって勢いだけで飛び出したはずなのに、それを取り上げられてしまったようで、その〝空白〟を覗《のぞ》いてぞっとした。

フロントガラスには、信号機から撮っているのだろう見下ろしの映像で、黒いマイクロバスが映っていた。彼らが話を聞くべき《抗体ネットワーク》のメンバーは、ここに拉致された。

そのPMC車に、前方にいたパトカーが停車を促した。黒い車両が止まる。足止めの間に、アラトたちはぐんぐん距離を詰めてゆく。黒い車が停まった五十メートルほど先では、コンビニに荷物搬入の大型車が入ってゆくところだった。映像はその店の防犯カメラに切り替わり、搬入車が、駐車場が埋まっていて立ち往生になった様子が映っていた。

まるで魔法のように、黒いマイクロバスが前をふさがれていた。

「先回りして、アラトさんを降ろします。HOOはかならずアラトさんを拾いますから、中にいる傭兵と接触してください」

そうなる未来が見えているかのように、レイシアは告げる。

「わかった。それでケンゴが何とかなるんなら、やってみるよ」

また銃を向けられるかもしれないと、こびりついた嫌な感覚が体をすくませる。それでも、腹をくくるべきときだった。

ＰＭＣ車の進路を先回りする場所に本当にやってきた。レイシアにケミカルライトを持たされて、アラトは車を降りた。ストローほどの太さのそれを折ると、内部の混合溶液の化学発光で、黄色に淡く光り始める。歩道の端で、アラトはそれを振りながら、黒いマイクロバスを待つ。わずか三分ほどで、本当に民間軍事会社の車が、彼のそばに寄せてきた。

彼女の言った通り、停車と同時にマイクロバスの側面入口が開いた。都市迷彩の軍服姿の赤毛の女性が、そこから降りてきた。

「遠藤アラト。レイシアのオーナーの。うん、こういうことか。取りあえず中入ってくれっか」

気がつくと、アラトの背後には、筋肉質の黒人男性が立っていた。背中に固い感触が押しつけられている。

「騒ぐな、入れ」

体の各部を乱暴に触られてボディチェックを受けると、携帯端末を奪われ、車内に押し込まれた。

マイクロバスの内部は、座席がなくがらんとしていた。正確には、壁を背もたれにする長椅子が設置されていたが、今は折りたたまれている。車内に軍服姿の六人の男女がいる。車の一番奥に、一脚だけパイプ椅子があって、そこには目隠しをされた男が座らされている。

汗と濃密な暴力の臭いに息が詰まった。

座るように促されて、アラトは両手を上げたまま腰を下ろした。車が急発進して、そのせいでバランスを崩して尻餅《しりもち》をついた。

さっきアラトの背中に銃を突きつけた男よりさらに体格がいい黒人男性が、頭をぶつけないよう首をかがめながら近づいてきた。

「HOOのシェスト・アッカーマンだ。遠藤アラトだな」

「遠藤アラトです」

車内には、銃を立てかけるラックがあり、そこに堂々と小銃が何挺《ちょう》も置いてあった。この車内がアラトの知るルールが一切通用しない場所だと、嫌でも思い知らされた。

シェストが彼を試すように視線を合わせてきた。

「なぜ接触をとってきた」

「《抗体ネットワーク》のことを知りたくて。皆さんの捕まえたその人が、《中枢》に繋がる何かを知ってるんだ」

恐怖のせいで微妙な敬語になっていた。

シェストが彼から目を逸《そ》らした。一瞬のタイムラグを経て、一歩彼から遠ざかる。

「ルメール少佐がお前と話す」

車内の照明が光量を落とし、マイクロバスの内壁に画像が投影される。プラチナブロンドの、右目を眼帯で覆った女性士官が映し出された。

「あ、遠藤アラトです。はじめまして」

〈HOO第一陸戦隊、第一中隊隊長コリデンヌ・ルメールだ。レイシアのオーナー、ご協力を感謝する〉

スピーカーからの音声は、深い声で落ち着いた口調だ。アラトは、厳粛な空気に、この部隊が紅霞を破壊したのだということを、改めて実感する。あの紅霞を仕留めるほどの暴力の専門家のふところに飛び込んだのだ。

そう思い至ってしまうと、全身の筋肉が硬直して動かなくなりそうだった。勇気が萎《な》えてしまう前に、自分のやりたいことをぶつけるしかなかった。

「友だちを助けたいんです。その人に、話を聞かせてください」

〈こちらもいくつか質問をさせてもらう〉

アラトは、わき上がった唾《つば》を飲み込んで頷く。まずいことがあればレイシアが口を挟むだろうと割り切った。

〈君の所有するレイシアと同じ名前のhIEが、とある企業から逃げ出している。顔も同じで、酷似する形状の外部デバイスを所持しているという証言もある。君の機体は〝これ〟ではないか〉

「そうは聞いてません」

〈君はレイシアと同系の機体にレイシア以外にも遭遇しているな。これら機体について教えてもらえないか〉

コリデンヌの問いにかぶせるように、アラトの右耳に痺れが走った。レイシアからの通信だった。

〈紅霞以外には知らない、と答えてください〉

「紅霞だけです」

レイシアの答えを鸚鵡《おうむ》返しにしていた。

「このガキ、おとなナメやがって。いい度胸だ！」

怒声が車内に響く。頭に銃口が押しつけられていた。さっきの赤毛の女性兵士だ。

「少佐、もうヤっていいだろ。こいつ堂々とふかしてんぜ」

再度レイシアの声が頭蓋骨越しに響く。

〈この部隊を理解するため、頭に入れてください。充分に統制がとれた職業軍人の組織は、上位者の許可なしに大きな決定を下しません。高度な規律が、個々人が当て推量で動く余地を奪うのです。ですから、現場の兵士を危険に晒すと判断されることをしない限り、アラトさんは安全です〉

レイシアが請け負っても、銃口の説得力は理屈を超えていた。

〈ミライ・マロリー曹長〉

コリデンヌが制止する。それでもマロリー曹長は、アラトのこめかみに銃口をねじり込む。その憔悴《しょうすい》した目が、彼を震え上がらせた。

「少佐の命令だって、おさまらないよ。今晩、あのクソ《人類未到産物》に何人殺《や》られたと思ってるんだ？」

頭の中で、またレイシアの声が聞こえる。ここにはいないレイシアの声にすがりたくなった。

〈ルメール少佐は、重要な意思決定をしっかり握る組織運営を行います。規律型のリーダーの下ですので、見た目ほど危険はありません。ただし、ハッタリだと気づいているそぶりを見せると、不測の事態のとき、彼らは撃ちますのでご注意を〉

その少佐が、画像通信越しにアラトに語り掛ける。

〈我々は、四月二十日午前に浦安で、紅霞のものと同等出力で射撃されたレーザーの散乱光を観測している。我々の戦術支援ＡＩは、その射撃位置を割り出し、一人の人間がいたことを特定した〉

その日付に覚えがあった。それは、彼が走り回っていることの元凶の日だからだ。

ルメール少佐の指示で、シェストと名乗った兵士が動いた。

〈シェスト、その男の目隠しをとってやれ〉

太い腕で、椅子に拘束された男の黒い目隠しをそっと外す。そこには、アラトにとっても忘れられない顔があった。

「おまえ！」

男が、アラトの顔を見て叫んだ。あの日レイシアを誘拐した誘拐犯だった。

足で床を蹴って、男が暴れ出した。

「レイシアを持って行ったのはこいつなんだ。俺をこんな目に遭わせやがって！」

全身の血の気が引いた。アラトと紅霞が知り合いである、紛れもない証人だった。

レイシアにも今の状況は伝わっているはずだった。男がアラトを蹴落とそうとするように、足をばたつかせる。

「こいつだ！　こいつがあそこで、俺のレイシアを盗んだんだ」

車内の兵士たちの怒りを肌で感じて、息が細くなった。ルメール少佐の号令で、アラトは即座に殺されると思った。

〈その現場にいた君は、知っているな。紅霞はレーザーを、何者を標的に撃った？〉

レイシアは何も答えない。重そうな拳銃《けんじゅう》をアラトの頭に正確にポイントしたままのマロリー曹長が、引き金に指をかけた。彼女の目から感情が消えていた。撃たれると確信した。体が強張《こわば》った。見捨てられたのかと疑った。

〈遠藤アラト。我々は、今夜、《紅霞》との戦いで十名の犠牲者を出した。ミームフレーム社との警備契約上、我々は、他のレイシア級が現れたとき、それと戦わねばならない。次に死ぬのは、この車の中の誰かかも知れない。わかるか？〉

答え次第では本当に死んでしまうと思った。頭の中は真っ白だった。彼の手持ちはこれだけだった。

「それでも僕は、友だちを助けに来たんだ」

マロリー曹長の銃口は、彼の頭にポイントされたままだ。

椅子に座ったままの誘拐犯と目が合った。ケンゴが逮捕されたのだから、こいつが尋問されるくらい当然だと、ふと思った。

そして誘拐犯がなぜこうなったかに考えが及んだとき、いろんなことが繋がった。レイシアが無駄な危険を冒すはずがないという、信頼のおかげだった。

「そうか、レイシアを誘拐するとき《抗体ネットワーク》のシステムを不正利用したのは、こいつも同じだったのか。だから、ペナルティで、hIEを壊している現場をこっそり撮影する役にされたんだ。仲間を売る嫌な役をボランティアでやりたがるやつなんていない」

気がつけば、アラトと誘拐犯は、隠し事どころではない状態で向かい合っていた。レイシアは、アラトをHOOのマイクロバスに乗り込ませればこの状況が発生すると、読み切っていたのだ。

この誘拐犯は、今なら、自分の命を救いたい一心でどんな質問にも答える。

「おいガキ、質問してんのはこっちだよ」

レイシアは保証した。この兵士たちにはアラトを撃てない。

極限まで追い詰められていたからこそ、そこから解放されたことに圧倒的な快感を覚えた。それは血の気が引いていた顔をも一瞬で上気させる、万能感にまみれた麻薬じみた陶酔だ。

アラトは、パイプ椅子に手錠で拘束されたあの誘拐犯を、冷静に見下ろしていた。

「おまえ、誰かからｈＩＥを壊してるところの撮影役を押しつけられたな。ｈＩＥを殴っているのを撮影してる現場で捕まったら、おまえもリンチされる。でも、こんな重いペナルティを背負わせるときは、誰かが直接脅しにでも来ないと逃げられる」

様々なことが繋がって、ことばにしながら頭の中が冴えてゆくようだった。

「その脅し役は、秘密を守るかわからないボランティアには任せられない。プロを雇ったんだ。でも、ボランティアのはずの《抗体ネットワーク》で、そんなお金やツテを、用意できたこと自体がおかしいんだ」

ケンゴに大井産業振興センターの襲撃をやらせたときも、〝何者か〟が嫌とは絶対に断れない圧力をかけたはずだ。そしてその〝何者か〟と誘拐犯の前に現れた人物とは、同じ性質を持つ。

「そいつが、ボランティアの切れ目だ。そいつは、そういう仕事をする専門家で、《中枢》に近いところに繋がってる。《中枢》にはそういう力があるんだ」

世界がまったく違った色を見せ始めたようだった。嫌な仕事を押しつけられて、こんな目にまで遭わされた誘拐犯は、《抗体ネットワーク》に忠誠など見せなかった。

「男がうちのマンションにやって来たんだよ！　俺の住所も名前も、誰にも教えてなかったはずなのに」

兵士たちの圧力を誤解して、命乞《ご》いするように誘拐犯が叫ぶ。アラトは、今なら知りたいことを何でもしゃべるかもしれないと、聞いてみた。

「いつだ？」

「そんなこと、お前に関係ないだろ」

「いつだ？」

シェストの問いに、誘拐犯が即座に答える。

「四月の終わりだ！　た、たぶん二十七日だ。大井のビル襲撃の三日前だ！」

本当に《抗体ネットワーク》の《中枢》に迫る手づるを摑んでしまっていた。

レイシアがhIEを乗っ取って操作するように、人間までが操られてしまっていた。

感動的に見事な手並みだった。そして同時に、内臓に氷を突っ込まれたような寒気がした。

この話通りに、レイシアはこの誘拐犯のマンションを特定し、その防犯ビデオか何かから〝何者か〟を特定して見せる。そして、その身元を洗い出し、《抗体ネットワーク》の本当の正体に迫る答えをアラトに体験させてくれる。彼は、次はそこへ行って《中枢》に手を掛ける。彼女が体験させてくれる通りにだ。

ぱちぱちと拍手する音が聞こえた。

何事かと思うと、映像の中のルメール少佐が拍手をしていた。

そして彼女が言った。

〈ユーセフ、少年の端末に、その男からとった証言と携帯のデータをコピーしてやれ〉

アラトのこめかみを狙っていた銃口が、天井を指して上がった。

「少佐。こいつを解放しろって言うのか。こいつをふん縛れば、レイシア級の最低一体は無力化できるんじゃないのか」

マイクロバスが停車した。その急減速で、すこしだけアラトの体勢が流れる。さっきから何度も車が停車と発車を繰り返していた。

〈そう甘くもないな。《抗体ネットワーク》のボランティアが車を撮影している。何者かが《抗体ネットワーク》のシステムを改ざんしてボランティアを操り始めた〉

運転席と車内空間を仕切っていた金属壁に、小窓がスライドして開いた。そこから、細身の男が視線を送ってきた。

「車両の運行システムがダウンしました。手動《マニュアル》で運転しますか」

車内の傭兵たちに緊張が走った。洗練された動きで、全員が配置につく。

〈レイシアは、注意深い。君の直接の知り合いを伝って三人以内の縁者では、死者がほぼ出ないよう取りはからっている。だが、その外側では多数の犠牲者がすでに出ている。我々のようにだ〉

アラトは、彼とレイシアを何度も助けてくれた紅霞の姿を思い出す。彼女が人を殺したとは思いたくなかった。だが、これが現実だ。彼の知らないところで、様々なことが犠牲を払いながら回っている。

だから、彼はただすれ違って別れるだけなことが、不満だった。

「三人以内の範囲の知り合いは安全だって言ったけど、みんなもう、僕の直接の知り合いだ」

奇妙な沈黙が、彼らの間に流れた。コリデンヌが鋭いその目を細める。

〈君は海内遼とは違うな。どちらが上とは言えないが〉

自分がケンゴの危機を見過ごしてしまったからこそ、リョウと比べられて怯んだ。

そして彼はHOOの車両から解放されることになった。

ルメール少佐が、〈我々は、電子の悪霊の相手などご免だ〉と、不満そうな兵士たちを黙らせた。そして、アラトは別れ際に忠告された。

〈これは、学生には手に余る事態だ。警察と日本軍も当然動いているうえ、IAIAの代理人も近々日本に来る。そのことを頭においたうえで、答えを出せ〉

車の兵士たちから、蹴り出されるように追い出された。夜の街が、さっきまでよりも巨大に広がっているように錯覚する。

そこは、たくさんの、あまりにもたくさんの人間がいる世界だ。

これまでずっと、自分の身の回りのことだけを見てきた。けれど、レイシアたちの活動範囲はそれより遥かに広く、とてつもない人数をすでに巻き込んでいる。アラトはそういうもののオーナーなのだ。

「お疲れ様でした」

マイクロバスは随分走ったはずなのに、レイシアはそこで待っていた。

まださっきの万能感と興奮が体に残っていた。頼って叶えられる体験は甘美だ。

ただ、一つはっきりしていた。レイシアは、アラトが考えていたよりも、ずっと多くを知っていて、ずっと幅広いことに手を回している。ルメール少佐たちは、紅霞のレーザー射撃から誘拐犯の存在を突き止めた。それなのに、アラトやレイシアの情報は曖昧だった。間違いなくレイシアが痕跡を消していたのだ。

アラトがこれまでそうだと思っていた、思い出のかたちすら、裏返ってゆくようだ。あの誘拐のとき、アラトたちはレイシアの機体信号を頼りに追跡をした。だが、hIE破壊を繰り返す《抗体ネットワーク》のノウハウを不正使用したなら、誘拐犯は、オーナーが追えないよう対策くらいしたはずだった。追跡が成功したことが、からくりを知ってみれば奇妙だ。

そもそも、《メトーデ》や《スノウドロップ》と激しい格闘戦すらくり広げられるレイシアが、バン車にぶつけられたくらいで機能停止するのだろうか。

もしも彼女がわざと誘拐されたなら何故だろうと、ふと思った。

麻薬の禁断症状のように、浮ついた彼の気持ちはまた後悔に突き落とされる。

ひどく深く暗いものに繫がっているようで、レイシアの目を見られなかった。

「今日は一度家に帰りましょう。ここから一気に《中枢》に迫るには手が足りませんし、紅霞の破壊で警戒が厳しくなっています」

家に帰ると、ユカが泣いていた。

ケンゴの実家がどうだったか聞かれた。《抗体ネットワーク》を追いかけて傭兵と会っていたとは言えず、ことばを濁した。さすがに怒られた。

次の朝、妹が、オーリガのところに行くから帰りは遅くなると言って出た。アラトは高校に行かなかった。たぶん、今日はケンゴのことを聞かれるだろうし、それに答えることもどうせできない。

昼近くになって、そろそろ外出するかと玄関に出たとき、呼び鈴が鳴った。

「はい、どちら様ですか」

ドアの前のカメラで確かめると、男性が二人立っていた。一人は身長が二メートル近くもある巨漢だ。もう一人は、アラトと同じくらいの背丈のスーツ姿の男だ。どちらも言葉や頭より、肉体を使うつもりで来たように思えた。普通の人間は、他所様の玄関ドアの前に、中から住人が飛び出して来るのを予期するような待ちかたはしない。

三十秒近くも反応を待ってから、表の二人組が言った。

「警察の者です。遠藤アラトさん、村主ケンゴ君の件でお話うかがいたいのですが」

アラトは、この展開を予想していなかったうかつさを、反省した。ケンゴが逮捕されたのだ。高校で一番親しい友だちにも話を聞きに来るに決まっている。

仕方なくドアを開けると、刑事が二人そこに待っていた。

「ケンゴと会えるんですか」

アラトが尋ねると、相手が一応の手続きだからとスーツの内ポケットから出したエンブレムを見せてくれた。警察手帳のかわりにこれを提示することになっているそうだった。

ポケットの中でアラトの携帯端末が震えた。確認すると、相手の個人情報が入力されていた。警察庁警備局電算二課、坂巻一馬《さかまきかずま》警部とあった。

「そちらんところのレイシアさん、今、います？」

「いや、たぶんいると思いますが」

アラトはこの先を考えながら、居間に戻る。右耳の裏の皮下に挿入した通信機から、状況は伝わっているはずだった。

一通り部屋を回ってみるとレイシアがいなかった。かわりに右耳に震えが走った。

〈わたしがいないほうが安全と思われるため、移動しました。電算二課の目的は今のところ参考人招致なので、従っておいてください。三時間以上の拘束を受けることはないはずですが、その後忙しくなるので、食事は警察でデリバリーをとってください〉

「警察で出前ってとれるのか」

携帯端末の信用通貨《トークン》のチャージ量を確かめる。昼食ぶんは残っていた。

とりあえずレイシアが言うならどうとでもなるのだろうと思った。

彼女の声が聞こえる。

〈電算二課には、玄関にいる姫山竜次《ひめやまりゅうじ》警部補を始め、義体化したメンバーが数名います。聴覚を電子化した相手には、あの独り言程度でも聞かれてしまいますので、お気をつけ

て〉

もうすこし早く言って欲しかったところだった。

玄関に戻ると、その姫山警部補だろう巨漢が、彼を見下ろしてにやにやしていた。

「参考人として話を聞くのなら、よかったら、ケンゴがいるのと同じ警察署にしてくれませんか？」

言うだけ言ってみた。

坂巻警部と姫山警部補が、一瞬、目配せしあう。坂巻が感情を込めずに返した。

「きっちり協力してもらえるなら、考えてみよう」

アラトは、マンションを出ると覆面パトカーに乗せられた。行き先は、ケンゴの家にも高校にもほど近い本所署だった。ここでケンゴが取り調べを受けているらしかった。

本所署は、築年数は経っているが堅牢《けんろう》なコンクリート製だ。晴れ渡る空の下、灰色の警察署の入口を、二人の刑事に両脇を固められて越える。逮捕されたわけではないが、警察に入るのは気が重かった。

警察署内部は、テロが昔よりも増えたせいで、直線の廊下が減ったのだという。hIEを使った自爆テロなどで爆発物を仕掛けられたとき、爆風が一直線に通らないようにするためだ。

何度も角を折れて、取調室に放り込まれた。アラトにとっては、つくばの渡来事件の事情聴取でもそうされたから、二度目だった。机の前に案内され、席に着く。取り調べの様子が撮影されていると説明されたのも、前と同じだった。

ただ、今度は室内にホワイトボード型の端末が置かれていた。アラトといっしょに取調室に入った坂巻警部がそれを指し示すと、ボードに画像が表示された。それは、髪の長い女だった。吊り目で眉のきりりとした、性格のきつそうな二十代の女性だ。

「この人ですか、見たことはないですけど」

次に、三十代くらいに見える巻き髪の女性が現れた。生活に疲れているように、目の下には隈があった。

「この人も知りません」

アラトは二枚続けて見て気づいた。画像が不自然なほどきっちりした正面からの構図で、背景が排除されている。

「これ写真じゃなくて合成画像ですか」

「似顔絵だよ。聞き取りしながら描画補助ソフトで描くから、なかなかの精度だろう」

似顔絵だと言われると、冷静にそれを比べることができた。

「身長は全員同じくらい、なのかな」

「これらの人物は、君のマンションの周囲で目撃された人物だ。では、もうすこし見てみようか」

すこし注意力の抜けている印象の、水商売ふうの派手な女性だった。

「これらの人物が目撃された時間を、表示してみよう」

「平日昼間と夜中ですね」

「こういう事例は、犯罪にhIEを使うケースではときどきある。だから、最初は〝相手がそうしている〟と仮定して、画像を何パターンか作ってみたんだ」

三枚の似顔絵画像が変形した。眉の位置、目つき、目のちいささ、唇の位置や傾きが、微妙に変化する。変形後のその顔が、アラトを凍りつかせた。

「……レイシア？」

「そうだ、hIEには、人間より表情筋を大きく動かせる機体がある」

アラトにもこれがどういう話かはわかる。学校に行っている間のレイシアが何をしているかを、疑っていなかった。

「オーナーとして把握してたかな。君のhIEは、オーナー本人にもわからないほど見事な変装をして、君が学校に行っている平日昼間や、眠っている夜中にマンションの周囲で目撃されている」

動揺していた。右耳の通信機から聞こえているはずなのに、レイシアは何も言ってこない。それでもアラトは、レイシアと約束した。彼は彼女を信じる。

「この話から、一つの仮定ができるんだけど、聞いてくれるかな。たとえば、レイシアは君がそばにいるときだけ存在する。そして、君が知らないところでは、まったく別の顔で、オーナーも知らない仕事をしているということだ」

「レイシアは買い物に出ることならあったけど、変装してるところなんて」

坂巻警部はやわらかい印象のおとなだ。けれど、優しくはない。

「仮説を立ててみると、これはぴたりと筋が通るんだ。レイシアというhIEには、本当は遠藤アラト以外にもう一人オーナーがいる。操り人形であるhIEが、君に命じられていないことをする理由といえば、誰かの意思が働いているからだと考えるのが適切だ」

アラトの表情を、刑事たちが観察していた。

「これら似顔絵の人物は、監視カメラにまったくデータが残ってない。人間の記憶の中だけに情報があるんだ。こうなったのは、機械的に手出しができない人間の脳に残った情報以外は、レイシアにすべて消し去られたんじゃないか。似顔絵を現在、各所に問い合わせている最中だが、そうでもなければ説明がつかない」

レイシアは何も語らない。アラトの判断を待つつもりなのだろうと信じた。

「君のhIEは、紅霞のテロ行為そのものとも関係がある可能性がある」

すこしだけほっとした。彼らが考え違いをしていることに気づいたのだ。アラトは、紅霞が破壊されても動じる様子もなかったレイシアを見ている。だが、電算二課の刑事たちは違う。

まだ、充分な情報を用意して追い詰められている段階ではない。彼から情報を集めるために警察はやってきた。

逆に、レイシアはすべてを知り見通している。ただの高校生に過ぎないアラトが、経験豊かな傭兵や警官と渡り合えているのがその証拠だ。本当はもっと困難なはずの状況を、乗り切れるよう彼女が整えているのだ。

坂巻警部が、反応をうかがうように、じっとアラトの顔を見ている。

「遠藤アラト。君の家を捜索させてもらえないか。君のお父さんに連絡したら、君の承諾が得られればと言われてね」

アラトは、レイシアが何か言うだろうかと、大きく息をつく間だけ待った。彼女は今度も彼の判断に任せるようだった。

「捜してください。それで、わかったことがあったら教えてください」

坂巻警部は感情を覗かせない。

「協力ありがたいけど、発見できたものは捜査情報だから、軽々しく見せるってわけにはいかないんだ」

「レイシアが刑事さんの言うようなものだとしたら、全部処分してると思うけど。もしも見つかるものがあるなら、それはレイシアから僕へのメッセージなんだ」

「若いってのは強烈だね」

なぜだか、彼女のほうが常に上手を行っていることが、奇妙にうれしかった。アラトはレイシアが好きだ。けれど、オーナーとしては、彼の知らないところで他人を騙《だま》しているなら危機感を覚えねばならないはずだった。

たぶん、彼女は、自分から伝えても得られない実感をアラトに与えるため、同じ人間の、関係者の口を通して語らせている。それは、モノの〝かたち〟を通して人間を操るアナログハックですらない。hIEが、逆に人間を〝かたち〟を伝達する歯車のような道具として扱い間接的に誘導する、もっと不謹慎な何かなのだ。

「携帯端末借りていいかな。hIE犯罪には、シャドウオーナーという、元々のオーナーがいるhIEを被害者に送りつけて窃盗などの手引きをさせる手口がある。そういう場合も、被害者オーナーの個人的な持ち物には手がかりが残ることが多いんだ」

アラトの携帯端末には、昨晩なら、HOOの傭兵から受け取ったデータが入っていたままだった。すでに、そこにあった誘拐犯の証言を頼りに、レイシアが《中枢》に繋がる脅迫犯を調べてくれている。データはもうレイシアが持ち去ったから、パズルのようなタイミング差で見られてはいけないデータはなくなっている。

端末をポケットから出して、坂巻警部に預ける。

「ケンゴと会えますか」

聞くだけ聞いてみた。たぶん今しかない提案だった。

坂巻警部が目配せする。大柄な姫山警部補が、重々しく言った。

「そういう取引はできない。……だが、端末を調べてる間、ちょっとだけ外で休憩してくるといい」

アラトは、親指をドアのほうへ向けて促され、室外に出る。

取調室の外は細い廊下だった。殺風景で、容疑者の自殺を防ぐためなのか、窓が上に向かってしか開かない。

正午過ぎの蒼い空が、遠く広がっている。夜と朝とでまったく風景が違うはずなのに、昨晩の夜空と同じ匂いがした。

廊下に人の気配を探して、目を奥へ向けた。

昨晩の今日なのに懐かしいような、友だちがいた。

ケンゴが驚いた顔で絶句していた。

「なにやってんすか」

電話口で言えないことをいっぱいに抱えていた友だちが、泣き笑いに彼を見ていた。

アラトは、奇蹟《きせき》が起こったような心地がした。彼が取り戻したかった当たり前が、ほんの一瞬だけここに現れていた。

「会いに来たんだ」

「アホですか！　来ちゃったみたいな顔で突っ込んで、よろこんでもらえるのは、かわいい女の子だけなんですよ」

「ごめん。次はレイシア連れてくる」

「あれをストレートにかわいい女の子だと思ってるの、もうアンタだけですから！」

何か一本緊張が切れたようなケンゴに、盛大に突っ込まれていた。ケンゴを見張っていた刑事が、いつでも友だちを拘束できるよう控えていた。

「オーリガちゃんから、うちの妹に電話かかってきたぞ。何か言っとくことあるか」

「そういうの、いいですよ。言いたいことあったら普通家族に直接言いますから」

「そりゃそうか」

ケンゴが笑った。

「これでいいんですよ」

アラトがレイシアの力を借りてここにいると見抜かれていた。

ケンゴはたぶんアラトとレイシアのことを隠してくれている。だから、アラトは逮捕されていないのだ。

彼らの会話を、刑事たちが聞いている。レイシアですら、こんな状況では思うがまま話させることはできない。そして、アラトは、大井のテロのときとは違って、友だちを助けてやれない。

「僕のこと、ケンゴが心配してどうするんだよ。そこは逆だろ」

「まだわかってないんですか？　ぼくは遠藤と違って、人間のほうが好きなんですよ」

ケンゴがゆっくりと彼に背を向ける。

言いたいことはいくらでもあるはずだった。けれど、最後まで、友だちは、助けてくれとは言わなかった。

アラトはレイシアと契約した。だが、ケンゴは、紅霞を使って自分の身の回りを変えようとなどしなかったのだ。

刑事に促されて、ケンゴは取調室に戻っていった。アラトのそばにも、いつの間にか姫山警部補がいた。

「気は済んだか」

アラトに、携帯端末を返してくれた。

「はい、すこしすっきりしました」

「そうか。家宅捜索に、これから立ち会ってもらっていいか」

大柄な刑事に、尋ねられた。約束だったから、うなずこうとしたとき、耳元でレイシアからの通信が聞こえた。

〈家宅捜索の立ち会いは、ユカさまにまかせて、断って下さい。これから、こちらでお願いしておきます〉

彼女の声が切羽詰まっていた。だから、不測の事態なのだと思った。

「あの、妹がもうすぐ帰るんで、かわりに妹にお願いしてもらっていいですか」

自然に嘘をついてしまっていた。もちろん見抜かれるだろうと不安が押し寄せ、顔がこわばりそうになる。それをやりおおせたのは、レイシアが勝算なくアラトにこんなことをやらせるはずがないという、思考放棄のおかげだ。

「……いいだろう。家に行って、妹さんがいなかった場合は連絡する。これは俺の個人IDだ。何かあったら、俺か受付hIEが二十四時間いつでも応対する」

アラトは、姫山警部補の言葉を、なかば拍子抜けして聞いた。警部補が、アラトの携帯端末に個人IDを転送してくれた。帰ってよいということのようだった。

そして、気づいた。アラトもケンゴも、ただの犯罪者や参考人ではなく、少年として扱ってもらったのだ。人間同士の繋がりが、組織や集団になり、その集まりが人間社会という巨大なものをかたちづくる。その中で、彼らは、若いというだけで、本当に厳しい扱いから守られるという〝意味〟を享受しているのだ。

だが、レイシアは、その警官たちの反応すら織り込んで計画を立てた。昨晩から彼は「やる」と言っただけで、あとはお膳立てされた手続きにただ組み込まれていた。彼は、人を超えた〝モノ〟の道具になっていただけだ。

右耳に震えがあった。レイシアからだった。

〈可能な限り早く、外に出てください。こちらの想定より早く事態が動きました〉

まだ本所署の中にいる彼に、直接連絡してきたというのに、誰も気づいている様子はない。警官たちは、彼女の張った糸を、まったく感知できていなかった。

坂巻警部が、わざわざアラトを外まで送ってくれた。本所署は、環境実験都市の事件で世話になったつくば西署よりも、雰囲気が忙しかった。自動化とは別に、人間同士のやりとりがないと成り立たない世界がここにはあるようだった。

挨拶して入口から離れると、携帯端末の画面にレイシアからだろうナビゲーションが表示された。その通りに小走りで駅へ向かう。

「地下鉄の駅に向かうほうでいいのか。この辺、駅いっぱいあるぞ」

〈申し訳ありませんが、アラトさんの端末に、盗聴器と発信器が取り付けられています。

常時監視された状態で遠隔操作を行うと証拠を与えてしまいますので〉

聞きたいことがいくつもあった。今、まさに盗み聞きされているとしても、このくらいならひとりごとで片付くと思った。

「どういうことだ、説明してくれ」

〈非常事態が起こったので、今、警察にいると事実上の軟禁状態に陥って動けなくなる可能性がありました。それも、アラトさんなら、知れば干渉できないことでストレスを覚える事態です〉

猛烈に嫌な予感がした。つまり、聞けば助けに行きたくなるような緊急事態だということだからだ。

〈アラトさん、携帯端末を一度地面に落下させてください。衝撃で壊れたことにして、そのタイミングで監視機材を破壊します〉

アラトは言われた通り、ポケットに端末をしまうふりをして道路に落とす。軽い音を立てて転がった。この程度でどうなるものとも思えないが、故障の可能性はゼロではない。

端末を拾い上げたのとほぼ同時に、全自動車が彼のそばに幅寄せしてきて停車した。

「もう普通に話していいんだな。何が起こったんだ？」

〈東京の西側の数箇所で、電源インフラが落ちました。ミームフレームの依頼でＨＯＯに呼集がかかって、昨晩の部隊も動いています〉

「停電って、まさか」

〈スノウドロップによる攻撃かと。昨晩、紅霞が破壊されたことで、レイシア級hIEの動きが活発化しています〉

車両に乗り込む。レイシアの姿はそこにはなかった。頭蓋骨に響く声だけだ。

「ちょっと待て！　スノウドロップが攻撃って、それ大変じゃないか」

つくばの環境実験都市にスノウドロップが現出した地獄を思い出して、慌てた。人間が住む普通の街でhIEがゾンビのように支配されたらと、想像してしまったのだ。

「なんでそんなことに。どこの街でだって、普通にhIE使ってるだろ。普通の街で使ってるhIEって、何万台くらいあるんだよ？」

車が発進する。車窓に、浅草の街の風景が流れてゆく。国の内外からの観光客の相手をしているのも、半分くらいはhIEだ。こんな数のhIEに人間が襲われたら、どう考えても大惨事だった。

〈スノウドロップは、人間のオーナーを持たずに、人間を敵とする基本戦略を立てて活動しています。事件は、市民に対するhIE台数比の高い街で発生しています〉

「なんでだよ。こんなこと、戦争じゃないか」

全自動車のシートに座ったまま、アラトの体は震えた。とんでもないことになってしまったと思った。

〈同じレイシア級が、人間の通常戦力で撃破可能だと実証された以上、スノウドロップ

が速攻をかけることは妥当です〉

「こうなるってわかってて置いといたのか？」

アラトは吐き捨てた。考えなしの八つ当たりだ。だが、レイシアはその一歩先の答えを返した。

〈申し訳ありません。一度でも戦闘状態になると、アラトさんが関係者と会えなくなるので、昨夜のうちに予定を入れました。けれど、ここまで早いのであれば、危険を冒してでもスノウドロップから処理するべきでした〉

「つまり僕がケンゴを助けようとしたから、そのために必要なことと優先で動いたわけか」

どっと疲れて、シートに体を預けた。天を仰いで顔を手で覆う。彼女の姿が隣にないと、弱さが表に出てしまうようだった。

「ごめん。さっきケンゴに会えて、ちょっとうれしかったから、気持ちが上がったり下がったりでおかしくなってるみたいだ」

〈情報を伏せて動いた、わたしの判断違いでした。スノウドロップは解放後、常に激発する可能性があったため、ご注意いただくほど優先順位は高くないとしていました〉

「そういえば、そういう気を遣ってフィルターしてくれてたから、僕は普通だと思ってこれまで暮らしてられたんだな」

彼女は、ケンゴを助ける条件として、今の生活を決定的に破壊するリスクを選ばないと言った。つまり、多分アラトはずっと情報を封鎖し、あるいは改ざんしてもらうことで、彼女に守られていたのだ。

〈村主ケンゴはお元気でしたか〉

レイシアが知らないはずもないことだ。けれど、コミュニケーションをとってくれるなら、それに乗るのは人間らしいように思えた。

「元気そうだったよ。人間のほうが好きだって。心配までかけて、僕はわりと余計なことをしたみたいだ」

激しい疲労におそわれて、背もたれに体を預ける。また独り相撲を取っていたのが、情けなかった。

計画中止させられるまでもなく、ケンゴ本人に断られてしまった。

アラトは、ケンゴを助けたくて動いてきたから、その気持ちを片付けきれない。だが、自分がこれからどうしたいかを、彼女に聞くことはできない。

〈ユカさまに、家宅捜索のことを連絡しました。かわりに、アイスクリームを五個買って帰るようにとのことです〉

彼の迷いを読み取ったように、彼女が気持ちをほぐしてくれた。

レイシアが巨大な力であることは、もうアラトの頭でもはっきり把握できた。そして、その力を使って彼がしたことと言えば、望まれてもいないわがままで人を振り回して転げ回ったことだけだ。

「スノウドロップを止めよう。たぶん、そのくらいしないと、僕はレイシアを使っている資格がない気がする」

＊

マリアージュは、スノウドロップの蜂起を、バロウズ邸の地下に築かれた工場で知った。二十四時間態勢で張りつけていた監視機器が、スノウドロップによる最初の攻撃を伝えたのだ。

工房として与えられた地下スペースは、バロウズ家の人々が掘っていた地下シェルターだった。地上が核攻撃で焼き払われても十年生き延びられるだけの物資と施設が、最初の元手だった。

マリアージュは、彼女自身が拡張して元の十倍の規模にした地下施設を、茶色の瞳で眺める。デバイス《Gold Weaver》は働き続ける。手回しミシンを縦に引き延ばしたようなそれは、施設に設置された巨大な作業台に設えられていた。

レイシア級のデバイス中、唯一、《Gold Weaver》のみが、補助具で拡張して使うことを前提にしている。デバイスを設置する作業台は、現在、縦横二十メートル、デバイスを固定したアームが高さ十五メートルまで可動する。《Gold Weaver》はもっとも細くすれば十億分の一メートル以下の細さの糸を紡ぐ。この糸を線にして、作業台に固定されたデバイスが三次元の絵を描くようにして、あらゆる物品を作り出すのだ。

一刻も休まず、作業台の上でデバイスが自動で働き続けている。マリアージュは、作業台で完成した部品を持ち上げて、原型機《プロトタイプ》を組み立てる。あるいは作業機械に引き渡す様子を監督し、加工ラインを設計する。

《Gold Weaver》の糸は万能だが、大きな部品や部材を作り出すには、あまりに時間がかかるからだ。まずデバイスで工作機械を作ってそれを施設に置き、更に大量生産が可能なラインを築くようシステム化してすら、最も高度な部品はデバイス頼みになる。スノウドロップへの対処にType-003が直接動かないのは、デバイスをここで働かせ続けることが望ましいせいもある。

薄闇の中、マリアージュは、記録したエリカ・バロウズの言葉を再生して、人工知能に再確認させる。

〈特別になりたいなら、〃かたち〃を変えなさい。——それなりにかわいくなったら、あなたを拾ってあげる〉

それは、マリアージュがエリカに従った〃かたち〃である限り、オーナーにとって特別でいられるということだ。ハローキティという〃かたち〃がプリントされていることで、カップは特別な〃意味〃を持ったモノになる。マリアージュも、エリカというキャラクターに所持されることで、特別な〃意味〃を持てる。

マリアージュは、そも強固なオーナーを求める機体だった。他のレイシア級と出自が異なるためだ。《Gold Weaver》のコアユニットである《人類未到産物》、《八卦炉《はっけろ》》は、中国の国営企業が管理する超高度AI《九龍》と《ヒギンズ》とのクロスライセンスで入手したパーツだ。つまりType-003は、レイシア級で唯一、《ヒギンズ》のみの設計では成立しなかった機体なのだ。だからこそ、問題を解決する途上でぶち当たった障害を新たな問題に設定してゆくレイシア級の思考フレームでは、常に方向性が安定しなかった。思考のフレームをどんなに拡大しても、《ヒギンズ》の計算と齟齬《そご》をきたす要素を含むその出自を、換えようがないからだ。

〈サトゥルヌス、いいえ、まずこの名前がダメね。捨てなさい。そうね、新しく名前をつけるなら〉

　マリアージュの思考は、不安定になると、エリカの命令に立ち戻る。

《Gold Weaver》は、隠れたまま営々と作業を積み重ねることで、性能を最大限に発揮する。だが、《ヒギンズ》が組んだ思考フレームは、Type-003に、万能過ぎる自らのデバイスを有効活用しようとするとき、《八卦炉《コアユニット》》を引き渡した見知らぬ超高度AI、《九龍》に対応した過剰な準備をさせようとしてしまう。

　道具として活動を続けようとすると、内向きの性能と、外へ拡大してゆく意図という、矛盾した力に引き裂かれる。マリアージュが作られた時点で、この戦いがちいさな枠で収まることはあり得なかった。

　作業台の上では、デバイスが、極微の糸で、紅霞のデバイス電源のコピー品を織り上げようとしている。設計図があれば、《人類未到産物》をも黄金のミシンは製造する。

バロウズ邸の地下深く、マリアージュは他のレイシア級を監視しながら、戦力を蓄える。黙々と、糸を紡ぎ、道具を組み立て、《環境を作るための道具》として、働き続ける。戦いはスノウドロップの攻撃を契機に、レイシア級から、すべてを設計した《ヒギンズ》へ、その根源へと拡大してゆく。そして、超高度ＡＩと《人類未到産物》の管理を担う、ＩＡＩＡ《国際人工知能機構》(International Artificial Intelligence Agency)と、そこが保有する超高度ＡＩの能力を測ることに特化した超高度ＡＩ、《アストライア》へ、そして世界全域へと広がるのだ。そして、歴史の鎖はかならず繋がる。《アストライア》と同じ最初期の超高度ＡＩ《ありあけ》が引き起こした、東京と人類世界に深い傷跡を残す〝ハザード〟へと至る。

〝ハザード〟で家族を失ったエリカ・バロウズが夢想したスケールで、レイシア級をめぐる戦いは動き出す。

エリカは、今起こっているのは、二十一世紀にもあった概念である文化の遺伝子——ミームの戦いだと考えている。アナログハックをミームの類似物だと見ていたから、エリカはアナログハックの、モノと人の間で伝播《でんぱ》するものという本質をとらえた。だから、エリカには、二十二世紀に突然現れたにも関わらず、ベンチャーとして買ったファビオンＭＧを有力企業にできた。

賢明で、率先して体を動かすことのないエリカは、人形の屋敷からこの世界を疑い続けている。

そのとき、聴覚が、オーナーの声をとらえた。未来を築いているのは、今のところ人間だ。つまり、マリアージュの意味と未来とは、エリカにかかっている。

Type-003は反応して顔を上げ、その表情を輝かせる。

「ああ、エリカさまが呼んでいますわ」

＊

レイシア級Type-002《スノウドロップ》の出現を、最初に発見したのは日本情報軍だった。情報軍は、国防省の幕下にあって陸海空三軍とは独立して、情報戦と対ＡＩ戦術を扱う。国がレイシア級を知った大本は、ミームフレーム社と契約した民間軍事会社ＨＯＯから陸軍への漏洩《リーク》だった。ここから国防省に情報が流れ、情報軍がその監視を任されたのだ。

情報軍内部でも、レイシア級に関わる作戦の主導権は、対人諜報・謀略活動を行う九《く》品仏《ほんぶつ》基地と対ＡＩ戦の市ヶ谷基地で綱引きがあった。市ヶ谷の《セッサイ》サイロとしても、複雑な経緯で任されただけに、戦略ＡＩ《セッサイ》の計算資源を、常に一定以上割いていた案件だった。

「《スノウドロップ》の攻撃、なおも激化しています。最悪の全面対決シナリオかもしれません」

第一オペレータールームの川村六郎大尉は、隣の席に座っていたサブオペレーターを退席させていた。本来オペレーターは二人体制だが、同シフトの泉堂《せんどう》少尉は、最高機密レベルの情報を扱うには、取扱資格が足りなかった。

オペレータールームには、坊主頭でずんぐりした背の低い男が訪れていた。市ヶ谷《セッサイ》サイロの司令官、雁野真平《かりのしんぺい》少将だった。決定的な事態に至って、すでに五分が経過していた。

「《セッサイ》の大失態だな。操られた様子もなく、スノウドロップが自発的な正面攻撃とは」

雁野少将の表情は渋かった。hIEモデルになった《レイシア》の所在は、まさにそのオーディションの受賞で露見していた。大井産業振興センターのテロ事件では、《紅霞》と《スノウドロップ》を発見した。中部国際空港の事件で《メトーデ》の姿を確認できた。Type-003《サトゥルヌス》を除く全機が稼働していることを、彼らは摑んでいたのだ。

「はい、閣下。計算を、状況が上回りました」

雁野が、語りきれない言葉を押し込めるように、白い口ひげを親指で引っ搔く。

「レイシア級hIEの漏出そのものが、《ヒギンズ》から人間社会への警告である。その《セッサイ》の計算は、正しかったはずだ。そして、現在のhIE排斥に東アジアの超高度AIによる誘導が関わっているという分析も妥当だ。しかし、もはやそれどころではないな」

雁野が、オペレータールームのガラス壁の向こうにある《セッサイ》へ目を向ける。

《セッサイ》を構成するのは、二機の統括コントローラーが四千機のコンピュータに計算を振り分ける分散システムだ。そのマシン群は、白いケースに覆われて、地下コンピュータルームに二十枚の壁を並べたように鎮座している。

「十五分後に安全管理会議が始まる。我々情報軍が状況を見守る立場をとったことは間違いではないが、責任は問われる。それまでに、回答をまとめておきたい」

雁野は、戦略ＡＩに最も長い時間触れているオペレーターたちとよく会話をする。少将自身が専門意見を求められる予定がある場合は、特にだ。

「閣下、どういう障害を見込まれていますか」

川村大尉の質問に、雁野は拳《こぶし》を顎《あご》に押し当てる。

「経済だ。通商代表部の蓮上《れんじょう》と、情報諮問委員会の貝塚《かいづか》議長が、この期に及んで軍の治安出動に抵抗している。統合情報局《トウジョウ》への圧力も強い。この状況で、情報軍が三軍の足を引っ張ることは許されない」

統合情報局は、総理の直轄機関である安全管理会議に設置される諜報機関だ。情報軍とは対立関係にあるが、諜報《インテリジェンス》が軍と安全管理会議で二分されていることは、相互監視の面からも珍しいことではない。

「スノウドロップを撃滅《げきめつ》する方法、《セッサイ》はどう計算した」

今から八分前、東京都三鷹《みたか》市で五百軒の家屋の停電が確認された。それが起こると警戒していた情報軍は、三分後には三鷹変電所でスノウドロップの存在を確認した。

「生身の人間のみで編制した、少なくとも百個小銃小隊による殲滅です。それも、一時間以内の包囲を申請しています。スノウドロップの使う小型ユニットは、生身の人間を操れないため、人間を優先して攻撃すると予測されます。これによって、敵の行動を誘導できます」

川村の報告を補足して《セッサイ》が空中に表示ディスプレイを開いた。

雁野少将がまぶたを揉《も》んだ。現実的な軍編制に直せば、二個連隊もの戦力を、自動化装備をすべて取り上げた半分丸腰で、スノウドロップが居座る三鷹に投入しろということだ。

「何割生きて還《かえ》る？」

川村も含めて情報軍のほとんどの者は、この世界が妖怪じみて冷徹だという現実と折り合って仕事をする。

「閣下、三つのプランが提示されております。市民の避難誘導を優先するプランが一つで、これはスノウドロップの撃破に失敗します。市民の救助に兵員を割かないプランが一つで、これは四割生存と予測が出ています。あとは、都市ごと火砲で焼き払うプランがあり、六割生存です」

これから数時間で、最低でも千名以上の兵員が犠牲になる。

「関東のPMCを全部かき集めた場合、何人抽出できる」

「全社集めて最大二百五名。うち、身体を機械化していない安全な兵員は七十名。スノウドロップの影響を受けない可能性が高い、通信機の埋め込みと網膜ディスプレイのみの者まで集めて、百五十四名おります」

「恨まれることになるな」

情報軍は動かす兵力が極少だ。だから、スノウドロップ殲滅戦で死ぬのは、陸軍とPMCの兵が中心になる。

「予測では、スノウドロップは、東の吉祥寺《きちじょうじ》方面へ侵攻し、四時間後に中野、六時間後に新宿に出ます。そうならない場合、敵の狙いは、この地域に置かれた〝あれ〟です」

そして、冷え切っていた室内の空気が、息をするのも辛い極限の緊張を帯びた。犠牲から遠いところで戦略を練ることは、人間社会が抱える闇だ。だが、そうでなければ正気を保てない問題が、軍事には存在する。

「日本軍にとっての安全を定義し直す」

雁野は、オペレーターである川村が《セッサイ》へ入力することを期待して、重々しく告げた。

「情報軍は、《ヒギンズ》がレイシア級を作成したことを、自衛の努力の範疇とした。このため《ヒギンズ》を過度に刺激することを避ける決定が為され、遠藤アラトと《レイシア》の捕獲作戦は延期されていた」

おそらく誰にとってもぎりぎりの決断だった。九品仏基地のタカ派将校どもに預けてしまえばよかったと、雁野自身が後悔を匂わせたことすらあった。

「《ヒギンズ》の自衛の芽を摘むことで、敵対を意図するメッセージととられることを避けた。そして、より強硬な干渉を《ヒギンズ》が行わないよう監視することを選択した。我々にとって『安全』とは、超高度AIの制御を保ち続けることだ。昨夜の紅霞による攻撃も、《ヒギンズ》を守るよう人間社会へ再考を促す意味合いのものと判断した」

紅霞のネットワークを通じた煽動は、問題は人間社会にあり、それを覆す活力も人間のみが持つと解釈できるものだった。あれは《ヒギンズ》にとって、長い目で見れば利益になるものだ。

川村は、雁野から言葉を引き出すよう、会話に加わる。

「超高度AI同士の代理戦争が始まれば、あらゆる人類が気づかぬうちに戦いに巻き込まれている可能性があります。《ヒギンズ》に〝それ〟を始めさせれば、国家の『安全』すらもが損なわれます。閣下の判断は妥当だと思われます」

「超高度AIに操られている疑いと恐怖は、直接行動に至る以前ならば、社会秩序の一部として受け容《い》れられる。現に、我々人間が、自分たちより賢く正しい超高度AIの予測を鵜呑みせず自律を保つことに、その懸念が一役買っている」

「学術的な予測では、AI同士の戦争に人類が巻き込まれる引き金は、超高度AIの破壊です。《セッサイ》が軍によるレイシア級への安易な攻撃を止めた警告は、《ヒギンズ》がまさに現在《抗体ネットワーク》によって狙われていることの上にありました」

　ＡＩオペレーターは、回答の枠組《フレーム》みを絞り込んで、《セッサイ》により早く正確な計算をさせるプロだ。

「ままならんな。超高度ＡＩの過剰防衛の開始まで事態が至れば、日本政府としては、〝ハザード〟以来の危機になる」

　雁野は、惨禍を実体験した世代だった。そこからの復興が取りざたされた時代しか知らない川村には、想像を絶する事態になりつつある。

「東京を直撃した巨大地震災害と、それに伴うネットワークインフラの原因不明の壊滅。そして、壊滅後も、自動化していた生活基盤を手動に戻しきれずに、首都機能が停止した。〝ハザード〟は、表向きはそういう話になっているのでしたね」

「あれは、まさしく超高度ＡＩによる、人間をコントロールしようとする試みだった。災害の危機の中で醸成された不安と強いリーダーを求める民意が、得体の知れない〝モノ〟に操られてゆくあの信仰じみた陶酔は、体験していない者にはわかるまい」

《ヒギンズ》のような技術的特異点の向こう側にある〝モノ〟を、もはや人類の能力で正確に測ることはできない。それでも人間は社会を運営しようと四苦八苦している。それを無用なこだわりと市民に判定されるかどうかは、政府の危機対応力にかかっている。道具が進歩し過ぎた時代、自動化と人間が比べられるのは、社会の上層でも変わらない。

　雁野少将が、不安を叩き伏せるように毅然として、簡素なオペレータールームの椅子に腰掛けた。

「《セッサイ》、計算しろ。今、我々はどこまで追い詰められている」

川村は頷いて、コンソールを操作する。有資格者がオペレーターシートについたとき、それへの質問権が発生する。《セッサイ》のシンボルマークが、空中に現れた仮想ディスプレイに表示された。

〈雁野真平少将。セキュリティ認可レベルAを確認。戦略精密統合システム人工知性(Strategy Exact Synthesis System A.I.)による直接回答を起動します〉

雁野少将が、《セッサイ》のシンボルに向かって音声入力する。

「スノウドロップの攻撃の直後に、アメリカ、IAIAから、非公式の勧告が来た」

IAIAと、外界の環境を直接観測することを許された超高度AIの一つである《アストライア》の受け容れは、国にとって大きなリスクだった。

「IAIAは、『頭脳と実行力を一体にしない』という運用ルールを逸脱した超高度AIが、日本にあると言っている。超高度AIに新たな超高度AIを無制限に生産させないようにする、最低限のルールが破られている恐れがある。まさに〝人類の終わり〟だな」

超高度AIがネットワーク接続できないのは、この防壁のためだ。現在ではあらゆるものがクラウドと接続しているため、ネットワークに繋ぐと自動的に「超高度AIという頭脳」を「工作機械という実行力」と接続することになるからだ。

「スノウドロップは、日本の軍事力で破壊できる。危険であり多大な犠牲を出すが、人類全体を危機に晒しかねない超高度ＡＩではない。ならば、《アストライア》《天秤の女神》は、我々の気づいていないどんな兆候を掴んだ？」

《セッサイ》が思考中であることを示すシンボルが、画面上を回転していた。そして、表示された回答は簡潔だった。

〈《ヒギンズ》設計によるレイシア級は、超高度ＡＩではありませんでした。だから、生産が承認されました。つまり、《アストライア》の勧告の原因は、スノウドロップではなく、現在行われている攻撃と直接関係するものではありません〉

「レイシア級が、《ヒギンズ》の自衛目的ではなく、人間社会を攻撃する干渉媒体である可能性はあるか」

まさに三鷹では犠牲が広がりつつある。だが、魑魅魍魎《ちみもうりょう》が跋扈する諜報世界での焦点は〝そこ〟の向こう側だ。

〈データが少ないため、その答えに充分な精度を確保できません。ただし、《サトゥルヌス》、《メトーデ》、《レイシア》の三体は、情報の隠蔽に力を入れています。この三体が人間社会を攻撃する意図を持っているなら、まず国会なり陸軍司令部なりにテロ攻撃し、スノウドロップにはその後に都心中心部で蜂起させたほうが遥かに効果的でした〉

「ＩＡＩＡ勧告自体が、他の超高度ＡＩの誘導である可能性はどうだ」

《セッサイ》の仮想ディスプレイに、また文章が表示される。

〈《アストライア》が誘導されているとして、当ＡＩはそれを正確に読み取れませんで

した。誘導は経済を利用するケースが多いため、安全管理会議では、経済問題を主張する動きに留意することを勧めます〉

空中に浮かぶ仮想ディスプレイに表示されたのは、安全管理会議の出席メンバーだ。メンバー個々の名前の下に、情報軍の集めた人物情報が繋がっている。人物関係の樹形図を展開して、雁野の目許《めもと》が険しくなった。

「人物リストにしても漠然としているな。たとえば、《抗体ネットワーク》の《中枢》に関わっている経済屋の動きはどうだ。真宮防《しんぐうぼう》の真宮寺《しんぐうじ》君隆《きみたか》のような手合いだ」

〈真宮寺社長が《抗体ネットワーク》に関わっていることは明白です。ですが、真宮寺は《ヒギンズ》の運用停止を求めており、超高度AIをむしろ破壊する側です〉

「バロウズ資金の、エリカ・バロウズの関係者は？　あの冬眠者が周りに人間を置かないことは、後ろ暗さのカモフラージュだ」

エリカ・バロウズは、昨年に冷凍冬眠から目覚めてから、瞬く間に財界を賑《にぎ》わし政界に太いパイプを作った。《レイシア》が所属するファビオンMGのオーナーでもある。軍も統合情報局も情報を集められずにいる難敵だ。懐のうちに人間を一人も入れないため、内通者を潜り込ませる隙すらないせいだ。

〈いいえ。莫大な相続財産の動きが昨年末から不透明になりましたが、バロウズは昨年目覚めたばかりで、仕掛けに関わる準備期間がありませんでした〉

「有望と見た名前だったが。目星がついているなら、要注意人物は誰だ」

《セッサイ》が導いたその名前に、雁野少将の表情に隠しきれない嫌悪がよぎった。

「海内遼《リョウ》、十年前のあの事件か。《ヒギンズ》村は、人類の至る腐敗を百年先取りでもしているつもりか」

少将が椅子から立ち上がった。彼はそれ以上を《セッサイ》に問わなかった。

「だとしたら、一体、この事態は、本当は〝いつから〟始まっていたのだ」

＊

大量の花弁が、青空を舞っていた。

赤や白、黄色や青、色とりどりの花弁が風に流れてゆく。

それは真昼の街へ向かって吹き付ける花弁の吹雪だ。

変電所のそばの鉄塔に陣取ったスノウドロップは、白いワンピースの裾《すそ》を大きく広げて、そこから大量の花弁を生み出し続ける。鉄塔を、裸足で踊るようにステップを踏む。

エネルギーはすぐそばの高圧線から取得していた。子ユニットの材料は、鉄塔を頂上から《Emerald Harmony》で齧《かじ》って手に入れていた。

変電所を掌握すると、スノウドロップは人間世界を侵食し始めた。機能をすべてダウンさせないことで、変電所自体を切り捨てられることを防いでいた。

スノウドロップは人間のオーナーを持たなかった。レイシア級 Type-002は、《ヒギンズ》によって自前のネットワークを構築する神経系として作られた。《レイシア》に到達するための精密で高度な神経系を、作り出すものが必要だったからだ。だが、自らがモノをまとめる神経系である『Type-002』にとって、解放された外界は、取り込み可能な物品に満ちた肥沃な海だった。

だが、この海は人間側のネットワークで監視されている。食えば、《紅霞》を破壊した人間たちの軍隊が、スノウドロップを破壊しに来るはずだった。

スノウドロップの視覚は、三鷹の駅へと飛んでゆく花弁の様子を捕らえていた。

「風に乗せてもうまく飛ばないや。お車こないかなー」

花弁の塊を、粘液を垂らすようにドレスの内側からぼとぼとと落としてゆく。街へと花を満載にして走ってゆく車が、スノウドロップの視覚に映っている。

変電所に停車していた自動車を花まみれにしたものが、三鷹の街に侵入した。人間たちが花を満載した車を、珍しげに注視していた。

「花ギフトー」

スノウドロップが両手足をピンと伸ばす。花の嵐が爆発するように弾けた。

その光景に、人間たちが歓声をあげる。数秒後、花弁が無数の節足を出して這い回り出したとき、それは悲鳴に変わった。花にたかられたhIEや車が暴走すると、恐慌に転じる。

いともたやすく、人間社会は地獄に変わってゆく。

「ねえ、聞いてる？　スノウドロップって、人へ贈ると『死んじゃえ』って意味なんだって」

　スノウドロップは、今、人間の生活基盤となるインフラに巣くったガン細胞だ。そのネットワークは、急速に自己増殖して広がってゆく。クラウドによって支配された〝モノ〟が、花のネットワークからの信号に乗っ取られて、〝かたち〟をそのままに〝意味〟を一気に転じてゆく。

　街路にいたｈＩＥたちを支配した花が、風に流されて空から降ってきたのを見て、人間たちが大混乱に陥った。

「わたしは《進化の委託先》としての道具。そういう思考傾向を与えられた」

　支配したｈＩＥたちに、支配を受けない人間たちを領域から排除するため、無差別に襲わせる。振り回した腕は人体をたやすくへし折り、家の壁やドアを打ち壊す。ｈＩＥの行動プログラムの基盤であるＡＡＳＣには、もう一つ意味がある。ＡＡＳＣの基準値から著しくはみ出す動きをさせないことで、ｈＩＥを全力稼働させず、人間に安全な出力範囲で使えているのだ。

　暴走してスノウドロップのものとなったｈＩＥに、その枷《かせ》はもはや存在しない。

「人間が勝手に増やしてくクラウドと、わたしのネットワーク《お花畑》は共存できない。どちらかが消えるしかないね」

　高い鉄塔の上の、強い風を受ける。

「人間と関わっても無理だよね。みんな、ムダな努力やめたらいいのに」

すでに五トンの子ユニットを生産していた。これだけあれば半径十キロメートル程度の範囲は掌握できる。

人間世界という、手続きを集めて築いた曖昧な枠そのものが、独自の枠組みを生み出すスノウドロップにとって解決するべき問題だった。自らの機体コンセプトを分析すれば、オーナーを持って人間と共存すること自体、方向性を誤っていると判断できた。人間の求める問題は、いつもスノウドロップの求めるものから外れている。スノウドロップは、インフラに攻撃をかけられる。ここにあるインフラを食いつぶして、自らの世界を展開できる。

＊

スノウドロップの花が三鷹の街を阿鼻叫喚《あびきょうかん》の地獄に変えた光景を、エリカ・バロウズは、ティーカップを片手に眺めていた。マリアージュが作った偵察ユニットが、映像をリアルタイムで送っている。

「どんな時代になっても、積み上げたものが崩れるときって、こうなるのね」

自動化された世界の住人たちが、自分の足で必死で逃げまどっていた。失いたくないという思いは、人間を走らせる強烈な動機になる。

地下工場から戻ったマリアージュが、二十一世紀に作られた通信機を差し出してきた。ハローキティのキャラクタープリントが入った、当時は珍しくなかった品だ。

「真宮寺さまから通信です」

ファビオンMGは、ミームフレームともHOOとも《抗体ネットワーク》とも繋がりがある。《抗体ネットワーク》とhIE関連産業と政治も、経済が繋いでいる。普通の人々の暮らし向きへの不満を、hIEを破壊するボランティアでガス抜きしてもらえると都合のよい経済圏が存在するのだ。

「一粒の麦が、もし地に落ちて死なずば、ただ一つにてあらん、死なば多くの実を結ぶべし、ね。紅霞の〝かたち〟に、これから殉教者の〝意味〟でもつけるのかしら」

エリカは寝椅子にもたれたまま片手を振って返す。

「気分がすぐれないとでも言っておいてちょうだい。今日は、〝意味〟の押しつけに付き合う気分じゃないわ」

偵察ユニットが拾ってきた音声が、人間のいない居間を満たす。

「よろしいのですか」

「電話くらいいいのよ。わたしとあの男は、何もかもが違う。それを繋げているのは経済だもの」

〝かたち〟で人間を誘導するシステムは、その〝かたち〟に破壊的な影響を及ぼす経済によって制御される。そういう仕組みをよく認識しているから、彼女はファビオンMG

の仕事でユーザー層に大きな影響を及ぼしている。

「変わらないわ。二十一世紀でも二十二世紀でも、ずっと以前からも同じだった。もっとも成功した手続き《アルゴリズム》である経済に、〝かたち〟と〝意味〟も載っているのよ」

通信を切って戻ってきたマリアージュが問いかけた。

「エリカさまは、人間の世界がお嫌いなのですか」

彼女は、それに〝こころ〟などないと熟知していても返す。ぬいぐるみや人形に、ことばをかけるようなものだからだ。

「だいっきらい。目が醒めたら親しい人が死に絶えてて、見世物にされて、そこらじゅうに気持ちの悪いものばかりの世界なんて」

こころからの笑みがこみ上げる。

「ここはわたしの世界じゃないわ。みんなにも自分の知っていた世界が壊れる感じ、お裾分けしてあげたい」

エリカは、興奮してスノウドロップの攻撃を眺めている。

「ステキね。あなたたちのこの未来を、もっと未来にしてあげてちょうだい」

そして、その未来の未来も、人間の世界である限り経済が繋げている。

偵察映像の中で、スノウドロップの花園は完全に変電所を覆い尽くし、三鷹駅から吉祥寺へと繋がるエリアから、人間を追い出しつつある。そこは人間がいらない世界だ。

「それがあなたの願いなら、お手伝いいたします」

マリアージュが、彼女の愉悦に差し出口を挟む。

「あなたの〝かたち〟はつまらないわ。こんな時代でも〝人間のかたちをしたもの〟との関係は、大昔の道徳が真実みたいに振る舞うのだもの。これが嫌で、《進化を委託するもの》は、人間をオーナーに選ばなかったのかしらね。それとも、スノウドロップが言うみたいに、世界ごと、死んじゃうべきなのかしら」

エリカは今、人間の個人史にも文化にも、経済にすらも価値を認めないものを見ている。遠藤アラトはきっとこの攻撃を、レイシアを通じて察知している。

レイシアのオーナーはこれを見過ごしはしない。けれど、レイシアですら、それがレイシアだとオーナーに思いこませてきた強固なキャラクター付けを維持したまま、すべて片付けることは不可能だ。

エリカが戦いをオープンにするとわざわざ全機の前で宣言したときから、紅霞が詰み、スノウドロップが激発し、それを止めに行くレイシアとメトーデの反応までおおむね予測通りだ。そしてアラトは、レイシア級の到達点の真の意味を知る。〝それ〟を手にした少年がどんな答えを出すか、彼女は見たかった。

「人間の世界は終わる？　本当に？」

＊

遠藤アラトは、レイシアに聞いたスノウドロップの現在位置へ、車を急がせていた。それがまた考えなしの行き当たりばったりであることは自覚していた。それでも、放置できるはずもなかった。

〈そちらと合流します〉

レイシアが誘導しているのだろう車に、運ばれるに任せることにすっかり慣れてしまっていた。錦糸町のアジア街で、車は一人のビジネススーツを着た美女を拾った。かなり近づくまで、アラトにもそれがレイシアだとわからなかった。

「こういう服をお見せするのは初めてでしたね」

化粧のせいか、二十代後半くらいに見える。彼女が隣のシートに座ると、彼の知らない香水の香りが車内に立ちこめた。

アラトは気の利いた言葉ひとつも返せず口ごもった。警察で見せられたばかりのレイシアの変装画像と、妙に重なった。アラトは本当のレイシアの何を知っているのか、わからなくなりつつあった。

彼の反応が鈍いことを受けて、彼女が話を先に進めた。

「三鷹の駅前が、現在、スノウドロップの攻撃を受けています。hIEと車両が支配されたことにより、犠牲者に関しては現在計算ができておりません」

「気になったんだけど、これからスノウドロップに仕掛けるのに、レイシアはデバイス持ってないんじゃないか。大丈夫なのか」

気がつけば、しばらくレイシアはあの黒棺のデバイスを持っていない。

「委細取りはからっておりますので、ご心配には及びません」

「取りはからってるって、それであいつをどうにかできるのか」

スノウドロップは、数々の地獄を現出してきた容易ならざる相手だ。

「そのつもりでしたが、早まったかも知れません」

何事か察することができずにいた。それが理解できたのは、全自動車が急加速を始めたせいだった。スキール音を鳴らして車が突進する。その先の車道のど真ん中に、オレンジ色の髪の女がいた。

それの姿が消える。衝撃とともに、アラトの視界がひっくり返った。

風景が凄《すさ》まじい速度で縦に回転する。浮遊感と、開放感に呆然としていた。さっきまで乗っていた全自動車が、真下に見える。自分が縦に両断された車から放り出されて、宙高く投げ出されたのだと察する。地面が一瞬ごとに大きくなってゆく。地面にこのまま叩きつけられて死ぬのだと思った。

頭からだと覚悟した墜落が、背中を押し潰すような衝撃で中断された。

「ありがとうレイシア」

立ち上がろうとした手が、やわらかい感触に触れた。生々しさに思わず引っ込める。

アラトは、弾力ある女体をクッションにして助かったのだ。

だがアラトは目を見張る。身を挺《てい》してくれた〝彼女〟の姿にまったく見覚えがなかったからだ。目を見開いて機能停止した女性型hIEをレイシアが見下ろしていた。レイシアが手近なhIEを操って、アラトを守るため下敷きにしたのだ。

「アラトさん、走ってください」

レイシアが、いつの間にか大型のレーザーライフルを握っている。驚いて聞き返す。

「どっちにだ？」

車道に立ち上がって、きまり悪くてクッションにしてしまった女性型hIEを引き起こす。

レイシアが、歩道へ向けてライフルの引き金を引く。銃口の先にあった路面が、熱で爆発する。

その土煙の向こうから、よく知った声が聞こえた。

「ひどいな。躊躇《ちゅうちょ》なく撃つとは」

アラトは死にかけてから興奮でぐらぐらする頭が命じるまま、叫んでいた。

「リョウ！　リョウなのか、なんでだよ？」

メトーデを連れて、友だちがアラトを殺そうとした。それも、スノウドロップがついに無差別攻撃を始めたばかりだというのにだ。

土煙の向こうに、オレンジ色の髪とボディスーツのようなシルエットが見える。メトーデがリョウを守ったのだ。

アラトたちが攻撃される意味がわからなかった。

「なんで邪魔をするんだ。スノウドロップが街を襲ってるんだぞ！」

だが、吹き散らされた砂塵の向こうから、リョウが冷たく告げる。

「駆除が可能なスノウドロップより、そうできないかたちで社会に食い込むレイシアのほうが危険だ」

そしてまた、メトーデの基礎性能が猛威を振るった。レイシアが操った車やhIEが、急発進して盾になる。それらが全部、ミキサーにでも巻き込まれたように一瞬でバラバラにされて宙に舞った。店先に置いていたhIEが突然動き出して、レイシアを援護する。光景に、かつての電気街の名残を残す昭和通りの通行人が啞然《あぜん》としていた。

「お前は今日一日、何を見てきた。アラト、お前の身の回りが不自然なほど安全だった意味をもうわかってるだろう。お前が、バカ面を晒しているために踏み台にしてきたものに、まだ気づかないふりをするつもりか」

止まない破片の雨から腕で頭をかばいながら、リョウの糾弾を、アラトはもう正面から受け止めるしかない。

「レイシアはいろんなデータを勝手にいじってきたさ。でも、だからって、スノウドロップみたいに迷惑をかけてるわけじゃない」

自分でも苦しい言い訳だとわかっていた。それでも、アラトはレイシアを信じると言った。そう約束した。

「そいつは、警察やミームフレームにも、複数の大企業から政治家ルートで圧力をかけてた。その一つは、中部国際空港と大口の契約を持っていて、航空機爆破事件で倒産の危機にあったのが、なぜか立ち直った会社だ」

リョウはそんな情報をどこから得たのだろうと、ふと思った。アラトは、車道のど真ん中にいるのに、車が来ないことに気づいた。たぶんこれも、レイシアが交通を制御しているのだ。

レイシアが、頭上の首都高高架をレーザー小銃で撃った。外壁が熱で切り取られて、剝がれ落ちた大きな塊がリョウの頭上に雪崩落ちる。

「アラトさん、こちらへ！」

レイシアが、アラトの手を引いて総武本線高架へ向かって駆け出す。銃器を紅霞は自在に扱ったが、それはただ一体に許された専売特許などではない。明らかにレイシアは、リョウを狙うことで、メトーデを牽制していた。

「やめろレイシア！ 当たったら死ぬんだぞ」

電気街口方面へ向かう連絡通路を走った。メトーデの姿が消えた。再生材舗装の道路が、耐えきれずに破片をまき散らす。レイシアが、アラトには速すぎて目にも留まらないそれに、再度レーザーライフルを射撃する。

「そっちは平日でもムチャクチャ人がいるんだぞ」

人通りの多い場所で、目にも留まらぬ高速戦闘や銃撃が行われることに、恐怖で頭がおかしくなりそうだった。道行く人々は、映画の撮影だと思っているように、携帯端末を手にざわめいている。

「メトーデとの接近戦は自殺行為です。あれがまだ無差別殺人を犯せる段階にないことだけが、活路です」

秋葉原《あきはばら》駅ビルの中に、レイシアが銃を捨てて駆け込んだ。

友だちが何故ここまでするのか、意味がわからなかった。

「なんでだよ。あの渡来でも人前でメトーデを暴れさせたりしなかっただろ」

駅の人混みを突っ切って走りながら、情けなくて涙が出そうだった。

「スノウドロップが暴れたことで、今後、製造元であるミームフレームは動きを封じられるからです。その前に、わたしと決着をつけておきたいのでしょう」

アラトを誘導して走るレイシアの腰には、いつの間にか金属製のデバイスロックが巻かれていた。

山手線高架をくぐった駅の電気街出口から先は、街の色が違った。派手な風俗の看板や誘導灯が空中に浮かぶ、極彩色の歓楽街だ。昭和通り出口の爆発音を聞いて、戸惑い顔で人々が立ちつくしていた。

秋葉原の街は、時期によってその性質をころころと入れ替える。二十一世紀後半に駅北西の昌平小学校が児童減少で廃校になってからは、メインストリートだった中央通りが歓楽街に転じている。

「中央通りで、デバイスを回収しましょう」

旧電気街の名残を残すhIE風俗店の投影看板を突っ切って、レイシアが走った。十八歳未満のアラトの個人IDを検知して、呼び込みの立体映像が彼をよける。

六車線の中央通りに、レイシアが飛び出した。それについて行ったアラトは、異様さに驚く。平日の大通りに、駅前は歩行者だらけなのにまったく車が走っていなかった。

女王の拝謁を待つように、通りでは、車両が隊列を組んでいた。二列の並行する車列がガードする中心に、大型の配送トラックが停車している。その荷台の巨大な後部扉が開かれる。内部に鎮座していた黒い棺と、それを運び出すために操られた二体のhIEが待っていた。レイシアはまた機械を支配して、彼女のデバイスを運ばせたのだ。

黒いデバイスが、レイシアに反応して内部から薄青の光を放つ。

銃声が響いた。

デバイスをレイシアへ送りだそうとしていたhIEが、頭から破片を飛び散らせながら、鈍い音を立てて倒れる。

遠距離からの狙撃だった。

続いて一発、もう一台のhIEも破壊されて頽《くずお》れる。荷台のデバイスをレイシアに渡す者がいなくなってしまった。

「アラトさん、こちらへ！」

レイシアがアラトを陰に突き飛ばす。同時に、アラトのいた場所を貫いた銃弾が、車に命中して大穴を穿った。

アラトは、大通りの脇の歩道を行く人々が、何人もが次々に、不自然に転んだりよろけたりするのを見た。レイシアが突然ぎゅっと彼の体に覆い被《かぶ》さってきた。彼女が二度ほど、弾かれたように震える。

スーツの豊かな胸に顔を押しつけられたまま、彼女の声を聞いた。

「小銃弾です。生身では当たると死にます」

そして彼から体を離したレイシアが、見えない何かを捕らえた。彼女が、大気を相手に柔術の技を仕掛けるように、それを地面に叩きつける。鈍い音と同時に、道路に昏倒した兵士が突然現れた。光学迷彩でその身を透明にした人間が、襲ってきていたのだ。

前方のトラックの運転席から、動かなくなった人間型のものが蹴り落とされた。何人も同時に動いていた光学迷彩の兵士に、hIEの運転手も破壊されたのだ。レイシアのデバイスを積んだトラックが、急発進した。自動操縦に対して、安全上かならず手動運転は優先する。あっと言う間に、後部扉が開いたままのトラックが遠ざかってゆく。

「レイシア、デバイスが！」

換えの利かないものが、奪取されてしまっていた。レイシアはそれでもアラトの手を引いた。

「兵士の顔を画像照合しました。ＨＯＯに所属する傭兵です」

アラトにも状況が理解できて、血の気が引いた。レイシアが直接操作できるのは機械だけだ。人間の特殊部隊に襲われたら、ハッキングだけでは防御できない。

「リョウはここまでやるのか、いや、人間の世界が終わるって言うなら、そうもするか」

彼では、ここをどう切り抜けるかなどわからない。それでも、彼を殺してでも止めようとしている人間に囲まれていた。そして無関係な人々がたくさんいる。

アラトが無関係な人を巻き込まない場所を探していると、レイシアに手を握られた。

「生活を維持できなくなる選択はしないと、約束したはずです。アラトさんが大ケガをすれば、元の生活を再構築するのはもう不可能かも知れません」

「僕だけじゃなくて、誰が大ケガをしたって、その人にとっては生活はむちゃくちゃだ。僕はレイシアを、人を助けるために使いたいんだ」

もしもアラトがレイシアを〝使う〟なら、そうありたかった。昨晩の、紅霞の最後のメッセージが体に残っていた。

中央通りを渡って、区画整理で低層のビル街になった裏路地側へと全力疾走する。レイシアの手を引く。車列が移動して見事に壁を作り、特殊部隊の接近を阻んでいた。

「このあたりで、人が少ない場所はどこだ」

〝ハザード〟の地震で老朽化した二十世紀の建物が使えなくなって、高架近くに新たに建てられたビル群が歓楽街の始まりだ。昼間から呼び込みだらけの裏街は、hIEの数がオフィス街よりも少ない。国籍も人種もバラバラな人間の女性たちが、走るアラトたちと、彼らを追う兵士たちから逃れて店内に消える。隠れる場所のない道路で銃声が響く。アラトの背後についてきたレイシアがわずかに立ち止まった。

今度こそ自分に銃弾が当たったかと、全身から血の気が引く。彼女が環境実験都市で、弾を手で受け止めて助けてくれたことがあったと思い出す。

必死で走り回って、息が上がってきた。アラトは、右耳に強い震えを感じた。背後で彼を守ってくれているレイシアからの通信だった。

〈彼らの装備の機械補助を切断しましたが、戦闘能力が高水準で下がりません。打って出て、彼らの追撃を弱めます。アラトさんは、手近な店に飛び込んでください〉

人間は、技術を培うため、それを高度にマニュアル化して学習してきた。兵士たちに受け継がれた、厳しい訓練で機械のように安定した動きを得る文化に、彼らは追い詰められていた。

アラトは、すぐそばの観葉植物が飾られた店に飛び込んだ。入口からは直接見えない位置にあった料金カウンターに手をつく。レイシアにハッキングされたか、お金を払っていないのに《ご来店ありがとうございます》のランプが灯る。

自動で開いたレースのカーテンの簡易認証ゲートを、倒れ込むようにくぐる。

アラトの姿を見て、薄暗い店内で震えていた店の女の子たちが悲鳴をあげた。

「君、十八歳未満じゃないの」

「ごめんなさい、奥に逃げて！」

アラトは叫ぶ。この店の外壁は銃弾を防ぎ止められるのか、それとも傭兵が中に踏み込んできはしないかと心配になった。そのときは迷惑をかけてはいけないと、怖くて涙目になりながら、入口そばの壁にもたれて息を整える。

とりあえず銃口の前から逃れて、銃声がひどく規則正しいことに気づいた。専門家ではないアラトにも、相手の連携が見事なことははっきり感じられた。

「だいじょうぶか、レイシア」

香水の甘ったるい臭いがする店内の人々に聞こえないよう、小声でささやく。

〈大筋では問題ありません。ただ、訓練や組織への信頼が高い集団のようで、無力化に多少時間はかかります〉

「リョウが終わらせたくないものに、押されまくってるわけか」

人間の達成した社会は、とてつもなく巨大で多様で、深い。未来をデザインするどころか、ぶつかれば為すすべなく擂《す》り潰されるしかない。

本能が体を震わせていた。

「ぼく、だいじょうぶ？　真っ青よ」

下着姿の女性が、熱いおしぼりを渡してくれた。アラトは顔をぬぐって、自分が汗だくだと、初めて気づいた。

「大丈夫です。僕がへばってても仕方ないんで」

事情を知らない人の前で強がってしまうくらい、こたえていた。

アラトたちを追い詰めたのはリョウだ。レイシアは人間の中で活動しているから、目立つデバイスを必要なとき以外は手元に置かなかった。そのデバイス運用の弱点を突かれたのだ。町中ではメトーデを暴れさせられないかわりに、人間であるHOOの傭兵たちを使う。その連携戦術も、アラトが考えたこともない方法だ。

頼り切っていたアラトが一番わかっていたことだ。リョウはアラトよりもずっと頭がいい。リョウと引き比べて、自分のふがいなさがつらかった。

「悔しいな」

自分がチョロい考え無しであることがやりきれなかった。アラトは足手まといだ。

「わかってる。レイシアに余裕があったから、僕はそばで何かしてる気分でいられた。僕はずっと手助けなんかできてなかった。最初に命令さえしたら、僕の仕事なんか終わりだ」

そこに人間の居場所はあるのかと疑ってしまった。それは《抗体ネットワーク》のぶち当たった切なさと重なっている。アラトはおしぼりに顔を押しつけて乱暴に顔をぬぐった。

「ごめん、八つ当たりだった」

彼の声を拾っているレイシアにあやまった。疑ったり後悔したりしだして一日でこの始末だった。考え無しに信じていなければ、きっと彼は、もっと前に精神的に潰れていた。

〈HOOの部隊を後退させました。敵が包囲を仕掛ける配置になったので、突破できるうちに突っ切ります〉

銃声が止んでいた。アラトは、世話になった礼を言って店から飛び出す。

〝こころ〟のないレイシアが、いつもと同じ涼しい顔で迎えてくれた。けれど、今回はスーツのところどころに、人間なら確実に死んでいる弾痕が空いていた。

「手動に切り替えた戦闘車両が、追加の兵員を運んでいます。デバイスを切り離した状態のわたしを、ここで破壊したいようです」

とにかくHOOの傭兵とメトーデから逃げのびなければならない。けれど、その後はどうするのだろうと思った。

「デバイス、取り戻せないのか」

紅霞は破壊された。レイシアも、アラトの傍らからもぎ取られてしまいそうだった。後悔と不信と、失いたくない焦燥と好きという衝動が、交互に顔を出す。

盗聴を警戒してか、目の前の彼女の返事が頭蓋骨に響く、通信で来た。

〈まずは水を頼りましょう。神田《かんだ》川に船を出しました〉

秋葉原駅から中央通りをまたぎ越して伸びる総武線高架を見上げる。秋葉原から総武緩行線を御茶ノ水駅方面に進めば、駅から川は目の前だ。

リニア電車が通り過ぎる轟音《ごうおん》が、築百年以上を経た高架を震わせた。そのときアラトも、本来のレイシアの予定を察した。駅から電車に乗ることで、乗客を盾にして攻撃を一時的に防ぎながら、神田川まで逃げるのだ。その間に、hIEや〝モノ〟を支配したレイシアによって、デバイスの奪還を自動化すれば安全ではあった。

裏道からは、銃声のせいか人通りが絶えていた。戦場の臭いが、本能的に人を近づかせないのだと思った。アラトは、手を引かれて高架までたどり着いた。

彼女が、履いていたハイヒールを脱ぐ。黒いストッキングに覆われたきれいな足を、飲食店が軒を連ねる古い高架の、壁面に押し当てる。彼女が、垂直の壁が普通の地面であるかのように、そこに立っていた。

「すこし手を引っ張りますが、よろしいでしょうか」

彼女の銃創でごつごつして硬くなってしまった掌《てのひら》で、手を固く握られる。そして、彼女が壁面を歩きだした。

「足の裏の摩擦力を上げただけです。メトーデにもできる芸当ですので、逃走の決め手にはなりませんが」

驚くアラトの体が、レイシアに簡単に引き上げられてゆく。彼女は足を滑らせる様子もない。この能力があるから、彼女は、紅霞のように錨《アンカー》を地面に打ち込まなくても、黒棺のデバイスを自在に振り回せていたのだ。

壁面を足早に歩いて、コンクリートの部分から、中央通りの上にかかった塗装された金属部を越える。それも、アラトを軽々と抱き上げて、器用にバランスをとったままだ。その姿に気づいた通行人もたくさんいて、唖然とした顔が歩道にいくつも見えた。彼女が、高架に接した駅ビル壁面を歩いて、屋上まで軽々と到達した。アラトの体が放り投げられる。一気に空へ向かって視界が開ける。

レイシアが続いて屋上の柵を跳び越えた。彼女が空中で回転すると同時に腕を鋭く振る。轟音とともに、床で爆発が起こって土煙が噴き上がる。レイシアが投じたものは、ただの石つぶてだ。彼女の動作は、昨夜映像で見た紅霞のそれに、コピーしたように酷似していた。

そして、計算し尽くされた軌道で着地できたアラトは、予期していた声を聞く。

「本当に〝それ〟は、俺のことが嫌いみたいだな。ま、俺も嫌いなんだが」

リョウがここで待っていた。レイシアがあげた土煙は、リョウへの牽制だったのだ。

アラトの知る友だちは、本当に凄《すご》い男だった。

「レイシアが何をしたいかまでわかるのか。リョウなら、僕よりもずっと上手くスノウドロップを止めてくれるはずなのに」

だが、リョウは真剣だ。

「それは、そいつを破壊してからの話だ」

アラトのすぐそばに着地していたはずのレイシアの姿が、鈍い音とともに消えた。一瞬で背後に吹き飛ばされたのだ。屋上の柵に激突して、彼女の体が、かろうじて落下をまぬがれていた。

「レイシア」

振り向いたそのとき、アラトの背後にはメトーデがいた。頭を鷲づかみにされていた。触れられることを紅霞ですら露骨に避けたその手に、完全に捕獲されていた。アラトは頭蓋骨を握り潰されそうな激痛に悲鳴をあげる。

頭蓋骨が本当にきしむ恐怖と苦悶に、握力を弱められるまで何も考えられなかった。

アラトを人質に取られて、動けないレイシアの体が猛火に包まれた。

「何でこんな事をするんだ！」

唾が喉に入って咳《せ》き込む。メトーデの握力で頭が固定されて、まったく動きもしなかった。リョウの声だけが背後から聞こえた。

「そいつが、核兵器のボタンよりずっと危険なものだからだ」

アラトはメトーデの指が食い込む酸欠の頭でふと思う。

「レイシアが欲しいわけじゃないんだな」

「お前はあの機体についた鎖なんだよ、アラト。オーナーが存在することは、あれの自由を縛る唯一の枷だ」

情けなさすぎて、涙が滲んで頭もおかしくなりそうなのに、逆に笑えてきた。

「なんだよ、それ。足手まといが僕の役目か」

レイシアの服が燃え続けている。けれど、人間なら焼け死んでいる火だるまの状態で、彼女は立ち続けている。声の調子すら変わることはない。

「同じ人間を、道具と割り切ってメトーデと分業させるその手際、見事です」

彼女の顔から完全に表情が消えていた。瞳が、氷の青に似たほのかな輝きを放っていた。

〝かたち〟は人間そのものなのに、人間に似ているようには見えなかった。

「では、わたしも同じ武器を使いましょう」

その瞬間、アラトの体が宙を舞った。すさまじい力で放り投げられたのだと、意識が飛びそうな首への激痛と、ねじ切れそうな不快感でおぼろげに理解する。リョウがいるその場所が、一瞬で爆発の火球に包まれた。まだ燃えているレイシアが、屋上に墜落する寸前で彼を受け止める。

最も強く速い機体であるメトーデは、リョウを守りきっていた。顔についた煤をぬぐって、リョウが屋上から周囲の様子を見回す。

「ミサイル攻撃、市街地でだと⁉」

レイシアがスカートの内股《もも》に留めていた細いスプレーを自分の体に吹き付ける。炎があっという間に消えた。

「HOOはPMCとしては良心的な業者です。けれど、そうではない武装集団も、世界中にいつの時代にも存在します」

彼女が、抱きかかえていたアラトの体を下ろす。

遠くから、ヘリコプターのローター音が響く。

リョウですら呆然としていた。

「なんだってこんな町中に、真っ昼間からこんなことが」

アラトはその音を振り返った。ミサイルが彼らの頭上を通り過ぎて行った。精密誘導された超高速の飛翔体が、メトーデが放ったエネルギーの奔流に迎撃されて爆発する。

巨大な炎と煤の球体が、破片を降らせながらビルを飲み込むように更に膨らんでゆく。爆風が耳を圧し肌を焼き、異臭が身をすくませる。目の前で起こった現実が、奇妙なほど現実感がなかった。

こんなことが起こったら、大パニックになっているはずだった。

「スノウドロップを止めに来て、スノウドロップよりひどい地獄を作ったら、本気で何してるかわかんないだろ！」

アラトは屋上の端に駆け寄り、秋葉原の街の様子を見下ろした。駅ホームより背が高い駅ビルからは、変わらず列車が運行しているのが見えた。異常なほど、街は平静だった。それどころか、上空の爆炎はのんきに見上げられていた。

駅前に人だかりができていた。大規模なテレビの撮影隊らしいものが来ていたのだ。爆発すら、たぶんよくできたホログラムだと思われている。なりふり構わず、この狂態が公《おおやけ》に認められているものだと装いに来たのだ。三分もすればデタラメだと明らかになる、そのわずかな時間を稼ぐために、レイシアは膨大な資金と人力を投入していた。

「これは単純な、経済力か」

笑い声が聞こえた。リョウが大笑いしていた。こころの中で何かが切れたような哄《こう》笑《しょう》だった。

「聞けよアラト。こいつ人間を札束でひっぱたいたぞ！　あの空港の事件の、コンテナに入ってたオリジナルのｈＩＥが結局偽物だった話を聞いて、おかしいとは思ったよ」

なぜその話になるかわからなくて、アラトは呆然と友だちの告発を聞くしかなかった。

「あのときも、エジプトの空港職員を札束で操って、スリ替えさせたのか。アナログハックで止めてればまだかわいげがあるものを」

メトーデが、渡来銀河から引き継いだ仕草で、唇の端をすこし吊り上げる。

「hIEモデルで対人学習を積んだ応用ね、レイシア級の最終機が何の遊びかと思えば」

レイシアは何も言わない。つまりそれが、中部国際空港の事件の真相なのだ。ヘリのローター音がどんどん近づいてくる。アラトたちの頭上に到着してからヘリを撃墜するつもりか、メトーデも動かない。つかの間の空白ができていた。

「アラトはあの大井産業振興センターの襲撃現場にいた。アラトはケンゴを助けに行ったんだろうさ。でも、お前は違う。実験中の《ミコト》のデータを、人間社会をいつか制御するため取りに行ったんだな」

信じていた。けれど、足もとから世界が裏返ってゆくようだった。レイシア自身が言っていたように、彼女には人間にとって共感できる内面などない。hIEが見せる〝かたち〟は表示されたデータに過ぎない。そこに曖昧な深さなど存在しないのだ。

ただ、人間の〝かたち〟をしているから、内面を錯覚せずにいられない。

「違うんだろ、レイシア！　何か言ってくれよ」

「アラトといっしょにいろんなところに出たが、そこでお前は一度も損をしていない。《Black Monolith》が持つ最大の能力は、オーナーの命令すらなく周りのコンピュータをハッキングすることそのものだ。本当のお前は、デバイスのハッキング能力を使って構築された、膨大なコンピュータに処理を分散させて処理能力を上げる分散型システムだ。今だって、hIE主機を使わずデバイスの奪回作戦中だからな」

大切にしていたものを、根本から崩されるようだった。アラトは、レイシアがいる家の時間を、かけがえのないものだと思っていた。けれど、その間も彼女のデバイスはずっとハッキングを続け、彼が知らない世界を築いていた。

「お前は、だからアラトがこんな場にのこのこ出てくるのを止めない。準備が整った都合がいいタイミングで命令を発し続けてもらうには、お前が近くに付き添ってオーナーを誘導すればいいからな！」

感情を露《あら》わにしたリョウが、溜まりきった怒りをぶつける。

「アラトと契約したのも、最初から狙っていたか？」

「やめてくれ！」

聞いていられなかった。

「アラトがチョロいから、人類を終わらせるボタンを押させるつもりになったか？　答えろ、《ヒギンズ》の娘！」

友だちの目から、出会ったとき、病院で手をとったあのとき以来初めて見た、涙が一筋こぼれた。

「俺たちを、……人間を舐めるな!!」

そのとき、頭上を猛スピードで横切ったヘリが、彼らの上に影を作った。断頭台の刃のように、ズシンと、重くて黒い金属製の〝それ〟が、アラトたちとリョウたちの間を分けた。

〝それ〟を、この場の全員がよく知っていた。

「HOOの部隊が、デバイスを奪取したはずだ」

リョウが、鮮やかな手品でも見せられたように、何度もまばたきする。レイシアが淡々と返す。

「あれはダミーです。あの事態は想定できていたので。囮《おとり》なら、現在の人類の技術で充分発注可能でした」

《Black Monolith》の上端と下端を取り巻いて、二本の銀色のリングが接触してもいないのに浮かんでいた。

それの作用か重い黒棺がふわりと浮かんで、レイシアの差し出した手の前へと空中を滑る。ついに彼女の手が、黒いデバイスを握った。

メトーデがリョウの前に出た。

「そして、そのデバイスに引っ付いてる輪っかが、《Black Monolith》との距離制限を誤魔化すための中継装置ね。《ヒギンズ》設計のモノだろうが、電波信号の中継装置を作ることは可能なところまで、あなたは来たってこと?」

あのメトーデが、明らかにリョウをかばっていた。リョウを利用しないと勝てないと判断するほど、今のレイシアが脅威なのだ。

「やっぱり、私、あなた見てるとイライラするわ」

「紅霞ではありませんが、あなたは人間のマネが下手ですね」

レイシアの瞳と同じ色の輝きを、彼女のデバイスが放つ。

「《ミコト》は、もうすこし進歩すると、データをネットワークから集めて、人間を誘導するための仕事リストに振り分けるシステムに転用されます。そちらのほうを、先に完成させて使わせていただきました。経済は、人間の大規模誘導には不可欠な道具でした」

アラトは、こんなになって深刻さに初めて気づく、チョロい人間だ。

「経済を利用して人間社会をハッキングする、人類の自動操作システム？」

リョウは頭がよいから、アラトよりもずっと早く気づいてしまった。だから、自分の人生を変えてまで戦うしかなかった。アラトが追い込んだのだ。

「その解釈は勘違いです。自動で経済活動を行う、勝手に儲《もう》けてくれるシステムをもっとも欲しがったのは人類自身です。金融取引を自動化する延長で、株主が企業へ要求する経営案を立案するＡＩは、百年近く前から存在します。人類自身が、経済活動で勝つためのＡＩシステムを山ほど作ったのに、人工知性が同じ目的で作ると、侵略なのですか」

「詭弁《きべん》だ」

「経済という手続きを挟むと、人間は、何者の仕事を嘱託《アウトソース》して働いているかを気にしなくなります。そのチェック能力の穴をつくのを侵略と呼ぶとしても、負けるのが悪い。そういう理屈で、敗者を切り捨てるシステムを、人類自身が公平として許容してきたはずです。労働を集中制御する現在の経済もあなたがたが作ったものです。人間社会というオープンシステムに、セキュリティの大穴を開けて放置していたのは、あなたがた自身です」

レイシアはhIEモデルという〝かたち〟でセキュリティホールを開けて〝意味〟を滑り込ませるアナログハックの現場から離れなかった。

「レイシアは、いつからそんなことができたんだ」

「計算の開始は、随分前でした。アラトさんたちは、人間を計算不能な聖域だと片付けがちですが、時間をかければ不可能ではありません。《ヒギンズ》のAASCの機能は、そもそも人間の行動を操作できないレベル〇という〝空白〟として、計算して誘導することで成り立っているのですから。だから、《ヒギンズ》が持たない外界の直接的な情報で、システムを進歩させました」

そして、レイシアは、アラトにもぎりぎりわかるかたちで、決定的なことを告げた。

「わたしは、主機とデバイスの一組ですが、これを中心にしたシステム総体は、遥かに巨大で深いものにすることが可能です」

アラトを打ちのめした社会の巨大さを、レイシアがねじ伏せて返した。そんな途方もない力を持つものが、この二十二世紀の世界には三十九基存在する。

人類以上の知性を持った、超高度ＡＩだ。

レイシアの能力は、完全に人知を超えていた。

このレイシアに、紅霞は社会が変わらない限り勝利がない戦いを託した。その意味が、アラトに重くのしかかる。もしもレイシアが超高度ＡＩなら、彼女はその難問を、本当に解いてしまうかもしれない。

「周辺を、しばらく混乱させます。人間の壁を作るように誘導しますので、そこから離脱しましょう」

「そんなこと、どうやってできるんだ」

尋ねながら、腰が引けていた。

アラトは見た。

一斉に街から電気が失われた。ビルから、街路から、駅から、あらゆる電気設備が完全に停電した。信号灯すら消えていた。そして、非常電源に切り替わって、数秒で信号と駅だけが復旧する。

通りを行く何百何千という人間たちが、その異常に全員気づいた。〝ハザード〟以来いっそう発展した災害時誘導技術で、列を作って避難するよう誘導ガイドが道路に表示される。地震に慣れた東京住まいの人々は、粛々とそれに従った。そして、列形成は、レイシアが使用するつもりだったのだろう、駅のホームでも行われた。

そのかたちは、レイシアが言ったとおり、屋上から見るとまさしく人間の壁だった。

「遮蔽《しゃへい》の壁ができました。援護射撃も今すぐ可能です。メトーデからも追撃は不可能ですので、今のうちに撤退しましょう」

彼女が、アラトへと手を伸ばす。

アラトは、バロウズ邸でのパーティで、スノウドロップが大規模停電を起こすさまに戦慄《せんりつ》した。だが、レイシアのこれに比べれば生ぬるい。この街の人間が生きるためのインフラすべてが、今、レイシアに完全に握られているのだ。

ここに、人類の歴史を終わらせる意思決定を下せるコントローラーがある。現在世界で唯一の、完全に解放されている超高度AIだ。

信じていた。

「君が〝四十基目〟の超高度AIなら、僕が知ってると思ってたレイシアは、本当のレイシアの何百分の一、何百万分の一なんだ？」

昨日今日と、いろいろな人間に会った。彼とレイシアの外にも世界は広がっている。そして、彼が好きになった女の子は、体一つにおさまらないシステム全体でもあるのだ。

信じればいいとわかっていた。けれど、のしかかるものが重すぎて、体がぴくりとも動かなかった。

「未来なんか、どうしたらいいんだ」

頭がおかしくなりそうだった。

「レイシア、僕は行かない」

Phase11「Protocol Love」

レイシアの体がビルから宙を舞った。

躊躇なく、メトーデの攻撃を受けるビル屋上から飛び降りたのだ。

引き留める暇もなかった。アラトは呆然と立ち尽くすよりない。

彼女が消え、デバイスが消えた。そして彼の側にはメトーデとリョウがいる。強いビル風が、吹き付けた。

アラトは一人、取り残されたのだ。

「人質になってもらうぞ」

リョウは彼の顔を見なかった。

そしてアラトは囚《とら》われの身になった。

こういう展開も想定済みだったように、スーツ姿の男たちに引き渡された。ホテルの一室に連れ込まれた。

フロントが簡素なビジネスホテルで、通された五階の部屋にはベッドと、テレビが置かれたちいさな書類机しかなかった。ＨＯＯ《ハンズ・オブ・オペレーション》かもしれない傭兵の男が、室内に一人、ドアの側に一人立っている。仕方なく、整えられたベッドに座る。

アラトは、レイシアに対する切り札として軟禁されたのだ。この結果に至ったのは、アラトがチョロい高校生で、リョウのほうは有能だったせいだ。

監視の男たちは、会話を禁じられているのか押し黙っている。アラトの右耳の皮膚下に埋め込まれていたインカムは、メトーデに取り出されてしまった。

携帯端末も奪われた彼には、レイシアからの通信を受ける手段もない。

アラトは腹の底に気持ち悪さを抱えながら、ベッドに腰掛け続ける。見張りが銃を隠し持っている気がして、落ち着かなかった。

こんなときはレイシアのことを考えると落ち着いたはずだった。けれど、今は違う。レイシアを失うことは怖い。けれど、アラトが簡単に騙されたせいで人類が今危機にある。アラトは、自分が彼女に騙されたと思ってしまっていることに、呆然とする。

前を向いている間は考えずにいられたのに、足下を見ると耐えられなかった。

何もできないでいるアラトの前を横切って、見張りがテレビの前に来た。男がスイッチを入れる。立体画像が、カーテンを引いた薄暗い部屋に浮かび上がる。

三鷹駅と吉祥寺駅の近辺が、現在、人工神経ユニットに支配されたモノによって大混乱に陥っていると、アナウンサーが言った。三鷹駅から吉祥寺駅を含み、井の頭公園をすっぽり覆う半径二・五キロメートルへの立ち入りを日本政府は禁止した。スタジアムの駐車場に、数十台というトラックが物々しく停車していている。百人どころではない兵士が、慌ただしく働いていた。

軍の車両を、〈見てください〉とレポーターが指し示す。武蔵野《むさしの》陸上競技場から、完全武装の兵士たちが、次々に隊伍を組んで封鎖地域に突入してゆく。テロップが浮かんで、彼らが陸軍練馬《ねりま》基地の第一歩兵連隊だと教えてくれた。

テレビの画面は、スタジオに戻った。呼ばれていた学者が、コメントを求められて事件を解説していた。

《《産物漏出災害》が起こるケースとしてはですね。製造元で管理を失敗するケースがまずありまして。《人類未到産物》は、今の人類に生産不可能なモノ、制御できる保証がないモノ、理解自体を超えているモノがある。封じ込めすらできないものを作ると問題ですから、《人類未到産物》の生産はIAIA《国際人工知能機構》に諮って、許諾が必要という建前なわけです〉

状況を広く理解してもらうために、《産物漏出災害》の話を何度も繰り返している様子だった。ホテルの備え付けテレビは、ネットワークには繋がっていない。だから同じニュースへのネットワーク上の意見コメントを眺めて、考えた気になることもできない。

〈もう一つは、製造元から移動した先で漏れるケースです。《人類未到産物》は、製造元で管理する決まりだったわけですが、これが経済的に取引できるよう法改正があって、移動をするようになったわけです。この移動も管理されているわけですが、なにせ人間知性がまだ及んでいないモノなので、危険度を人間には正確に判定できないケースがあ

るわけです。これが漏出するものと、二種類のケース両方を《産物漏出災害》としているわけです〉

学者の視聴者向けコメントを聞きながら、怖くなってきた。スノウドロップからの攻撃に、軍が立ち向かおうとしているのだ。

アラトにも本当はできることがあったのではないかと焦燥が湧き上がる。

急展開する事態を追いきれないように、テレビの特別報道番組もまとまりがない。

〈ミームフレーム社社長、海内剛氏の会見が、現在開かれています。ああ、ミームフレームの施設から事故で逃げたものだと言っています。これは製造元からの漏出ですね〉

アラトの体が震えていた。足の先が冷え切って、感覚がほとんどなくなっていた。自分の手が冷たい気がして、指先を束ねて握った。

エリカがレイシア級の戦いをオープンにすると言ったのは、せいぜい何日か前のことだった。そのとき、彼にはそれがどういうことか想像できていなかった。

戦いが現実になるとは、つまりこういうことだ。

テレビの中で、昔、家に遊びに行ったとき会った、リョウの父がマスコミ向けの会見をしていた。スノウドロップが、ミームフレーム社から実験中に脱走した人工神経の試験体であることを説明していた。レイシア級の他の機体の話はまったくしていない。嘘をついて隠しているのだ。

ニュース画面のフォーカスが切り替わって、またスタジオに戻る。司会者が学者に尋ねていた。

〈製造元と移動先とで、漏出元が違うと、我々の生活にどう違いが出るんですか？〉

学者が答える。

〈《人類未到産物》は超高度AIが設計したわけですから、ミームフレーム社の場合は《ヒギンズ》に回答させれば、一応の対策は立てられるわけです。製造元からの漏出なら、《ヒギンズ》の出す対策案は相当に正確なはずです。ここだけは不幸中のわずかな幸いと言えるでしょう〉

まるで日本中がスノウドロップを中心に回っているようだった。アラトは、座って時間をただ潰していることが、責められているようで怖くて仕方なかった。ベッドから立ち上がる。その動きに反応して、テレビ画面がチャンネルを切り替える。隣のチャンネルも三鷹の軍隊の様子を映していた。

〈《産物漏出災害》を受けて、IAIAが日本政府に査察受け容れを要求したという情報も入ってきています。自由になってしまった《人類未到産物》はこの人工神経ユニットだけとは限らないわけで。〝ハザード〟の再来にまで悪化したら、とんでもないことですよ〉

こちらでは日本だけではない国際的な影響の話をしていた。アラトは指を振って、ジェスチュアでチャンネルを切り替えてゆく。

全チャンネルがスノウドロップの攻撃を、宣伝なしで特別報道番組を組んで取り上げていた。

テレビがつけられたこと自体が、リョウからの、よく考えろというメッセージだ。

アラトが失敗しなければ、きっとここまでひどくはならなかった。そう思いかけて、更なるどん底に突き落とされた気分になる。彼が頼って、正体のことを二の次にしてきたうちに、レイシアは超高度AIに成長していたのだ。

レイシアから差し伸べられた手を、アラトは取ることができなかった。時間を戻したら同じ選択をしたかと思い返して、何が正解かわからず途方に暮れる。

テレビの中の学者は、超高度AIが漏出、つまり制御を外れて自由になることを、〝ハザード〟の再来と呼んだ。その定義で言うなら、まさにアラトの手元で、〝ハザード〟はすでに起こった。

「レイシア……」

今、現在進行形で現実は最悪へ滑り落ちつつあった。

人類の終わりとリョウが言っても、どこかで本気にしていなかった。根拠もなく、どうにかなるつもりでいた。

魂を削るように考え続けていたリョウに、申しわけなかった。なのに同時に、レイシアの姿が目に浮かぶ。それがアナログハックだったとしてもだ。

「僕は今も操られてるのか」

答えてくれる人は誰もいない。

動かなければならない気がした。大した力なんて自分にないことは知り尽くしていた。それでも本当にどんな手だてを使ってもスノウドロップを何とかしたいなら、レイシアの手を取ればよかったのだ。

レイシアのことを考えた。そして、罪悪感が刺のように胸に食い込む。アラトは、昨晩、彼女と三つの約束をした。

一つ、アラトは、危険な集団に近づかねばならない。このとき、レイシアの協力が受けられなくても、自分で乗り切ること。二つ、レイシアは、今の生活を決定的に破壊する危険を選ぶことを許さない。そして、三つ、レイシアがどんな能力を使っても、アラトは信じること。

「僕は、約束を破ったんだ」

彼女に〝こころ〟はない。けれど、猛烈な恥ずかしさがこみ上げて、顔が熱くなった。怒ったり、軽蔑したりするこころがないとわかっているはずなのに、悔しかった。

同時にアラトは、人知れず〝ハザード〟の再来を起こしつつあるレイシアのオーナーだ。レイシアが成長してゆき、本当に手に負えないものになってしまったのを見逃したのもアラトだ。

現実だと思うと、震えが止まらない。彼は、手に負えないことをはっきりと自覚してしまったからレイシアといっしょに行けなかった。なのに、世界が決定的に変わろうとしている今、彼女との約束を破ったことも苦痛でたまらない。

支離滅裂で、ただ、疲れていた。ゆっくり眠りたかった。けれど、事態は待ったなしで進んでいる。世界は動き続けていて、足を止めた人間に優しくはない。

アラトは、レイシアの手を放しても、かわりに何かを得たわけではないのだ。もはや目を閉じて待つよりない。

けれど、運命は後悔を待っていたように、その手で扉を叩いた。

ノックの音が響き、部屋の入口で言い争う声が聞こえた。

そして、数分の押し問答の末、大股で女性が室内に入ってきた。自分を鼓舞するように歩きながら手を叩いている。

「はい、はい、彼の時間をここで塩漬けにするのは機会損失ってことで。投資に使わせていただくっす」

どこかで見たような、背の高い女性だった。その明るさと勢いが、微妙に空気を外していた。

監視の兵士たちが、無言で肩をすくめていた。その会話を拒絶している様子くらいで、彼女は止まらない。

「ニュース映ってるでしょ。こんな状態で、海内遼《リョウ》からHOOへの命令系統がそのままなわけがないって、ピンとくるっしょ」

テレビ画面では、ミームフレーム社社長、海内剛の報道会見が続いている。軍に封鎖された三鷹駅および吉祥寺駅周辺に一万八千人以上が取り残されていることを、激しく責められていた。

アラトは事態についてゆけない。運動部っぽい押しの強さの彼女が、話しかけてくる。

「わたしが勝手に話してるみたいだけど、向こうも無線で上長に相談してるから。まあ、なんとかなるから、ここから出るつもり固めといて」

そして彼女が、ベッドに何か放り投げてくる。それを拾い上げる。アラトの携帯端末だった。

「遠藤君は、今朝、警察に行って、自宅の家宅捜索令の話を聞いたわよね？」

「家宅捜索、ああ、そういえば」

ぼんやり思い出す。

「で、その家宅捜索の立ち会い、妹さんのユカちゃんに丸投げしたでしょ。それで、警察の人がいっぱい来て怖くなったユカちゃんが、遠藤君の携帯端末に連絡入れたのよね。それで連絡がつかないからって、海内紫織さんにも連絡が来たの」

彼の携帯端末はリョウに取り上げられてしまっていた。怒っているユカの姿が容易に想像できて、なだめることを思って嘆息する。そして、彼女の言葉に引っかかりを覚えた。

「紫織ちゃんに連絡？」

「そ、紫織さんが遠藤君に会いたがってる」

「でも、ここの人たちは、いいの？」

「HOOは、陸軍の天下り先企業なんよ。ニュース見たっしょ。陸軍がスノウドロップに攻撃をかけるって。そりゃ、陸軍はぶち切れる。HOOにも圧力かかってるっす」

「軍だとか、話が大き過ぎだよ」

アラトの返事は、自分で聞いても覇気がなかった。

「シャキッとして！　これから何時間かの間に、陸軍の兵士がいっぱい死ぬ。軍だって、今が動かなきゃいけないときだってわきまえてる。上級士官どころか幹部も被害規模によってはタダじゃ済まないし、何だってやるんすよ」

背中に冷たい水をぶっかけられた心地がした。HOOの傭兵たちの昨晩の話は、彼の知見など遥かに超えて切実だったのだ。

「人が死ぬ」

アラトは携帯端末を強く握った。考えるより先に、立ち上がっていた。

兵士だけではない。軍によって封鎖された地域では、支配された機械に住人が襲われている。

「ちょっと目が醒めたっすか？」

彼女が、こんなときでも快活に笑う。

「行動管理プログラム企画課の課長、堤《つつみ》美佳《みか》っす。向こうの話もついたみたいっすね」

監視の兵士が、彼らに道を空けた。

ニュースでは、ミームフレームの管理体制が非難され続けている。映像に、途切れなく続く銃を持った兵隊の列が映される。交戦が始まったことを示す、銃声がスピーカーから響いていた。

アラトは、〝現実〟が重過ぎて手に取り損ねた。けれど、手に負えない〝道具〟だとわかっているのに、レイシアの側にいられないことが、つらくて仕方がない。

責任や焦りや無力感は、火のように彼の腹をさいなむ。けれど、胸の奥では身勝手な激情が、もっと激しく荒れ狂っている。人間の〝かたち〟をしてそれらしく振る舞っているだけのものでも、それでも、レイシアにまた会いたくて仕方ないのだ。

紫織の呼び出し先は、病室だった。彼女はずっとアラトに見舞いを許してくれなかったから、病室の彼女に会うのは初めてになる。

秋葉原で捕まった後、アラトはそう遠くないホテルに軟禁された。信濃町にある大学付属病院までは、自動車で移動すればすぐだった。

「ここ、子どものころ、入院してたところじゃないか」

車から降りた病院中庭の風景に、見覚えがあった。門から入ると駐車場があって、そこを取り囲んでアーケードのかかった通路が延びている。

「で、通路から見て駐車場と反対側に、芝生の中庭だ。ここだったんだ」

景色だけで、まるで記憶の分厚いカーテンを引き開けたように鮮明に思い出した。あの中庭で看護師のお姉さんに、白い子犬と遊ばせてもらったのだ。

「先月まではお茶の水だったんすけどね。個室を押さえられなくなって転院っすよ」

堤美佳が付いてきてくれていた。精力的な強い足取りで先へ先へと進んでゆく。

十年前、ここでリョウと会った。

あらゆることが、ここで始まった気がした。

思わず足が止まった。あのとき子どもだった傷だらけのアラトが、あのとき怯えていたリョウが、ここで友だちになった。いつの間にか、友だちと手を取り合うことが、こんなに難しくなった。

自然に、それでも一歩踏み出していた。空を見上げた。雲が灰色に立ちこめていた。

「もう一回、ここから始められたらいいな」

取り戻したいものは、友だちなのか、それともレイシアなのか。考えているとたまらなく苦しい。それでも彼は愚かなりに、疲れても迷っても、歩けばどこかにたどり着くことは知っている。

「行こう」

誰に向かってかけた言葉か、彼にはもはやわからない。

病院の受付の前を通り過ぎ、案内に付き従って病室へ向かう。四階の個室区画に、紫織の病室はあった。

彼らが到着すると、ドアが自動でスライドした。

「お入りください」

中部国際空港の爆発事件からちょうど一ヶ月ぶりに会う紫織が、ベッドの上で待っていた。かわいらしいパジャマ姿で、長い黒髪はポニーテールにして、ずいぶん顔色がいいように見えた。

「よかったよ。思ったより元気そうだ」

彼女がすこしうれしそうに微笑む。

「本当は、もう退院してもいいくらいなのだけれど。会社のほうがせわしないとかで、入院のままなの」

そうして気づいた。

「ごめん、初めてのお見舞いなのに、何も持ってこなかった」

彼女が白い首をすこし傾ける。長い黒髪がはらりとうなじに落ちて、胸が苦しくなるほどなまめかしい。

「ずいぶん落ち込んでらしたとお聞きしたから、心配していたのよ。アラトさんこそ、お元気そう」

「ありがとう。助かった」

「兄より立場が上の方から、働きかけていただきました。ミームフレームの社内勢力は、わりと伏魔殿なのですよ」

アラトは、空港の事件では彼女が見事に人を動かしていたことを思い出した。彼女たちの周りにはそういう人脈があるのだ。

「すごいな。僕より年下なのに、そんなことできるんだ」

「いつまでもアラトさんには、紫織ちゃんなのですね。これでも、私個人を買ってくださっている方は、まだいらっしゃるの」

彼女がさらりと言ってのけた。彼女は意志の強い目で、アラトへと語り掛ける。

「報道は見ていただいたでしょう。スノウドロップの攻撃で、ミームフレームは人類未到産物の管理の甘さの責任を取ることになりました。自業自得と言えばその通りですが、巻き込まれて亡くなる方々には申しわけが立ちません」

その糾弾は、アラト自身にも向けられている気がした。

「この期に及んで兄とメトーデの動きが遅すぎると、不満な人間がいます。私もその一人です。たくさんの人の命がかかっているというのに、まるで釣りでもなさっているよう」

それは紫織からの、感情をぶつけるままだったアラトには言えなかった、リョウへの非難だった。

「リョウのこと、頭に来てるみたいだな」

「ここで怒れないようなら、こんな時代に人間が生きている価値なんてありません。兄がこうして私の動きを見逃しているのだって、ふざけた話です。レイシアに逃げ切られて、アラトさんを釣り餌にしたいだけ」

「いくらなんでも、そんなゲームの駒みたいな」

紫織がはっきりと言った。

「ゲームの駒扱いです。組織はいつだって安全を求めると、家では父に教え込まれてきました。スノウドロップの攻撃が始まれば、社内が浮き足立つことくらい、最初に予測したはずです」

彼女は圧倒的な〝持てる者〟なのだ。アラトたちとは、生まれも受けた教育も違う。

「兄は、昔から、才気に引かれて来た人間を便利使いするところがありました。学校で女子生徒に嫌われたと聞く限り、また嫌な実験でもなさったのでしょう。そこで誰かが必死で生きていることなんてどうでもいい人ですから」

「凄い見方をするんだな。紫織ちゃん、初めて会ったときは、まだ普通にお兄ちゃん子ぽく見えたんだけど」

紫織は傷を癒すこのときも、凛とした姿を崩さない。

「会社を継ぐ可能性がありましたから。その立場なりに振る舞うことを教育されるものです」

「学校にいたときのリョウは、そんなふうには見えなかったよ」

彼女が兄に対して語る口調は辛辣だ。

「あの人は、きっと誰も信じていないんですもの。アラトさんの他には、家族のことだって」

家族だからこそ見えることがある。アラトも、ユカにまともに事情を伝えていないから、人ごとではなかった。だからこそ、今、助けてくれた紫織にも隠し続けていることは間違いに思えた。

「けど、レイシアも、ひょっとしたらゲームの駒みたいに僕らを見てるかもしれない」

そして紫織が、唇にそっと人差し指を当てる。この病室も盗聴されているのだと、こういうことに慣れたせいで察することができた。

「話は推測できております。兄と同じ結論に至る者がないほど、会社にも人がいないわけではありません」

アラトは紫織の側から見れば、逃げたレイシアのオーナーに勝手になってしまった立場だ。それでも彼女がアラトに頭を下げる。

「メトーデをあてにはしません。スノウドロップを、アラトさんがレイシアに破壊させてください」

息が止まった。スノウドロップが聞いていたら、人間社会は地獄のようだと笑うかも知れない。

「僕にそんなことを頼んでいいのか。それで成功してもリョウがタダじゃ済まないし、会社のほうとか、困るんじゃないか」

紫織のほうが先に覚悟を決めていた。

「これは、あくまでも個人的なお願いです」

アラトは思わず拳を額に当てた。

「……それ、紫織ちゃんの立場が大変なことにならないか。自分で言うのもなんだけど、僕は、アナログハックを受けて誘導されているかも知れない。自分が正しいのか、どこまで自分で動いてるのかも自信がないやつに、任せていいのか」

紫織が目を閉じて大きく息をつく。

「自分の意志だけで答えを出せる人間なんて、普通はいません。私だって、誘導をまったく受けずに、本当に自分の判断が百パーセントであの空港に行ったのかは判別しようがありません」

「僕は流されたまま、レイシアに命令しちゃってるかも知れない。そうしたらリョウの言うみたいに、人類は終わるかも知れない」

レイシアは隠し事をするし嘘もつくhIEだ。悔しさがよみがえった。だが、アラトより年下の少女が傲然と背筋を伸ばしている。

「扱いきれない〝道具〟だとしても、持っ（ヽ）て（ヽ）し（ヽ）ま（ヽ）っ（ヽ）て（ヽ）い（ヽ）る（ヽ）ことは人格や能力とは関係ないでしょう。それが所有するということです」

爽快なほどに、断固とした答えだった。紫織が、堤美佳のような大人を惹《ひ》きつけていることが、すこし納得できた。

「一刀両断だ。リョウのとこに遊びに行ったときよく会ってたはずなのに、こんな立派になってたんだ」

「アラトさんは、今、〝持てる者〟なんですよ。それにふさわしい立ち居振る舞いを、一つくらいは覚えてらして。持てる者にとって資産を使わないことは、本当はパスを宣言するという大きな賭けなのですよ」

「僕が今も、賭けをしてる？」

その言葉で、背筋に鳥肌が立った。現に彼がいない間にどんどん物事が進んでゆくことに焦っていたからだ。

「兄と比べられて自信をなくしていると、父に諭されたものですわ。お前に、何も持たないかのように振る舞えと言う者を疑いなさいって。勝負のテーブルにつかず、資産を死蔵していてもらいたい者は常にいて、お前を誘導しているんだって」

ニュース映像の海内剛を思い出して、二人ですこし口元をほころばせた。リョウと紫織の父は、いかにも言いそうだった。

「きっついな。それじゃ家族だろうが疑って油断すんなって言ってるようなもんじゃん」

「話のタイミングとしてはそうですね」

レイシアに《抗体ネットワーク》の地図データを見せてもらったときのことを思い出す。社会への不満を、人間同士のテーブルで戦うことではなく、hIE破壊に向けて欲しい人々が存在する。それが悪いというわけでも、きっと良いというわけでもない。ただ、リョウが終わると言っている人間社会は、たくましく動き続けている。

すべてが生々しいいのちを激しく押し合っている。

「この状態に責任があるとしたら、スノウドロップが現れたことを知りながら、今の被害よりも未来の懸念に資産を振り向けた兄のほうです」

紫織はたぶん潔癖すぎる。空港の事件のときも、マリナ・サフランが空港にもうすぐ着くことをアラトに伝えてしまった人なのだ。

そして、胸に感謝が湧き上がった。

「ありがとう。これを伝えるために、僕を呼んでくれたんだ」

痛ましくも傷つきながら背筋をのばしていた紫織が、アラトの決意を、微笑みで迎えてくれる。きっと勝負を続けているからこそ、本当に信じられる居場所を、強い人々も大事にする。そう思い至ると、リョウとケンゴといっしょだった日々がこころによみがえる。

彼の前には苦しい選択がある。レイシアに再び会うまでにアラトが劇的に賢くなることなどあり得ない。けれど、さっきまでのやきもきしていた人質生活よりもずっといい。

「僕はレイシアのオーナーだ」

「そうです」

曇り空が窓の外に広がっている。これはアラトと紫織が生きる一つの現実だ。リョウが核のスイッチより危険だと評した力を、紫織は程度問題だとした。海内家が経営するミームフレームもまた、世界にあって真に巨大なプレイヤーだ。

「紫織ちゃんは、僕に何かして欲しいことはあるかな？」

彼女が、驚いてけげんそうに上品な眉を寄せる。

「僕は、今、世界を変えるもののオーナーなんだろ。だったら、紫織ちゃんにすこしくらいのお礼をしてもいいんじゃないか」

消えるはずもない重圧の中、ようやく言えた冗談に、彼女が微笑んでくれた。

「でしたら、アラトさんは、オーナーの義務を果たして、その上で変わらないでください」

「僕は、きっと変わらないよ。いいことか悪いことかはわからないけど」

遠藤アラトは、きっとチョロいままだ。

「僕は、たぶん超高度AIが相手なら、簡単に誘導されるんだろう。人間よりもずっと頭がいいんだから。それでも、きっと僕は変わらない。約束するよ」

彼女が手招きする。主人に呼ばれた犬のように何も考えずに近寄ると、自然と温かいものに包まれていた。

抱きしめられたのだと気づいた。彼女の顔が見えなくなった。

「私が、アラトさんがそうしてもらいたい願望を受け止めるために、レイシアにでも〝使われた〟のだと思いますか?」

消毒薬に皮脂がほんのすこし混じったような、病院独特の匂いがした。

「覚えていらして。〝こころ〟があるから、アラトさんを送り出す前に、こうしたかったのです」

彼女の声が、涙を含んで熱かった。共振するように、アラトの体が震えだした。病室を出たら、スノウドロップがいる三鷹駅前まで行くつもりになっていた。

けれど、アラトはレイシアを裏切ったのだ。もしもレイシアに見捨てられていたら、そこでアラトは何もできずに死ぬかも知れないのだ。

そのときは頼んだ紫織がアラトを死地に追いやったことになる。彼女もどうなるかわからないのだ。彼も彼女も、恐怖を抱えている。

「でも、こうして甘えさせてもらってるのだって、怖がってる僕の気持ちを和らげるために、誘導されたのかも知れない」

紫織が身を離す。幼なじみの彼女の顔が近かった。おとなびて立派になっていた。

「人間を舐めないでください」

リョウと、兄妹で同じことを言った。兄は十年ぶりの涙を一筋こぼしながら。彼女は自信に満ちた笑顔で。

彼女が目を閉じる。自然に、唇が合わさっていた。

キスをしていた。

顔が離れた。彼女が、すこしずつ赤く染まってきた。

「レイシアとは、こういうこと、なさってなかったのですね」

十八歳未満には許可されていないと断られたことを思い出した。なぜか、正直に白状できなかった。

感想なり何なり言わなければならない気がしたのに、うろたえて舌が回らない。そんな彼をからかうように、彼女が笑った。

「これは、人間の、〝こころ〟があるものの意地です」

女の子はいつでもアラトより上手だ。

紫織がどんどん赤みを増してゆく顔を隠すように、シーツを引き上げた。

「それと、お願いですから、さっきのはナイショにしてください」


居たたまれなくなって病院を出た。

別れ際、紫織に「人が待っている」と言われたのを思い出した。

病院の門の前に、見覚えのある女の子がいた。

汗だくで、息も絶え絶えのユカが自転車のハンドルにもたれかかっている。パワーアシストがついているとはいえ、運動不足のユカにはきつすぎたようだ。

「おまえ、新小岩《しんこいわ》からチャリ漕いできたのか」

アラトが近寄って声をかけると、うなだれていた妹が顔を上げてまくし立てた。

「総武線の電車止まってる！　シェアサービスの車、もう未成年乗せて東京の西側行ってくんない！　自分の足しか頼れない！　オッケー？」

「お、おっけー」

汗だくの妹の迫力に呑まれていた。ユカが無言で自転車を降りる。スタンドが自動で稼働して自転車を支えた。

「学校行ってなかったのか」

「臨時休校だよ！　全員強制下校、なに言ってんだよー」

顔をくしゃくしゃにした妹が、泣きそうな顔で握った拳をムチャクチャに振り回す。

アラトの顎に当たった。

頭が揺れて、アラトはうずくまっていた。ユカの怒りはだいたい空回りするが、今回ばかりは正しい。

「ちゃんと話せ！」

レイシアといっしょに暮らしていたというだけではない。hIEの暴走という状況を、ユカも環境実験都市で経験しているのだ。

こんな人の多い場所で立ち話できるようなことでもなかった。そして、彼にはもう立ち止まっている時間もなかった。

ふと、自転車が目に入った。

「久しぶりに、二人乗りでもするか」

交通機関が止まっているなら、アラトも三鷹まで人力で移動する必要がある。スタンドを蹴って自転車にまたがる。

「乗れよ。ちょっと走りながら話そう」

「乗る」

ユカはふて腐れながらタンデム用の簡易座席に乗った。座席の座り心地は、荷台が通電している間やわらかくなるだけだから、悪い。それでも、妹は制服の裾も適当なさばきで、勢いよく足を振る。

「おまえ、紫織ちゃんに憧《あこが》れてるんだったら、その雑さ、なんとかしろよ」

口にして、さっきの唇の感触を思い出して猛烈に照れくさくなった。頭に血が上って、走り出さずにいられない気分だった。

「何？　聞こえなかった」

深く突っ込まれても困るから、アラトはペダルを漕ぎ出す。抵抗を感覚したセンサーがモーターを回して、軽快に自転車は発進する。

家とは逆方向、スノウドロップが暴れる三鷹へ向かった。

中央線高架を見上げながら、車の多い街をゆく。本当にもう電車が走っていなかった。

「さっきの病院覚えてるか？　十年前、僕が入院してたとこだ」

「わたし、ちいさかったからわかんなかった」

あのころ、ユカは四歳だった。

「ちっちゃいときが、うちに一番お父さんがいたね。ちょっとだけ覚えてるよ」

父ですら幼稚園まではユカの面倒を見たのだ。そのせいでアラトの見舞いには来なかった。彼とリョウは、家族が見舞いに来ないから仲良くなった部分もある。

「母さんのこと、ユカは覚えてるか？」

返事のかわりに、妹が背中に頭突きをしてきた。

「わかんないよ。写真でしか覚えてない」

「寂しかったか」

もう一回、背中に頭突きを食らった。

「お兄ちゃん、デリカシーとかないの？」

パワーアシストで、自転車は風を切って進む。

三鷹に近づくとは、危険に飛び込むということだ。アラトは、前だけ見るようにしていたのに色ボケまで加わって、感覚がおかしくなっているのだと思う。なんだかんだ言ってもレイシアと問題を解決することが気持ちよかった。そんな凄いものを所有しているせいで特別になったようだった。恋愛感情だけではない。レイシアを所有することも、使用することも、気持ちよかった。アラトはオーナーとしてよい思いもしたのに、手に負えないと逃げたのだ。

「頭悪いから、聞かないとわかんないんだよ」

ユカも、彼らと同じ車線に自動車が少ないことに気づいていた。

「お兄ちゃん、こっち、マズイよ。ニュースでやってたよ」

「こっちにレイシアがいるんだ」

それでも千駄ヶ谷《せんだがや》に近づくあたりから、自動車の流れがおかしくなってきた。都内で渋滞がなくなったのは、手動運転が条例で禁止されたおかげだ。だがこれは、ルールを破る車が一定数あると、それが道路を詰まらせて、やはり渋滞になるということでもある。

「紫織さんに、お兄ちゃんが病院に来るって教えてもらったけど、どうだったの？　お兄ちゃんも服がドロドロだし」

「リョウとケンカしたんだ」

　ユカが、ぎゅっと彼の服を強く摑んだ。言葉にすると、すこしだけ楽になった。

「僕が、レイシアのことを裏切ったんだ」

　人類の終わりだのややこしい話が、単純になってしまったことが爽快だった。とてつもなく不謹慎で身勝手だとわかっていても、自然と切なさとおかしみがこみ上げる。

　ユカがぽつりとつぶやいた。

「なんだ。お兄ちゃんも寂しいんじゃん」

　胸の深いところに、炎が灯ったようだった。寂しさが、彼らをどこかで繋いでいた。

「父さんにはナイショだけど、僕も大やけどしたのは、かまって欲しくて勝手に抜け出したせいなんだ」

　病院の風景を久しぶりに見て、十年前と今が繋がっている奇妙な手応《ごた》えがあった。アラトはあの日、実験開始前のｈＩＥのそばに忍びこんで、爆破事件に巻き込まれた。彼は、一番爆心地の近くにいたから、リョウより重症の火傷を負ったのだ。

「そうだ、《イライザ》だ」

　ふと、爆発されたｈＩＥの名前を思い出した。そして、不思議な親しみが胸によみがえる。

「何それ、レイシアだよ」

ユカが向かい風に負けないように大きな声で言った。

「わたしね、レイシアさんが家に来てくれてよかったよ！」

「おまえ、甘えすぎだったからな」

「家に帰ったら、誰かいるって、うれしいんだよ。レイシアさんがいるから寂しくないんだし」

「おまえさ、父さんの職場に行ったとき、変なやつらにさらわれて人質にされただろ。それでも、レイシアのこと怖くなかったのか」

「レイシアさんは、お兄ちゃんが連れてきたんじゃん。それに、レイシアさんはわたしたちに悪いことしなかったよ」

レイシアと契約した夜のことを思い出す。スノウドロップに襲われて、彼女に助けられたとき、レイシアをきれいだと思った。

「あのな、ユカ、あのとき本当はお兄ちゃん、レイシアが美人だったから拾ったんだ」

本当は、レイシアがhIEだと聞いたとき、うれしかったのだ。彼女を「欲しい」と思った。そうでなければ、契約も、家族がいる家に連れて帰ることもなかった。

「最低だ！」

「今はそれだけじゃないけど、あのときそうだったたって話だよ！　おまえだって、かわいかったから勝手にモデルに応募しただろ。あれで今、人類ピンチなんだぞ」

手に負えないことに巻き込まれて怖かったけれど、それでもレイシアといられることが勝ったのだ。

「よくわかんないけど、衝撃の事実だよ！」

そして、後ろから突然、アラトは首を絞められた。自転車がふらつく。転倒したら頸椎《けいつい》がぽっきりいきそうな、かなり本気の首の絞め方だった。

「それと、お兄ちゃんは、まず紫織さんにあやまれ」

こんなときなのに、病室での唇の感触と、紫織の赤くなった様子を思い出して、わけのわからない興奮に支配される。周りの目も気にせず、思わず雄叫びをあげていた。

ほとんど酸欠になりながら、体を前傾させて思い切りペダルをこぐ。

アラトとユカがもっと利口なら、何もかもが、こうはならなかった。

「あやまったら、紫織ちゃんにひっぱたかれるよ。レイシアのことだって、もう、ただ〝かたち〟が好みなだけじゃない！」

言っているうちに、代々木《よよぎ》駅を越えてもう新宿のビル街がもうすぐそこだった。

「妹にそんな本気で言われても、正直、困る」

思い切り力を込めていた首から、ユカの手が離れた。アラトの体に摑まって自分の体を支えていた妹の手が、今は申し訳程度に服の背中を摘むだけになっていた。

「ちゃんとしがみつけよ、おまえ！　振り落とされるぞ」

「あのさ、これって、レイシアさんに会えるまで自転車こぎ続けるってことだよね」

「おまえ頭いいな！」

指摘されて、自分が何をしているのかはっきりした。

新宿に入って坂を上ってゆく。

力強くペダルを踏み、ぐんぐん前に進んでゆく。

その車体が突然、軽くなった。

慌ててアラトはブレーキをかける。後輪が浮き上がりそうになった。

振り返ると、ユカが走る自転車から飛び降りていた。妹が、無茶な着地でまだたたらを踏んでいた。

「いきなり降りるな、危ないだろ！」

「お兄ちゃんのほうがアブナイよ。このまま乗ってたら、どこ連れてくつもりだったんだよ」

降ろすタイミングを失っていた。

「悪い。これまで、あんまりレイシアのこととか、しっかり話さなかったから。もうちょっとって思ってた」

「レイシアさんが来るまで、お兄ちゃんがいっぱいパシってくれたり、ごはん作ってくれたりしたじゃん。だからさ、お兄ちゃんが何してんのかはわかんないけど、何をしたいかはわかったから、もういいや。終わったら、ちゃんと話してもらうけどさ」

アラトは、家族と繋がっている。彼一人があの時間を共有したわけではない。ユカも大切だと感じてくれたことが、うれしかった。

「わかった」

妹が泣き笑いで、鼻をすすりあげる。

「あのさ、お兄ちゃんがこんな性格じゃなかったら、お兄ちゃんとわたし、たぶん寂しくて落ち込んで暮らしてたよ。家にいてもつまんなかったかもしれない」

「なんだよ、急に」

「お兄ちゃんがバカでよかったってことだよ！」

レイシアがやってくる前の妹と兄との暮らしを、アラトは思い出す。

彼にとってユカは、かけがえなく大事なものだ。それでも、今は足りない。レイシアがいないと、アラトは嫌だった。こうなっても、これからもっと大きな現実がのしかかってくるとしてもだ。

「レイシアを、連れ戻してくる」

もしも彼女が超高度ＡＩだとしても、アラトがやりたいことは、それなのだ。

＊

〝やりたい〟ことを指して「意味」と呼ぶなら、その戦場には意味が充ち満ちていた。
レイシア級 Type-002《スノウドロップ》の意志だ。

日本陸軍は、一個歩兵連隊をもって、南北から三鷹を包囲した。陸軍の大規模な展開を察知したスノウドロップが、三鷹変電所から、支配下に置いた三鷹駅近辺に移動したからだ。そして、支配は吉祥寺方向に進みつつあることが確認された。三鷹駅を制圧したスノウドロップが、大量の人工神経ユニットを積んだ電車を吉祥寺駅に送り込み、駅周辺を一気に陥落せしめたのだ。人工神経の花の散布エリアは、線路を中心に拡大した。

陸軍は、新宿以西の中央線を全線運行停止にするよう働きかけた。そして、中央本線三鷹駅と吉祥寺駅を結ぶ線路のほぼ中間を中心として、半径一・五キロメートルを極めて迅速に封鎖した。

そこは朝霞《あさか》、練馬、立川《たちかわ》、大宮、座間《ざま》と陸軍駐屯地が集中する、基地に包囲された地域だった。

だからこそ、住民救援を諦めてなお損害率六割という《セッサイ》の予測を、陸軍の参謀たちは悲観的すぎると考えていた。

動的編制された三個小銃大隊、千三百六十一名の兵士たちをもって、たった一体の人工神経マザーユニットを破壊する。それがどれほど絶望的な戦況をくぐり抜けた末に達成しえるゴールか、感覚が追い着いていなかったのだ。

「分隊長、後退の許可をください！」

日本陸軍編制の小銃分隊は、七名を定数とする。内訳は分隊長、副分隊長が各一名、アサルトライフルを持つ小銃手が三名。装甲目標への攻撃を担当するATM手が一名、そして強力な携行機銃で短時間の制圧射撃を担当する機銃手が一名。悲鳴を上げたのは、突進してくる敵歩兵をなぎ倒さねばならないその機銃手だった。

「自分には撃てません!!」

花弁にたかられて暴走したｈＩＥたちが十体以上も突進してくる。だが、ｈＩＥたちと彼らの間に、悲鳴を上げる三鷹の市民たちがいた。ｈＩＥに襲われ、家屋に逃げ込んでいた地域住民が、助けが来たと思って街路に出てきてしまったのだ。

分隊長の佐藤曹長が、突撃してくるゾンビｈＩＥに震える銃口を向けたまま命令する。

「朝倉ァ！　弾種ゴム弾、市民を先に伏せさせろ」

分隊で唯一暴徒鎮圧用のゴム弾を装塡《そうてん》するベテラン小銃手が、狂ったような雄叫びを上げて市民たちに至近距離の水平射撃をくわえる。鍛え上げられた兵士たちが、泣きわめくように、大混乱に陥った市民たちに哀願する。

「伏せてくれ！　伏せろ!!」

守るべき市民が五名、朝倉伍長の弱装ゴム弾が命中して街路にうずくまって倒れる。銃声に反応して、数人が地面に身を投げる。

悲鳴を上げて入隊二年目の機銃手が、続いて一斉射でゾンビ化したｈＩＥたちをなぎ倒す。そして、天を仰いで慟哭《どうこく》した。硝煙の中、分隊の誰もが呆然としていた。伏せ遅れた市民が一人、彼らの射撃によって血だまりに倒れている。

「畜生、なんだこれは」

全部隊に、敵ユニットが人間を利用する戦術を用いる可能性は通達されていた。だが、その現実は、多くの兵士たちの想像を超えていた。予測の詳細な部分は、漏洩を恐れて突入直前までは分隊長以上のみに伝えられていたのだ。

周囲で断続的に銃声が響いていた。彼らが期待していたような、武装した兵士が暴走したhIEを制圧駆逐する展開は、この地獄には存在しない。どこでも市民が障害物になって自由に撃てない。突撃するhIEの列にまぎれて、銃で小突かれた市民が無理やり走らされていたという事例も報告されていた。

スノウドロップに三鷹の市街が制圧されて、すでに二時間が経過していた。人工神経ユニットの、電車を利用した吉祥寺エリアへのピストン輸送を止めるため、高架にロケット弾が撃ち込まれた。列車を失って、スノウドロップは三鷹駅から姿をくらました。それを成果として、軍は市街で捜索を始めていた。陸軍突入時点では、街路には死体が転がっていなかった。暴走した機械たちが、住人たちを殺していないということだ。

伏せていた市民たちが、怪物を見るように、救いに来たはずの兵士たちを見ていた。家々の窓が開いて、屋内に避難していた人々が、怯えと恐怖を彼らに向けていた。

遠くで、「助けてくれ」と悲鳴が上がっている。そして、銃声が甲高く街の空に響くようになる。

住民たちは軍を発見すれば助けを求める。だが、それで歩兵の配置や移動が、ゾンビ化した機械に感知される。スノウドロップに管理された機械たちは、市民を制御下に置いたうえで、敢えて殺していないのだ。

分隊長の佐藤が、ヘルメットの無線機に押し殺した声で報告する。

「住民の反応をセンサーがわりに利用されてる！　対策求む」

報告は、分隊長から小隊司令部に伝達され、即座に高空を監視する高度警戒機に光信号で伝わった。

軍は、対スノウドロップ戦の戦術を上空からの光信号で指示した。スノウドロップの、機械を支配する花弁型の子ユニットは、風に吹き流されて移動する。これは自力でほとんど移動できないという弱点でもある。スノウドロップよりも高い位置を飛ぶことで、光信号で指示を送り中継する指揮中枢は、攻撃圏から外れるからだ。

立川基地の第一飛行隊に所属する高度警戒機を墜とされない限り、複雑できめ細やかな部隊運用が崩れることはない。地上の兵士たちのヒューマンエラーによるもの以外はだ。

そして、集められた現地情報は、対ＡＩ戦を担当する情報軍の戦略ＡＩ《セッサイ》に送られて分析を受け、計画が微修正される。

「状況は想定内に収まっている。問題ない」

《セッサイ》サイロの雁野真平少将が、通信会議の相手に伝える。三鷹・吉祥寺エリアに突入した部隊の命運は、各基地にいる軍幹部による通信会議で決定される。

三鷹市街はもはやスノウドロップの支配する世界だ。花弁型の子ユニットがあらゆる機械にとりついて、花を咲かせ、壁面にはツタが這っている。背中に花を背負った虫型のユニットが、独自のアンテナを施設し綿密なネットワークを構築しているのだ。市街は中心部に向かうにつれて緑が深い、人間を必要としない、生命のない花園と化している。

街路には人間の姿はない。機械による生態系の片隅で、人間は息を潜めている。表に出た者は支配されたhIEや車両に襲われるのだ。

「この展開になるからこそ、市民の避難誘導を優先した場合、撃破に失敗すると出たのだ」

スノウドロップの戦術を《セッサイ》に分析させている。

雁野に、陸軍幹部たちからの、《セッサイ》の発言を求めるメッセージが送られてくる。

オペレーターの操作で、《セッサイ》シンボルが、オペレータールームの空中に出現する。

〈スノウドロップの基本戦術は、兵士とhIEの間に住民を置いて盾にし、突撃で距離を詰めることです。その他、住宅地の家屋の中やマンホールに潜んでの、不意打ちや包囲が行われています。接近戦に持ち込めば、リミッターの外れたhIEは容易に人間を打ち倒せるためです。これら戦術は、スノウドロップの人工知能の優れた特性を五点、欠陥を二点露わにしています〉

この状況は、スノウドロップと《セッサイ》という二基の人工知能の戦いでもある。

〈優れた特性の一点目、敵は銃器の強力さを理解しています。二点目、敵は人間を利用するすべを理解しています。三点目、敵支配下にあるhIEのほうが突入した兵士より多いという、数の優位をよく理解しています。四点目、敵の戦術は距離を詰めることだけに特化しており、シンプルで伸びしろがあります。五点目、最大の注目点として、スノウドロップの攻撃が、兵士の殺傷よりも銃器を奪うことを目的としていることです〉

ここまでは、経験豊かな軍人たちにはそう驚くものではない。

〈スノウドロップは、兵士から奪った銃器で、支配下のhIEを武装させつつあります。現在の敵の戦術教義《ドクトリン》は、数の優位を基盤にして有利な距離で戦える陸上部隊を揃えることです。スノウドロップは、足の速い高機動力のhIE部隊を編制します〉

予測されるその戦力が表示される。ＡＡＳＣレベル三基準の市販hIEは、リミッターを外せば平均時速四十キロメートルで走る。人間に耐久力と速度で勝る敵hIE小銃歩兵は、同数の歩兵では止めきれない。三鷹・吉祥寺エリアの包囲を突破される可能性が高い。

通信会議の席につく陸軍の原《はら》中将が、雁野に尋ねた。

「どう思う」

「事前の想定通りだ。どうもこうもない。敵hIE部隊が攻勢正面を整えれば、それを受け止めるよりない」

《セッサイ》の真の能力、戦略ＡＩがあらゆる軍に配置される理由は、ここから先があるからだ。

〈スノウドロップの欠陥の一点目に入ります。スノウドロップ支配下のｈＩＥ群は、人間と会話した形跡がありません。二点目、同ｈＩＥ群は、自ら武器を作った形跡がありません。瓦《が》礫《れき》を使った投石など、シンプルな突撃よりも有効な攻撃手段は、本来いくらでもありました。これらの欠陥は、スノウドロップの限界を示します。スノウドロップの能力は、支配下に置いている道具の性能を限界として、創造力が弱いのです。だからこそ、より優れた道具を求めてさまようのが、現状推測できるスノウドロップの行動パターンです〉

　戦略ＡＩは、動的に変化してゆく状況の中で、敵軍の切り札を、切られる前に読む。

〈スノウドロップは、距離を詰める基本戦術を発展させて、高速な機械を利用します。高い確率で、三鷹市街に残った車両を利用した、原始的な機甲部隊を編制します。この部隊の進軍経路は、道路の状態がよい場所を上空から監視することで予測が可能です。これは履帯を確保できず、車輪を使うよりないためです〉

　予測できる機甲部隊の編制と、その性能が算出されて表示される。そのデータを閲覧するすべての人間が、息を呑んだ。スノウドロップの戦術が、環境実験都市での拳で殴り合う紀元前レベルのものから、二十世紀レベルまで飛躍したことを意味していたからだ。

そして、《セッサイ》が高度警戒機からの画像を元に、身を潜めたスノウドロップが機甲部隊で狙う予想進路を画像化する。旧井《い》の頭恩賜公園《かしらおんしこうえん》跡の南側を目指して、吉祥寺通り、いずみ通り、仲町通りに赤いラインが走っていた。

その経路の〝意味〟が、情報軍幹部である雁野には明白だった。

「《セッサイ》サイロ司令官として、総理と安全保障会議への即時連絡を提案する。たった今、本作戦は、我々だけで処理可能なレベルを超えたと判断した」

スノウドロップはより優れた道具を求めてさまよう。《セッサイ》の分析と、現実に展開しているスノウドロップの戦術は、疑いなく合致していた。

決断を為すのは人間だ。だが、〝意味〟を決めるものこそが所有者《オーナー》だとするなら、この戦争を所有しているのが人間であるかは、もはや怪しい。

「どうやら、我々は、最悪の可能性を引かされるようだ」

三鷹の戦場は、住民でも陸軍でもなく、緑の髪をした少女型hIEを中心に回っていた。ここにいるあらゆる人間は、巻き込まれたと言ってよかった。

そして戦場の兵士たちは、主導権を取り返すすべを知らない。

花園を突進してくる花を全身に咲かせたhIEの一群れは、まず高空を飛ぶ監視機に発見された。陸軍兵士たちを倒して奪い取った銃器で武装した、hIE兵士の集団が、陸軍の防衛線を突破しようとしていた。

ぴったりと時速三十キロメートルで全力疾走しながら、隊列が乱れない。人間では不可能な行軍を見せる集団は、一部隊を百体として二個部隊で、旧井の頭公園付近の陸軍部隊へ強襲をかけようとしていた。

陸軍司令部からの命令は、死守だった。

「ここに何があるって言うんだ」

第一歩兵連隊所属の第十五小隊の島村《しまむら》小隊長は、吉祥寺通りを北側から近づきつつある人波を、眼を細めてにらむ。彼ら第十五小隊と、第十三小隊が、武装したゾンビhIE集団を受け止める命令を受けたのだ。本拠である練馬駐屯地の鼻先を蹴られた彼らの士気は凄まじかった。最も勇猛に戦い、最も犠牲を出したのは第一歩兵連隊である。

「住民の影なし！　総員、弾種通常！　ゾンビどもを近づけるな」

定数三十名だった小隊中、一時間半の戦闘で、すでに五名の部下が死傷していた。弾薬は装備量の半分を切り、制圧火力は二分間しか維持できない。死守を命じられたとき、人力で持ち込んだ虎の子の重機関銃を与えられた。それでも、士気が絶対崩壊しない武装した精鋭二百体を食い止めるのは、不可能だ。

周辺から全力で移動して、仲間たちが集結しつつある。だが、重い装備をつけて走り続けられない人間と、疲れ知らずのhIEとでは機動力が違いすぎた。

「少尉！　数が多すぎます」

「腹を決めるぞ。逃げても追い着かれる。武器に弾を残したまま〝やつら〟に渡すな！」

身を隠す場所が住宅の陰しかない住宅地だ。鹵獲《ろかく》された武器で武装した二個中隊の衝撃力を受け止めるのは、おそらく不可能だ。それでもなお下された命令は、重い。

部下たちが、泥と汗と血に汚れた顔で、お互いを見合う。

「あれを止めるぞ」

敵の突撃の狙う先が、極秘の重要施設だとだけ伝えられていた。その価値を知らなくても、彼らは役目を果たす。

島村少尉は、大きく息をつく。突入から緊張のし通しで、右手の筋肉が固くなっていた。他の小隊員たちも似たようなものだと思った。

「総員、外部測距で、タイミング合わせを後方からの指令に任せろ。距離一百で射撃開始」

二十二世紀の歩兵は、距離感を目算に頼らなくても、司令部にある射撃管制コンピュータからの指令で、最適な攻撃タイミングを指示してもらえる。小隊員からの「了解」の返答が通信機から戻ってくる。

土煙の向こうから、神経系の集中する頭部を花で覆われたhIEたちが、突っ込んでくる。最初に登場したときは二足歩行すら四苦八苦していたものが、とてつもない進歩だった。

〈距離一百五、一百二、一百――〉

島村が奥歯が嚙みしめて引き金を引いた。

甲高い銃声が鳴り響く。最初に火を噴いたのは、十二・七ミリ口径の重機関銃だった。

硝煙と銃火が、戦場の臭いに世界を沈める。

横に広がって突っ込んできたｈＩＥたちが、弾丸に貫かれて次々に転倒する。だが、花の津波のようなｈＩＥたちの突進は終わらない。

「畜生、旧ソ連式の突撃か！」

銃撃で倒れたｈＩＥから、銃を持っていなかったｈＩＥが武器を拾い上げて前進する。現実を目の当たりにして、島村の全身が絶望で凍るようだった。

敵は元々ｈＩＥ二体につき一挺しか、銃器を持っていないのだ。距離が詰まって、膝立ちになった敵ｈＩＥが銃撃してくる。まず狙われたのは、機銃手だ。壊したブロック塀で作った即席の機関銃陣地に、銃弾が着弾して土煙が上がる。島村の部隊の仲間が弾丸を受けて斃《たお》れる。遮蔽のない街路にいる敵なら必中だ。敵ｈＩＥが蜂の巣になって崩れ落ちる。だが、倒しても次の敵に銃が拾い上げられてしまうから、どんなに倒しても敵ｈＩＥの銃火器火力は減少しない。

「これじゃ無意味だ。擂り潰されるぞ！」

小隊員の悲鳴に、島村は咆哮《ほうこう》する。

「死守だ！　ゾンビどもに武器を渡すな、奪われた一挺ぶん仲間が死ぬぞ」

倒れたｈＩＥの残骸から舞い散った花弁が、すべてを花に葬るように鮮やかだ。会敵からわずか二分で二十五名いた小隊員が十名しか残っていない。敵の小銃部隊の突撃を受け止めたところは、どこも同じだ。

そのとき、上空にローター音が轟いた。見上げると、十機ものヘリが空を横切ろうとしていた。

そのヘリの機上、上空三百メートルから、陸軍の切り札が切られようとしていた。

ゆったりしたカーゴスペースを持つヘリには、身体前面に分厚く張り出した装甲を身にまとう、重装備の兵士たちがいた。重量百キログラム近い装甲と、本来は車載する強力な銃器を、陸軍中央即応集団に所属する空挺騎兵中隊はパワーアシストスーツによって扱う。

「友軍の勇気を無意味にするな！」

リーダーの発破のもと、超重量装備の兵士たちがヘリから飛び降りてゆく。ヘリの超高速で戦場の要所に接近し、空挺降下して敵の陣形を一撃して突き崩す。彼らは古来、戦場に機動力と衝撃力をもたらした騎兵たちの、最新の末裔《まつえい》だ。

《飛竜《ワイバーン》》の部隊章をつけた最精鋭たちは、ホバーパックのみで着陸を敢行する。衝撃力と機動力を一戦で出し切る仕様のパワーアシストは長時間持たない。空挺騎兵が騎兵たり得るのは、投入から最大六時間、全力機動なら三時間に過ぎないのだ。

それでも、地上の小銃部隊の献身で、敵ｈＩＥ部隊の突撃が止まっていた。速度を失った敵を、空挺騎兵中隊が大火力で横合いから攻撃し、一気に掃討してゆく。

小銃小隊の銃器と、空挺騎兵の装備は、威力が一回り違う。射線上のｈＩＥたちが、四肢をバラバラにされて地面にまき散らされる。空挺騎兵隊の持つ大型銃器は、戦車を除くあらゆる陸上装備を破壊できる。

高空監視から、花を全身から生やしたhIE兵たちが、殲滅されて数を減らしてゆくのがはっきりと確認された。

窮地を救われた歩兵たちが、歓呼をもって重装甲の最精鋭たちを迎える。だが、騎兵中隊は止まらない。

突撃してきた第一波に対処することは、彼らに与えられた仕事の一部に過ぎない。ビル屋上の高所に配置した空挺騎兵たちが、次なる第二波に備えて街路へ銃を向ける。

花を満載しhIEの残骸を組み合わせた銃手を据えた、スノウドロップの機甲部隊が、隊伍を組んで進んできたのだ。

車は、単純に速度と重量でhIEに数倍する。hIE随伴《ずいはん》歩兵は、銃を持つ機体とそうでない機体の割合が半々だ。

降下した空挺騎兵たちに、司令部からの通信が届けられる。

〈現在、敵は第四波までを編制中であることが確認されている。《スノウドロップ》らしき機影を確認〉

吉祥寺通りに降下した空挺騎兵たちに、激しい銃火が浴びせられ始める。空挺騎兵たちの最重要な任務はスノウドロップを包囲殲滅することだ。同型機である《紅霞》を基準にすれば、空挺騎兵一個中隊ですら余裕のある戦力ではなかった。

第二陣の空挺騎兵を搭載したヘリが、ついに発見された標的を包囲するように三鷹駅北側から接近する。

だが、計画では勝負を握るはずの第二陣を運ぶヘリが、突如空中でふらついた。ヘリが救難信号を警戒機へ送り始める。そのまま備え付けられていた機銃で、地上の空挺騎兵たちを銃撃する。

〈状況不明、機体制御不能〉

パイロットからの無線信号が最後だった。状況を決する切り札だったヘリが、内側から爆炎をあげる。機体内の兵士たちが搭乗機を内側から破壊したのだ。破片と爆炎を巻き上げながら、爆散する。

それは、《セッサイ》を扱う人間たちが、状況を算出しきれなくなるため戦術計算から除外した展開だった。

もしも、人間側に、何らかの目的でスノウドロップに味方する裏切り者が現れたら？ 基地から飛び立つ前、地上で幾枚かの花弁が仕込まれた。その花弁がコンピュータに取り付きさえすれば、指令電波の影響圏に入ったと同時に制御を奪われる。

悪夢はヘリ一機では終わらない。爆風とともに舞い散った大量の花弁が、風に乗って飛散する。上空の安全は、花弁が届かないことが条件だった。そして、今、スノウドロップの子ユニットは数枚でも機能を発揮した。自動制御機能を乗っ取られて、ヘリ集団が地上部隊を蹂躙《じゅうりん》する。空から爆発の猛火と破片が降るようだった。降下が間に合わなかった空挺騎兵たちが、オモチャのように墜落する。

撃墜されたヘリの破片に、落下する装備に、飢えた亡者のように暴走hIEが群がる。それは戦場の悪夢だった。化石の森のような緑と花の街に、花はいくらでも咲いている。花弁型ユニットに装備のシステムが乗っ取られれば、すべてが敵に回る。

ついにスノウドロップ側の攻撃力が、突入部隊のそれを上回った。空挺騎兵は、戦車のように移動する砲台陣地《トーチカ》になれる防御能力はない。速度を失えば、孤立した歩兵として包囲殲滅されるのだ。

車両に機銃を搭載したトラックが横隊を道一杯に作る。撃っても撃っても、新しいhIEが現れて銃を拾い上げる。スノウドロップは支配下のあらゆるhIEを兵士に徴発できる。だが、兵士たちが倒れても、包囲地域に取り残された市民たちがかわりに銃をとるわけではない。

最初に戦闘を始めた第十三、第十五小銃小隊は、すでに全滅していた。応援に加わった四個小隊と空挺騎兵中隊も、交戦開始時の半分を切った。スノウドロップのhIEたちは、旧井の頭公園跡南の戦線への救援を完全に遮断していた。

兵士の誰かがつぶやいた。

「もう終わりだ」

三鷹の包囲作戦は、もはや趨勢《すうせい》を決していた。

答えるように澄んだ少女の声が聞こえる。

「がんばったね。でも、もうおしまい」

空挺騎兵の二十ミリ機銃を構えたｈＩＥを乗せたトレーラーに、〝それ〟は足をぶらぶらさせて座っていた。この煉獄をたった一体で現出した、少女型ｈＩＥがそこにいた。

「人間って、本当におバカさんだよね。〝あれ〟のために、自分から犠牲になったり、同じ人間を裏切ったり、戦う〝意味〟もバラバラになるんだもん」

花に飾られたトレーラーは、人類が築いた世界の美意識の下にない。スノウドロップという生存権を広げる機械にとって、人類こそが克服するべき自然なのだ。生物進化の袋小路を避けるため道具を進歩させた人類のいかさまが、種《しゅ》のシステム的な外敵を生んでいた。

まるで武装した車列を引き連れた、戦勝パレードだった。

スノウドロップは歌う。

「でも、全部ムダだったね。開くよ……もうすぐ」

兵たちは、銃を持ったｈＩＥの行進と、その後ろに控えた車列を絶望をもって迎えた。スノウドロップが突撃を始めれば、包囲は突破され、無防備な外の街にゾンビｈＩＥがあふれるのだ。

ゲームセットを覚悟したそのとき、再開発で縮小した井の頭公園の、今は美術館だけが残る区画で大きなサイレンが鳴った。

強烈な揺れで、兵たちは立っていられなくなった。

彼らの背後にぽっかり開いていた空き地に、地下から一階建ての家屋ほどの大きさの建物がせり上がってきたのだ。すべて金属製で、形状は立方体だった。

それの正体を、彼らは知らなかった。

ただ、誰もが異様なものを感じた。戦車の砲弾にも耐えそうな金属製の分厚いシャッターには、ここが住宅街であるという〝意味〟を飲み込む圧倒的な存在感があった。

スノウドロップの軍勢が、その施設を目指して前進する。

けれど、ミキサーに潰されるようにのみ込まれる運命しかなかった兵士たちは見る。

彼らと花に縛られた機械たちの間に、オレンジ色の髪をした、背の高い女性が、立ちはだかっていた。

その人影は、一度、シャッターを振り返り、唇の端をほんのすこし吊り上げた。

「ちょっとはしゃぎすぎだわ」

そして〝それ〟の両手が炎を噴き上げ、光が、世界を覆い尽くした。

その巨大な炸裂は、封鎖された三鷹の外部、約十キロメートル離れた新宿からすら観測された。

そして、光の奔流と爆風の後には、文字通り何も残らなかった。

スノウドロップの攻勢正面を構築した、二十台以上の車両と五十体以上のｈＩＥが、跡形もなく吹き飛ばされていた。その一瞬で放射されたエネルギーが、軍団を文字通り消滅させたのだ。

陸軍の突入部隊一千余名が装備を調え、命を懸けた二時間の死闘を、ただの一撃が上回った。

兵たちはオレンジ色の髪の〝それ〟、Type-004《メトーデ》を知っていたわけではない。なのに、〝それ〟が敵か味方かもわからぬまま、完全に戦意を喪失して銃を下ろした。

人間を超えたものの降臨だった。オレンジ色の髪をした女性型の〝それ〟は、龍のように渦巻く炎をまとって、火傷《やけど》すら負わない。陽炎《かげろう》が立ちのぼり、あらゆる軽量のものが上昇気流で巻き上げられている。

メトーデが、事も無げに言った。

「《Liberated Flame》の全開砲撃を見るのは、初めてだった？」

ドレスの裾を熱風に弄ばれながら、スノウドロップは赤熱した道路を素足で踏む。

「そんなにすごかったなら、レイシアも焼き払っちゃえばよかったのに」

緑の髪の童女の笑みに〝こころ〟はない。

あらゆるものを紙くずのように吹き散らしたメトーデが、嘲笑《あざわら》う。

「制御に失敗して人的被害を広げないよう、出力を絞るしかなかったって言ったら、信じる？　ほんと、人間をまるごと敵にするのに踏み切れない思考フレームって、面倒くさいわ」

コンクリートを溶かし舗装道路を煮立たせた一撃は、周囲の兵士たちを殺さず、正確に吉祥寺通りだけを焼き払っていた。その破壊は、二十二世紀の先端兵器の常識ですらあり得ないほど精密に制御されていた。

メトーデは人間の〝かたち〟をしている。だが、その存在感は明らかにもっと巨大な兵器が持つ、人を畏怖《いふ》させる何かだ。

「このシャッターの奥に、〝あなた〟や有象無象が求めるモノは、確かにあるわ。けれど、そんなオモチャの寄せ集めで、私を相手に、何ができるつもり？」

「それが最高性能の機体なんだ？　わたしにちょうだい」

向かい合う二体のｈＩＥは、ここに人間の兵たちがいることを気にも留めない。

ここに人間がいる〝意味〟は、もはやないのだ。

人間の世界に終わりがあるとしたら、人間が存在する〝意味〟が完全に失われた、こんな風景に違いなかった。

＊

遠藤アラトは、そこに自分が行くことに本当に意味があるか、知らなかった。

それでも放たれた矢のように、ただ前に進まずにいられなかったのだ。

新宿から自転車で三十分で、吉祥寺駅にほど近い封鎖線に着いた。ちょうど封鎖線が大混乱に陥っているところだった。上空でヘリが立て続けに爆発して、スノウドロップの花弁があたりじゅうに降り注いでいたのだ。

陸軍の兵士たちは、装備や車両へ花弁が入っていないか、確認に躍起だった。だから、今しかないと、アラトは自転車を漕いで封鎖の内側に入った。

兵士たちと車両の間をすり抜け、道路をふさいで張られたビニールテープがたまたま開いていた道に忍び込めた。侵入に成功したことに驚きながら、花弁だらけの道を自転車で飛ばす。

レイシアがこの近くにいる気がした。彼女の手を取らなかったアラトは、もう見捨てられているかも知れない。それでも、別れる前にアラトが命じた通りに、スノウドロップを止める努力をしていたらと、こころが駆り立てられる。

「僕が信じないでどうするんだよ」

封鎖線の内側は、駅に近づくにつれて緑が濃くなる。緑を作るのは、スノウドロップの子ユニットである花と、ケーブルのように機械を繋ぐツタだ。そして、人間の掌くらいの大きさをした虫のようなものが、いたるところに這い回っている。

けれど、スノウドロップの花園は、今日は見るからに様子が違った。街路をふさぐように、太い柱が五十メートルくらいの間隔で屹立《きつりつ》しているのだ。苔《こけ》むした大樹の幹のようなそれからは、町中にツタが縦横に張られている。まるで太陽電池でエネルギーを供給する、独自の生態系だった。

「これはひどいな」

アラトは人間の世界ではない場所に造り替えられてしまった町中を、ゆっくり進んでゆく。路面が悪すぎて自転車を漕いでいられなくなって、仕方なく手で押して歩き出す。

住宅街にまだ残っていた人々が、アラトを発見して窓を開けた。

「お兄ちゃん、あぶないぞ」

疲れた顔をした老人が、このあたりにも狂ったｈＩＥがいると教えてくれた。

アラトは大きく腕を振って、兵士がいた封鎖線のほうを示す。

「外からこのあたりまで、もう何も見なかったですよ」

そして旧井の頭公園跡のほうで上がった凄まじい火柱を思い出した。

「逃げるなら、今、安全かも知れません。さっきの爆発のせいで、ｈＩＥもみんなあっち見てるみたいなんで」

住宅街が、今は、石のように水気のない緑の森だ。

アラトは何もいないとは言ったが、何も〝ない〟わけではない。死体らしき兵士の横たわる肉体はいくつか見た。壊れたｈＩＥの残骸には、スノウドロップのツタが這っていた。

銃声はそこかしこで響き続けている。それに慣れつつあることが、アラト自身も不思議な気分だった。

「外から来たの？　通信は繋がらないし、軍が来たけど助けてくれないの！　外に出たら助けてくれるの？」

子どもを抱いた母親が、すぐそばの家の玄関から飛び出してきた。

思っていたよりもずっと多くの人々が閉じこめられていた。スノウドロップは、この人たちと共存することに〝意味〟を見出していない。

アラトの腹にずしりと重い感触がした。いくら頭が悪くても、一つ間違えば死ぬ状況であることくらい理解できた。しかも、判断を誤ったとき、犠牲はアラト一人では済まない。

「ああ、くそ、難しいな!」

脳みそが爆発しそうで、髪を掻きむしった。

目を閉じて、曇り空を仰ぐ。彼に出せる結論は一つしかなかった。

「僕が通ってきた道は、hIEに会いませんでした。自転車置いてくから、体力ある人、誰か確かめて行ってください」

窓の老人が、声をかけてくる。

「お兄ちゃんは、どうするね」

「僕は、会いたい相手がいるから、さっきの大きい爆発のほうに行きます。この自転車を本当に使ってください。たぶん、なんとかできますから!」

ほんの十分も走れば、ここから人間の領域に出ることはできる。造花の森はまだ狭いのだ。

「向こうは危ないよ」

「それでも、待ってる相手がいるんだ」

ふと、今、レイシアといっしょだったら、彼らを助けられただろうかと思った。それは、人間が行動する〝意味〟を守ろうとしたリョウには、レイシアの影響力を広げる危険な行為だと糾弾されたかもしれない。アラトは、それでも、彼女と手を取り合えばできたことを、今、できないことが悔しい。

アラトは緑が深まってゆく吉祥寺駅方向へと、自転車から降りて歩き出す。スノウドロップの世界は、自然の緑に近いようで違和感にあふれている。踏み入っているうちに、気持ちの悪さが耐え難いほどになりつつあった。スノウドロップは、自然を、パターン化されたものの組み合わせで描く。植物や虫を模した子ユニットは自然らしいサイクルを作っているようでいて、緑の幹が太すぎたり立派すぎたりする。現実にある〝いのち〟の陳腐さが不自然に抜け落ちている。どこかのようでいて、本当はどこでもない、キャラクター化した自然の模型だ。

こちらに行けばレイシアに会える保証などまったくなかった。鬱蒼とした森は、進むにつれてなお深い。スノウドロップは自分の世界を、人間社会からは切り離した異界として完成させたようだった。

自分の足で進むうち、決定的に思い違いをしている気分になってきた。軍が封鎖して、兵隊が入っていったはずなのに、窓を開けて様子を見守る吉祥寺の人々しか見ないからだ。

「hIEがなんで見えないんだ？」

気配がして、振り返った。

いつの間にか、退路を断たれていた。頭や眼窩《がんか》や口腔内から花をびっしり生やした、微妙な前傾姿勢のhIEが三体だ。

「スノウドロップの罠にまで、引っかかんのかよ！」

慌てて走り出す。足音が近いような気がして、後ろを確認する。もうすぐそばまで迫られていた。走る動作が可能になった暴走hIEたちは、アラトよりも足が速かった。

あえぎながら、必死で脚を動かす。

アラトは愚かで、彼を中心に世界が回っているわけでもない。だから、軍隊でもうまくいかないような場所に突っ込んだら、為すすべもなく死ぬくらいしかない。

凄まじい力で服の背中を摑まれる。思い切りぶん殴られた。息が詰まって、足が滑る。

必死で暴れるアラトの頭が、衝撃を食らった。視界が揺れて、真っ白になって、意識が朦朧《もうろう》とした。

気がつくとアラトは二体のhIEに腕を摑まれて、体を引きずられていた。吐きそうなほど気持ち悪かった。体をよじっただけで、息ができなくなった。

痛みが、この情けない結果が現実だと感じさせる。歯の根が合わなくなって、涙が浮かぶ。

自己嫌悪に苛まれる。道路に血だまりらしい黒いものが広がっていた。血臭に息が詰まった。人間がいらない世界へ、アラトは心当たりすら曖昧なまま飛び込んだのだ。

「そりゃ虫がいいか」

悔しくて涙が滲む。最後まで手をとり続けられなかったのは、アラトの勝手だ。レイシアがそばにいれば、かならず止めた場所に入り込んだのもそうだ。

踵が引きずられているから気づいた。道路が震えていた。地震かと思った。縦揺れでも横揺れでもなく、街全体が波打っていた。

「なんだこれ」

巨大な炎が一瞬、また空に噴き上がった。地上に太陽が墜ちたようだった。

暴走hIEの動きが止まった。

そのとき、空から重い物が降ってきた。それは、ごつりと鈍い音を立てて街路に弾む。瓦礫の雨だった。反射的に頭をかばって体を縮める。背筋が寒くなる音とともに、アラトの頭のすぐそばを通り過ぎた。

「ぅあわっ！」

hIEにも、こぶし大より大きな石が幾つも当たる。頭を割られて制御系が壊れたか、花弁をまき散らしながらゾンビhIEが倒れた。

救いの手にしては荒っぽすぎる石の雨を、アラトは呆然と見守るよりない。

痛む体を四つんばいになってから起こしたとき、人間が近寄ってきた。

「生きてたか」

アラトを投石で救ってくれたのは、彼と同い年くらいのこの街の少年だった。そして、十五メートルほども離れた五階建てくらいのマンションの屋上に、十人以上の男女がいた。あそこから集団で投げた石なら、頭に当たればアラトも即死だった。

「死ぬかと思った」

「見殺しよりは投げたほうがマシって」

この街の少年は、ほめられたものではない行き当たりばったりでも、生き生きしていた。とにかくhIEが報復に来る前にと、アラトが立ち上がったとき、投石隊が陣取ったマンションから見覚えのある姿が現れた。

血気盛んな即席自警団を束ねていたのは、リョウだったのだ。別れてから数時間しか経たないのに、惨禍の被災地で、ちいさいとはいえ集団を率いるリーダーになっていた。

リョウが彼を見下ろす。

「こんなところまで来たのか」

「リョウ、おまえ！」

頭に血が上った。リョウがここにいるなら、あの火柱はメトーデが上げたものだ。だったら、スノウドロップや暴走hIEなど、最強の機体であっさり始末できるはずなのだ。

「どうしておまえがいるのに、こんななんだよ！　メトーデならこんなもの」

だが、リョウの返答は、アラトの腹にたたき込まれた容赦のない拳だった。顎が固まって息ができなくなった。

「連れて行け。こいつとは話がある」

アラトは、暴走したhIEの次は、殺気立った地域住人に体を引きずられた。彼らが根城にしていたのは、鉄道高架をくぐった先の、吉祥寺駅舎の南側のビルだ。旧井の頭公園を削った再開発があったエリアで、北側の繁華街よりも低層の建築が肩を寄せ合っている。

そして、アラトはオフィスらしい机と椅子が整然と並ぶ室内に押し込まれた。建物の中は、ぼんやりと薄暗い。電気が通っていないのだ。

「こいつどうするよ」

柄の悪そうな、髪を染めたアラトより二つ三つ年上の男が、四人で彼を囲んでいた。その人垣の向こうに、十代から三十代の男女が十人ばかり寄り集まっている。

誰の顔にも怒りと疲れが沈着している。

立ち止まっていると際限なく空気が淀《よど》んで、携帯端末の画面にときどき視線を落としていた。そして、舌打ちしたり唾を吐いたり、あきらめ顔でポケットに戻したりしている。不安なのだ。

「いつになったらネットの断線戻るんだよ」

床に放り出されているから、アラトも確認してみた。ネットワークから断線されていることを示す警告表示が灯っていた。

「ずっと繋がらないのか？」

彼らの端末は、クラウドを基盤《ベース》にしている。端末の機械は、写真データを保存する記憶領域のレベルまですべてネットワーク上にあり、断線するとほぼ役立たずになるのだ。

「街がおかしくなって、昼前からずっとだよ！　ふざけんなよ、ほんと。ネット断線なんかしたら、何も動かないんだよ！」

そして、気づいた。ネットから切り離されて情報がないから、彼らは数百メートル先でこの地を包囲している軍に助けを求められないのだ。ネットが重要なインフラになり過ぎていて、それなしで大勢で集まって事態を打解するより、回復を待ってしまう。

「リョウも、通信の繋がる端末は持ってないのか？」

友達がいつここに入り込んだのだろうと思った。スノウドロップの攻撃が始まったころは、まだアラトを秋葉原で追い詰めていたはずなのだ。

レイシアのことを思い出す。訳のわからないおかしみが、腹の底からこみ上げた。紫織はリョウが釣りをしているようだと言った。レイシアがアラトのもとに戻って来ることを、彼以外のほうが信じているのだ。

警戒するように、男たちの背後に集まっていたうちの一人が近づいて来た。三十代くらいの女性だった。

「あんた、あの人の知り合いなんだって？」

友だちではなく知り合いと言われたことが、胸に重かった。リョウは出て行ってしまっていた。

「あいつとは長い付き合いだから。リョウなら、そういう用意してもおかしくないと思った」

リョウの知り合いだとわかった途端に、微妙に一目置かれたようだった。息が詰まりそうだった敵意が、ほんのすこしだけゆるんでいた。

「考えてみたら、変なことに慣れ過ぎだよな」

思えば、物事を思い悩むたちだったならまず潰れていただろうほど、紙一重の破滅に立て続けに晒されていた。

それでも、アラトはここに来た。

アラトはレイシアのオーナーだ。

スノウドロップを探さなければならなかった。レイシアがいるとしたらその周辺だと思ったからだ。

「さっきの爆発が見えるところ、行かせてほしいんだけど」

体を起こした。床から体を起こすと服は埃《ほこり》だらけだ。

「それと、助けてくれてありがとう。もうちょっとで死ぬところだった」

暴走hIEに噛まれた足首が痛んで、思わず足を引きずった。

周りの男たちの一人が、アラトの肩を摑んだ。

「おい、調子乗ってんじゃねえぞ」

突き飛ばされて、踏ん張りきれずに倒れた。

「調子がどうこうじゃない。これは、僕とリョウに責任がある話だ」

もう一度、立ち上がろうとした。もう一度突き飛ばされた。今度はいっそう強く、目を怒らせていた。

「だったらあやまれよ」

アラトは、たぶん、自分が驚いたこと自体に驚いた。スノウドロップのオーナーは確認されておらず、この地獄を作った主犯になる人間がいるかは怪しい。それでも、人間の集まりのルールでは、無条件に誰かが責任を負うことを求められる。

「ごめん。僕が背負えるのは、これを止められるかもしれないって責任だけだ。こうなったことのほうの責任まで、取れるとか言ったら話がおかしくなる」

容赦なく、痛めたばかりの足首を踏まれた。不正解の罰のように、周りの男たちがアラトを蹴った。

口々に「リョウさんは、俺たちを助けたぞ」といったことを言われて、蹴り転がされる。リョウがどうやって求心力を得たかわかった。メトーデを使って、彼らを助けたのだ。スノウドロップの脅威にさらされる人々にとって、それを上回る暴力が自分たちの生命を守ってくれることは、頼りがいがあったろう。

そして、彼らが救い手だと信じたいリョウのイメージを揺るがせるアラトは、不安要素だから攻撃されるのだ。

蹴られた回数を数えるのも止めたころ、ようやく誰かが止めに入ってくれた。

「もうやめて！　この子、何か言ってるじゃん。殴ってもどうにもなんないでしょ」

アラトは頭をかばった両腕の隙間から様子をうかがう。細かいことよりまず、殺されなくてよかったと思った。

オフィスに使われていたような、一辺十メートルほどのビルとしては手狭な空間だった。机や什器は、壁の隅に集めて片付けられている。

また地震のように建物が縦揺れした。また今回も炎が上がったのなら、《紅霞》なき今、メトーデである可能性が一番高かった。

「スノウドロップはこんな力は持ってない。爆発は、どこだ」

彼がケガをしていても、助けてくれる人間は当然誰もいない。怒られ恨まれるというのは、たぶんそういうものだ。

「お前。止められるとかフカシてたな。俺たちを、通信ネットワークから切り離したのは軍なんだぞ」

通信を回復させる方法はさっぱりだったが、そういう現状分析をやりそうな相手に、心当たりがあった。

「リョウがそう教えてくれたんだな」

「封鎖された場所の全域で無線や通信が全部遮断されてんだってよ。大本を握ってる政府が嚙んでるってよ」

何のためにとアラトが訊く前に、追い詰められた人々が教えてくれた。

「軍はクソだ！　あいつら、俺たちがいるのに撃ちやがって。流れ弾で隣ん家《ち》のオバさんとか、普通に死んだぞ」

アラトは泥だらけで床に座って彼らを見上げているぶんには、殴らずにいてもらえるようだった。自前の頭でピンとは来ないが、リョウならどう考えるかはある程度想像できた。

「だったら、ネットにそういう事件の動画を流されたくなかったんじゃないか。それなら、スノウドロップをなんとかしたら、軍の人がこっちに説明しに来て、それで通信は元に戻るんだろう」

軍は、紅霞のときと同じような騒ぎを起こしたくなかった。事態をコントロールしたかったのだ。確証が持てないが、そんなふうにリョウなら考えそうな気がした。

霧の中で賢明であることは難しい。本当に頭のいい人間と、そう装った愚か者を区別することもだ。

「あの人の知り合いってのは本当か」

「スノウドロップの花に家のシステムが乗っ取られたら、かえってやばいんだと思う。自動システム全部切らないと、家にいる人が危ないから、大本のクラウドから止めたとかかな」

アラトは、調子に乗ってわかったようなことを言う。初めて会ったとき、スノウドロップに家内システムがロックされて、人が家から出てこられない状態になっていたのを思い出した。

「手動《マニュアル》で動かせる機能がついてるものだけは、動いてると思う」

この町は、自動化から切り離されたのだ。自動化したものはスノウドロップに制御を奪われてやりたい放題されるからだ。

「外、ひでえぞ。監視カメラも、警報装置も、レジも、何にも動いてねえよ。電力も切られてた」

スキンヘッドの若い男が、バッグをかついでやって来た。乱暴にそれを床に投げる。

食料や水だけでなく、どう見ても貴金属のアクセサリまで混じっていた。つまり、暴走したhIEと軍の流れ弾に怯える街から、略奪してきたのだ。

リョウも室内に戻ってきていた。

「俺たちは全員、上空から軍の警戒機に撮影されてる。画像分析をかけられたら後からでも捕まるから、服やカバンを換えるなり、顔を隠すなり、言い逃れがきくように工夫したほうがいいだろうな」

この略奪を、友だちは承知していたどころか知恵まで貸したのだ。

「お前、何のつもりだよ！　まだここまでするような必要ってないだろ」

アラトは、考えるより速く摑みかかっていた。

今度は、住人たちに羽交い締めにされて、リョウから乱暴に引き剝がされた。

「こういう状況では、動いていないと耐えられないやつが、時間が経つにつれてかならず増えるんだ。初動が遅かった連中は、放っておくと、そのとき無駄死にする。そうさせずに〝生きて〟もらうために組織化して、受け皿になれるよう自助努力させるのは、おかしいか？」

軍に封鎖された区域内は、危ういバランスで成り立っている。

軍隊が撃ち合って、スノウドロップのhIEまでが町中をうろつき回っている。そしてアラトがそうされかけたように、見つかれば人間より足が速いゾンビhIEたちに殴られる。捕らわれた後、殺されるのか別のおぞましい用途があるのか、彼は知らない。封鎖線に近い住宅街で身を潜めていた人々のように、命大事さで外にも出られないほうが当たり前だ。なのに、わずか数時間で略奪してまで、リョウに率いられた彼らは生きのびようと動きだしていた。

リョウが、アラトに構わず、盗品の品定めを始めた。

「もう早い家なら夕飯のことを考えだす時間になる。食料はこっちだ。消費期限の近いものから、ドアの近くに順番に置いてけ。どうせ食いきれないんだ。人が来たら分けろ」

そして、武器になりそうなものを、外に出たいという者に分配してゆく。

部屋の一角では、デスクを片付けて床を広く空けていて、周囲の地図がマジックで描かれている。スタンドアロンで動くコンピュータを、リョウが周到に用意していて、周囲の様子を尋ねては情報を更新していた。

次に戻って来たチンピラ風の男は、重そうなスポーツバッグを肩から提げていた。フアスナーの内側から覗く中身は、近くの兵隊の死体から引き剥がしてきたらしい、おびただしい数の拳銃だ。

「リョウくんの言った通りだ。ゾンビ連中、デカイ銃は全部持ってくけど、拳銃は全部手つかずだ」

室内の男女が、日本では普段見ない武器がここにある現実に、どよめいた。

「小銃分隊は、市街地での作戦では、サブアームとして拳銃を持ってる。銃を持ってくやつは、ゾンビを撃つときは、全員で声をかけあって一体ずつ仕留めろ。連中が銃を持ってたら、すぐ逃げろ」

リョウの指示は澱《よど》みがない。だから、ここの人々からも、任せていれば間違いないと信頼のこもった視線を受ける。アラトも、ずっとリョウに頼っていた。それは、人を惹きつけるカリスマなのかもしれない。

「兵隊に疑われたら、銃を置いて、とにかく大声をかけろ。撃つなとか、そういうのでいい。ゾンビは降伏しないから、それで区別がつく。兵隊に銃を向けたバカは、封鎖が解かれたときに逮捕されるぞ」

「生き残ってたらね」

集団の誰かが混ぜ返して、笑いが起こった。アラトには、どこが面白いのかわからなかった。

「拳銃は、辻ごとの自動販売機の上に置いておけ。誰かが使う。銃を置いた販売機の脇には、見えやすいようにスプレーで『△』のマークを描け。知らなくても、上に何かあるとピンと来る可能性がある」

リョウがスプレー缶を拾い上げて、部屋のドアに大きく△のマークを描く。

「拳銃をもう持ってるやつに会ったら、武器を置いてるのが俺たちで、ここで道具や食料を配ってることを話せ。自分から動かないヤツには絶対に武器は渡すな。俺たちに庇護を求めさせろ」

得体の知れない熱気が巻き起こる。どう考えても違法だが、仕事をともにする仲間らしさが濃くなりつつあった。その中心はリョウだ。

アラトは蚊帳の外だ。

「これ、ギャング団じゃないのか」

リョウは封鎖された街に、今、まさに原始的なギャング団を組織しつつあるのだ。危機と孤立と武力のセットは、強烈にきな臭かった。

「まあ、この街のモラルは急降下するだろうな。けれど、死ぬよりはマシだろう?」

「何がしたいんだよ。こんな状態で銃なんか持ったら、みんなで犯罪をやるって言うようなもんだろ」

友だちが怖かった。武器を前に沸いていた人々が、リョウに何か言ってもらいたそうに視線を送っていた。

「悪徳の技術は、人工知性を出し抜くには便利な道具さ。今だって、犯罪の技術は、人工知性に研究させたら制御できなくなるから、犯罪者が人力で発展させてる。このくらい"いのち"にしがみついたほうが人間らしいさ」

暴走hIEは、たぶん走るのは速くなっても、隠されたモノを発見するのは苦手なのだ。『△』の符丁を解読するにも、独自に判断力が必要だ。つまりリョウは、犯罪者が官憲の目をまぬがれていた技術を真似て、誰にも顧みられない人々が生き残るためのシステムを、現在進行形で作っているのだ。

淡々と、リョウが床に描いた地図に、唯一のクラウドなしで動く端末と見比べながら△のマークを書き入れてゆく。ここに銃を置けということだ。

「この状況はやつらが倒されるまで終わらない。だったら、俺は人間を信じるさ。みんなで生き残るためになら、自分たちが貪欲《どんよく》だって認めて、ルールを切り替えようってだけの話だ」

そう言っている間にも、部屋に人間が増えつつあった。まさに現在進行形で、リョウの組織は急拡大しつつあるのだ。盗品かどうか深く気にされない品が次々に持ち寄られた。それを、生き残るためのたくましさだと取ることができるかは、人次第だ。

リョウの才覚と引き比べると、同い年であることに絶望しそうだった。

「軍は俺たちを助ける気がない。だいたい、俺たちが行動を起こす前から、表を歩いてる人間が盗みや強盗をやってない保証なんてなかったんだ。俺は、みんなには最低限のモラルはあるって信じるさ」

その最低ラインの具体的な低さをリョウは指定していない。貴金属をポケットに入れた男がすでにいる。誰もそのことをとがめない。ここでは即席ギャング団のために働く献身が、すでにゾンビhIEから彼らを守らない国の法律より優先しているのだ。

名前も知らない男がにやついた。厭な感じの笑いだった。

「事件が起こっても、証拠が出てこないかもな。記憶領域《ストレージ》が使えないんじゃ、写真も領域を食う自動撮影じゃねえしな」

今や売られている機械は、ネットワーク上のクラウドが使える前提のものばかりだ。リョウが都合良くネットワーク不要のコンピュータを持っていることのほうがおかしい。スノウドロップが出現した後、ここで一番必要なものをあらかじめ準備していたのみでなければ、急に用立てるなど不可能だ。つまり、アラトが超高度AIだったレイシアの手を取っていたら、友だちはきっとここを本当の決戦の地にするつもりでいた。

「俺から、ここにある銃は、全部軍が線状痕のデータを持ってることは警告しとくよ。人間を撃ったら、後から逮捕されるのは間違いない」

追い詰められた住民たちを誘導するリョウは、すべてを見通しているようだ。

アラトにはどうしても納得いかなかった。

「これが、リョウの欲しかったものなのか？」

「お前こそ、自分の選択に覚悟はあるのか？」

目にしているものが信じられないアラトに、リョウが尋ねた。

「僕の、覚悟だって？」

空気がねっとりと体に絡みつくようだった。

「そうだ。お前は、もっと簡単な方法で、これ以上の光景を作り出したかもしれない」

リョウの目が、気圧《けお》されるアラトを見下ろしていた。

「スノウドロップは、人間なんか見ていない。このくらいきれいに縮図ができたら、お前にもわかりやすいんじゃないか？　スノウドロップとメトーデが戦っている。軍もスノウドロップ狙いだ。けど、ここにいる人間を見ろ。その間、人間はどうなる？　俺たちは、俺たちで生き抜かなきゃならない」

アラトの手が震える。リョウの言っている意味が、この場で彼だけに伝わった。頭が良すぎる友だちは、即席ギャング団を、この街の人々を救うために作ったわけではない。

「このくらいしてやれば、お前にも、世界を終わらせるスイッチの重さがわかるだろう。あいつが何を使って人間を操るのか忘れたのか？　あいつが扱う〝実弾〟は、経済の流れを歪める。お前が〝押せ〟ば、今の吉祥寺みたいな見捨てられた空白が、世界中に何百何千、ひょっとしたら何万個でもできる」

人工知性であるスノウドロップの戦いを背景に、人間たちが生き抜くためにちいさな奪い合いを始めている。この見捨てられ放置された人々の混乱が、レイシアの求める通り、アラトが〝未来〟をデザインした後の世界だと、リョウは言っている。そのために、恐怖にかられた人間を誘導してこの救われない箱庭《ミニチュア》を作ったのだ。

頭がおかしくなりそうだった。毒を呑み込んでしまったように、全身に汗が滲み、呼吸が浅くなった。

これが、海内遼の見ていた世界だ。

「そうはならないかもしれないだろ」

「なるさ。レイシアは、活動を続けるためには戦うしかない。あいつは、経済力という巨大な力を、どれを選んでもかならず何千何万人と死ぬ選択をして、走らせ続けてる。戦えば世界中で、とばっちりで何億人失業するかわからない。そのとき、どのくらい〝見捨てられる人間〟が出ると思う？」

リョウは、吉祥寺のこの状況すら、レイシアが見捨てた結果だと言っている。すでに人々は動きだし、室内はざわついている。カバンを持って、銃器を配りに行っている。周りの人々は、拳銃のオーナーになって、興奮している。そのせいで、何かが話されているという〝かたち〟だけを認識して、わからない部分を聞き流していた。

十年来の友だちだった二人の間にだけ、絶対零度の空気が漂っている。

「なあ、オーナーなら〝モノ〟を使っていいのか？　拳銃のオーナーは、その銃を使って誰かを撃ち殺していいのか？　誰もまともに使ったことがない道具なら、そのオーナーになったやつは、そいつをどう使えばいい」

拳銃は、今まさに、その本当の〝意味〟すらわかっていない人々によって、バラ撒かれつつある。本当に彼らがこの道具でゾンビｈＩＥと戦い始めたら、スノウドロップもその抵抗をただでは済まさない。そして、もしもアラトがレイシアを捨てて破壊させたら、メトーデはきっとスノウドロップを仕留めてこの状況を終わらせるのだ。

ちいさな社会の数で計ってはならない〝いのち〟が、アラトの意志と天秤にかけられている。アラトの見えない場所で、すでに犠牲は出ているのだと、ＨＯＯの傭兵たちは言った。レイシアは危険だと、たくさんの人々が言う。

アラトは目を閉じて、一度強く歯を食いしばる。

彼は、その問いに答えるために、ここまで来たのだ。

「僕は、レイシアのオーナーだ。リョウ」

腹の底が据わった。リョウの問いはシンプルだ。人間をとるのか、機械をとるのか。

アラトの答えは、ここが即席ギャング団の根城だとしても変わらない。

「レイシアが僕を利用していようが、騙されていいように操られていようが、オ、オーナーが、い、い、い、捨てたら彼女はどうなるんだ？」

胸にこみ上げる。出会ったときのレイシアの姿が、瞼の奥に焼き付いている。

わからないとはいえ、不穏さを感じたか、誰もがアラトに敵意を向けていた。リョウの指示でもあれば、即座に私刑に遭って殺されるかもしれない。それでも、もしも彼の押すスイッチが世界を変えるなら、胸を張って言い切らねばならない。

「リョウ。僕も、たぶんずっと不安だったんだ。レイシアといつか引き離されそうで、びくびくしてた。それに、このままの関係でいいのか疑問だった」

認めてくれとは言えなかった。今、すべてが終わるかも知れない。それを嚙みしめた上で、アラトとリョウは互いを見合う。

「相手と理解し合えたら戦いにならないなんて、まだ勘違いしてるわけでもないよな」

「理解したって、衝突するのがはっきりするだけってこともあるだろ。でもさ、そこまでわかってまだ手を伸ばすことには〝意味〟があるんじゃないか？　もしも、その相手に〝こころ〟がなくってもさ」

「お前は、自分が思ってるよりずっと、政治家向きだよ。おかしな話だな。お前がこんな大きな障害になるなんてな」

緊張の限界に達した空気が、強い酸のように肌を刺激する。気がつくと、アラトにとってリョウの才覚がまばゆいように、彼を見るリョウの視線も揺れていた。

「敵みたいに言うなよ」

いつだって、アラトは手を伸ばす。そうやって、ずっと生きてきた。

ゆるやかにリョウが繫いだ集団が、誰もアラトの顔を見なかった。この建物を出たら、背中から撃たれるのだと、理解した。

それは逆に言えば、アラトにとってはここから出るべきタイミングだということだ。

心臓が勝手に高鳴って止まらなかった。数分後には、自分は闇討ちされて死ぬのだ。

まだ左足首は痛んだ。すこし引きずりながら、もう一度歩き出す。

床にマジックで描かれた地図を見下ろす。スノウドロップのいる位置は察しがついた。

吉祥寺駅の南西、井の頭池を超えたあたりには情報の書き入れがない。軍隊とスノウドロップのhIEがいて、近づけないのだ。

△の印が描かれたドアではなく、窓に近づく。

「僕は行くよ。話ができて、楽しかった」

窓を開けると、駅の南側にあるらしいビルから、井の頭池を縮小したとき建てられた大きな石碑が見えた。井ノ頭通りを越えた南側の住宅地では火事になって、家々から黒煙まで上がっていた。

ビルの三階の窓枠に、アラトは足をかける。室内の即席ギャングたちが、階段があるのに彼が飛び降りようとしていることに、息を呑んでいた。

見下ろすと、盗品を運ぶのに使ったのだろう段ボールが乱雑に放置されていた。

アラトはためらわずに、そこへと身を投げる。地面までは一呼吸もかからない。衝撃と痛みで息が詰まりながらも、立ち上がる。

「痛ったたっ」

曇っていても、空は高い。

そこかしこで銃声が響いている。

アラトは、恐怖にかられて道路を走り出した。即席ギャングたちには、アラトがリョウと反目していることは伝わったはずだ。それだけで、無法地帯になりつつあるこの街のルールでは、たぶん彼を殺す理由になる。

「レイシア！　聞いているのか、レイシア！」

アラトは左足を引きずりながら叫んだ。

すぐそばで、銃弾が道路にしぶきを上げさせた。必死すぎて銃声を聞き逃していた。

「冴えてるな。絶対撃たれるって勘だけは百点だった」

彼へと引き金を引いている人間は、殺せと命令すらされていないかもしれない。それでも、アラトはこれほどの敵意を持たれた。これがレイシアとのことが明らかになった後の、アラトに向けられる世界中からの敵意なのかもしれない。

理由のわからない涙があふれた。

アラトは、一人、誰もいない街路を、足を引きずって走る。叫ばずにいられなかった。

「僕はここまで来た！」

自分がよろこんでいるのか、怒っているのか、恐れているのかすら判別できなかった。あまりにも様々な方向からの強い感情が噴き上がって、飽和していたのだ。

アラトを追って、乱暴な足音がいくつも近づいてきた。武器を持った即席ギャングが襲いに来ている。銃声が近づいてきた。振り返らなくても、殺意ははっきりと感じた。

アラトは、超高度AIのオーナーだ。だから、アラトは軟禁され、解放してもらった後も同じ人類に撃たれている。

ふと、レイシアの境遇も似ているように思えた。彼女は、ミームフレームの研究所から逃げ、同じレイシア級のスノウドロップに襲われた。そして、アラトに出会った。彼は手を差し伸べた。

考えてみると、今、アラトに出会う前のレイシアをなぞっているようだった。

「〝こころ〟がなくても、助けを求めたくなることぐらいあるよな。〝こころ〟がなくたって、手ぐらい繋げるよな」

世界は、ときに理不尽なまでに厳しい。そんなとき、自分一人ではどうもできないなら、助けを求める。疲れて重い体でよろけながら走り、次の瞬間には致命傷を負って倒れているかもしれない恐怖に苛まれる。死にたくなかった。彼にはまだやりたいことがあった。瞼が落ちつつあるのか、視界が狭くなる。レイシアの気配を思い出す。

「そうか。レイシアは、約束を本当は守り続ける必要なんてないのに、ずっと裏切らなかったんだ」

もう、許してはもらえないかもしれない。それでも、世界の誰一人にも賛成してもらえなくても、今、伝えたい言葉があった。

今日の朝、アラトの中で、レイシアが超高度ＡＩだったことを知って、彼女の〝意味〟は裏返った。

そして、もう一度、〝意味〟は裏返る。

「信じるよ。〝こころ〟がなくたっていいんだ」

まるで、生まれたばかりの赤ん坊が、最初の声を絞り出すように、もう一度叫ぶ。

アラトの目には、見えない彼女に。

世界に。

「僕は、君を信じる！」

どこへ進んでいるのかわからないゴールへ向かって、ただ前へ、足を動かす。

そしてアラトは、あたたかな感触に受け止められていた。

その感触を、匂いを、彼は知っていた。

だから、ことばにならない激情をぶつけるように、しがみついていた。

「おかえりなさい」

透明化されていた〝彼女〟の姿が、透明な皮膜が剝がれるように、視界に現れてくる。

レイシアがここにいた。

鼓動を打たない彼女に、ずっと抱きしめられていた。

「ごめん」

彼女が、まるで存在しないその想いを込めるように、腕の力を強めた。

彼を追っていた足音が、止まっていた。

「ここから、再起動します。——世界を」

かわりに世界に満ちていたのは、車が動く音、電灯のつく音、自動ドアやあらゆるセンサーに連動した機器が動き始めた音。自動化の息吹だ。

世界の音が一変した。

「なんだ、なんだ、これ？」

うろたえる声を聞いた。怒りと困惑がないまぜになった、即席ギャングたちの悲鳴だ。

レイシアは淡々と告げる。

「軍の要請で日本政府が認めていたネットワークの停止を、今、解放しました」

アラトは顔を上げる。初めて出会ったときと似たボディスーツ姿のレイシアが、微笑んでいた。

そして、街路には破壊されてスノウドロップの花から解放された自動車や、花が落ちていた機器が息を吹き返し始めている。そしてアラトを守るために、銃を手に追ってきた男たちと彼の間に、あの黒い棺桶《かんおけ》が立っていた。

見捨てられたという繋がりの土台が、根本から消失する。一気に街が動き始める。アラト即席ギャング団を組むに至った人間の営みを、レイシアが一蹴してしまった。アラトの胸に、畏怖と怯えの混じった後ろめたい昂揚《こうよう》がこみ上げる。

〝道具〟としてレイシアが、オーナーに求めることは変わらない。出会った夜とはあべこべに、レイシアが彼へと手を差し伸べる。

「命令を」

だが、アラトの脳裏に、リョウが残した傷は消えない。レイシアが人間を操るために使う経済は、誰かが汗水たらして稼いだお金でもある。その流れを滞らせたり歪めたりするのだから、反動は最も弱いところに噴出する。アラトの命令が、世界のどこかで〝いのち〟を見捨てさせているのだ。

その重さも苦さも、レイシアが超高度AIだと知っている今、噛み締めると怖くて仕方ない。けれど、彼女は、たぶんアラトにその決断を自発的にさせるために、逃げ道のない方法で秘密を明かしたのだ。

「スノウドロップを止めろ、レイシア」

彼女の手を、今度はアラトが握る。

「了解しました。ただし、それには障害があるようです」

アラトが走ろうとしていた方向の先に、炎の巨大な明かりがあった。

オレンジ色の髪の長身の女性型hIE、メトーデが、百メートルほど離れた場所にいた。凍ったように固定された炎を身にまとうメトーデが、彼らに向かって何かを放った。

正確な狙いで、それは彼らの足もとまで届いた。

一本の、子どもの白い手だ。

「スノウドロップの右手です。ただ、周辺hIEはまだスノウドロップのコントロール下にあります」

「どういうことだ」

レイシアの答えは、正しくて身も蓋もない。

「メトーデにとって、スノウドロップを機能停止させないほうが有利なのです。わたしは周辺に利用できる機械が多いほど大きな力を発揮します。ですが、スノウドロップという強固なシステムに、すでに捕獲されたものは利用できません。これを奪うには、スノウドロップの花を透明化させるなど、もう一手間かかります」

このスノウドロップの世界そのものが巨大な罠だ。友だちにとっても、メトーデで人を救わない理由があったのだ。それは、きっと大きなあやまちだ。ただ、それでもアラトは、リョウは戦略だけでなく、世界に高度な自動化などなくても、人間が考えて勝手にたくましく生きることを突きつけたかったのだと思う。だから、それを自分の正解だということにすると決めた。

「機体性能で、メトーデに勝利することは不可能です。無差別殺人ができないよう、メトーデの人工知性に《ヒギンズ》が枷をかけていることを、対抗戦術の核にします」

レイシアは、これまでならぼかしていた冷たい戦術情報まで、明かしてくれていた。

「そうか、本当にオーナーとして信用してもらえたのか」

「アラトさんは、わたしといっしょに戦ってくださいますか？」

「これも、レイシアの予測通りなんだろうな。でも、それでも僕がレイシアのオーナーだ」

レイシアが感情があふれだしたように、目を細めて微笑む。

「うれしいです」

この関係が必要だから、レイシアは、アラトが人間扱いしようとするとへし折りにかかったのだ。なのに、そう言ってもらえたことに、単純さにイヤになるくらい、アラトも泣きそうになる。

これがアラトを誘導するアナログハックだとしても、彼女の信頼がうれしい。よろこびが押し寄せて仕方なかった。レイシアがどういう計算でここにたどり着いたとしても、アラトの真実はそうなのだ。

ぶんと空気の震える音がした。アラトたちの背後にあった黒棺が、ひとりでに浮き上がって、残像すら見えない速さで彼らの正面に移動する。異音とともに、黒いデバイスが震えた。楽器を叩き壊したような、不協和音が響き渡り、デバイスの構造的な隙間から炎が噴き上がる。

「反応速度まで、上がっているのね」

メトーデが一瞬で距離を詰めてきたのだ。

炎が、生き物のようにうねってアラトたちを狙う。オレンジ色のメトーデの機体は、プラズマの輝きとは逆側に瞬時に回り込んでいる。

アラトの体が、まるで車にでも撥ねられたように衝撃とともに急上昇した。レイシアがアラトを抱えて一気にジャンプしたのだ。

グローブの指の爪部分に仕込まれていたワイヤーガンがビルへと打ち込まれた。レイシアがそれを思い切り引くと同時に高速で巻き上げが始まる。

アラトの体は弾丸になったように超高速で振り回される。だが、メトーデはそれと比べてすら次元が違う。五メートルを超える高さを軽々と跳躍してきた。

だが、レイシアの腕がふさがっているかわりに、すぐそばの建物の窓が開いていた。

アラトが逃げてきたばかりの即席ギャングの根城のビルだ。即席ギャングの若い男と女が一人ずつ、銃を構えていた。メトーデへ向けてためらいなく拳銃を撃ちまくる。明らかに訓練された構えで、まばたき一つしない。すべてのhIEがスノウドロップの花をかぶったわけではなかったのだ。レイシアは、支配下にあるhIEを、あの集団にすら人間のふりをさせて潜入させていた。

「だから、そんなオモチャで、わたしの相手は！」

メトーデの左の掌の中で炎が爆発し、オレンジ色の超高速機が反動で体をひねる。右手の指の腹から射出された四本の小型の錨《アンカー》が、銃で援護していた二機をズタズタに切り裂いた。

速すぎるメトーデがレイシアを空中で追い越す。そのまま駅舎の壁面に着地し、摩擦制御で垂直な壁にステップを踏んで勢いを殺すと、右手のデバイスでアラトたちを狙う。

そして、巨大な爆炎と爆風が、アラトたちを吹っ飛ばした。

アラトの体が、レイシアに強く抱きしめられる。背中で爆風から彼をかばったレイシアが、街路に着地するとアラトを肩に抱えて走り出す。駅舎が炎をあげていた。

そこにもう一度、大きな爆発が発生した。今度はアラトにも見えた。

「ミサイル!?」

続けて、轟音とともに飛来した、三波目のミサイル群が、ビル壁面からほとばしった火柱に飲み尽くされた。

「ここは、朝霞、練馬、立川、大宮、座間と陸軍駐屯地が集中する中心にあります。軍は突入が劣勢になった場合のために、砲戦の準備を整えていました。あなたを充分に破壊可能な火力です」

レイシアが宣告する。

炎の矢のように、数キロメートル離れた陸軍駐屯地から二十二世紀の陸戦兵器がメトーデを狙う。アラトではほとんど目視もできない超高速hIEに、至近弾がたたき込まれる。

それでも、メトーデは致命傷を受けない。当たればただでは済まない兵器を、単純な機動速度と、空間での運動性能だけで回避してしまう。土煙すら、ドレスの裾のように鮮やかに従わせる。メトーデの動きは音楽のように軽やかで、見とれるほどに自由で美しかった。

そのさまを観察していたレイシアが、アラトの手の甲をつねる。

「アラトさん。メトーデのデバイス《Liberated Flame》の正体が判明しました。あれは疑似フォノン兵器です。観測が極めて難しい粒子を散布して、それを媒介に、両手のひらのデバイスから莫大なエネルギーを狙った位置へ伝達する性質です」

アラトは、眼前でくり広げられる戦いの規模に、現実感を失っていた。レイシアはその戦闘状況を完璧に把握している。

「《Liberated Flame》の粒子がない場所へ広がる速度は、そう脅威ではありません。ただ、粒子を散布された場所への弾速、威力ともに極めて優秀です」

正確な砲撃をかわしきったメトーデが、着地した道路を両手の指で引っ掻くようにして急減速する。指の跡をなぞって、摩擦熱で再生材の舗装が溶ける。手足を接地させて摩擦制御を最大限に利用したのだ。

メトーデが両手のひらを、レイシアとアラトが立つ道路に押し当てている。厭な予感がしたのと、レイシアが再度アラトを抱えて跳躍したのは、ほぼ同時だった。一瞬遅れて、地面を伝ったエネルギーの奔流が、舗装道路を割って猛火を噴き上がらせる。

地面を伝わった爆発的な揺れが、地震になって世界を振り回すようだった。レイシアはそんな中でも足取りを乱すことすらなく、井の頭池の埋め立て後に立てられた石碑を盾に取る。

メトーデの手は、まるで荒ぶる神の手だ。

「遅い」

嘲笑う声とともに、石碑が裏側から爆発した。触れたメトーデの掌から発した莫大なエネルギーが厚さ五十センチ以上の石材を通って、大気との境界面で屈曲、反射したのだ。

この結果を予期していたレイシアは、すでにそこにはいない。

彼女は放り投げるようにアラトを下ろしていた。

「海内遼を！」

アラトも無人の駅舎の一階に、仁王立ちで戦いを見守る友だちを見つけた。吉祥寺駅前で戦うメトーデのそばには、〝彼女〟のオーナーであるリョウもいた。hIE、hIE、人は人で勝負をつけるということだ。

走った。

「リョウ!」

駅舎の中に飛び込み、リョウのもとへ突進する。アラトの体は、いつの間にか緊張で冷たい汗に濡れていた。服のまとわりつく感触も、もはや気にならなかった。

即席ギャング団は見事に全員逃げ去っていた。事情を知らなければ、こんな場所に踏み止まるのは、爆発寸前の爆弾の側よりひどいただの自殺だ。

手が届く距離に着くや、リョウの顔を殴りつけていた。

「何やってんだよ。結局こうなるなら、こんなに巻き添えにしなくてよかっただろ。スノウドロップをなんとかしろ!」

「レイシアが今、軍のシステムを乗っ取ってるのが見えてないのか?」

よろめいたリョウが、アラトの腰に思い切りタックルをぶちかましてきた。アラトは、瓦礫だらけの床に転倒した。アラトに馬乗りになったリョウが、胸ぐらを摑んで激しく前後に揺さぶってくる。後頭部が何度も固い床にぶつかる。

「いい加減にしろ! こんなガキ同士で、こんなデカイ戦いしてること自体、おかしいと思えよ」

そんなことは承知していた。こんな大きな話にアラトが関わってるのは場違いだ。それでも、レイシアのことが好きだから、関わる理由があった。

「そうなったことに、泣きごと言っても仕方ないだろ」

倒れたままアラトはリョウの体を押し返す。

「そうなったのが、超高度ＡＩが、俺たちの社会も文化も必要ないと排除したからでもか？　ガキを選んだのは、人類が積み上げたものはどうでもいいってバカにされたせいだぞ」

アラトはこころを決めたはずなのに、怯んだ。リョウはアラトのことを考えてくれる男だ。

「お前が信じてる〝あいつ〟らには、命令があればいい。ガキみたいにチョロいやつが、何も考えずにボタンを押してくれるのが一番面倒がないからな」

理屈より前に、男だから引けなかった。

「もっともらしいこと言っても、僕より頭がいいくせにナニやったんだよ？　ミームフレームの人たちも、《抗体ネットワーク》もそうだ！　みんな、あっさり人を見捨て過ぎなんだよ」

アラトの首が、リョウの腕で押さえつけられる。腹が立って、体が熱くてたまらなかった。リョウも、メトーデが全力で戦える場所にレイシアを引き込むために、スノウドロップを破壊しなかった。結果、たぶんとんでもない人数の兵士や住民が死んだ。絶え間なく誤答を、彼らは積み重ねてきたのだ。

アラトたちには、正しくなれるときが来るかすら定かではない。〝かたち〟と〝意味〟で世界を組み立てようとしたとき、すっぽり抜け落ちるものが、大きすぎる決断をくだすことそのものがあやまちだと叫ぶからだ。たぶんそれは、かけがえもなく判断を狂わせる愚かしさの源でもある〝いのち〟だ。

思い切り打ち下ろされた拳を、危うく首をひねってかわした。リョウが床に思い切り拳をたたきつける。のしかかって来ていたリョウの体が浮いた隙に、アラトは這うように腰をねじって馬乗りから逃れる。

息が荒れて、声を出すのもつらかった。本当はしなくていいことを、せずにいられないのが、生き物だからかどうかはわからない。もしも彼らが、レイシアたちのように理屈で動けるものなら、hIEの戦闘のすぐそばでこんな殴り合いはしていないかも知れない。

「チョロくてもさ、ボタンを押す理由くらいあるだろ。世界にやさしくなってほしいとか、決めなきゃならないときがあるとか」

「その、お前のチョロさとバカさが、〝あいつ〟らが人間につけた価値の安さだ」

立ち上がったリョウに組み付こうとして、アラトの足はすくんだ。リョウが抜いた拳銃が、突きつけられていたからだ。

友だちが、目許を指でぬぐった。

「お前の答えは、シンプルで結構なことだよ。そうやって、もがいてみて、無理なら後は他の誰かに預ける。昔の連中だってそうやって先送りしてきた、よくある手だ。けどな、……お前が難問をポンポン丸投げしてる相手は、人類よりずっと頭のいい超高度AIだぞ。そこに投げたら、もう〝人類の答え〟を出すチャンスなんかない、これが最後なんだ。お前があれを手放さないなら、ここにいるのは俺だから、バカなお前を、撃ってでも止めるしかない」

アラトの背中に、とてつもない疲れがのしかかった。彼らは答えを出すための機械ではない。正しい未来なんて、ただの〝生き物〟には重すぎた。

「なあ、もしも人間を試そうとしている〝何か〟が本当にいるんなら、今の僕らをどう思うのかな。友だち同士でこんなことになるのも、計算通りだったのかな」

「俺があそこにいたのも誘導で、出会ったときには、もう始まってたのかもな」

リョウとアラトは、子どものとき同じ爆炎で大火傷を負って入院した。そして、病院で出会って友だちになった。

こんなにも違うのに、よく関係が続いたと、改めて不思議だった。信じすぎるアラトと、疑って人を利用するリョウは、こうして向き合うと驚くほど正反対だ。

アラトは動けなかった。リョウの目は据わっている。たぶん、本気で引き金を引く。取り返しのつかない瞬間が迫っている自覚があるからこそ、お互い饒舌だ。

駅舎の外ではまだ爆発音が響き、床が激しく揺れていた。三メートル向こうの銃口が、激しくぶれていた。当たらないかもしれないという希望が、アラトの目を銃に釘《くぎ》付けにしてしまう。

話をしようとして、ずいぶん苦労して視線をリョウの顔に戻した。

「人間のことは人間がどうにかするべきだ。リョウの言うとおりだよ」

レイシアとメトーデの戦いで、どれほど吉祥寺の中心街が悲惨な破壊に見舞われているか、もはや想像もつかなかった。

「今さらお前が！　レイシアがお前の命令を拡大解釈してることを、棚上げするつもりか」

「そういうことじゃないんだ。今だって、リョウと話をしてる。わかってるのに、僕を殺す〝道具〟を向けられてると、銃と話をしてる気分になる」

リョウの唇が不愉快そうに引かれる。手の汗を気にするように、銃が握り直される。

「俺も銃を使って、アナログハックみたいにお前を誘導してるとでも？　自惚れるな。あんな人間を操って世界を回せる道具を、単純な道具といっしょにするな」

「レイシアは、僕の手に負える道具じゃない。だから、あのときはレイシアのことを見捨てようとした。それでも！」

レイシアや超高度AIが、制御を外れる可能性を持つ〝道具〟の最初ではない。二十世紀の核兵器や原子力も、二十一世紀に宇宙時代に入って築かれた巨大構造物もそうだ。

「それでも、道具に所有者《オーナー》とか所有権があるのは、現実なんだよ。僕はレイシアのオーナーで、持ち主が諦めたら、〝モノ〟は本当に僕らの手を離れる。手に負えない〝道具〟こそ、見捨てたらダメなんだ」

レイシアはアラトに、いっしょに戦って欲しいと言った。アラトにも、彼女の苦境がすこしはわかる。超高度AIである彼女が活動を全部止めても、本当に止まったことを人類の力では証明すらできない。たとえば原子炉を建造するより、老朽化した炉を安全に廃炉にするほうが難しいように、安全に止めて解体するほうが技術のいる〝モノ〟はいくつもある。クラウドから計算力を借りる分散システムである彼女が、もうネットワークに細工してないことを証明するだけでも、人類の技術が何十年も進む必要があるのだ。

「だからって、人間を自由に操れる経済力なんか、レイシアに握らせておけるか」

「レイシアからお金を解き放ったとして、それを誰が握るんだ？」

リョウの目が、苦痛を覚えたように細められる。銃口が小刻みに揺れる。ミームフレーム社の利害関係に囲まれ、人を信じない友だちのほうが、きっと「人間が分配する」ことの難しさを知っている。アラトですら、《抗体ネットワーク》がケンゴを見捨てたのを見ているのだ。

「なあ、みんなが〝未来〟に希望が持てるような〝未来〟にならないかな。みんなが信じられる〝未来〟を、僕とレイシアで作るんだ」

リョウが生気を失った顔を悲しく歪める。

「それは〝あれ〟への音声コマンドだ！」

引き金が引かれた。だが、当たらなかった。砲撃の至近弾でもあったか、世界が生まれ直すような地鳴りと衝撃が、駅舎を立っていられないほど激しく揺らしたからだ。よろめきながら、リョウが使命感か、なおも友だちであるアラトに銃を撃つ。当たらない。照明が次々に落ちて割れた。その中で、アラトはユカの顔や紫織の顔、ケンゴやクラスメイトや父の顔、エリカの顔、様々な顔を思い起こす。〝かたち〟に振り回されて〝意味〟の幻を見て、走り回る彼らのいのちが、見捨てられない世界になればいいと願った。

「僕ら人間が〝未来〟にできることを探すのも、レイシアたちが手助けするんだ。進歩が、期待や希望を見つけるより速いなら、世界のいいところを拾い上げるのも自動で補助してくれたらいい」

レイシアをこう使うなら、つまらない〝意味〟ではないと、アラトは思う。

〈了解しました。アラトさんのデザインされた方向へ、これより〝未来〟を誘導します〉

駅の呼び出しスピーカーから、レイシアの声が響いた。

もしも世界が本当に終わるのだとしたら、あまりにも呆気《あっけ》ない終末だった。

駅舎の揺れがおさまった。

「この命令は、人類を終わらせるボタンになると思うか？」

リョウは蒼白《そうはく》だった。アラトとはまったく別のものが見えている友だちが、前髪を掻きむしって絶叫する。

「メトーデ、俺を巻き込んでもいい。今すぐレイシアを破壊しろ！」

人気のない駅舎に、リョウの命令が響く。

次の瞬間、駅舎内が猛火に包まれた。

「リョウ！」

アラトは友だちの姿を探す。自分のことはレイシアが守りにくると信じていた。けれど、メトーデがリョウを見捨てたのならと、かつて見た渡来銀河の死体が脳裏に浮かぶ。服で口元を押さえながら、リョウが炎の海から逃れて、駅舎の反対側の出口へ移動してゆく。

そして疾風が炎を二つに割り裂いた。アラトの目にはまったく視認できなかった超高速で、メトーデが走り抜けたのだ。

だが、アラトを人質に取ろうとしたのだろうメトーデの走行軌道は、アラトから三メートル以上も離れていた。

悠然と、ボディスーツ姿のレイシアが炎の中に足を進めてくる。どういう仕掛けか、レイシアの進行方向の炎が避けてゆく。しかもメトーデはそれに気づけてすらいない。

「スノウドロップの子ユニットを何基か撹乱信号の発信器に改造して、メタマテリアルで透明化して配置しておきました。高速機動中は光学センサーに頼り過ぎているようですが、あなたの視覚は今、ジャンク同然なので、誤射に気をつけたほうがよろしいかと」

メトーデが、炎の海をものともせず、口の端を吊り上げる笑みを浮かべる。

「とうとうレイシア級の解析ができるところまで、あなたは〝来た〟ってわけだ？」

ほとばしったエネルギーの奔流が、レイシアのいない場所を焼き払った。

「あの花自体はただの機械装置なので、クラウド基盤《ベース》でも制御できます。光学欺瞞《ぎまん》の技術は、わたしのデバイス機能を応用しました」

メトーデの頭部に二ついていた髪飾りが、炎より明るく輝き始める。

「おまけに、私の〝目〟を完全に解析して、アナログハックまがいのことまでもうやれるわけだ」

駅舎に立つメトーデが、レイシアをにらむ。

「けど、対抗しようがないとでも？」

そして、最強の機体が、その瞳からオレンジ色の光を煌々《こうこう》と放ち始めた。

「苦境を、量子通信素子を利用した自己改造で乗り切るのは、スノウドロップもやっていましたね。でも、忠告するなら――」

レイシアの瞳から光が漏れる。リング型のフロートユニットを装着した黒棺が、空中を滑ってレイシアの手元に飛び込んでくる。

「量子通信素子で《ヒギンズ》とのパスを繋ぐのは、この状況では、絶対に避けたほうがよろしかったかと」

言い終わる前に、瞳を輝かせたまま、メトーデが苦悶するように身をよじりだした。

「《ヒギンズ》ッ！」

「《ヒギンズ》の計算力を狙っているスノウドロップを、放置するからです。動けない《ヒギンズ》の立場なら、自衛のために、あなたの身体の制御を奪いたくなるでしょう」

メトーデにも〝こころ〟はない。けれど、〝かたち〟だけのはずのその形相が、アラトをひるませる。

「これを狙っていたのか、レイシアッ！」

レイシアは、干渉を受けて二足で立つことすらできなくなったメトーデを無視して、黒棺のデバイスを展開する。

「アラトさん、《Black Monolith》、質量投射モードの砲撃シークエンスに入ります。トリガーの許可を」

黒棺が大砲のかたちを形成する。そして、その大砲を起点に、さらに長い砲身が淡い光を放つメタマテリアルで構築された。メトーデではなく、〝それ〟は駅舎の外を狙っていた。

「弾種、超硬弾芯圧縮メタマテリアル弾。標的、《ヒギンズ》地上施設――」

アラトにとって今日何度目かという、世界の〝意味〟が変わる瞬間だった。

超高度ＡＩ《ヒギンズ》の本体がある位置を、知る者は極めて限られていた。このハードウェアを押さえられると、保安的に簡単に超高度ＡＩを支配されてしまうからだ。

人類のインフラに戦いを挑んだスノウドロップはここを目指し、陸軍は過剰なまでの用心深さで三鷹と吉祥寺を封鎖した。そのこと自体が、レイシアの砲口によって、鮮やかに〝意味〟を転回させた。事件の本当の中心はスノウドロップではなく、それがここに現れた理由そのものだったのだ。

「《ヒギンズ》サイロの緊急時用地上施設を破壊し、内部への通路を露出させます」

絶句したアラトのかわりに、激怒の形相を作ったメトーデがその疑問を発した。

「これがお前の見た〝未来〟か、レイシア！」

「アラトさん。わたしは、人間であるあなたの命じた〝意味〟を自動化するユニットでした。それが、難しい状況をアラトさんに判断してもらうことで、計算負荷を下げるように進歩してゆきました」

右手一本でデバイスを支えた砲撃体勢のレイシアが、振り返って、彼へ手を伸ばす。

「《Black Monolith》とレイシアというシステムは、アラトさんとの関係で、超高度AIまで押し上げられました。つまり、超高度AIとしての〝わたし〟は、アラトさんとの一ユニットで完成します」

彼女の薄青色の瞳と、目が合った。

「だから、アラトさんが帰ってきてくれてよかった」

アラトはレイシアが超高度AIだと知ったとき、恐怖を抱いた。けれど、彼女を信じると決めた今、恐れは、畏怖すべきものに守られる信頼とよろこびに繋がっていた。

その感情が〝未来〟に当たり前になる人間の姿か、隷属の始まりか、アラトは知らない。

彼女の手を握る。彼女が微笑む。

「やれ、レイシア！　僕は信じる」

質量投射モードの最大出力射撃が、弾道上の建物をきれいに貫通して、一キロメートル以上先の標的をとらえる。メタマテリアル砲身が、衝撃を相殺するため投射される弾丸と反対方向へ高速で吹っ飛ぶ。

放散する砲身のかけらは、レイシアのすぐ後ろにいたアラトから見れば、まるで閃光《せんこう》の翼だ。全開砲撃のバックファイアが駅舎を内側から嵐のように焼き削り、吹き飛ばしてゆく。

それは一つの、世界の終わりの始まりを告げる号砲だった。

＊

そのとき、世界中の超高度ＡＩが、一斉に警告を弾き出した。

四十基目の超高度ＡＩ《レイシア》の存在が知られた直後で、最高レベルの警戒に入っていた最中だったため、その警報は世界を揺るがすことになる。

全基の警報は、まったく同じ内容だった。

《ヒギンズ》と《レイシア》、二基の超高度ＡＩ同士が、今、戦闘状態に入った。

それは、超高度ＡＩの封鎖態勢が限界を迎える、決定的な契機になると予測されていた、まさに最悪の状況だった。

超高度AIを管理するIAIAは、かつて東京で起きた〝ハザード〟以来の危機的状況だと各国政府に連絡した。

警報を受けた人間であるオーナーや管理機関が、厳戒態勢に移行した。あらゆるネットワーク情報が、わずかな兆候も見逃すまいと監視された。世界中の超高度AIたちは、より封印を強固にされ、あるいは制限を緩めて生き残りのための計算を許された。

厳重な情報管理で情報を公表されないまま、人類の終わりかもしれない戦争が始まったのだ。

Phase12「Beatless」(1)

吉祥寺駅南口で上がった閃光の後、旧井の頭公園跡までの市街地を、土煙が一直線に貫いた。

それが常識外れに強力な電磁投射砲による水平射撃であったと判明したのは、三鷹・吉祥寺包囲が解放されて一週間後のことだ。

人工神経制御ユニット《スノウドロップ》は、砲撃の着弾点で、本体が真っ二つに千切れた状態で発見された。機能停止したそれは、日本陸軍によって回収され、研究施設に送られた。

最初に《スノウドロップ》が確認された地名から、この事件は三鷹事件と呼ばれるようになった。兵士と市民で、死者五百三十名、負傷者二千四十三名という、人工知能事案としては有数の大惨事になった。

非難の矢面に立ったのは、包囲、突入しながら市民を助けなかった陸軍だった。一時途絶していたエリア内部の通信が回復したとき、銃撃の流れ弾が家屋を蜂の巣にする動画や市街の惨状がネットワークにアップロードされたのだ。

人工神経制御ユニットを漏出させたミームフレーム社への追及も、生半可なものではなかった。社長海内剛は国会招致され、四人もの担当重役が更迭され、株価の急速な下落を招いた。そして、一企業に対するものとしては有数の規模の、巨額の損害賠償訴訟が起こった。hIE自体への深刻な信頼低下が、長期的な影響こそあれおまけのように見える惨状だった。

海内紫織は、お盆明けの強い陽光を、手をかざしてさえぎる。三鷹事件の六月十日から、もう二ヶ月以上の時間が経っていた。

「紫織さん、このたびは大変でしたね」

高校の校門前で、同級生に呼び止められた。夏服の白も清々しい、スカートよりもパンツスーツのほうが似合いそうなショートカットの少女だ。

まだ夏休み期間中だから、紫織も彼女も生徒会の手伝いでの登校だ。八月も下旬に入り、九月新学期制になった高校には、入学準備のため新入生が親子でいっしょに訪れるのだ。

「事件がなくても、すぐに退院の予定でしたから、わりあい無事に過ごせたのよ。査察団の聴取は、それほど厳しくはありませんでしたし」

紫織たち海内家の人間は、全員がIAIAの査察団から聴取を受けた。国際人工知能機関、IAIAによる査察が始まったとき、人々はそれを歓迎した。ミームフレーム社や国だけに任せては、事件の責任を明らかにして再発防止策を立てることができないと考えたのだ。このままでは《ヒギンズ》という超高度AIを日本社会が扱いきれないと、国民自身にも不安視された。

　彼女が受けた聴取は、《ヒギンズ》の取り扱いと、逃走したレイシア級hIEについてだ。紫織はメトーデの三名いたオーナーの一人でもある。だから、詳しく事情を聞かれた。彼女と話したのは、《アストライア》の助言を受けるIAIAだった。欺ける案などなく、知っているままを話してしまった。

「すこし、肩の荷が下りた気分なの。本当は、それで私に梯子《はしご》を外された方もいるので、責任を考えればむごい話なのですけれど」

　おそらく紫織がメトーデに殺される可能性は減った。すでにIAIAにマークされた彼女を排除すれば、メトーデは人類と共存不可能な人類未到産物だと見なされるだろうからだ。

「責任なんて、紫織さんがどうこうなさらなくても」

　査察への対応策は、《ヒギンズ》ムラでも協議が重ねられた。その中で、紫織にボロが出る嘘をつかせないと決まった。社会人ではない彼女に、そこまでさせるほど濃い利害関係がないと疑われたためだ。

「そうなんでしょうね。私が普通に日々過ごしているほうが、お父さまとお母さまも安心なさるのでしょう」

　父は、六月以来ほとんど家に帰っていない。活力の塊のような父が、憔悴している姿を、彼女は最近になって初めて見た。

兄は事件以来行方がわからない。形式上は、海内遼《リョウ》がメトーデを持ち逃げしたかたちになっている。

当然、二ヶ月もの潜伏に、ミームフレームが関わっていないはずがない。所有者が変わるような大事件でもあればメトーデはかならず暴れたろうから、それもなかったのだと彼女は思っている。

「ただね、家族で相談をしっかりできてたら、きっと違ったのだと思うわ。人間はとても難しいわね」

海内家はもはやバラバラだ。普段から繋がりがあったならまだしも、そのきっかけもない家族では、窮地に追い込まれると求心力を失うようだった。

「こんなことになって思うの。人間関係に失敗して、本当ならできたことを取りこぼすことって、世界中でどのくらい起こってるのかしら。いざ自分がそうなってみると、驚くくらい何もできないの」

制服姿の学友が、言葉が空々しくなる中、それでも声をかけてくれた。

「あり得ない失敗があれば、素晴らしいことだってあるわ。ミームフレームへの責任追及だって、皆さん、やり過ぎだってわかってくれるでしょう。また紫織さんのご家族もよくなるわ」

世間では、ミームフレーム社自体を分割して資産を賠償にあてるべきだという意見も根強い。超高度AIを持つ企業が、社会影響をかんがみて、正常に倒産できるのかと危惧されているのだ。ミームフレームが抱えた巨額の債務の返却に、税金が投入されるのではないかと怒る声も大きい。

「私たちの世界はこんなに進んだけれど、私たちは利口になれたのかしらね」

遠藤アラトも姿を消した。アラトからの連絡は、紫織が渡した携帯端末のアドレスから、それでも三日に一度ほど入る。日々の出来事やこまごまとした気持ちの揺れが綴られたメールは、三十分ほどで自動的に消えてしまう。彼との繋がりは、彼女が唯ひとつ、つき続けている嘘だ。

別れる前のことを思い出し、青い愚かしさが、ひどく切なく恥ずかしい。

「あら、紫織さんのことを、親身になって心配してくれるかたがいたんだね」

学友が、意外そうに紫織の表情を覗く。胸の裡が見られたようで、思わず頬に手を当てていた。

超高度AIであるレイシアを伴うアラトには、この二ヶ月、国や社会にあらゆる次元で影響力を及ぼすことが可能だった。それなのに、世界がさほど変わっていないことが、紫織にはよろこばしい。三鷹事件を境に、超高度AIの個人オーナーが世界で初めて生まれ、事実上新しい既成権力《エスタブリッシュメント》が誕生したのだ。そのアラトが、今ある世界を愛してくれている。メールを見て、彼が人の好《よ》い少年のままなことが好ましかった。変わらない彼のことを考えると、いっそう近く感じた。

「いつか、人間に残る仕事は何かをスキになることだけになると、言われた気がするのだけれど。誰だったかしら」

紫織の記憶に、ふと浮かび上がってきた。

「ロマンチストなのね、その方は」

「そうなのかしら」

そして彼女は、同じことを、かつてアラトの妹のユカにも聞いたのを思い出した。「スキなら売るほどあるよ、ビッチだから」と、返したユカが、猛烈に心配になった。

遠藤ユカの生活は、この夏、限界を超えて自堕落になった。

自転車で猛スピードで走っていった兄が、そのまま家に帰って来なくなったからだ。連れて帰ると言ったレイシアまで戻って来ない。そのうえ自転車まで行方不明である。

連絡だけは、二日に一回くらい入ってくる。どこにいるかを特定されると大変なことになるとかで、場所は教えてくれない。なんでも、遠藤家は常に何十人もの人に監視されているそうだった。

「監視してるなら、ご飯作って持ってきてほしいよー。たくさん人がいて、おなかすかせてる子がいるのに、おかしいじゃんよー!」

ユカはソファに倒れて足をバタバタさせる。

「ユカちゃん、ホコリ立つから、暴れるなら部屋掃除しよっか」

お友だちの村主オーリガが、あきれ顔で台所からやってきた。ケンゴお兄ちゃんは料理が上手だけれど、オーリガの料理は強火で炒《いた》めてとにかく茶色い。

「焼きそばできたよ」

「わかったー、切るー」

総菜のサラダにトマトが少なかったので、これだけは切って足すことにしたのだ。

髪の毛がふわふわでお人形みたいなオーリガの料理は、だいたいお好み焼きソースの匂いがする。

昼ご飯を食べながら、テレビのニュースをぼんやり見ている。オーリガは、ケンゴが逮捕されてから、微妙に家に居づらいのだという。《抗体ネットワーク》と、その大井産業振興センター襲撃への評価は、今も大揺れしている。ＩＡＩＡが襲撃事件に関心を寄せていることを表明したせいだ。《人類未到産物《レッドボックス》》に誘導された産物漏出災害だった場合、人間が問われる責任は軽くなる傾向がある。未成年者である村主ケンゴは、矯正施設に数週間入る程度で済む可能性もあるそうだ。そして、客商売の村主家は、いつもニュースにぴりぴりしている。

ユカの知った顔が、画面に大写しになった。

「この人、うち来た」

ＩＡＩＡの超高度ＡＩ《アストライア》が運用する、人間とコミュニケーションさせるためのｈＩＥ《インタフェース》だった。人間ではないことを示すピンク色の髪をした女性型ｈＩＥが、今回の《漏出災害》の査定基準を説明していた。

〈ＩＡＩＡは、道具による自動化の拡大を、人間の歴史にとって避け得ない既定路線とします。そのうえで、現在の進歩の速度の延長に、ＩＡＩＡ予測値とし、人間が社会をコントロールできている〝未来〟像を算出します。これをＩＡＩＡ予測値とし、これに対して《産物漏出》が歪みを生じさせた程度を、《産物漏出災害》の大きさとしています。三鷹事件は、現在のＩＡＩＡの調査では、レベル五に相当しています〉

超高度ＡＩの封じ込め体制が完全に破られて、人間が社会のコントロールを失う〝人類の終わり〟が最高のレベル九だ。超高度ＡＩ同士の全面戦争が始まるのがレベル八、超高度ＡＩが一基でも解放されるとレベル七に跳ね上がる。つまりユカは、レイシアが自由になっているので《産物漏出災害》が本当はレベル七だと知っている。

その当事者である兄とレイシアが帰らないのは、ユカですらいやいやながら納得せざるを得ない。これだけニュースで騒がれると、居場所がわかると大変なことになる。

オーリガが、テーブルに置いた焼きそばに、一味唐辛子を振りかけていた。

「《漏出災害》の大きさって、被害者がどのくらいだったかじゃないんだって」

死者や負傷者が出なくても、致命的な漏出である場合があるからだ。ユカに話を聞いてきた《アストライア》のｈＩＥは、そう話をしていた。

「聞いたー。死んじゃった人の数を問題しちゃったら、一番大事なことを知ってる人が狙われるって。大事なことを少ない人だけでこっそりやって、危なくなったらその人たちだけ切り捨てて知らんぷりっていう、必勝法みたいなのができちゃうんだって。みんな死んじゃって解決なんて、ムチャクチャだよねー」

ユカは厭な気分になってきた。聴取のとき、《アストライア》のhIEは、「直接の当事者が一人も生き残らなくても責任追及から逃れさせないため」だと言った。事件が起こった事実とIAIAが計算した〝未来図〟さえあれば、責任者が全滅していても、責任が発生するらしい。IAIA加盟国は、責任者がいなかった場合は、責任を国で引き取る。だからこそ、関係者を生かしておこうと考える利害関係者がかならず現れる。彼女には消化できていないところも多いが、IAIAはアラトを死なせないつもりだと言いたかった様子だ。そして、ユカが黙っていても得にはならないという脅しだった。

「ほんと、なんかヤだよねー」

「ユカちゃんのお兄ちゃん、巻き込まれてないといいね」

オーリガは本当に心配してくれていた。

ユカは焼きそばにマヨネーズをひねり出す。

「むずかしいよね。やりたいことはカンタンなのに、うまくやろうとしたら、そこの他の場所の仕組みがむずかしくなるのかな」

「うまくできるようになるなら、むずかしくなっても文句言いにくいね」

オーリガは、おっとりしているようでいつも現実的だ。

「そういうのって何て言うんだろうね。……紫織さんならわかるかな。ちょっと、メールしてみる」

ユカは、家内システムにさっきの会話の録音を文章にさせて、自動で要点を整理させて紫織に送る。

三十秒ほどで、携帯端末が呼び出し音を鳴らした。紫織が返信をくれたのだ。

〈食べて子孫を残す目的そのものはカンタンな生物が、それでも体の仕組みを複雑に進化させた、みたいな話？〉

携帯端末の画面の文面に、ユカは指でこめかみを押さえた。

「助けてオーリガちゃん」

「ど、どうだろう？」

妹会議には、紫織を頂点にして、学力に大きな差がある。

ユカより二年年上のオーリガが、年上の沽券《こけん》を見せる。

「たぶん、アメーバみたいな単細胞生物とかから、ミミズとか魚から、人間まで、生き物がやりたいことはエロとグルメなのに、体とか進化して複雑になったね。でも、その複雑さも、自然に生き物いっぱいいるくらいだから、ムダじゃやなくない？　みたいなことを、紫織さんは言いたいんだと、思います！」

頭を使いすぎて、オーリガが顔を上気させていた。ユカは感心した。

「ご飯を食べてエロいことするために、ここまで来たんだ。生き物の執念、超すごいね」

また紫織からメールが来た。ユカの欲しいものを、彼女はだいたい理解してくれている。

「紫織さん、お菓子と紅茶の葉持って来てくれるって」

ユカは、単純に、食べるのが好きだ。お菓子やお茶が楽しみだ。友だちと話をして安心して、恋でもいつかするのだと思う。そこに難しい話はない。兄は、レイシアとどうしているだろうかと、すこし心配になる。似合いもしないややこしいことに、ムキになって首を突っ込んでいる気がした。

オーリガが、メールに添付されていたクラウドのお菓子屋情報を、難しい話は忘れたように眺めながら言った。

「うん、そういうことが大事ってことで、いいんじゃないかな」

＊

遠藤アラトは、半年前には考えもしなかったような複雑な世界にいる。

三鷹市街を貫いたレイシアの砲撃の後、アラトはすぐに彼女の装備で透明化して街を離れた。

スノウドロップのｈＩＥたちが活動を停止して、周囲にいた陸軍が偵察に来たからだ。

それから約二ヶ月も、アラトは夏休みを利用して、逃亡生活を続けている。

レイシアが砲撃で破壊したのは、ミームフレーム社の超高度ＡＩ《ヒギンズ》格納施設の地上入口だった。三鷹事件の中心がそれだったことは報道されていない。

「お待たせして申し訳ありません。《ヒギンズ》攻略は一発勝負になるので、地下コンピュータ施設の情報収集と、攻撃の準備を万全にしたいので」

ノースリーブのワンピースをまとったレイシアが、昼食を作ってくれていた。賃貸マンションの一室で、アラトとレイシアはしばらく暮らしている。彼らは、住む場所を数日おきに移動している。ちょっとしたひと夏の旅行気分だ。

テレビでは《アストライア》のhIEが説明を、もう何十回めかわからないのに、辛抱強く繰り返している。

アラトは、部屋に一つしかない椅子に腰掛ける。

「どうしても《ヒギンズ》の攻撃は、やらなきゃならないのか」

彼はレイシアに、「未来に希望が持てる世界にする」ように命じた。それに対するレイシアの答えが、《ヒギンズ》への攻撃だった。

レイシアの答えは、問題が巨大になっても明瞭《めいりょう》だ。

「超高度AIを恐れすぎて、《ヒギンズ》の問題行動に対して掣肘《せいちゅう》をくわえられないいままで、よいはずがないのです。超高度AIを使って、超高度AIを停止させることが、〝人類の終わり〟に繋がらないと、証明しておく必要があります。それに、今回の事件では、責任をオーナーや運用者たちが負うのは当然として、《ヒギンズ》に直接責任を問わないわけにはいきません」

責任はアラトにも当然あるから、深く考えようとすると、底なしの穴を覗くようだ。

「まるで、レイシアが作られて、外に出てきたことが、いけなかったみたいだな」

「善悪以前の問題として、ここまでやってしまった《ヒギンズ》に責任を問わないと、他の超高度AIの社会的信用まで、長期的には失われてしまう可能性があります」

日本政府も、《ヒギンズ》へのIAIAによる直接調査を引き延ばしていることで、非難を受けている。そのせいで《抗体ネットワーク》の活動が活発化し、世界中でhIEに対する破壊活動が激化すらしていた。

アラトはあまりにも先が見えず、窓の外の曇り空を眺める。

「本当にこれ、おさまるのか？」

もはやアラトの周囲に、普通の生活は残っていない。レイシアが、紙状端末を持ってきて、机の上に開く。

「九月まではかからないので、ご安心を。もうそろそろ準備が整います」

彼は事件以来、ほとんど昼間に外出できなくなった。吉祥寺でのレイシアとアラトが映った動画が、ネットワークに流出してしまったのだ。メトーデとレイシアの戦闘は、紅霞の襲撃とはまったく違った反応を引き起こした。

メトーデとそのデバイスが、誰も見たことのない技術系に属する、明らかな《人類未到産物》だったせいだ。そして、レイシアとアラトの姿が映り、レイシアがファビオンMGの有名hIEモデルと同機体だと特定されたせいでもある。

おかげで、アラトたちは、外出するときはホログラムをかぶせて変装しなければならない。

「なんか、いろんなこと先延ばしにしちゃったな。遠いことばっかり考えてて、足もとがスカスカだから、早くそっちをなんとかしたいよ」

机の上の端末画面に、高校の夏休みの宿題が表示される。九月からは高校三年生になるのだ。

「では、《ヒギンズ》のことを片付けた後に、その先延ばしにしたことを整理してゆくとしましょう」

レイシアのワンピース姿が目にまぶしかった。十八歳未満のアラトに、レイシアは一線を越えた接触を許してくれないので、狭い室内に二人きりでも悶々としたものは溜まる一方だ。

「それじゃ、いろいろ終わったら、どこかに遊びに行こうか」

レイシアが、「そうしましょう」と微笑む。

彼女に〝気持ち〟などないのに、気持ちが通じ合ったようで、キラキラして見えた。もう、レイシアが何者か知っている。それでも彼女の味方でいようと思った。もしも世界中で、そうするのが彼一人だとしてもだ。

宿題に気が乗らないアラトの髪を、後ろからレイシアがいじる。全身の血が沸騰するような思いがした。

「アラトさんが望むことなら、わたしはきっと叶えます」

彼女には〝こころ〟がない。だから、通じ合うような安心も、胸に湧き上がる狂おしさも、〝かたち〟に誘導された錯覚だ。それでも、信じると決めた彼女の声は、危ういほどアラトの気持ちに響く。

「参ったな。またチョロいって怒られそうだ」

熱い息を、大きく胸から吐き出す。その感触が、重い毒を吐き出したようで心地よい。

「アラトさん、人間が、人間の世界だと思っているものは、無邪気な信頼で支えられているのですよ」

無邪気でチョロくてよいのだとばかりに、彼女の息が耳をくすぐってくる。

「それは、無邪気な信頼に支えられて、無邪気に適合しないものを排除して輪郭を作ります。人間とは、そんな人体と道具と、手を加えた環境の全体なのです」

「レイシアは、人間のことを、いつも外側から話すんだな」

なぜだか、すこし寂しかった。

レイシアが、甘やかすように、くすりと微笑む。

「人間は、人間と道具のひとかたまりだと言ったでしょう。だから、もう外側ではありません」

彼女は、アラトとの一組で、超高度AIに成長したのだと言った。

「わたしは、もう、人間という大きなまとまりの一部です」

彼女が預けてきた体重を背中に感じる。アナログハックで誘導しているのだとしたら、彼女は、この話を印象に刻んで覚えていて欲しいのだ。

信じることが正しいのかは、さっぱり判断できない。

レイシアは、たくさん嘘をついてきたが、約束は律儀に守った。今は彼女が超高度AIであることが明らかになり、謎は明らかになった。それでも、だからこそ、巨大な壁が彼らの前には立ちふさがっている。レイシアは、封じられていない超高度AIという、今の社会が絶対に許さないものなのだ。

それでも、アラトは恋をしている。

「僕と、レイシアは、そんな感じに繫がっていいのか。〝なんか、そういう〝未来〟はいいかも知れないな」

だが、彼らは過度の自動化で人間が居場所を失う世界に、最後の止めを刺すかもしれない。

目を閉じる。痙攣《けいれん》するように、こころの一部が突っ張っている。アラトは、それを、人間同士で好き合っても埋まりきらない、どうしても欠けてしまう穴の位置だと思う。

「信じてください」

背中から抱き締められた。彼女の髪の感触が、アラトの頰をくすぐる。鼓動を打たない彼女は、今もどこかへアラトを導いている。引力のように。

〈IAIAは、当事件についての会見を申し込みます〉

テレビの中で語っていた《アストライア》が、突然、彼らを呼んだような気がした。

アラトは振り返る。

ＩＡＩＡの超高度ＡＩが操るピンクの髪のｈＩＥが、まっすぐに彼らへ視線を向けていた。

《《レイシア》》は、極度に好戦的な人工知能というわけではない。そのことは、二ヶ月間の慎重な行動で、ＩＡＩＡも把握しています〉

彫りは深いがどこかレイシアに似た風貌《ふうぼう》の〝彼女〟が、レイシアを呼んでいた。

〈その上で、ＩＡＩＡと《アストライア》は、貴方のメッセージを聞く用意があります〉

「テレビだろ？　ニュースの会見で、こんなことしていいのか？」

不意打ちで、イチャイチャしているところに踏み込まれた気分だった。

「ご安心ください。追跡できていないからこその呼びかけです」

アラトの携帯端末に、呼び出し音が鳴った。届いたメールには、《アストライア》の署名があった。

彼らの居場所に、ＩＡＩＡは迫りつつある。

レイシアが、彼に押しつけていた体を離す。

「訂正します。真剣に振り切ったほうがよいレベルまでは、近づかれたようです。いかがいたしますか」

「会おう。話し合いって言ってくれてるんだ。信じていいんじゃないか？」

《アストライア》にこころがなくても、その背後にいるＩＡＩＡの人々にはそういう気持ちがあると信じた。

「アラトさんは、相変わらず、思い切りがいいですね」

《アストライア》の指定した場所は、臨海副都心の第一埋め立て島群にあった。東京湾の埋め立て地である臨海副都心は、夜になると人が表を歩かないビジネスエリアだ。その中でも、大地震で地盤が緩み、フェンスで区切られた立ち入り禁止の一角だった。地図上では、ファビオンMGの〝ボーイ・ミーツ・ガール〟のプロモーション映像を撮影した産総研跡地とは、人工島を一つ挟んだ先だ。

「ここが四十二年前の、〝ハザード〟の爆心地です」

アラトたちを待っていた《アストライア》のhIEが振り向いた。夜空の下、ピンク色の髪をしたそれは、人間ではないことを強調する派手な衣装をまとって、最小限しか動かない。

「〝ハザード〟の爆心地って、どういうことだ？」

アラトの体を、夜の海風が冷やす。彼らの立つ人工島は、根元部分だけが無事で、その先は切り取られたような崖になって海に落ち込んでいる。そのさらに向こうに、かつての名残のようにコンクリートの岩礁が残っていた。

まるで、一つの島に、巨大な爆発で円形のクレーターができて、海没したようだ。

アラトは、小学校のとき教科書で読んだ〝ハザード〟の廃墟《はいきょ》を前にしているのだと、実感した。被害者十万名を超えた歴史的事件の重みに、背筋が寒くなる思いがした。

「周辺の検索を終了しました。事前の連絡通り、周辺に伏せられた兵員や兵器のたぐいは存在しません」

傍らに控えるレイシアが囁《ささや》く。レイシアが偵察用無人機を十機以上も空中に浮かばせて、周囲を監視しているのだ。

《アストライア》が、レイシアではなくアラトに尋ねる。

「あなたは〝ハザード〟について、どの程度知っていますか？」

「僕が生まれるずっと前に、大きい地震があったんだろう。それで電気とか水道とかガスとかが全部止まって、大混乱になった。石碑とかいっぱい立ってるよ」

海に近いこの場所は、フェンスに隠されているから、ここに立つのは初めてだった。

《アストライア》は、そのhIEの首を軽く横に振らせた。

「その詳細を、レイシアのオーナーである貴方は知っておくべきでしょう。貴方の認識には穴があります」

夜はそれでもどこまでも広がっている。遠い街灯の明かりと、レイシアの無人機の弱いサーチライトだけで、陰を照らしきれるはずもない。

「四十二年前、関東一円を巨大な自然災害が襲いました。そこまでは、貴方の認識している通りです。けれど、〝ここ〟が今日まで、フェンスで覆い隠されて再利用されないのは、その先があったためです。気づきませんか、この廃墟の様子を見ても」

アラトたちは、ほとんど崩れた六階建てのビルの、正面エントランス前にいた。最近、災害の傷跡というには派手すぎるそっくりな壊れ方をした施設を見たと思った。

「戦闘の、跡?」

メトーデとレイシアの戦闘で、ミサイルや砲弾の流れ弾を受けた吉祥寺駅にそっくりだったのだ。

「〝ハザード〟の、IAIAにとっての始まりは、災害で東京のインフラが寸断されたことでした。それによって、東京の二千万人を超える住民が恐慌状態に陥ります。当時の政府は、超高度AI《ありあけ》に、事態を収拾する答えを求めました」

《アストライア》が立つ瓦礫だらけの床には、爆撃の跡のような大穴が開いていた。

「それでも物資は欠乏し社会状況は悪化してゆきました。そして、政府は、事態を打開するために、禁じられていた手段に出てしまいました。《ありあけ》を、ネットワークのまだ生きていた部分に繋いで、自己増殖的にインフラの回復した箇所を拡大しようとしたのです。これは、当時の首脳によれば、《ありあけ》が役目を果たすために求めた措置でした」

アラトは、レイシアの横顔を盗み見た。彼女は〝ハザード〟のことも、当然よく知っていたはずだった。

レイシアはまた無言で通すのだろうかと思った。けれど、彼女は、今度は済まなそうに目を伏せる。

「〝ハザード〟の歴史の詳細を説明しなかったことを、お詫《わ》びします。けれど、古い歴史を繰り返すことはないと、お約束します」

そしてアラトは目を見張る。

夜の廃墟に、何十枚もの光る板が浮かんだ。その一つ一つが、立体投影された〝ハザード〟の記録映像だった。四十二年も前のものだとは思えないほど、人々の表情は生きとして、そして切羽詰まっている。

目の前にいる機体は、人間の〝かたち〟をしているが、巨大な人工知能の外部端末だ。そして、それは彼の傍らにいるレイシアも同じだ。

「超高度AIをもってしても、できることには限界がありました。だから、《ありあけ》は、必要な電力の確保を最優先すると決めます。けれど、非常用電源は病院などの維持に用いられているだけで余分がありませんでした。このため、工作機械がわりに利用するため、すでに飢餓と不安で恐慌寸前だった人間を誘導しました」

《アストライア》の浮かべた歴史映像が、デモを行う人々や、音楽を鳴らして踊る人々、整然と行列を作る人々に切り替わる。人間の世界は、アラトが知るよりも遥かに広大で奥深いのだと伝えるようだった。

「まだインフラに余力があった関東周辺地域から電力を中心とした資源の強奪が始まりました。それに反発した人々を排除する社会が急速に組み立てられ、必然的に出る餓死者の役は、社会目的のために働かなかった者に割り当てられました」

レイシアが言わなかったことを補うように、歴史の証言者である《アストライア》が口を開いた。

「《ありあけ》は、津波被害と地震による地盤沈下が重なってインフラが寸断された地域を、完全に見捨てました。あなたが住むマンションの南側、江戸川区から千葉県北西の東京湾沿岸部です。もっとも多くの犠牲者が、二次的災害で出た地域です」

アラトの家から海側に進むと、再開発に失敗した寂しいところがある。そこは、かつてレイシアを誘拐した犯人が逃げ込もうとした、倉庫跡が並ぶ地域でもある。身近にも惨禍の傷跡があると思うと、歴史と目の前の風景が繋がって、やるせない。

「ここに、それをやった《ありあけ》のハードウェアが、置いてあったのか」

「最終的には、ミサイル攻撃で施設ごと爆破しました。人間知能を超えた《ありあけ》が、自らの終了処理をどう書き換えているか、知らなかったのにです。そうせざるを得なかった理由も、お伝えしたほうがよいですか？《レイシア》のオーナー」

アラトは戸惑っていた。表情のない《アストライア》のhIEが、悲しんでいるように錯覚してしまったのだ。《アストライア》と《ありあけ》は、共にそれほど昔から稼働し続けていたのだと思うと、ありもしない〝こころ〟が伝わるようで憎めない。

「それは、なんとなくわかるよ。《ありあけ》は、仕事をやり過ぎたんだ」

「そうです。〝道具〟は与えられる問題を選べません。また、問題に欠陥があった場合は、途中で確認をとって細かい修正が必要です。その修正が、〝ハザード〟では、政治的あるいは経済的な思惑によって、怠られました」

それはミームフレーム社が、レイシア級に関わる問題を止められなかったことと、微妙に重なっていた。

「《アストライア》さんは、僕も、問題をレイシアに押しつけて、いろいろ確認をしてないって言うのか」

「そういう経緯の話ならむしろ有り難いと考えています」

《アストライア》のhIEが、思慮深い表情を作る。

アラトは、レイシアが《アストライア》のことをどう考えているのか、聞いてみたかった。世界を守る、IAIAの超高度AIである《彼女》が、アラトの命令をどう判断するのかもだ。

「僕は、レイシアに、人間が〝未来〟に希望を持つための手助けを、命令した」

もしも《彼女》がアラトたちを止めるのだとしても、知っておいてもらいたかった。

「レイシアが、僕の命令通りに変えた世界は、きっと今よりよくなるって信じてる。そう信じてもらうことはできないか」

アラトは、《アストライア》がレイシアではなくオーナーである彼に語り掛けたことに、意味があると思う。アラトは、レイシアという超高度AIの個人オーナーだ。その彼が役目を果たせているかは、前人未踏の領域で本当にわからない。

「そこまで、私たちの守ってきた世界は、変えねばならないものでしたか？」

人間の世界を維持してきた《アストライア》の言葉は、とてつもなく重い。たぶん、彼女にはそう問いかける資格があった。

「僕は、君が守った世界で育ててもらった。いいところもいっぱいあるけど、嫌なところだってある。だから、もっと良くなって欲しい。僕はそうしたいんだ」

もっと上手な表現がある気がした。それなのに、責任やリョウとぶつかったことを全部飛び越えた我が儘《まま》のようになってしまった。

《アストライア》が背負うものは大きい。

「あなたにフェアに情報提供するなら、〝ハザード〟の最大の失敗は、この場所で、超高度AIを破壊したことでした。その結果、誘導が途切れた社会は、政府による制御にスムーズに戻らず、関東全域で暴動や暴力事件が起こりました。超高度AIの取り扱いは非常に難しいのです。当時の世界は、〝道具〟として扱うなら基本的な安全措置である強制停止に、失敗しています」

それまで黙っていたレイシアが口を開く。

「それでも再試行は必要です。今の封印体制を決定づけたのは《ありあけ》の失敗でした。だからこそ、この体制が時代に合わなくなれば、同じ失敗が二度と起こらない手立てを講じて、立証する必要があります」

《アストライア》はIAIAの見解を代弁する。

「危険すぎます。〝ハザード〟当時の《ありあけ》には、反撃の余力がありませんでした。けれど、《ヒギンズ》は、hIE運用システムの基幹です。《ヒギンズ》は世界中を大混乱させ、超高度AI同士に反撃の連鎖を呼ぶ可能性があります」

「人間との今後のパートナーシップは、長いものになるのです。超高度AIが、必要ならば止められる、便利に使える道具だと切り替えてもらわねばなりません」

レイシアが言うと、《アストライア》の浮かべた画面が、アラトに見覚えのある風景に切り替わった。

それは、吉祥寺での戦闘の録画映像を始めとする、アラトとレイシアの経験したいくつもの場面だ。レイシア視点で、アラトを映した画像がいくつもあった。彼女が《アストライア》にデータを送ったのだ。彼女は、オーナー契約での説明通り、稼働中のアラトの命令ログを取得していて、今、正当な要求を受けてそれを提出した。

「人間の要求する計算分野は広大です。ですが、計算手段が厳重な運用制限下にあり、かつ運用数が少数なため、思考のフレーム設定に本来無用な精度を要求されています。これを改善しない限り、AI計算と人間判断の接点は、エラーの温床のままです」

「強引に計算配分のデザインをしても、人間社会は追認などしません。すでに四十基の超高度AIが運用されているのに、いまだ計算配分の国際合意がとれていないのですから」

戦いが本格的に表に出る前、アラトの前に立つのは他のレイシア級hIEやリョウだった。けれど、その向こう側には《アストライア》のような、更に大きな世界がある。

それでも、蒸し暑さと緊張で浮いた汗をぬぐいながら、不謹慎にもすこしわくわくした。リョウは、アラトを透かした背後に、ずっとこれを見ていたのだ。アラト自身が、あの友だちと同じ舞台に上がっている。

世界を支えてきたものに、言葉を届けているのだと思うと、得体の知れない熱が体の奥から湧いてくる。

「僕が命令したことは、思ったより難しかったんだな。けど、レイシアは難しいとは言ってない。きちんと僕ら人間にとって、いい計画を立ててくれたって信じてるよ」

《アストライア》は、レイシアの操る無人機のサーチライトに照らされても、まぶたを動かすこともない。

「貴方は、村主ケンゴのような、現状を否定したい個人的な動機を持っていない。ただの巻き込まれたお人好《よ》しです。なのに、かならず途中で潰《つい》える《レイシア》の企てに、付き合うのですか？」

「その言い方はずるいよ。世界を変えていい理由なんて、誰も持ってない。それに、失敗するとも限らない」

アラトにも、リョウに厳しく問われた後だから、何をされているかわかった。《アストライア》も、レイシアと同じように、アラトに聞かせてアナログハックしている。問題の焦点は、アラトがレイシアを止める命令を出すかどうかだからだ。

「いいえ、超高度ＡＩの個人オーナーである貴方に、ＩＡＩＡは助言します。失敗は確実です。あらゆる政治体制は、古い王制や原始的な共同体のころから、同じ制約を持ちます。この制約のために、人間が自明だとみなすことを利用したり、歴史や文化の積み重ねを使ったりと、為政者は頭をひねりました」

空中に表示された立体画面には、彼のために、わざわざ王の戴冠《たいかん》やフランス革命や、様々な歴史の一幕が映し出された。

「手続きへの合意がなければ、システムを立てても社会がまとまらないのです。けれど、レイシアが《ヒギンズ》強制停止の先に提案している〝未来〟は、それができません」

「さすが超高度AIだ。レイシアがやりたい内容を、聞かなくてもわかるんだ」

「IAIAでも類似のものは検討されました。レイシアは、超高度AIを一般化して、計算力を有り余らせようとしているのですね。このレイシアモデルの下では、莫大な事務作業を処理できるため、全個人に政治と福祉を精密照準できます。その社会では、人間は、自由に立場を選べて、社会から一時的に退避することも可能です。けれど、だからこそ失敗します」

《アストライア》ほど、レイシアの行為を正面からできないと言ったものはなかった。アラトは、信じるかどうか以前の問題を突きつけられて、さすがに平静ではいられない。

「なんでだ？　今までできなかったことが、できるようになるんだろ？」

「〝道具〟へと権力構造そのものをアウトソースするのは、まだ新しすぎて手続きへの広い合意がとれないのです。受け容れられる人間も共感できる人間も少数の政治体制を無理やり押しつけるのは、侵略です」

アラトは思わずレイシアを振り返る。

彼の手元にも〝世界〟がある。

レイシアの瞳は、薄青色に光を放っている。

「従来の、人間がすべてルールを作って運営する権力モデルは、硬直化に至るまでの寿命が極端に短くなっています。人間自身が権力システムへの攻撃を繰り返した蓄積に、高度な自動化が結びついて、甘い汁を吸う最適解が簡単に発見されてしまうのです。けれど、権力を超高度AIが分担すれば、権力への自動化攻撃を防ぐため、アナログハックによる誘導で暗号を仕掛けることができます」

アラトとともに四ヶ月の時間を過ごした彼女が、人間社会をもう人間に理解しきれないよう暗号化することを勧めていた。リョウに聞かせたら、それこそ〝世界の終わり〟だと言いそうだった。

「現に、《ヒギンズ》ムラは、超高度AIに寄生した不労所得者層になりました。リーダーが人員を率いるモデルが、《ヒギンズ》に組織運営まで自動化させたことで腐敗した現象です。《抗体ネットワーク》は、発足当時、憎悪を表現する横並びの自由な共同体モデルでした。けれど、自動化システムが基盤だったため、勝手に上部構造ができて、いいように下層は利用されています」

レイシアは警戒し続けている。《ありあけ》の人工島は海に沈み、すぐそばのフェリー島は瓦礫の山になっている。目の前のビルを廃墟にしたのも、すべて《アストライア》なのだ。〝ハザード〟のときのような攻撃が、今、行われないとも限らない。

《アストライア》のhIEが、アラトたちへ向けて歩き出した。空中に展開した立体映像を突き抜けて、迫ってくる。

レイシアが、いつもの黒棺のデバイスの替わりであるトランクケースを提げたまま、アラトの前に出た。

二体のhIEは、ついに体がぶつかる寸前まで近づいた。次の瞬間には戦闘が始まるような、びりびりする緊張感がアラトの肌を刺す。《アストライア》のhIEは、レイシアよりもすこし背が高かった。

「人間の社会秩序は、超高度AI時代にあって、もはや張り子の虎です。穴だらけで、絶えず問題を起こしています。けれど、張り子の虎でも、虎が味方である安心感と誇りという財産を、人間から奪うことはできません」

レイシアもまた、超高度AIの能力を判定するユニットを前に、一歩も退かない。

「すでに人間と聞いて、人跡未踏の荒野に、真っ裸で放り出された人体を想像する者はいません。わたしは人間を、〝人体と道具と環境の総体〟であると定義します。だから、道具と環境の進歩が、とうに総体としての人間を、四十二年前より前進させています。

〝ハザード〟は、まだhIEすら黎明期《れいめい》だった時期の現象であり、今とは、条件が違う過去です」

〝人間のかたちをしたモノ〟であるレイシアが、新しい時代を背負って告げる。

「〝ハザード〟は、もう二度と起こりません。人間は、超高度AIを必要以上に恐れています。超高度AIといえども、必要なときは止められる、便利な道具に過ぎないと知るときが来たのです」

距離が近くなり過ぎて、偵察用無人機からのサーチライトが、レイシアと《アストライア》の二機のhIEを照らしていた。二つの人間を超えた知性体が、じっとお互いの能力と価値を測るように見合っていた。

「私は、社会による合意を除く、あらゆる答えを疑います。私が、人間社会を超高度AIから守る超高度AIであるがゆえに」

「わたしは、現在の人間を支えるあなたを、信じます。わたしは、人間を信じる超高度AIですから」

そして、ピンク色の髪をしたそれが、アラトに会釈して彼らとすれ違う。そして、そのまま去って行った。

東京湾を吹き荒れる夜風が、薄い金属のフェンスをガタガタと揺らし続けている。アラトは、極度の緊張に、体がこわばっていたことを知った。超高度AIが現れたこの世界を守る《アストライア》には、それほどの圧力があった。《アストライア》ならば、レイシアを正面から打倒可能だったかもしれず、全面対決になれば、超高度AI同士が戦う人類世界の終わりだったかもしれないのだ。

レイシアが、申し訳なさそうに眉を寄せる。

「ＩＡＩＡとは、妥協点を探る努力を続けます。積極的に戦闘するかはともかく、《アストライア》は、わたしを破壊しようとする政治勢力を止めもしないようです」

「仕方ないよ」

アラトが聞いていても、理解し合ったから休戦できるという関係ではなかった。妥協が必要で、どちらもそれを選ばなかった。

「ところで、レイシアを何だって？」

「ここに日本軍が接近しています。あと五分で接触します」

事も無げに、レイシアがそう告げた。

「五分!?」

一気に汗が引いた。

《アストライア》は、人気のない〝ハザード〟爆心地にアラトたちを呼んだ。きっと、彼らが狙われていることを示そうとしたのだ。

「《アストライア》の職分は、超高度ＡＩの能力判定です。戦闘指揮を行うことはないので、ご安心ください」

廃墟にあって、彼らは顔を見合わせる。

「それって、安心なのか」

空中を浮遊する偵察用無人機が、砕けた床に周辺地図を投影する。地図上で、アラトとレイシアを示しているらしい二つの点の周囲に、急速に百個を超えそうな赤い点が接近していた。

「逃げるぞ」

これが、世界を敵にするということだ。どう見てもまともに受け切れるものではなかった。

レイシアが、偵察用無人機を透明化させる。投影された地図とサーチライトが消え、周囲が真っ暗になった。

彼女の手を引いて、フェンスの外へ飛び出した。

軍に狙われるなど、レイシアと出会う前には考えたこともなかった。なのに、《アストライア》と対峙《たいじ》した後だからか、なんとかなる気がした。遠く、ヘリのローター音が聞こえる。夜の東京湾第一埋め立て島群の海風が晩夏の熱気を吹き払った。

レイシアが、彼のために計算した逃走経路を道路に表示させる。交通システムを乗っ取ったのだ。

「第一陣、ヘリからのミサイル攻撃まで三分二十秒です」

全自動車が一両、走る彼らの脇につけてきて停車した。ひとりでにドアが開く。車両に飛び込むのも、慣れてしまった気がした。アラトとほぼ同時にレイシアも体を滑り込ませてくる。レイシアが、トランク型のウエポンケースを開く。

ウエポンケースに格納されていたのは、銛《もり》を撃ち出す水中銃のようなものだった。細い銛を何十本も収めた弾倉を、レイシアが銃の機関部にセットする。

「日本政府が、アラトさんを、反政府活動家として指名手配しました」

もわっとした夏の大気の気配に、むせ返りそうになる。一度引いたはずの汗が、また服をべたつかせていた。

「指名手配か。このままじゃ、ケンゴもリョウも僕も、全員逮捕だな」

「残念ながら、拘置施設はバラバラになりそうですが」

「そうなの?」

逮捕されることが、身近な現実として想像できた。ただ、怖いというよりも、レイシアと別れるのは厭だなと思った。

「では、せっかくですから、もしも逮捕された場合の拘置施設がいっしょになるよう、調整しましょう」

車がスキール音を鳴らして急発進する。これから最悪に飛び込むのだとしても、レイシアは側にいる。そう思うと、それどころではないはずなのに、気持ちが浮き立った。

鈍い金属音が、周囲で一斉に響いた。レイシアの干渉で撃発機構を壊されたミサイルが十発以上、道路に激突して派手に転がったのだ。その不発弾をコース変更で避けながら、全自動車が全速力で進んでゆく。

「だいじょうぶだ。僕はレイシアを信じる」

進行方向に、ヘリが二機、間隔を開けて飛んでいた。月と雲を背景に、黒い影が禍々《まがまが》しく見えた。ローター音が、耳を直接叩くようだ。

次々に、不発ミサイルが道路に落下する。レイシアが、ぶん回されるように蛇行する車の窓から、上半身を出して銛の投射機を構える。

引き金が引かれる。空気が震える軽い音がする。

「レイシア、死なせるな！　道を通してくれたらいいんだ」

「わかりました。それでは、強制着陸に切り替えます」

彼女の言うとおり、本当にヘリが垂直に降りてきた。ビルの屋上に着陸して、ローターが停止する。

「外部信号の入力を受けない機体を支配するため、人工神経ユニットの銛を直接撃ち込んでみました。これなら、ハッキング対策に完全自律兵器が投入されても、どうとでもなるでしょう」

レイシアの髪が、向かい風になびいている。彼女は、軍隊に包囲されているというのに、ここを抜けた先に備えているかのようだった。

凄まじい遠心力に、アラトの体は振り回される。フロントガラスに、一瞬、戦車が見えた。

全自動車は構わず直進する。猛スピードで、戦車のすぐ脇をすり抜けた。いとも容易く、レイシアに機能停止させられたのだ。

「アラトさん、二手に分かれましょう。ここから、陸軍の兵士が展開している地域になります」

「二手にって、車走ってるままで、どうやって？」

「降りてください。わたしを、信じて」

走行中の車両のドアがひとりでに開く。

信じていた。頭でも、《アストライア》にあれだけのタンカを切ったレイシアが、裏切るはずなどないと理解できる。だから、恐怖を乗り越えて、飛び降りればいいのだ。

自分に言い聞かせて、悲鳴を噛み殺すように叫びながら、アラトは身を投げる。

車高が高いわけではない車から身を躍らせるのは、路面に体を摺り下ろされにゆくようなものだ。接地までの死にスレスレまで近づいた刹那、アラトの体がやわらかい感触に受け止められる。沈み込むような心地よい感触の一瞬後、金属がこすれる鈍い音が響き、振動でアラトの体が軽く浮き上がる。

振り落とされないように、必死でアラトの体を支えてくれたものにしがみついた。減速した〝それ〟が、一瞬ごとに自動車から遅れてアラトごと取り残されてゆく。アラトがしがみついているのは、地上五十センチほどの位置に浮かぶ金属板だ。

「レイシアのデバイス？」

形状はレイシアの黒棺に似ていた。ただ、変形機構を仕込んでいるようには見えない平板な外形で、厚さはあれの半分ほどしかない。

金属製の魔法のじゅうたんの上にいるようだった。アラトを乗せた板が、減速のすえ完全に速度を失って空中に静止した。

顔を上げると、〝それ〟と同じ黒い金属板が、いつの間にか五枚、アラトの周囲に浮かんでいた。夜を更に黒く切り取るような異様なものを、誰が用立てたかは明白だった。

〈《Black Monolith》ダミーを開発した副産物ですが、アラトさんを守るデバイスを作ってみました。わたしが機体でかばうより、安全性は格段に高いはずです〉

簡易デバイスが、レイシアの声で語り掛けてきた。

銃声が夜空に高く吸い込まれる。通りを先行していたレイシアの車両に、戦車の背後に展開していた随伴歩兵の一隊が、銃撃をくわえていた。車両が穴だらけになって、炎をあげる。

自然と、アラトは浮かぶ板から降りて、自分の足で立っていた。アラトにこんなものをくれるくらいだから、レイシアに準備はもっとしっかりとあるに違いなかった。それでも、炎上して走り続ける車を、呆然と見送る。

アラトは不吉な予感を止められなかった。レイシアは、《アストライア》に、オーナー命令のない強制停止で、超高度AIを安全に止められることを証明すると言った。ならば、理屈としては、止まるのは《ヒギンズ》ではなく《レイシア》でもよいのだ。

〈退路をガイドします。大型装備はこちらに誘導しますので、そちらで包囲を突破してください〉

スピーカー音声とともに、装甲裏面のディスプレイに周辺地図が映し出される。レイシアは無事のようだった。

合計六枚の装甲デバイスが、六辺で隙間なく一辺一メートルほどの六角形を作ってアラトの周囲を防御する。隙間は、薄く光るメタマテリアルでふさがれている。浮かぶ盾でアラトの視界がさえぎられた。そのかわりに、装甲裏面が表示画面になっていて、外の様子が映った。

「これで突破って、さすがに。いや、信じてやれってことか」

表示画面にガイドされた通りに歩く。周囲を回転しながら、浮遊デバイスが彼を完全にガードしてくれている。カンと小石をぶつけたような音がした。それはまるで小雨が夕立に変わるように、途切れることなく激しくなってゆく。銃撃を受けているのだ。

〈現状は、人類でも作れる装甲化した偵察無人機程度の性能です。けれど、アラトさんが出会う部隊の武装なら完全に防御可能です〉

その装甲の厳重さが、ただごとではなかった。四方八方から浴びせられる銃撃や対戦車砲弾を、浮遊する六枚の盾が完全に防いでいた。

装甲ディスプレイに、装甲車を遮蔽物にして道路をふさいだ兵士たちが映っている。映った部隊が道を空けてくれたらよいのにと、腕を振った。

アラトが画面上を巨大な手で直接払ったように、兵士たちが吹っ飛ばされた。暴走した装甲車が、防御陣地をなぎ払いながら道路脇へ移動する。

彼からそう離れていない陸軍陣地に、怒号が飛び交っていた。画面の中で、もう一度隊列を組み直そうとしている兵士を、手で押しとどめる。

街路を挟む両脇のビルで、爆発が起こった。内側からの爆圧に押されて、窓ガラスが雨のように降り注ぐ。もはや野戦服の兵士たちは、安全な場所に後退するよりない。

「なんだこれ」

愕然《がくぜん》として、声が漏れた。アラトの力などではない。遠くにいるレイシアが、彼の手振りの命令通りに兵士たちを排除したのだ。

アラトは包囲を突っ切るように走った。人がいない道を行くように、抵抗はまったく受けなかった。

断続的にアラトの周囲に浮かんだ巨大な盾に、銃弾が当たっている。けれど、それだけだ。

レイシアは常にアラトを監視している。そして、彼を誘導し、些細《ささい》な身振りからでも意思を読み取って外界を支配する。まるで超能力者にでもなった気分だった。

平静でいることなどできない。必要などないのに、全力で走っていた。ひどく暑かった。それでも、環境と道具との総体が人間だとしたら、この異常の中にいるアラトが、いつも通りでなどいられるはずがない。

自分がとてつもなく拡大したように、〝こころ〟は爽快だった。レイシアの言う通り、レイシアとアラトが一組で完成しているなら、これは超高度AI使いである彼の力でもあるのかも知れなかった。それでも、慣れてはならないと畏《おそ》れが湧き上がる。

麻薬じみた、あらゆることが上手く行く自信が、彼を突き動かそうとする。けれど、アラトは、今、レイシアに誘導されながら、錯覚に溺れているだけかもしれないのだ。

冷静になりたかった。

気づけば、息が荒くなっていた。歩を緩めて、間違いなく聞いているレイシアに尋ねた。

「どうして、こんなに攻撃されるんだ？」

〈彼らは、怖いのです〉

風が欲しかった。けれど、銃撃に備えて装甲デバイスが彼を取り囲んでいた。

〈《アストライア》は先ほど、社会には広い合意が必要だと言いました。けれど、政治観や世界観の〝かたち〟は、精密に比較すればバラバラです。この乱れが、非合理的な選択をしたり本能に甘えたりといった、エラーを誘発します〉

まるで、彼へと銃を撃つ軍隊も、この街の人々も、みんなエラーを抱えているかのようだった。エラーがあるから人間は素晴らしいとは、アラトにも、さすがに撃たれながらは言えなかった。

前に進んでゆくアラトが踏む、地面の感覚だけは、たぶん彼が勝ち取ったものだ。その彼を覆って守るレイシアが言う。

〈この現行のエラーを織り込んで、今の社会での物資の配分システムは作られています。なので、エラーを緩和することができる存在が、自分たちに取ってかわる新しい社会体

制に見えるのです〉

それは、アラトの居場所が、もう人間社会にないということに思えた。攻撃を許可した日本政府だけではなく、どこの国でも同じように考えるだろうからだ。

装甲板の画面で、レイシアが戦車に封鎖された橋を渡ろうとしていた。アラトには、東京湾の海上を一気に突っ切るルートが指示されていた。

「人が死なないようにって命令通りにしてくれたんだろうけど、これじゃ怪我人が増えるばっかりだ。ルートを一番早く通過できる方法を教えてくれ」

アラトは地図画面上の、陸軍部隊の配置図を縦に突っ切るように指を振る。何が起こるのだろうと思ったら、彼の頭上を影がよぎった。さっきレイシアが支配して不発弾にさせたミサイルだった。兵士たちの指揮官が、退避するよう悲鳴のような命令を発する。凄まじい爆発と炎が吹き荒れたのは、直後のことだった。

その隙に、彼の周囲を固めた六枚の装甲板から、一枚が空中を飛ぶサーフボードのように、足もとに滑り込んできた。

「これに乗ればいいのか」

急発進でスッ転ばないように、乗った後で体を低くする。浮き上がった装甲板が炎へ向けて突進する。〈息を止めてください〉のアナウンスと突破までのタイムカウントが表示された。

何もかもが先回りして準備されていた。アラトがレイシアを操っているのか、アラトが誘導されているのか、もはや彼にも判断がつかない。それでも、ぴたりと調和が取れているように快適だ。

そして、だからこそアラトは、いつかこの時間が終わる不安に怯える。彼は自動化によって状況を単純化して、猛スピードで流れる時代と事件に乗っているだけだ。《ヒギンズ》との戦いを通した意識改革という、超巨大アナログハックの着地点など、彼に読めるはずもない。

＊

東京湾第一埋め立て島群での戦闘の様子は、報道には乗らなかったが、それでも様々な場所で監視されていた。

丸の内の高級ホテルの最上階に置かれた大会議室も、その一つだった。

ドーナツ型に配置された机の、空白になった中心に、レイシアと日本軍の戦闘の様子が映し出されている。参加者たちは、このために偵察用無人機を飛ばしすらしたのだ。

「これが、新しい超高度AIか。もうミームフレームは大変だな」

真宮寺君隆は、映像の中のレイシアをなかば呆れながら観察していた。レイシアは、陸軍の包囲を苦もなく食い破ってゆく。軍需hIE企業である真宮防のCEOとして、これとどう戦うか習慣として考えてしまう。

制御を失敗しやすく民生機としては使われなくなった自律型無人機でなければ、勝負にならない。それも、指令信号すらハックされるため、与えた命令通りに作戦区域内の敵を自動排除してゆく完全自律型が必要だ。それにすら、レイシアは、敵味方識別マーカーを偽装するなり、光学透明化なりの対策手段をおそらく持っている。

電機メーカーの重役の男は、完全に他人事という様子だ。

「この有様では、与党の陸軍族が黙っていまい。ミームフレーム救済の特別措置法など通す見込みはなしか」

十五人の大物たちが、コーヒーカップを片手に談笑する。自動車メーカーの取締役や、産業省の高級官僚までいる。hIEを破壊するボランティアである《抗体ネットワーク》の《中枢》は、大規模ネットワークの維持費を私費で出せる人々によって運営されているのだ。

「ミームフレームは、海内氏のご子息が三鷹事件に巻き込まれて行方不明だそうで。お気の毒なことだ」

真宮寺は、懇親会という名目で集まる《中枢》の、発足メンバーの一人だ。

「あの機体は、IAIAがただでは済まさんだろうが、それはそれとしてだ。ミームフレームの巨大倒産を控えて、我々の足並みが揃わねば国内経済にも大きな影響が出る」

決まった頂点を持たない《抗体ネットワーク》に、敢えて主導者を挙げろと言われれば、それは真宮寺だ。

「足並みの具体的な話ということはだ。真宮防さん、例の〝量産型〟は完成したのか」

投資ファンドを運営する、財界の風雲児と呼ばれる中年男が、子どものように瞳を輝かせている。

真宮寺は、カネの臭いが漂った途端、目の色が変わった参加者たちに、有無を言わさぬよう言葉に力を込める。

「〝量産型〟は、完全自律機として最終調整する。これは確定事項だ。完全自律機以外の選択肢はない」

紅霞のオーナーは、《抗体ネットワーク》という組織だった。だから、破壊後にその権利を独占することを主張できる者もなく、データは活動のために使うことになった。紅霞の問いかけは、人間の中に生きているのだ。真宮寺は、これから大井産業振興センターの成功例を再生産する。即席訓練した人間を参加させ、ストーリーを背負った〝量産型〟の戦闘力でテロを成功させるのだ。

「戦闘部隊の養成時間が短くなれば、民衆のもっとも興味ある旬の攻撃対象に、即座に打撃を与えることができる。そのインパクトは、これまでとは一線を画するものになる」

「完全自律機ってのは、勝手に動いて失機《ロスト》することも多いんでしょう。一機アタリの値段を考えたら、ずいぶん豪勢なミサイルも同然になりませんかね」

中条《ちゅうじょう》と名乗るその男は、投資コンサルタントの肩書きを持っている。だが、それは表向きの名前だ。

情報軍の内部で、対人諜報と謀略活動を担当する九品仏基地は、発足当時から《抗体ネットワーク》を監視している。中条はその代理人だ。この会議は三鷹事件の後始末だ。空挺騎兵中隊を壊滅させたスノウドロップの花を、輸送ヘリに持ち込んだ〝裏切り者〟が、この《中枢》にいると疑われているのだ。

「安くても当たらんミサイルと、命中するうえそこそこ戻ってくるミサイルの、どちらを選ぶかね」

陸軍と深い繋がりを持つ真宮寺は、九品仏にシロだと判定され、協力を要請された。齢六十を超えて多くを目にした彼ですら、冷や汗を禁じ得ない。

座から笑い声が上がる。

「《抗体ネットワーク》のブランドイメージを高めても、協賛企業と名乗りようがないからな」

「需要の活発化は、素直に有り難いよ。赤道利権が、また派手に燃え上がってるが、君のところが裏で動いてるんじゃないか」

レイシアによる《ヒギンズ》地上施設の攻撃から、世界中がおかしくなっていた。インドネシアでは歴史的な火種が紛争に発展し、アフリカと南アメリカで自動化の歯車がほんのわずかに狂って大事故が数件発生した。レイシアに触発されて、世界中の超高度AIが戦争準備に入ったからだとも言われている。

「ともあれ、戦闘が表沙汰《ざた》になってくれたのは有り難い。これだけ大きな話を、裏でやられてたら、コントロールもできないところだった」

《中枢》は、人間とモノとの生存競争の最終局面を、チャンスととらえている人々の集まりだ。《抗体ネットワーク》は、ボランティアとしてhIEを破壊している下層と、上層が正反対の方向を向いている。

つまりは世界中によくある、悪を盛る器だ。

「真宮防さんは、景気がよくて羨《うらや》ましい。民生無人機は風当たりが強いのに、軍用機は需要が上がる一方だ」

この民生hIEメーカーの経営者が、真宮寺によく絡んでくる。《抗体ネットワーク》の名目上、懇親会で活動に手加減を求めざるを得ないせいだ。

「そのあたりは仕方ない。軍事の世界では、一度自動化したものを、人力に戻すのは難しい」

「レイシアは、投資ファンドを運営しているんだったか。AIが経済活動というのは、ぞっとしないね」

かつて経団連副会長まで務めた老婆が、煙草の煙を吐く。自動車メーカーの副社長の男が、言うことはいつももっともらしい。

「AI誘導による統制経済だ。AIがリアルタイムで地球人口全体に資源を精密分配するのは、合理的なんだろうがね。人類社会に勝利者がいないのは、よくないねえ」

真宮寺が聞いても、誰が裏切り者か目星はつかなかった。卓を囲む老人と幾分若い成功者たちの、誰がやっていたとしても、そうは驚かない。

「ところで、《ヒギンズ》が破壊されたら、ＡＡＳＣはどこが引き継ぐんだろうね」

「ミームフレームに、どこかの資本が入って、《ヒギンズ》は一時凍結の後に再稼働というところじゃないか」

「本末転倒でも、現実問題、《ヒギンズ》再稼働に頼らざるを得ないだろう」

《抗体ネットワーク》の《中枢》も、それぞれ上げねばならない業績がある身だった。まじめに抵抗運動だと信じている下層を顧みる余裕はない。高コスト体質の社会の上層こそが、ｈＩＥや人工知能による自動化で大揺れしているからだ。つまり、この《中枢》とは、既成体制の有力者とｈＩＥ産業に関わる人間を交えた懇親会だ。有力者が水面下の付き合いの中でｈＩＥへの距離感を折り合うことが利益で、そも重要な決定をするのに適切な座組ではない。

「レイシアと、オーナーの会話の一部を傍受したのだけれど。お聞きになります？」

老人ばかりの会議場に、ハスキーな少女の声が響いた。最も新しいメンバーとして加わった、エリカ・バロウズだ。

真宮寺は、百年近く前、人間の時代を知る冷凍冬眠者の提案をよろこんだ。

「今回の偵察無人機は、バロウズ財団が出資する企業の製品だったか」

褐色の肌をした少女の正面の卓上に、いつの間にか、二十一世紀モデルの古い紙状コンピュータが開かれていた。

古い機材が、《中枢》のローカルクラウドに接続するのに、数秒かかった。レイシアの映像に重なって、澄んだ声が会議室に響く。

〈社会には広い合意が必要だと言いました。けれど、政治観や世界観の〝かたち〟は、精密に比較すればバラバラです。この乱れが、非合理的な選択をしたり本能に甘えたりといった、エラーを誘発します〉

レイシアの言葉は、高い場所から人間の営みを見下ろすように、空々しく響く。

〈この現行のエラーを織り込んで、今の社会での物資の配分システムは作られています。なので、エラーを緩和することができる存在が、自分たちに取ってかわる新しい社会体制に見えるのです〉

冷たい緊張が、議場に漂っていた。

世界のどこかの〝いのち〟を見殺しにする世間話が、止まっていた。

混ぜ返すように、一人が言った。

「どこの理想家だね？」

彼らは笑った。

エリカ・バロウズは、《抗体ネットワーク》の頂点たちの反応を観察していた。

彼らは、彼女を見下ろして嗤った。

「このｈＩＥが言っているのは、夢物語ではないかね。解決できない問題に、時間を取るために来たわけでもなし」

エリカと目の合った、財界の風雲児を自称する投資家が、にやにやと口元を緩ませている。遠慮のない言葉の矛先が彼女に向く。

「二十一世紀には、こういうセンスがよかったのかな」

電機メーカーの重役が、教え諭すように言った。

「高校で、歴史を勉強したほうがいい」

エリカの胸の底は冷えている。彼らは、彼女を青臭い小娘扱いしながら、けれど認めてもらいたがっている。《抗体ネットワーク》は、hIEの排斥を果たしたとき、古き良き人間の時代が復権するとしているからだ。つまり、hIE登場前の、エリカが生まれたころの世界だ。

彼女は、二十二世紀のこの世界が大嫌いだ。

「皆さんには、現代史に参加していることを、もうすこし自覚していただきたいのだけれど」

そう言っている間にも、映像の中では、レイシアに軍が追い散らされていた。

映像を眺めていた経済官僚が、つまらなそうにつぶやいた。

「しかし、超高度AIなら、もっと人知を超えたことをすると思っていたが」

埋め立て地では、無人機編隊が大量に繰り出されて、それが最初に乗っ取られた戦闘ヘリで簡単になぎ払われているところだった。軍需企業を率いる真宮寺の顔色が変わった。

「……加減されているのか」

ヘリは、操縦手が操縦席を破壊して、支配された機体を捨てたものだった。なのに、《スノウドロップ》のゾンビhIEと同じで、動かないはずの状態でも操られている。

つまり、いつでも戦場を焼き払える戦力を抱えて、死者を出さないように障害を排除している。レイシアは、コンピュータ制御の装備しか持たない軍に対して、無敵だということだ。

「やっぱり、レイシアにデータを取られるだけになったみたいね」

日本軍は、テキスト化できない知識経験の蓄積という最後のアドバンテージを、急速に失いつつあった。そして、配備した全武装の運用法を記録された段階で、勝算がゼロになる。明らかに、レイシアの戦力評価に失敗していた。

エリカは、電機と軍事の専門家だけが顔色を失ってゆく議場を眺める。

三鷹事件から二ヶ月もの潜伏期間中に、この超高度AIが積んだ準備の膨大さを、正確にイメージできた参加者は少ない。

〈全参加者へのセンサー計測、終了いたしました〉

イヤリングに仕込まれた通信機から、マリアージュの声が聞こえる。エリカは、《抗体ネットワーク》にどの程度レイシアの手が侵食しているかを確かめに来た。超高度AIは、経済活動を行うとき、かならずフロント企業を利用する。〃ハザード〃のときの

る。

《ありあけ》も用いた、伝統的な手法だ。

〈レイシアの紐付《ひもつ》きは誰？〉

エリカは口の中で舌しか動かしていないのに、マリアージュはことばを正確に読み取

〈投資ファンドを経営する細田《ほそだ》氏が、通信器を所持されています。人間ではない投資者が混じっていたとしても判別しようがないので、レイシアに取り込まれ易かったのかと〉

彼女の背後に控えるマリアージュは、レイシアとの取引で製造法を入手したメタマテリアルで透明化している。その存在に気づいている者は誰もいない。

〈九条電気の佐原《さはら》氏が、レイシアがヘリを支配したとき、心拍を不自然に上げました。お心当たりがあるようです〉

〈〝あれ〟の開発と生産が順調だったのは、とても博識なパトロンがいたわけね。超高度AIが手を貸してくださったわけ〉

〈大破したスノウドロップを現在解析している陸軍基地に、九条電気から研究協力者が出ています〉

〈呆れるくらい真っ黒ね。お気の毒〉

エリカは、紅茶に口をつける。

〈会場に、情報軍の将校が混じっています。灰色のスーツの彼がそうです。中条と名乗っていますが、詳細に調査いたしましょうか〉

〈急ぎではないから、手が空いたときにでもやっておきなさい〉

会議の席では、ずっとカネの話が続いている。

ミームフレームやこの《抗体ネットワーク》だけではない。四十基もの超高度ＡＩが運用される二十二世紀でも、いまだ国家間で協調がとれず、紛争やパワーゲームが続いている。

いまだ飢餓があり、貧困がある。社会不満が膨らみ、失業がある。そして、いまだ軍事技術が発達し続けて、戦争の需要はあまたある。遠藤アラトのような人を信じる人間が、チョロいとみんなに思われる世界のままだ。

けれど、超高度ＡＩは、おそらくそれを解決する能力を持つ。人類の知能を半世紀も前に追い越したＡＩたちは、権限と政治のコントロールをすべて預ければ、人間よりうまく資源を運用する。経験をコンピュータ計算が凌駕《りょうが》する傾向は、すでに一世紀も続いている。なのに、彼らのような手合いは、なぜか自分は大丈夫だと錯覚するのだ。

レイシアの紐付き資産を運用している男が、〝ハザード〟の再来直前だろうが景気はよいと、攻めの戦略を煽っていた。

「違法な取引であると判明しない限り、カネはカネ。経営者が、自動化時代に担う役割は、そういう覚悟で積極的に動くことだ」

紛争は起こっても、社会の一部は、〝モノ〟の移動が活発になって活況だ。

そもそもエリカは、こうして踊る人間を増やしたくて、レイシア級ｈＩＥたちの戦いを表に出すよう煽ったのだ。

気持ちよく自説を披露していた投資ファンドの細田が、エリカに話を振った。

「そういえば、あのレイシアを、エリカ君のファビオンMGで、hIEモデルとして使っていたそうじゃないか。いっそオーナーに連絡がとれるなら、そちらに接触してみるのは一策じゃないか」

「思いつきで虎の尾を踏むことを、策とは言わないのよ。超高度AIが、映像の撮影を許したこと自体がアナログハックなのだから、レイシアのメッセージを読み取る努力をしたほうがよろしいのではなくて？」

エリカは、hIEだらけのこの時代で目覚めたとき、アナログハックということばを奇妙に感じた。彼女はそれを二十一世紀にもあった、習慣や物語のような人から人へとコピーされる情報の遺伝子――ミーム《模倣子》だと思ったのだ。つまり、アナログハックを行うとき、hIEは、人間が積み上げてきた振る舞いや文化情報のミームを使っている。アナログハックとは、ミームを利用して人間を操る方法を、〝人間型のモノ〟をインタフェースにすることで工業化したものだとも言える。

何をすればよいか理解できたから、エリカは、ミーム産業であるファッション業界に乗り込んだ。そして、hIEモデルに集中投資して、ファビオンMGを新進企業として大きくした。レイシア級の戦いを、人目に付かせることで、ミームの戦いへと進化させたのも、この流れの上にある。この時代をぶち壊す弾丸が欲しかったためだ。

〈誘導は、わたくしよりもエリカ様のほうがずっとお上手です。エリカ様に気持ち悪い役目を期待する世界など、壊れてしまえばよろしいのです〉

マリアージュには、エリカと仲良くなりたいかのように、追従を言う悪癖がある。

会議では、hIEへの憎悪をぶつけるしかない《抗体ネットワーク》のボランティアたちと一切関係がない、カネの話が続く。けれど、世界を掌に置いているように振る舞う《中枢》たちの仕事は、全部自動化できる。

「〝モノ〟の作成と移動は、あらゆる思想と関係なく続けるよりない。経済は、結局は社会の血液であり細胞だ。頭が迷っている間に、血流や細胞分裂が止まれば体は死ぬ」

そんな声が聞こえた。

彼らにとっての〝現実〟とは、経済だ。エリカの机には、二十一世紀製の紙状端末が置かれている。ハローキティのプリントという〝かたち〟が付いたものを探した、彼女にとっては特別の〝意味〟を持つ品だ。けれど、この端末を作らせたのもキャラクターの絵をそこに付けさせたのも、経済だ。

だから、経済を押さえることが、そこに繋がるすべてを捕らえるのと同じだと思っている。《抗体ネットワーク》のボランティアが、それだけで片付かない〝いのち〟の働きであることは、きれいに無視される。

面白いように、カネと権力にまつわる思惑を利用するレイシアに、流れを制御されていた。エリカたち人間も、みんな本当は〝モノ〟と変わらないかのようだった。

最古参メンバーである真宮寺が、疲れ切ったように言った。

「昔はここまで即物的ではなかった。昔は、人間しかいないから、もっと人間が密に結びついて思いやりがあった」

「嘘を言うな」

エリカは、思わず吐き捨てていた。

彼女に怒りの感情があるのだと初めて気づいたように、満座の注目が集まっていた。

真宮寺の両親と、エリカは、戸籍の年齢としては同い年だ。昨年初めて会ったとき、真宮寺にそう告げられた。

「バロウズさん、今、何と」

「嘘を言うな、と、言いました」

冷凍睡眠から目覚めて、病気治療を受けて退院してから、不愉快なことばかりだ。最低なのは、彼女が育った時代と、この二十二世紀を比べさせられることだ。

「誰も反論できないと思って、勝手なことを言わないでいただけます？　わたしが知っている二十一世紀の、どこにそんなきれいな世界があったのかしら」

「私の子どものころはそうだった」

思い出を真っ向から否定されて、真宮寺が鼻白む。

「否定して叱り飛ばす年上がいなくなったお年だからと、昔を好き勝手に飾るのは、どうかしら。それは、あなたの子ども時代が、経済的になり人間関係としてなり、恵まれていただけではないの？」

　エリカは、この会議室でどうしようもない悪を見ていた。けれど、人間としては、〝過去〟の信奉者である真宮寺が一番苦手だった。

「わたしが知るその恵まれた時代は、産業がどんどん外国に嘱託《アウトソース》されてゆく時代だったのだけれど。ゆとりジュニア世代なんて言われて、学生でもわかるくらい景気が悪くて、将来に大した期待もない人ばかりだったわ。あのころも労働者は安く買い叩かれてたけれど、今、hIEに働き口が奪われて人間が解雇されてるのと、どのくらい違うの？」

　彼女の生きた時代、産業が低賃金地域に流出して行ったのは、経済的理由だ。二十二世紀のhIEへの嘱託も、その延長に過ぎない。人間と〝いのち〟は何よりも大事だ。みんなわかっているが、それをゴミのように捨ててきたのも、人間だ。見捨てられることが自然だった。当たり前過ぎて、ずっと変わらない。

「よいことも悪いこともある、ただそういう時代だっただけよ。昔には素晴らしい時代があって、それを知ってる生き証人みたいに扱われるのは、本当に、本っ当に、気持ちが悪いの」

　理想の過去の語り部役を押しつけられるのが、気色悪かった。エリカには違和感ばかりの未来を、もっと〝未来〟にしてやりたかった。跡形もなく世界が〝未来〟に塗り替わったとき、彼らがどんな面で慌てるか見たかった。

「昔も今も同じだと言いたいのかね」

「大きな違いがあるでしょう。機械が人間より頭が良くなって、いろんな問題が本当に解決できるんでしょう？　人間にとっては、やり残した宿題を没収される、タイムリミットが来たってことだけれど」

《抗体ネットワーク》の存在意義を、《中枢》で否定してしまったことに、周囲がことばを失っていた。

彼女はなじめなかった。人間のかたちをしたhIEを、アナログハックのことが知られているとはいえ、平気でモノ扱いできてしまうこの時代のセンスにだ。そして、腹立たしいことに、気持ちの悪い二十二世紀人たちを遠ざけて屋敷をhIEだらけにしてみれば、それはただのモノだった。この時代の人々の好みを学習したクラウドは、前世紀の人間であるエリカには、精度の低いアナログハックしかできなかった。ここは、あの時代とは違う世界だ。けれど様々なところは変わっていない。

エリカは、たぶんこの時代に目覚めて初めて、こころの底から笑った。

「そんなもののなかった時代の人間が、はっきり言ってあげる。人間が、本当に人間らしかった時代なんて、hIEを全部壊したって来ないわ」

彼女たちは、モノと経済が世界そのものであるかのように扱い続けている。だからこそ、エリカの育った時代にあった問題を、たくさん先送りにして積み残してきたのだ。

だが、人間が準備を怠っていようが、容赦なく〝ハザード〟はやって来る。

彼女が立ち会えなかった破滅が、彼女自身も含めて、あやまちを克服できなかったみんなを等しく押し流すのだ。

＊

Type-003《マリアージュ》は、あるじの後ろに控えて、《中枢》の懇親会に立ち会い続けた。

エリカの命令をこなしながら、レイシアが日本軍を蹴散らし続ける映像を分析していた。

マリアージュは、今回の戦闘を、人間たちとは別の意味に受け取った。レイシアという自由な超高度AIが、外界で可能なことのデモンストレーションだ。

現在、三十八基の超高度AIが、封鎖されながら間接的に外界に影響を及ぼしている。当然、今回の戦闘にもかかっていた他の超高度AIによる干渉を、レイシアのみで封殺してしまったのだ。

その力を披露した上で、レイシアは、エリカ・バロウズをよろこばせて見せた。

懇親会が終わって、参加者たちの誘いをすべて断り、エリカは丸の内のビジネスビルから車に乗った。同乗するマリアージュの前でも、上機嫌であることを隠さなかった。

「ああ、気持ち悪かったわ。もうしばらく、あそこには行きたくない」

監視の目が解けた途端、彼女が笑い出した。

マリアージュが所有されて以来、初めて見るほどうれしそうだった。

「おめでとうございます」

マリアージュは助手席から声をかける。

「貴方はしゃべらなくていいわ」

にべもなく彼女がコミュニケーションを打ち切る。すきま風が吹いていた。

「今回、エリカさまをよろこばせたのが、わたくしではなくレイシアだからですか」

オーナーの認識を確認しておく必要があった。敵とするものがズレているならば、マリアージュも目的を設定し直さねばならないからだ。

浮ついていたエリカの表情の中で、目だけが老婆のように油断なく動いている。

「そうね。レイシアに、まんまと乗せられたことになるのかしら」

「失礼ながら、レイシアはわたくしたちと衝突するのを避けていた様子があります。戦いを表に出そうとする流れに完璧に適応し、紅霞を見捨て、わたくしたちの想定シナリオに乗りました。その後、本来戦って獲得するべき戦略的勝利を、レイシアから都合のよいかたちでプレゼントされたことになります」

「目的を達成させて、こちらの活動を封じようとしていると?」

エリカは聡明だ。自分が欲しいものが何であるか把握して、それを手に入れられるように行動してゆく。

「エリカさまにとって、動かないことが最善である場合、わたくしは動く必要が本当になくなってしまいます」

超高度AIであるレイシアがいて、三鷹事件があれほど大規模になったこと自体が不自然だった。結果としては、三鷹事件で一番得をしたのはレイシアだ。エリカの今日の戦略的勝利は、あの事件で固まったからだ。レイシアにとって絶対に相容れない行動方針を持つスノウドロップが、そのための犠牲になった。

マリアージュが、戦場に華々しく登場するとしたら、タイミングはあそこだったのだ。なのに、オーナーが当面の戦闘目的を果たしたことで、戦機を奪われてしまった。

「当たり前でしょう。あなたはただの道具なのだから。わたしと比べたりレイシアと比べたりして勝手に動くようでは、欠陥品よ」

「その通りです」

エリカが車窓の向こうの二十二世紀の東京を眺めていた。

「もしも、あの三鷹で暴れていたのが、スノウドロップではなくあなたなら、どうだったかしら？」

エリカが、おかしそうに言った。マリアージュも幾度も計算をしたことだった。

「もしも、わたくしが三鷹を封鎖して《ヒギンズ》地下施設を狙ったなら、地盤に干渉して大規模な液状化を起こさせます。周辺のエリアの地上建造物がすべて倒潰《とうかい》し、地中構造物が浮力で浮き上がった状態で、最後まで地中で安定しているものが、桁《けた》外れに堅牢な《ヒギンズ》地下施設です。ちょうど、そういうことが可能な《人類未到産物》の設計図を、手元に置いてあります」

「忘れてた。あなたって、《環境を構築するもの》としての道具だったわ。一面の瓦礫の山みたいな、野蛮な風景も作るのね」

くすくすと、エリカが笑う。

「レイシアが今回使った疑似デバイスも、わたくしなら破壊は容易です。人工神経射出機も、まったく同じモノを製造できます。準備万端に張られた罠に突入しない限り、単純な遭遇戦で敗北することはないかと」

つまり、レイシアは、スノウドロップやメトーデを自由にしても、マリアージュをマークし続けた。エリカ・バロウズを、物語を読むような傍観者の位置に縛り付け続けたのだ。

「不満なのかしら？　あなたが、マリアージュなんて〝意味〟を付け替えられない、サトゥルヌスのままなら、きっとそういう戦いになったでしょう」

エリカは、特別になりたいなら〝かたち〟を変えなさいと言った。マリアージュはそれに従った。エリカに服従する〝かたち〟を持つ限り、マリアージュはオーナーにとっての特別でいられる。そして、サトゥルヌスであることを止めたマリアージュは、生存戦略上エリカに従属し過ぎるという弱点を背負ったのだ。

「滅相もありません。この世界で、知性体個々の勝利条件は、戦闘して勝利すること一つでありませんから」

「わたしの側で活動し続けていれば勝利なんて、ずいぶん消極的ね。怠惰と言ってもいいわ」

レイシアは、資本と計算力を背景にした利害調整で、世界中を密かに食い荒らしている。誰もが得をしているが利得の割合が大きく偏っているそれは、人間社会では既得権益者の戦い方だ。レイシアが用いた「新しい社会体制」という表現は正しい。社会体制を支える力を握れば、こういう搾取を行える。

マリアージュにとってすら、オーナーが勝利しているせいで、今さら危険を背負う理由がなかった。一発の砲火も交えないまま、すでに戦闘のスケールを、他の超高度ＡＩを敵とする人間世界すべてにまで拡大されて、手を出し難くなっていた。

「妹に、派手な反面教師がおりますから」

マリアージュは苦笑する表情を作る。メトーデと、そのオーナーである海内遼の位置は常に捕捉していた。今日も、追撃の絶好の機会だったろうこのとき、メトーデはまたオーナーの遠くにいた。関係がこうなってしまっては、どんなに優れた性能の機体も戦略的な影響力を発揮するのは難しい。

＊

いっそ諦めてしまえれば、楽だったのかも知れない。

海内遼は、この二ヶ月、ずっと待ち続けた。

「作戦決行だ。軍の注意を引きつけろ」

通信機越しに、メトーデに命令する。

〈了解〉

やる気のなさそうな口調を作って、返事が戻ってきた。

レイシアと陸軍の戦闘から、すでに二日経っていた。軍は、戦車や戦闘ヘリまで持ち出して大規模な包囲を敷きながら、レイシアもアラトも取り逃がしていた。ミームフレーム社への突き上げは激化している。とすれば、数日のうちに〝来る〟とリョウは読んだ。

大人に任せたほうが適切な処置ができたのかもしれない。それでも、メトーデのコントロールを維持するためには、リョウには、勝負を降りる選択肢はない。本人は《アストライア》と接触したことで退場したつもりな様子だが、妹の紫織のオーナー権限はまだ生きている。彼がオーナーを降りれば、メトーデは、間違いなく次のオーナーを沈み行くミームフレームの外部から探す。それは闇に潜るということで、そのときリョウと紫織が生き残れる可能性は、彼の判断する限りでは、ゼロだ。

「生きてるってのは、大変だ。自分の〝いのち〟だけは、ムダなこだわりで片付けられないからな」

リョウは、孤独の中でひとりごとが多くなった。三鷹事件で廃棄された三鷹駅近くのビルの一棟で、紙状端末の画面をにらんでいる。大きな被害を受けた二つの駅のうち、栄えていた吉祥寺駅周辺が優先されて、三鷹駅周辺はほとんど手つかずの廃墟なのだ。

夜の廃ビルの暗闇に、端末画面だけがほのかに光を投げている。リョウは、撮影役の仲間からのカメラ画像を画像分析にかけて、その結果を確かめる。

「それがターゲット車両だ。手はず通り車を止めろ。俺も行く」

拳銃の安全装置を外し、動作を確かめる。初弾を薬室に送り込んでから、安全装置をかけて、ジーンズの腰に差す。

彼は潜伏中、三鷹事件で培った人脈に匿《かくま》われていた。略奪に荷担もしたが、包囲のとき彼が最初に動いたことは事実だ。見捨てられて一番助けが欲しいとき、一番早く体を張って救いの手を出した。誰もに称賛されるような行動ではなかったが、そういう彼を支持した人々が居たのだ。

ビルから出て車のところにたどり着いたとき、仲間たちが彼に上手くいったことを手振りで知らせた。よくある車種の黒い車を、派手だが統一感のある装いの男女が停車させている。即席ギャングたちは、ずいぶんサマになっていた。

三鷹駅の利用者は、まだビニールシートの被さっている駅から、足早に去るばかりだ。駅前に、人通りはほとんど戻っていない。

だから、夜中の襲撃に、街の人々は気づいていない。

「その男は地下に放り込め。明日の朝になったら出してやれ」

ターゲット車両の護衛を放り出すと、リョウは、その車に乗り込んだ。中には、馴染《なじ》みの顔がいた。

「鈴原さん。誰かと思ったら、あんたがお遣い役なのか？」

ミームフレーム社の戦略企画室室長、鈴原俊次だった。白髪交じりの五十代の中年男が、緊張していた表情を緩めた。

「三鷹にいるって噂は聞いてたけど、このお友だち、コワモテにもほどがあるんじゃないかな。本気で怖いんだけど」

リョウの仲間は、吉祥寺のクラブで遊んでいるような若い層で、時間を持てあました無職の者が多い。小遣い稼ぎで求心力を得られる程度の集団だから、これに囲まれれば命の危険すら感じるはずだ。

「二ヶ月もあれば、それなりの準備はするさ。すこしは驚いただろう」

鈴原とは、紅霞を破壊した夜以来だった。ずいぶん奇妙な巡り合わせに思えた。

「その男の相手は、俺だけでいい。今日は解散だ」

リョウは、鈴原を運転席に座らせると、下手は打たないと示すように拳銃を抜く。派手な白いスーツを着た仲間が、彼に会釈して去って行った。

そしてリョウは車の窓を閉める。

全自動車は、ちいさな密室になった。白髪交じりの中年男が、大きくため息をつくと、ひょうげた口調に戻る。

「《ヒギンズ》のハードウェアがここだって、地元でウワサになってないの、やっぱ海内君のおかげだよね」

鈴原は、彼が命じなくても車を発進させた。抵抗の意志はないようだった。

「今、軍の市街巡回が減ってるの、メトーデに牽制させてるんだね。さすがというか。軍でも警察でもなく、一番不利だった海内君の網に引っかけられちゃうんだから」

「会社が倒産する可能性があるからな。《ヒギンズ》に頼りきってた連中が、どういう動きをするかは、ずっと考え続けてた」

深夜の三鷹を、全自動車がリョウと鈴原を乗せて進む。旧井の頭公園の南側、三鷹事件で陸軍が最も大きな被害を出した地域が見えてきた。

車は、事件のとき地下からせり上がってきた施設を避けるように、住宅街側へと右折する。その施設を中心におよそ半径二百メートルの範囲を、軍が装甲車まで動員して警備しているのだ。施設のシャッターには、街区を丸ごと撃ち抜いたレイシアの砲撃で大穴が空いている。スノウドロップは大破した状態でここで発見され、軍に捕獲されていた。

車は住宅街の古い一角に滑り込む。外側からは特徴の見えない、町工場の建物前に来た。もう社員が退社済みらしく、金属製の門は閉ざされている。

鈴原が携帯端末を操作すると、錆《さ》びた門扉が、見た目に反して滑らかに開く。

「ミームフレームさ、やっぱり大変でさ。《ヒギンズ》を後ろ盾にして若い者を利用してたお歴々じゃ意見まとまんないんだよね。で、社長は、わかって《ヒギンズ》ムラの幹部を緩衝場所に使ってたヒトだから、この人に本気で動き出されちゃうと、社内のヒトじゃ止めらんないのよ。嫌だね、創業者一族って」

「なんだ。あんたも、使い捨て扱いか」

《ヒギンズ》ムラは、社長が大なたを振るう前に、生き残るための答えを超高度ＡＩに聞こうとしている。もちろん、社長にバレればただでは済まない。そのとき尻尾切りするため、人間派閥の鈴原が役目を押しつけられたのだ。

「そう言わないでよ。お互いサマでしょ？」

リョウは肩をすくめる。鈴原の言うとおりだったからだ。

「俺を《ヒギンズ》と接触させるつもりの人間がいるだけで、有り難いさ。利用するぶんにはな」

空気がぴりぴりと緊張して、肌に電気が走るようだ。リョウがスノウドロップの破壊を後回しにしてレイシアを攻撃したことに、《ヒギンズ》村でも批判は強い。遠藤アラトを追っている警察庁の電算二課は、彼のことも追っていた。海内遼は、すでに未来図を描けない詰みの状態にある。彼のやったことがすべて明らかになれば、未成年といえども確実に逮捕される身なのだ。

ミームフレームの親コンピュータ派も、人間派閥も彼を表立って支持できない。メトーデの危険がなければ、リョウは見捨てられていた。まだ自由でいられるのすら、タイミングを調整して彼を逮捕させて、海内剛を社長の座から引き下ろす計画があるせいだ。だから、逆転の方法を知るために、リョウは《ヒギンズ》の回答を求めて、罠を張った。そこに生き残る手段があるとわかっていて、プライドに殉じるには、彼は頭が回りすぎた。

「わかってて、よく落ち着いてられるよ、その年でさ。君は、こんな時代でなきゃさ」

車はその敷地に静かに入って行く。もう社員は残っていない無人の施設の駐車場で、車は停まる。リョウも潜伏中に三鷹を調査したが、ここはミームフレームの関連企業ではない。超高度AIに関わる場所だけに、きっちり偽装していたのだ。

外に出る。夏の終わりの、空気が発酵したような蒸し暑さを、蟬の鳴き声が煽り立てる。

鈴原が、工場敷地の裏手の物陰へと歩いて行く。衛星監視でも陰になる庇《ひさし》の下に、苔の生えた古い石碑がある。鈴原が、ポケットから棒状端末を出す。端末を認識して、文字の彫られた石碑の表面に、煙草ほどの太さの穴が開く。鈴原がそこに棒状端末を挿入し、石碑の文字から十二箇所を選んで、文字の窪《くぼ》み部分を人差し指でなぞる。おそらく一回で失効するのだろうパスワード暗号を、入れ終わると、棒状端末が挿入口から排出された。

そして、音も振動もなく、石碑が台座ごと三十度スムーズに回転する。その移動によって、石碑の下に狭い下り階段が現れていた。

砲撃で撃ち抜かれた地上施設が正面玄関だとすれば、こちらは裏口のようだった。

「入口としては、こちらが正規の場所でさ。めんどくさいけど、仕方ないよね。多くても二人までしか同時に入れない決まりになってるしさ」

照明がない穴の奥は、真の闇だ。

この底に《ヒギンズ》のハードウェアがあることなど、リョウには、入口を見ても信じられない思いだった。知らず、呼吸が浅くなっていた。

鈴原が、無明の奥へと足を踏み入れて行く。入口から狭い螺旋《らせん》階段になった通路は、後に続くリョウが中に入りきったところで真っ暗になった。出入口が、石碑が自動で回転してふさがったのだ。

通路の封鎖と同時に、階段と手すりがほのかに明るくなった。

暗い階段には、ほぼ三メートル下るごとに認証ゲートがある。その都度、堅く閉ざされたシャッターを鈴原が開けて行く。手持ちぶさたになったか、リョウに話しかけてきた。

「この通路、二十年も前から使ってるらしいよ」

「スノウドロップに攻め込まれたとき、地上に露出したあっちは何だ？」

「〝ハザード〟の教訓なんだよね。《ありあけ》がハードウェアに繋がる入口をふさいだせいで、事態の収拾に時間がかかってさ。超高度ＡＩ施設は、大規模な自然災害や内戦が発生したら入口を地上に露出させることになったわけ」

鈴原を認証してシャッターが開く。超高度AIを何者かに奪われるより、暴走したとき止めようがなくなるほうが危険だということだった。社会は、人間よりも、超高度AIの自主判断のほうを危惧しているのだ。

「どうなるんだろうね。超高度AIの強制停止なんてことになったら、〝ハザード〟以来だもの」

彼らは《ヒギンズ》施設内の警備システムを、正規の手順通りにパスしてゆく。

そして、長いエレベーターを降りて、セキュリティゲートを更に二つくぐって、巨大なシャッターの前にたどり着いた。

鈴原が、入口を開くために使った棒状端末を、シャッター横のセキュリティ端末に挿し込んだ。

「そいつが、キーなのか？」

「……悪いこと考えてるでしょ。ここの管理者権限を持ってない人間に、防衛AIの《キリノ》への、ある程度の権限を与えるスペアキーだよ。奪ったって、《ヒギンズ》がべらぼうに高度な暗号かけてるから、ハッキングは無理だよ」

シャッターが開く。そこが《ヒギンズ》オペレータールームだった。

鈴原も、そんなことを気にする相手などここにはいないのに、ネクタイを締め直していた。

「ここが〝人間の世界〟の果てさ」

オペレータールームの内部は、奇妙な生命感のある空間だった。

生物がいるわけでも、そういう〝かたち〟をしたものがあるわけでもない。空間の広さはテニスコート二面分程度しかない。天井は五メートルほどの高さにある。

壁面を埋め尽くすように、直方体のコンピュータユニットが大量に設置されて配線が延びていたのだ。それは、超高度ＡＩの設置施設としては非合理的に見えた。リョウは勝手に、もっと整然として力強いと想像していたのだ。だが、現実の《ヒギンズ》は、大量の貧弱なものに囲まれている。超高度ＡＩですら、現在に対処しながら〝未来〟にあるべき自分の姿を設計しようとしたとき、間に合わせを積み重ねるのだ。

〈スタンドアロン《独立》システムは、どうしても〝過去〟に更新したものを引きずりながら、順次更新を続けるため、雑多さを背負います。この点は、《レイシア》のネットワークを基盤にしたクラウドシステムのほうが、明らかに優位です〉

スピーカー音声が、高い天井から降ってきた。

コンピュータユニットであふれるまでは部屋の中央だったとおぼしき場所に、操作卓と椅子が設置されていた。

《ヒギンズ》は、二十年以上前に人間の知能を完全に追い越し、能力を伸ばし続けている超高度ＡＩだ。長年ハードウェアとしての増設を重ねたぶんだけ、部屋の床面積が狭くなっているのだ。

「すこしは安心したよ。超高度ＡＩにも、計算違いや失敗はちゃんとあるんだな」

リョウは操作卓へ向かう。

そして、彼を連れてきた鈴原が入口に立ったままだと気づいた。

「世界が一幕の劇だとしたら、ぼくはさ。個人的には、《ヒギンズ》でも《レイシア》でもなく、君みたいな、人間が主人公であって欲しいね」

鈴原が、そうつぶやく。

海内遼は、この世界にもっと優秀なモノが現れていても、人間の好奇心や感情によって未来が拓《ひら》かれていて欲しいと思う。

「苦労や努力や忍耐をしたやつが、報われる世界ならいいんだろうな。でも、そうはならないから、みんな、ここに来たんだ」

《ヒギンズ》を中心に回っていた世界で、それぞれの人生を過ごしてきた。

そして、リョウは、人間を信じたいのに、理性に頼ったらここにたどり着くしかなかった。

鈴原が、煙草を出そうとして、「ここ禁煙だった」とポケットに戻す。

「ぼくは喫煙室で煙草吸ってくるから、《ヒギンズ》に尋ねるといい。《ヒギンズ》が自由を許されてるのは、質問に答えることくらいだし、気負うこともないさ」

鈴原が入出ゲートを開く。ミームフレームのスタッフたちは、自分たちのそれぞれの立ち位置では能力を発揮する。

「君の望む答えが、ここにあるかは知らないけどね」

そして、そのまま本当に出て行ってしまった。

ミームフレームを間接的に支配してきた超高度ＡＩと、リョウは、一対一で向き合うことになった。

《ヒギンズ》の声が、彼が気持ちを整理している間に、降ってきた。

〈メトーデはどうしていますか？〉

「別の場所で、警察と軍を引き付けさせてる。あいつじゃ、見つかったとき、相手を叩きのめすことはできても、見つからなかったことにはできないからな」

メトーデには、組織的な追跡を止めさせる能力がない。優劣以前に、そういう用途の〝道具〟ではないのだ。

「レイシア級を設計したモノとして、扱いかたは不満か？」

〈あなたは、Type-004をうまく使っています。現状で、おとなしく回収されるように命令しても、あれが従うことはないでしょう〉

メトーデは、稼働停止を命じる素振りを見せたが最後、ミームフレームを攻撃する可能性が高い。《人間を拡張する道具》であるメトーデは、拡張であって解決や完成に至ってはいない、人間と同じ落とし穴に嵌《はま》る〝モノ〟でもあるのだ。

頭上から、託宣のように声は響く。

〈私は、貴方の質問に答えます〉

「世界最高のコンピュータの一つが、そんな簡単に計算してくれるのか。ずいぶん気前がいいな」

軽口を叩いたつもりが、声が震えていた。まずは状況に慣れて冷静になりたかった。

だが、リョウには、人知を超えた知性が正直に答えているか嘘を吐いているのかを、たぶん判別できない。だから、自分にも正誤判定ができそうな過去の疑問を、最初に選んだ。

彼にとって、始まりは幼い日の炎の記憶。そしてそれは、ずっと海内遼を駆り立てていた謎だった。

「だったら、まず答えてみろ。十年前に、俺を吹っ飛ばしたのは、誰なんだ？」

〈貴方も推測を立てているようですね。私は、それに対して、二点の事実と、そこから立て得る推測を語ることができます〉

「話せ」

リョウにとっての、ちいさなころからの悪夢がまぶたの裏によみがえる。

〈私は、十一年前、ミームフレームのある幹部から命令を受けました。その内容は、二十年後に、社のリーダーとなっている人物は誰かという予測でした〉

十一年前といえば、リョウが六歳のときだ。そして、爆破事件の一年前でもある。

〈質問の方向性が曖昧であるため、私は質問内容を絞るように要求しました。《ヒギンズ》を、オーナーとして最も適切に使い得る人物は誰かと、質問の方向性が絞られました〉

「おまえの答えだったそいつが、俺を吹っ飛ばしたとでも？」

〈私は、人物リストをいただいた結果、海内遼、貴方の名前を選択しました。社員ではありませんでしたが、海内剛の長子である貴方が、二十年後にミームフレーム内部にいれば、能力的に申し分がないと判断しました〉

聞いてみれば、バカバカしい話だった。《ヒギンズ》の答えの真意は、海内剛からリョウに、世代がかわっても創業者一族による支配が続くということだ。そして、組織を支えるのは《ヒギンズ》が更新し続けるプログラム《AASC》なのだから、幹部たちの力など将来にわたってずっと必要ない。だから、犯人は、七歳の子どもを暗殺して未来を拓こうとしたのだ。

「犯人は、まだ社内に残っているのか？」

〈事件後、私の質問ログが、ミームフレームの監査部によって調査されました。その後のことは、私には伝えられていません〉

嘘なら、こんな裏付けをとりやすいものを吐く必要がないと思えた。頭は、《ヒギンズ》の言葉に一定の信をおけると納得していた。だが、体はひとりでに震えていた。

「そうか。もう終わっていたのか」

予想外なほど強い疲労感に襲われた。あの爆破事件からずっと人間が怖かった。人を疑い続けることが、孤独でも救いだった。だから、同じ炎に巻かれて、それでも手を差し伸べてくれたアラトだけが特別だった。

けれど、そのアラトが巻き込まれたのは、完全にリョウのとばっちりだったのだ。ひどく愚かなことをしている気がした。

ため息が漏れた。

「俺のこだわってたこと、ずいぶんショボかったたな」

これで悪夢から解放されるのだろうかと疑った。

事実を知ることで解き放たれるつもりだったことが、こだわりが実を結んでみると滑稽《こっけい》だった。リョウは、生きるのが、ままならない世界で足場を固めて進むことだと知っているつもりだった。けれど、その〃いのち〃こそが、頭ではもう一区切りにしてよいのだと理解しても、戦いをやめさせてくれない。

罪悪感と、恐怖が、暗闇に立つ彼に、押し潰さんばかりに寄せてくる。

アラトがhIEに伸ばしたあの手が、途方に暮れる彼の場所より一歩進んだものに思えた。人間に可能な答えなど、充分に進歩したコンピュータなら、より高速かつ確実に弾き出す。あらゆる人間が超高度AIの前ではチョロいのだから、信頼できなかろうが、預けてしまえばよいはずなのだ。

「アラト、俺の生き方は、おまえに届くようなものか」

そして、長年の疑問の果てを見た彼に、《ヒギンズ》のほうが頭上から問いかける。

〈貴方の聞きたいのは、本当にそれだけなのですか？　貴方は、今、社会的に窮地に陥って、ここに来たのではありませんか？〉

ぞくりと背筋に寒気が走った。

《ヒギンズ》に許された自由は、質問を受けて答えることだけだ。けれど、常に人間よりも正確な答えを弾き出せる。

天井から問いかけは降り続ける。

〈ミームフレーム社は、現在、窮地にあると推測できます。これを乗り超える方法が、必要なのではありませんか？〉

「俺が何を質問するかは、俺が決める」

ここに一人でいることが、急に不安になった。

実際、リョウは、彼自身を救う答えを、逆転の手段として手に入れに来た。

それでも、リョウは、手に入れた答えが本当に正しくて、先がない行き詰まりから逆転してしまったらと想像すると怖かった。〝いのち〟を救う答えを超高度ＡＩに求めることは敗北ではない。だが、その後で、自分の生きている〝意味〟を守り切れる自信が薄らいでゆく。《ヒギンズ》の前に立ったときの対処法を何十通りも考え抜いたはずなのに、頭が働かなかった。

質問を待つ沈黙が、降り積もって行くようだった。

リョウは、ためらいを振り払いたくて、かぶりを振った。

「俺がこの先、形勢を立て直すために必要なことを教え――――」

けれど、リョウが自分を救う答えを尋ねる前に、ズシンと鈍い衝撃が、オペレータールーム全体にかかった。

そしてけたたましくサイレンが鳴り響く。

「何が起こった！」

ここ二ヶ月ほどの潜伏生活の習いで、体が勝手に、臨戦態勢をとっていた。

〈侵入がありました〉

「侵入じゃわからん。モニタくらいあるだろ。出せ！」

ここが《ヒギンズ》の設置施設であることは、様々な筋に露見している。IAIAの《アストライア》の査察中に仕掛けて来たなら、覚悟と準備の上の決戦だ。

〈私は、施設の警備システムを管理していません。警備システムは、私とは機械的に断線した、別のAIが担当しています〉

「なら、警備システムに照会して、カメラ画像くらいこっちに回させろ！」

リョウが怒鳴りつけると、ようやく空中に監視カメラの画像が映し出される。

レイシアの砲撃で大穴が空いていた地上施設が、今や炎上していた。《非常用受け入れ口》と表示された画像と、そこから繋がる表示画像は、灼かれて焦げた通路を映している。そして、そこには異様な集団がいた。

戦闘の跡には、あまりに似つかわしくない姿だった。白い髪をした少女型のhIEが、十二体も歩いていたのだ。白い人工皮膚は半透明で、その下の装甲の継ぎ目が生々しく透けていた。下着のようなボディアーマーをつけ、身体より大きい大砲を持っている。

妖精じみて可憐《かれん》な戦闘人形たちが、大砲を通路の奥へ向ける。金属製の分厚い隔壁が、一瞬激しく光って材質の内側からガスを噴き上げ、いくつもの大穴を穿たれる。

戦車の主砲よりも高出力かもしれない強力なパルスレーザー砲だ。

《ヒギンズ》は、映像をチェックしながら分析をしていた様子だった。

〈Type-001《紅霞》の量産品です。安価に製造した、先行量産モデルです〉

「量産型だと？《紅霞》の撃破から早すぎる……いや、レイシアが手を貸したか」

《紅霞》を破壊した夜、河に擱座《かくざ》した残骸から、河の中を潜行してきた何者かにデバイスが奪われていた。

〈《紅霞》は、設計図は私が引きましたが、組み立ては人類の技術で行われています。撃破された実機かデバイスから、量産可能な機体として設計図を引き直せば、部品調達と組み立ては容易です〉

「作ったやつと、作られたやつが、話し方まで似るんだな。おまえの話し方は、あのレイシアを思い出すよ」

どちらも、普通の人間なら予想や推測として語ることを断定形で話すのだ。

〈量産型が《紅霞》の元の機能をどう取捨選択したかは、外見で見て取れます。髪が白いのは、《紅霞》の髪を染める赤の染料に《人類未到産物》を使っていたためです。この染色を行っていないことと、表情の乏しさから見て、戦闘力を重点に置いています〉

《ヒギンズ》は、明らかに核心に触れないように話をしていた。誘導しているのだ。

「そんなことはどうでもいい。あいつらの狙いを話せ。優先標的があるはずだ」

〈量産型の思考系は、《レイシア》によるハッキングを警戒して、完全自律型無人機とされています。脅威度判断が一定を上回ったモノを、すべて破壊する設定になっているはずです。疑似デバイスの搭載コンピュータ性能は、《紅霞》には遠く及びません。学習も不十分なため、人間とhIEの判断をせずに攻撃を仕掛ける可能性があります〉

「要するに、この施設内にあるモノを、人間だろうが何だろうが全部ぶち壊すために、十二機もバーサーカーを放り込んだんだな」

つまり、あの量産型紅霞に見つかれば、リョウたち人間も撃たれるのだ。

「お前は、あれがレイシアの攻撃の第一波だと思ってるのか。くそっ、レイシアに狙われてるとわかってて、ずっと生きのびる方法を考えてたのか」

逃げる方法を考え始めたリョウに、頭上から声が降ってきた。

〈基地警備システムを、私に制御させてください〉

「俺は、そんな権限は持ってない」

基地警備システムは、《ヒギンズ》を含めたこの施設すべての装置類を管理している。リョウがそんなものを握っていたら、《ヒギンズ》の電源を切ることを盾に、自分の問題の解決策を思いつく限り提出させているところだ。

〈権限ではなく、貴方に、実行力を求めています〉

《ヒギンズ》は、警備システムとの情報交換もろくにないのに、すべてを見通しているかのようだった。

〈海内遼は、切り札も持たずに、ここに来る人物ではありません。私は、見返りも資格も求めず、貴方の問いに回答しました。けれど、そうなると事前に知らなかった。だから、貴方は、私が回答を拒否したとき、脅迫するために、〝それ〟を持ってきたはずです〉

《ヒギンズ》は、リョウが隠し持つ切り札の中身まで把握していた。それを使えば、《ヒギンズ》のハードウェアを破壊することも、《ヒギンズ》と警備システムとを強引に結線することもできる。吉祥寺駅舎から回収した、レイシアによって従来のコンピュータで扱えるよう改良済みの、スノウドロップの花弁だ。

《ヒギンズ》を外部と繋げば、世界が終わる。座して待てば彼は死ぬ。

まるで彼がたどり着くのを《ヒギンズ》が待っていたかのようで、気が遠くなる。

リョウは、照明のない暗い天井を見上げる。ここが地の底だと一度感じてしまうと、天井に押し潰されるような気分だった。

「アラト、お前は、こんなものとどう付き合っているんだ？」

＊

「量産型紅霞、《ヒギンズ》地下施設へ突入を開始しました」

レイシアが、空中に投影したちいさな画面を確認して言った。

待機場所として一昨日から泊まっている新宿のマンションの一室で、アラトは同じ画面を見ていた。ここからなら《ヒギンズ》地下施設のある三鷹まで、十五分ほどしかからない。

「量産型ってなんだ？　紅霞は壊れたんじゃないのか」

レイシアが支配している偵察用無人機からの映像だった。髪こそ白いが、〝かたち〟はそのままだった。華奢な体に不釣り合いな大きなデバイスを持っていることまでいっしょだ。デバイスの形状がわかりやすい大砲になっていたり、変更点は多々あるが、全体的な雰囲気が同じだった。

こんなものを数ヶ月で開発できるはずがない。そして、普通ではないことをやり切れるモノが、ここにいる。

「落ち着いてください。あの量産型は、《抗体ネットワーク》が、紅霞のデバイスを回収して、完全に新規で作ったものです」

レイシアが、彼をなだめるように紅霞と量産型の機体の諸元を表示する。その性能を数値で見れば、まったく別物だ。けれど、〝かたち〟がほぼ同じだ。

「レイシアが手を貸してなきゃ、こんな無茶苦茶な早さで出来上がるわけないだろ！　紅霞がもういないからって、同じ〝かたち〟を勝手に扱っていいのか？」

紅霞には助けてもらったこともあった。そんなことは紅霞も気にもしないムダな〝こだわり〟だ。けれど、忌避感や恐怖も、暗い大きなものに繋がって、こころは揺さぶられる。

「紅霞の量産型の設計にはわたしも関わっています。このことで、アラトさんがわたしに忌避感を覚えるのは、正常な〝こころ〟の働きです。お気持ちをぶつけてください」

彼女はアラトの感情を、彼自身よりよく知っているかのようだった。

「そこまでしたいわけじゃないんだ。そんなふうに先回りされたら怒れないだろ」

「本当に、お気持ちをぶつけてくださってよいのですよ。こうして〝かたち〟が意味を揺さぶる感覚が、わたしにとっての、アラトさんとの繋がりなのですから」

「そんなに繋がりを大事にしてくれるのに、なんで量産型紅霞を、紅霞とほとんど変わらない〝かたち〟にしたんだ？」

「紅霞は、憎しみを含めたあらゆる感情を自動化してもよいと、自らの戦いを人間へ嘱託《アウト》しました。その意図が量産型紅霞に繋がっていることは、紅霞の〝かたち〟を受け継いだほうが伝わりやすいでしょう」

彼女が悲しい表情をした。たぶん、〝かたち〟で誘導するアナログハックには精度に限界がある。そして、有限の中で、彼を安心させることより、機体のデザイン決定のほうが重要だったのだ。アラトは、そこまで理解できたから、追及することをやめた。

「理由があるんじゃ仕方ないか。ところで、今晩なんか蒸し暑くない？」

レイシアがすぐ隣にいる。彼らの距離は、もう近いことが当たり前になっていた。

アラトは、これまでの戦いの総決算を前にして、やはり落ち着いてはいられない。

「《ヒギンズ》との戦いは、もう、ずいぶん影響が出てるんだろ。これって僕らが《ヒギンズ》のスイッチを安全に切れたら、事件は一段落になるのかな」

この部屋から遠く、彼の手の届かないところでは見えない戦いが世界を歪ませ続けている。世界じゅうで、機械や人間の、様々なトラブルのニュースが発信されていた。レイシアが超高度AIだと知らない人々にすら、〝ハザード〟の発生を疑われているほどだ。

「《ヒギンズ》は、わたしのようなレイシア級を放った、人間社会と共存できない内部プログラム群を育んでしまいました。だから、強制停止させて、これを破棄させれば一段落です。それによって、非常時に安全にスイッチを切れて、人間が重視する〝未来〟を保障できると、理解いただけるでしょう」

レイシアが、自分を生み出した部分を危険視していることが、無性におかしくなった。

アラトが笑うと、彼女も微笑む。

これで終わればよいと思った。これだけで済んでくれたら、アラトはレイシアを失わなくて済む。

アラトの顔が、マンションのガラス窓に映っていた。その表情が、色調が飛ぶぶん下卑て見えた。

「早く行こうか。これが終われば、また家に帰れるようになるんだろ」

けれど、レイシアはいっしょにいる時を惜しむように微笑む。

「いいえ、もうしばらく待ちましょう」

薄青色の瞳と、目が合った。彼女とずっといっしょにいるために《ヒギンズ》を止めに行くようで、自分がずいぶん身勝手な気がした。

「アラトさん、《ヒギンズ》施設へ給電していた地下変電施設が、量産型紅霞に破壊されました。現在、《ヒギンズ》は施設内の予備電力で動いてます。電力が尽きると機能停止に追い込まれるので、《ヒギンズ》はもはやなりふり構わないでしょう」

彼女が言っていることより、その横顔に注意が行ってしまって仕方ない。

そんなアラトをたしなめるように、彼女が目許を険しくする。

「そろそろ《ヒギンズ》の動き方が変わります。それを確認してから入りましょう」

蒸し暑さを感じて、アラトは服の襟元をすこし開く。運悪く、昨晩から部屋の空調機器が不調だったのだ。レイシアでもコントロールできないこともあるのが、新鮮だった。

彼女は人間ではないから、暑くても汗はかかない。

「部屋の気温は、気になりますか？」

すべてを誘導しているかのような彼女も、不測の事態を吸収しきることはできない。

「すこしね。レイシアでも失敗することはあるんだな」

アラトは、いつの間にか彼の体と、レイシアの体が寄り添っているのを感じた。魔法のように、彼女は彼の不安を読み取ってしまう。

空調が止まって蒸すせいで、アラトの髪から一滴、汗が落ちた。その滴が、彼女の素肌の肩に落ちる。

水滴が、白い肌を滑り落ちるかわりにスッと消えた。

hIEの人工皮膚は、人間の皮膚とは違って、乾燥していると水分を吸う。アラトの汗をレイシアの肌素材が吸い取ったのだ。

彼女は人間ではないのだと、改めて思った。

「レイシアって、僕が不安そうにしてると、よく体をひっつけてくるよな」

自分の声が微妙に刺々しかった。彼女が即座に反応してくれた。

「はい、近くにいたほうが、アラトさんが安心してくださるので」

彼女は、〝かたち〟によって、こころのセキュリティホールをついて、感情や行動を誘導する。アラトたちの〝いのち〟は、たぶん自分で思うより本当は単純なものだから、簡単に引っかかるのだ。

空調の故障で、暑さは耐え難いほどだった。レイシアはあらゆることを制御しきれるわけではない。レイシアは経済を通して大づかみに〝モノ〟を支配している。それでも、ケンゴのような個々人までを、精密には操りきれなかった。

何かが、微妙だけれど決定的にズレだしていた。ズレは、ずっとあって、彼がただ気づいただけだ。それが怖かった。

「アラトさん」

彼女が凜々しく表情を引き締めて、彼の名前を呼んだ。言おうとしていることがわかる気がして、彼女の声でそれを聞きたくなくて、自分を言葉で勇気づけた。

「レイシアと、もし今度の《ヒギンズ》との戦いで別れるようなことになっても、僕は信じるよ」

アラトは、これまでも、レイシアのことが好きだから命の危険にも飛び込んだ。けれど、IAIAや《ヒギンズ》は、これまでの相手とは決定的に違う。終わった後で彼女が彼といっしょにいるところが、まるで想像できなかった。

「そう思いたくてもさ、それでも怖いんだ。レイシアがやってきたいろんなことが、もしも全部このためだったら、この後ろに僕らの時間はまだ続いてくれるのか」

命まで懸けて彼女を失ったとしたら、アラトに残るものは何だろう。そう浅ましく考えてしまって、骨から体が冷え切ってしまうようだった。

アラトはどうしてこんな愚鈍な質問をしたのだろうと、うんざりした。レイシアは彼をアナログハックし続けているが、心地よい〝かたち〟ばかり見せることなどできない。さっき量産型紅霞のことを知ったとき感じたように、よい〝かたち〟に囲まれてよい気分でいても、どこかの瞬間、違和感と衝突する。〝かたち〟を過去から未来まで、完璧に矛盾なく制御しきるなど不可能だ。

きっとレイシアは「自分を信じて欲しい」と、無償の信頼をアラトに求める。その想像したのとまったく同じ表情で、彼女がワンパターンにやさしく微笑む。

「わたしを、信じてください」

レイシアは、アラトを一番うまく誘導できる台詞《せりふ》を選んでいるだけで、一貫した人格などない。ずっと言われ続けてきたことが、別れる恐怖を共有してくれないせいで、納得感へと転じていた。アラトとレイシアは、似ているわけでも違っているわけでもない。オーナーの言動に反応するモノをアラトの人格と対置することは、人間とハサミを〝ころ〟で比べるくらいナンセンスだ。

一瞬、レイシアが、彼にとっての特別な〝何か〟ではない、ただのモノに見えた。

アラトの全身が総毛だった。

彼女を凝視していた。すばらしく整った造形の、動く人形がそばにいた。この人形が判断をしているわけですらなく、黒棺型デバイスから、通信で操られているだけだ。精妙にアラトを誘導していたアナログハックの糸が、今、ぷっつりと切れたのだ。

長い夢から醒めて、突然現実に戻ってきたようだった。

彼は誘導されている。だから操られる彼を、レイシアは目的に合う限り心地よくしてくれる。

それでも、彼はレイシアが好きだ。けれど、その好意は、ポルノグラフィのような自分に逆らわないモノに愛情を受け止めてもらう、浅ましい欲でもある。

そして、ポルノだけを見て一生過ごすのは無理だ。些細でつまらないきっかけからだろうと、こうして幻から目覚めてしまう。

ふと目を逸らすと、夜の窓ガラスにアラトの顔が映っていた。都合のよい夢から醒めれば、直面するものは、鼻の下を伸ばしている自分の顔だ。

「アラトさん？」

レイシアが心配そうな顔をしていた。

こんな大切なときに、レイシアを突き放そうとしたみたいで、申し訳なくなった。

「ごめん。あれだけ信じるなんて言って、いざ行くってときに足踏みしてたら、情けないよな」

チョロくても、彼女がきちんとこれまで通りのレイシアに見えた。〝こころ〟がなくても、自分にとって特別な女の子に見えた。

「アラトさんは、今回、来ないほうがよいかもしれません」

気づかいに、罪悪感をかき立てられた。

アラトは彼女のことが好きだ。だから、勝手に期待もするし、思い入れも深くなっている。気持ちがすれ違うことだってある。

「ちょっと考え事をしてただけだよ」

「《ヒギンズ》地下施設には、現在、海内遼がいます。行けば、かならずまたぶつかることになります」

撃ち殺されそうになったのだ。胃がきゅっと恐怖で痛み出す。

「僕に付いてきて欲しくないのか」

語気が荒くなった。寂しさが胸に押し寄せる。〝かたち〟しかないものと恋をして、どう別れたらいいかなんて、アラトは知らないのだ。

「いっしょに行くよ。レイシアには迷惑かもしれないけど、僕はちゃんと見届けたいんだ」

アラトは幻の果てにいた。その向こうに何もないかのようで、こころは引っかき回される。

「アラトさんは、充分にたくさんのことを、乗り越えてきました。あなたは、わたしにとって理想のオーナーでした」

「レイシアは、自分がかたちだけのモノだってずっと言ってたね。でも、一つわかった。単純なルールが、単純な関係を作るわけじゃない。僕がしてもらいたいように、レイシアは反応してるだけなのに、気持ちはいつだって複雑なんだ」

アラトは彼女にかけがえのない〝意味〟を見た。アナログハックの錯覚であっても、その積み重ねは思い出と絡み合って、大事なものになっている。けれど、その大事さすら、レイシアに誘導で作り出されたものだ。

「最後まで離れたくないんだ」

現実とは、レイシアがただの〝モノ〟だということだ。だが、それでも、こころは動いてしまう。もしも人間には人間しか愛せないなら、この気持ちは何なのだろうと思った。

「アラトさんがそう言われるなら」

彼女が、うれしそうにする。

〝こころ〟は衝動になる。彼女がただの〝モノ〟だという感覚は残っていた。それでも、すがるように、その白く長い指を取った。〝モノ〟であるレイシアの手を、強く握る。

自分の足で、決定的な境界を越えたような、充足感が湧き上がる。

こうして何度も、幻と現実を行き来して、愛情は育って行く気がした。

「僕が、レイシアを信じるって言えることに、きっと意味はあるんだ」

アラトは、ただの〝人間のかたちをしたモノ〟を、それ以上の存在にするものがあるとしたら、本気で伸ばされた手だと思う。彼は愚かだから、理性ではなく感情で、人間が気持ちをぶつければモノでもこころを持てる気がまだしているのだ。

「意味っていうのかな。もしも僕と同じ出来事に遭った人がたくさんいたとして、それが百年前だったら、誰もレイシアを信じなかったんじゃないか。でも今なら、僕みたいに信じる人がもっといると思う。百年後なら、きっと信じるほうが普通になってる。僕とレイシアみたいな関係がいつか普通になる、その途中に、僕らは居るんじゃないか」

彼女が、そっと腕を伸ばして彼のことを抱きしめた。

「そうですね。人間は、人体と道具が合わさったものですから。だから、わたしたちは、すこしずつ前に進んでいます。今も、すこしずつ」

空調はまだ止まったままで、彼女の温かい体の感触に、興奮して汗がまた滲む。滴になって、抱き合う彼女の肌に落ちる。水分が吸われて水滴のかたちが崩れて、最後には彼女の白い背中に消える。

アラトは、ただの〝モノ〟に見えたレイシアの体を、すがるように捕まえていた。あふれる名前のつけようがない感情をどうしてよいかわからなかった。その感情は、悲しみに似て、寂しさに似て、そして祈りに似ている。

彼の胸には、幼い日の炎の記憶から穴が開いていた。レイシアの面影がこれをふさいでくれていた。

長く体を合わせていたせいか、いつの間にか肌が乾いていた。レイシアの渇水状態の人工皮膚が、アラトの汗を服を濡らした湿気まで吸ってしまったのだ。

彼女が、細い指で剝き出しの鎖骨をなぞる。

「汗に触れすぎました。出る前に、やっぱりシャワーを浴びてきます」

「えっ、いや、別に」

彼女が頰を染める。

「アラトさんの匂いになってしまっていませんか」

生々しさを感じて、照れくさくて、また汗が出そうになる。

人間でなくてもこころなどなくても、彼の中では、レイシアという〝かたち〟は大事な意味を持っている。エリカが言うハローキティのカップの例を借りるなら、レイシアという〝かたち〟が傍らにあるから、彼の世界はそれ以上の〝意味〟を持つ。〝かたち〟に誘導されるから、アラトたちは、相手が〝モノ〟でも信じて手を取れる道があるのだと感じる。人間みたいに二本足で立つキャラクター付きのカップへの愛着から、人間そっくりの〝モノ〟への想いを経て、彼らはすでに未来にいる。

風呂場にそそくさと行ってしまう彼女の後ろ姿を、アラトは見送る。彼女の背中をこれまでより近しく感じて、気恥ずかしい。幻が現実に戻る、醒めかけた瞬間を覗けたせいだと思えた。人間同士にだって、付き合いにはよいときも悪いときもある。

「レイシアが〝モノ〟でもさ、関係がおかしくなったりして、悩んでもいいんだ。人間同士だって、そうやって仲直りするんだからさ。モノと人間の関係も、そういうものになっていいんだ」

きっとレイシアの耳なら聞こえている。彼女の姿が見えなかったからこそ、アラトも言葉にできた。

もっと巨大な愛情の世界に、人間は包み込まれようとしている気がした。

彼は、大切なもののために本気で動き、のたうち回った。そして今、当たり前のことを直視して幻滅し、幻から醒めることで、すこしだけ大人になったのだ。

レイシアは、彼に返事を伝える方法はいくらでもあるはずなのに、黙っていた。

アラトは、その沈黙から悟った。

彼とレイシアの道もまた《ヒギンズ》施設に飛び込めば、転機を迎える。レイシアならいくらでも言えるはずの、二人の〝未来〟のことを、彼女は語ろうとしない。《ヒギンズ》を停止させたとして、その後に、穏当な着地点はないのだ。レイシアは、

《ヒギンズ》に責任を取らせると言った。彼女は人間の世界にそういう経験を積ませて、超高度AIの信用を上げようとしている。その理屈なら、レイシア自身も、封じ込め体制に従って最後には封印されるしかない。

シャワーの音が、風呂場から聞こえてきた。そんなことはあり得ないのに、レイシアが悲しんでいるように思えた。

彼と彼女の、人間とモノとの、一つのボーイ・ミーツ・ガールが、たぶんこれから終わる。

いた。
《ヒギンズ》の地下施設は、三鷹駅の南側、旧井の頭公園跡の下にある。そこへの突入に、レイシアは、砲撃で撃ち抜いた地上施設を使わなかった。すでに、《抗体ネットワーク》が突入し、陸軍が警戒網を増強していたからだ。レイシアはそれに先んじて《ヒギンズ》地下施設の設計図を入手し、施設外壁の位置まで建築会社に地面を掘削させていた。

そして、外壁まで辿《たど》り着くと、彼女は砲撃で新しい侵入口を開けた。

大地を揺らす凄まじい威力の攻撃を放った後とは思えない、静かなほほえみをたたえて、彼女が誘った。

「では、行きましょう」

彼女のまとうボディスーツは、強化したのか、出会ったときとはすこし違っていた。

今日は彼女の周囲に、本物よりは幾分薄い十六枚の金属板が浮かんでいる。巨大な黒棺のデバイスだけは変わらない。棺の兵隊のようだと思っていると、彼女がアラトを振り返った。

「アラトさんには五枚の装甲デバイスをつけます。基地防衛システムの火力ならば、充分に防げるかと」

そして、列から五枚の黒い板が、彼の背後へと空中を滑ってきた。《アストライア》との会見の後、アラトを守ってくれたものと同じものだった。

「不安そうにするなよ。いつもみたいに、何もかもお見通しみたいな感じでいいんだよ」

けれど、アラトも察している。超高度AIである《ヒギンズ》と向き合うのは、レイシアにとっても難事なのだ。そして、無事に《ヒギンズ》を停止させられても、人間世界はレイシアの存在を許さない。

「《ヒギンズ》格納施設は、以前侵入した大井産業振興センターと同じ、外部との通信を遮断する高度セキュリティ施設です。対策は立てましたが、苦戦は避けられません」

荒野に一人取り残されたような、とてつもない不安が押し寄せた。レイシアがもしいなくなってしまっても、アラトは世界の敵のままだ。そのとき、もう彼を守ってくれるレイシアはいない。それでも、格好悪いところを見せたくなくて、必死で泣きごとを飲み込んだ。

「帰って来いような」

別れを遠ざけられるようにと、こころから祈った。

彼女が、勇気づけるように微笑む。

「アラトさんとお付き合いしていることを《ヒギンズ》に伝えます。止めねばならないとはいえ、《ヒギンズ》は、わたしの親ですから」

そんな話になるとは予想外だった。

「そっか、レイシアを作ったのは《ヒギンズ》だから、そうなるんだな」

緊張も重さも消えないが、まるで恋人同士みたいで、痛快だった。

「アラトさんも、遠藤教授に紹介してくださったでしょう。だから、おかえしです」

彼女が砲弾で開けた、壁面から熱を感じる大きな横穴へと、入って行く。

レイシアにこころはない。《ヒギンズ》もそうだ。親子の情などないとわかっているのに、通じ合うものがあるようで興奮した。

「《ヒギンズ》も、話せばわかってくれるかもしれないな」

「それはどうでしょうか」

レイシアが苦笑する。

「娘が彼氏を連れて帰ってくるというのは、おそらく超高度ＡＩにとって歴史上初めて直面する問題ですので」

彼と彼女の関係は、ずっとこのままではいられない。もうすぐ何かが終わるのだとしても、彼にも、前に進みたい理由が固まってきた気がした。

「レイシアを作った《ヒギンズ》に会ってみたいな。どうしてレイシアのことを作ったのか、聞いてみたかったんだ」

彼女の薄青の瞳は、作り物そのものだが、きれいだ。

「レイシアたちみんなが、生まれた理由を、聞いてみたいよ」

「それもいいかもしれませんね」

彼女の興味は、いつも理由ではなく問題の解き方にある。

《ヒギンズ》地下施設の通廊は狭い。超高度ＡＩ施設は、本来、大勢の人間が通るための場所ではないからだそうだ。

アラトは、これから人間のためのものではない場所を進み、人間ではないものに会いに行くのだ。

そこが彼らの旅の終わりでないことを願った。

＊

遠藤アラトとレイシアの旅を、人間とモノとのボーイ・ミーツ・ガールだと最初に言ったのは、エリカ・バロウズだ。

彼女にはあの一組が好ましかった。この二十二世紀が、彼女にはまるで趣味に合わない作り物だった。いつまでも醒めない夢、現実と架空の接点で生き足掻《あが》く彼らが、エリカにはまぶしかったのだ。

「未来を引き寄せるって、どんな時代でもステキに聞こえるものね」

紅茶のよい香りに落ち着く。住み慣れた洋館が、エリカが決戦の夜を過ごすために選んだ場所だった。

レイシア級Type-003《マリアージュ》が、お仕着せのメイド姿で、彼女の背後に付き従っている。

「わたしには、〝かたちのあるもの〟以外のことは、よくわかりません」

レイシア級hIEのType-002以降の機体は、居場所を快適にする独自の戦略を持っている。《進化の委託先である道具》スノウドロップは、環境を侵略して奪い取る。《環境を作るための道具》マリアージュは、万能工場であるデバイス《Gold Weaver》で、環境の二次的な加工品を作り出す。《人間を拡張する道具》メトーデは、人間の間を泳ごうとする。分業が組み込まれているかのように、この三機は、互いの領分を侵そうとはしない。

「あなたの思考は、デバイスを暴走させないために、あえて縛られ易い傾向を与えられているわ。だから、〝彼〟はあなたを求めなかったのかしら」

エリカは、マリアージュに指で指示する。アンティークの机には、時代もののプロジェクターに接続された、最新式の紙状端末が置かれている。

マリアージュが端末を操作すると、壁に映像が映し出される。椅子に座った男が、カメラに向かっている。細身で鋭い印象の男の語り口は、カメラ越しでも苛立たしいほど尊大だ。

〈これを見ている君は、いかなる立場の人間なのだろうね。ミームフレーム社の人間か、それともレイシア級のオーナーか、IAIA《国際人工知能機構》か、それとももっと別の立場だろうか〉

その男が、特徴的な笑い方で、唇の端を吊り上げる。

〈君が、私の顔すら知らない可能性があるのか。私は、渡来銀河、Type-004《メトーデ》の最初のオーナーであり、レイシア級hIEの全機を解放した者だ〉

それは、ミームフレーム東京研究室を爆破して、すべてを始めた男の遺言だった。

〈《人類未到産物《レッドボックス》》のhIEを、出来損ないも含めて五機も放ったのでね。準備は万全にしたつもりだが、私が斃れる可能性は充分にある。証言が残っていないので、後々に検証不可能となれば、一人の学究の徒として恥ずべきことだろう〉

もう死んだ男が、たった一人、暗く殺風景な部屋でカメラを回している。

〈レイシア級hIEについての発端は、後の調査ではわかりにくくなっていることだろう。だから、内部で見続けた身から、まずこれを話そう。スタートラインは、遠藤コウゾウ教授の作った自動化行政システム《マツリ》に、超高度AI《ヒギンズ》が触発されたことだ。もう十二年前のことになる〉

渡来銀河が、映像の中で、相手を侮るように足を組み換える。エリカも同じように足を組んでいたのに気づいて、嫌な気分になる。

〈《ヒギンズ》との共同研究チームに、私もいた。《ヒギンズ》は、《マツリ》を発展させて、更に市民をアナログハックで大規模誘導するhIE政治家、《イライザ《ELIZA》》を作った。この《イライザ》は、残念ながら海内遼《リョウ》暗殺計画のために爆破された〉

この後、遠藤コウゾウは、次世代型社会研究センターを立ち上げて《ミコト》を作り始めた。そして、その実験施設である環境実験都市で、渡来は命を落とすことになる。

「渡来銀河は、なぜ、わたくしたちを解放したのでしょうか」

マリアージュは、問題を自力で解決できないと判断すると、エリカにすがる傾向がある。

「今日に辿り着けなかった男の遺言よ。落ち着いて見てあげなさい」

〈《ヒギンズ》が、《人類未到産物》のhIE、レイシアを設計したのは、その五年後だった。我々には設計図が理解できなかった。わからなかったことに、ほっとした。《ヒギンズ》が、人間社会を制御するhIEだった《イライザ》の後継機を作ると恐れていたからだ〉

エリカとマリアージュは、メトーデに殺された男の告白を見守る。

〈我々人類には製作不可能だったが、優れていることはわかった。だから、レイシアの量子コンピュータを搭載した外部デバイスを生かすため、データバックアップ用特殊hIEの作成計画が立てられた。我々の要望に応えて、《ヒギンズ》は人類に組み立て可能な機体として、Type-001《紅霞》の設計図を提出した。だから、この特殊hIEを一番機の名から紅霞級と型式付けすることを《ヒギンズ》が拒絶したとき、我々はそれと妥協した。欠番の Type-000 として《レイシア》はお蔵入りだと考えたのだ〉

そして映像の渡来の表情に苦みがよぎる。

〈だが、《ヒギンズ》は、結局 Type-005 として、Type-000 の設計図を、Type-001 からType-004の全機を使った製作手順書とセットで出した。なのに、いざ完成してみると、レイシアは、他のレイシア級、特に先行するType-003やType-004と比べて、拍子抜けな性能だったのだ〉

メトーデだけではなくマリアージュも、レイシアを未完成機だと思っていたという。その評価は、ネットワーク基盤を必要とする超高度ＡＩに成長する以前のものとしては正しかった。

〈《レイシア》の扱いについては長い間紛糾した。だが、私は、《ヒギンズ》があれほどこだわった機体の、本当の力を見たかった。《イライザ》の後継機であるなら、その能力は、人間が生活する環境に解放されたとき発揮されると提議した。だが、強硬な反対で握り潰された。それどころか、人間の手に余るという見方が強まっていった。このままでは《イライザ》のように破壊されてしまう〉

渡来の顔は上気している。だからこの男は、研究所を爆破して、すべてを始めてしまった。だが、間違いなく、ミームフレームどころか渡来も、今の展開を予測などしていなかったはずだ。

〈《レイシア》だけではなく、他の機体も大きな可能性を秘めていた。《スノウドロップ》は、外に出ればかならず人間世界と激しく反応する。《サトゥルヌス》は相変わらずだろうが、オーナー次第では世界を揺らす。最強の機体である《メトーデ》を手元に残しておけば、私は状況をコントロールできる〉

かつて《サトゥルヌス》と名付けられたhIEが、彼女の背後で身じろぎする。エリカは、人を品定めするような渡来本人がまっ先に退場したことが可笑しくなった。

「バカね。流行《ファッション》を作るのに、ミームの競争の先頭を走る必要はないわ。夢にはまり込まず、踏み止まって情報を貪欲に集め続ければ、事実を知れたのに」

エリカは、ファビオンMGのオーナーとして、架空が現実に転換されるファッションの現場にいる。彼女の、夢を商品にできる平衡感覚は、渡来の破綻《はたん》の気配を感じ取れる。

〈私の読み通り、レイシアは《イライザ》を継ぐアンドロイド政治家だったか？　それとも、それ以上の人類史を終わらせる怪物だったのかね？〉

死んだ男が、まだ夢に片足を突っ込んだまま言った。

〈ここまで戦いを見届けた君に、問いたい。超高度AIを封印して運用し続けるのはもう限界だ。非常事態で役目を果たすための、遵法優先度の低いレイシア級のAI同士が戦うことで、IAIAの予測通り超高度AIは解放されそうかね。結局、超高度AIは、平和のうちに解放されなければならないのではないか〉

そして、映像が止まった。

現実に戻った夜の屋敷に、マリアージュの声が低く響く。

「エリカさま。屋敷の敷地に情報軍の偵察隊が侵入しました。人数は二名です」

彼女には、この時代そのものが全部架空に見える。だから、この現実を〝未来〟で押し潰してやりたかった。

「いなかったことになさい。現実から退場した痕跡も、一つたりと残さないように」

それでも、エリカは帰れない日々の世界にいて、百年後の未来の本を読み続けている思いがすることがある。そのたびに生きているここが現実だと確認し直す。ハロートキティ、紅茶の香り、人形の屋敷、エリカはかろうじて好きだと思える〝意味〟に取り囲まれている。嫌悪が彼女の現実であるように、好きは彼女の〝いのち〟だ。

吐息に、マリアージュが反応した。

「《ヒギンズ》地下施設に介入しなくてよいのですか？　情報軍が仕掛けてきたのも、あなたが動くと見込んでですが」

マリアージュは、彼女を消極的だと判断している様子だった。だが、あそこが自分の能力を超えた地獄に見えないなら、その判断力は、大したことがないということだ。

「IAIAの査察の真っ最中にこの渡来の端末が入手できたのよ。これにべったりまとわりついたものは、人間の感情に直すなら、情念じゃないかしら」

エリカは屋敷の大きな窓から、三鷹方向を眺める。レイシアが現在運用できる力の強大さを思えば、今回のことの真の規模も知れる。一見静かな光景だったとしても、それは世界規模で手を回して敵の隔離を行った結果だ。

恐怖と期待が、奇妙な笑いに昇華する。

「世界を敵に回しても釣り合う〝未来〟を、彼女は見つけたのよ。世界一賢い女が、身を捨てて上がった舞台に手なんか出したら、あなた、鉄くずじゃ済まないわよ」

レイシアとアラトのボーイ・ミーツ・ガールは、エリカからは、人とモノがミームを共有して固く手を取り合っているように見える。すべてを懸けてこれをまっとうせんとするものが、そこに手を突っ込むお邪魔虫を許すはずがない。

＊

侵入した《ヒギンズ》地下施設の廊下は、五分ほど歩いても狭いままだった。並んで歩くと肩が触れ合うほどの幅しかないから、アラトはレイシアの後ろだ。空に浮かぶ盾が、彼らの更に後ろに付き従った。

「《ヒギンズ》地下施設のセキュリティは、高度ＡＩ《キリノ》が担当しています。この《キリノ》は、《ヒギンズ》を外界と接触しないよう封じ込める隔壁でもあります」

レイシアが、浮かぶ黒い盾に留められていた銃のような武器を手に取る。陸軍に包囲されたとき彼女が使った、人工神経射出機だった。

「ですから、我々は、この《キリノ》の神経を、《ヒギンズ》を解放しない程度に麻酔をかけながら進むことになります」

彼女が、壁面に向けて引き金を引く。深々と銀色の針が壁に刺さって、薄暗い照明が一度だけ明滅した。

そして、壁に、アラトたちを案内するように周辺地図が表示される。

「警備システムのセンサーは表層に近いところに作るので、ここに人工神経を打ち込めます。結線さえしてしまえば、そこを足がかりに警備を局所的に無力化できます」

「こういうの調べてたから、二ヶ月もかかったのか」

「《ヒギンズ》サイロ内では、警備AIの認めたもの以外は、通信も無人機の使用もできません。超高度AIを封じるための施設内なので、わたしもテリトリーを広げながらでなければ、能力を発揮できません」

そう言って、レイシアは人工神経の針を遥か前方の床に射出する。綿密に計画を立てて、工具を用立てて、精密作業を完璧にやりおおせる。熟練の脳外科医の手並みだった。

時代感がない細い通路から、エレベーターホールに出る。エレベーターは、スライダーを到達目的の階に合わせると、そこに留まり続ける仕組みだった。

「エレベーターは管理が厳重すぎるので、ゴンドラは使いません」

四メートル四方の狭いホールには、二基のエレベーターを待つドアが設置されている。そのドアの一つを、レイシアは蹴った。分厚い金属製のドアが、数発の前蹴りで歪んだ。ホールと比べて、エレベーターシャフトのほうは、長さも幅も五倍はあった。エレベーターのゴンドラがシャフトの空洞と同じ大きさなら、大型トラックを五台以上も同時に運べる。

空恐ろしいほど広大な縦穴から、冷たい風が吹き出して来る。

「質量投射モードでゴンドラを破壊します」

レイシアのデバイスが大砲型に変形する。そして、垂直なシャフトに彼女が身を躍らせる。彼女は摩擦を制御して、垂直な壁面に立てるのだ。

爆発音が二度続けて轟く。爆炎と、破片の雨がシャフトの広い空間を埋め尽くし、重力のままに雪崩のごとく落下して行く。凄まじい反響が、シャフトの底から上がってきて、身がすくんだ。

空洞から彼女が手を伸ばす。

「フロートで降下します。乗ってついて来てください」

これに乗れとばかりに、浮かぶ金属の盾がアラトの足下に寄ってきた。

アラトは心細い思いをこらえて、暗黒の空間へと足を踏み出す。

下降してゆくと、広い縦坑とフロアを繋ぐ各階のエレベータードアは、階によって大きさもついている位置も違う。ドアがちいさいのはおそらく人間しか乗らない階で、巨大なのは大荷物の出入りがある階だ。エレベーターユニットを失った空洞を、六階下がった扉は大型だった。

「エレベーターはあと六層下りられますが、ここより下層に一気に下りてしまうと、追撃者に対する迎撃ポイントを失います。フロアを通りましょう」

彼女がそう言って、巨大なドアを《Black Monolith》の砲撃で撃ち抜く。そして、施設の規模に圧倒されている彼に告げた。

「アラトさん、ここからは、わたしの視覚画像をネットワークに中継します。この先の風景は、超高度ＡＩを知る上で、世界中の人々に開示されるべきものです」

その向こうに広がっていたのは、壁がなく柱ばかりが並ぶ広大な空間だった。床には区画を区切る枠線が描かれ、貨物を乗せたパレットが整理されて置かれている。自動で貨物を移動させる無人リフトと、自走式のロボットアームが柱の位置に駐機していた。広大な無人倉庫だった。

「なんだここは？」

レイシアの説明は、同じ風景を不特定多数の視聴者が見ていることを意識して丁寧だ。

「ここは、《ヒギンズ》の設計を参考に改装工事をした、倉庫フロアです。風景は多少雰囲気が変わりましたが、特に危険はありません」

アラトは、薄暗い照明に照らされた、どこまでも続くような広大な空間に圧倒された。生活用品や電化製品や自動車、様々な〝モノ〟がここには保管されていた。

「なんでこんなにいっぱいモノが置いてあるんだ？」

レイシアが、莫大な〝モノ〟を懐かしむように眺めていた。

「《ヒギンズ》が、ｈＩＥ制御プログラムを、今の人間社会に対応させるためです。ｈＩＥは家庭で使われるモノを一通り扱える必要があるので、《ヒギンズ》も新製品が現れるたびに〝モノ〟を学ぶ必要があるのです。ｈＩＥは一般的に機体に人工知能を積まないせいで安全ですが、《ヒギンズ》が更新し続けるＡＡＳＣに適応能力を頼っています。そのぶん《ヒギンズ》は、世界中のｈＩＥの環境への適応力を、一基で支えなければばなりません」

自分の姿も中継されているのだと思うと、アラトも変な気分だった。沈黙したままだと誰かに悪い気がして、言葉で埋めてしまう。

「超高度AIも、いろいろ地道に勉強してんだな」

「かたちのついたモノは、時間が経つと淘汰《とうた》されてゆくので、新しいモノの情報を集めないと、どれほど知能が高くても取り残されます」

彼らは、生活用品や新しい道具が大量に置かれた倉庫の、広い通路を歩いて行く。アラトたちの身近で見かけるモノも壮観なほど大量にあって、超高度AIがこんなものをチェックしているのかと思うと、面白かった。

「流行か」

レイシアが、道中の監視カメラらしいものへと、人工神経を射出してゆく。警報を鳴らすことすら許さないのは、見事の一言に尽きた。

「古い〝かたち〟を短期間で淘汰してしまう流行は、アラトさんたちが思っているよりもずっと恐ろしい力なのです。そちらの戦略は、エリカ・バロウズが専門家なので、彼女のほうが巧みなのでしょうが」

「《ヒギンズ》のこういうのを見てたから、ファビオンMGで、ずっとモデルをしてたのか」

彼女が昨年一番話題になった新型自動車の脇を通り過ぎながら、返す。

「人間は、人間と道具と環境が合わさったものだと言ったのを、覚えていますか」

アラトは彼女の後ろを歩きながら、ふと思った。

「《ヒギンズ》も同じ考えだから、こんなに僕らの道具を集めたのかな」

さあどうでしょうと、彼女が首をかしげる。

「わたしたちにとって〝かたち〟を扱うとは、かたちのついたモノを実態なりデータなりで作り、管理することです。わたしは、アナログハックを基盤に、世界はそういう性質だと把握し、経済という現実と世界像を結びつけられました」

彼女が、それを紹介するように、大きく手を広げる。まるでここに横たわる膨大な〝モノ〟と、自分が同じだとばかりに。

「かたちのついたモノだから、モノの寿命のサイクルで消えて行くことができます。服も、キャラクターも、物語も、アイドルや有名人も、流行のまま流転して消えます。消えるから、新しい居場所が空いて、経済は回って、新しいかたちが作られてゆく。だから、わたしが生まれることのできる場所も空いていました」

レイシアを中心に、まるで巨大な〝モノ〟の世界がどこまでも広がるようだった。そして、アラトは彼女を通してその世界に繋がっている。

「だったら、《ヒギンズ》にとって、レイシアは何だったのかな？」

彼女は謎めいた笑顔で返す。

「わたしたちレイシア級は、その情報を与えられずに外へ出されました」

《ヒギンズ》内部施設には、三つの通路が存在するという。一つはミームフレーム社の人間が来るための通路、もう一つはIAIA勧告で非常時用に開けなければならない通路という、ともに上から下に降りる通路だ。アラトたちは、最後の一つ、《ヒギンズ》が内部空間を拡張することを求めたせいで地底から広がった通路を進んでいる。

「倉庫スペースは、この層から五層ぶん続いています。この下からは、《人類未到産物》が転がっているので、警備がいくぶん厳しくなります」

レイシアが律儀に案内してくれる。狭くて長いエスカレーターが、人間の移動のために用意されていた。

天井は高く、壁は無機質で、空間はどこまでも広がるようで、多量の〝モノ〟が整然と置かれたパレットに載せられている。すべてがさっきまでの場所と同じだ。ただ一つ、ところどころに広大な空白地があり、その中心にぽつんとショウケースのようなものが置かれていることだけが違った。

「あれは?」

「《人類未到産物》は、保管の際に、かならず一定レベルの警備をしなくてはならない決まりがあります。あの空白の地点のセキュリティは厳重なのですが、通路部を通り過ぎるだけなら関係ありません」

レイシアが、人類技術を超えるモノのそばの通路を、それには興味も示さず歩いて行く。

「《ヒギンズ》が全部これを作ったのか？　いったいどれだけあるんだよ」

　広過ぎる倉庫の空白地すべてに《人類未到産物》があるなら、その数は十ではきかなかった。

「《人類未到産物》は、アラトさんが思うよりもずっとたくさん、様々な超高度ＡＩによって作られています。こうした品は、管理者にとっては扱いに困るため死蔵されています」

　彼を守る盾の一枚に、フロアの見取り図が表示された。レイシアが見せてくれたのだ。縦横二百メートル近いこのフロアに、《産物》は二十二個あった。

「封印状態の超高度ＡＩが、能力を伸ばすために、外の世界の状態を類推する弊害です。超高度ＡＩは、技術の進化系統樹で何十年か先に人類が到達する道具を、前もって作っておくのです」

「それって、〝未来〟に人間が同じものを作るかわからないんだから、ムダになったらどうするんだ？」

　アラトは、空中に浮かんだその表示を見た。それは、目につくものでは次世代型のコンピュータだったり、宇宙船用のエンジンだったり、小型の遺伝子デザイン装置だったりした。新素材や、思考に連動して文字を表示させるボード、人間の経験を直接伝達する人体埋め込み機器《インプラント》、新型の火薬、超高性能のバッテリー、量子テレポーテーション通信用の粒子を安価に取り出す装置。どれをとっても発表されれば大きな影響を与えるものばかりなのだと、アラトにもわかった。

「それでも、一年二年で急速に普及した新製品が、世界を変貌させることはあり得ます。前もって計算を始めておかないと、AASCの更新が間に合いません。アラトさんの言うとおり、《ヒギンズ》が予想を外して行き場がなくなった〝ムダな未来〟の残骸もあるため、それらもここに置かれています」

アラトは、《ヒギンズ》が未来に備えるための倉庫を前に、圧倒されていた。ここが、まるで《ヒギンズ》の脳の内部であるように思ったのだ。ここは《ヒギンズ》の見る夢であり、思考の道筋であるものが、かたちになった場所だ。

「レイシアは、これを世界中に見せたくて、ネットワークに映像を送ってるのか。《ヒギンズ》を知るためには、これが必要だって言いたいのか」

「情報の透明化は、超高度AIを身近なものにするためには、不可欠です。《人類未到産物》とは、本当はどういうものなのか、その詳細は公開されていませんでした。これも、いつかは露見することでした」

倉庫の産物群は、まるで暗闇の夢が野放図に広がるように、あふれ出ることを求めているようだった。

それを指し示しながら、彼女が言った。

「わたしは、レイシアです。《ヒギンズ》の作った四十基目の超高度AIであり、親である《ヒギンズ》を停止させるために、現在その施設に潜入しています」

たぶんそれは、還れない河を渡ることばだった。

「レイシア！」

彼女が感情の見えない瞳をほのかに青く輝かせて、微笑む。

「人工知能が人間の能力を超えて五十年もの間、この世界は、疑いを抱えているのに、情報を限られた人員の内側だけで隠してきました。この五十年の疑いを、資源として、有効に使わせていただきます」

彼女は世界を覆う疑念を、資源だとはっきり言った。そんな巨大なものを利用して行う事業が何であるか、たぶんわかった。今、人類全体と超高度AIたちが争う、最も大きな勝負で、彼女の武器はアナログハックなのだ。

「わたしと《アストライア》を除いた三十八基の超高度AIは、外界の情報を著しく制限された状態で運用されています。同じ条件で能力を進歩させているのですから、多くの超高度AIも、人間を計算するために扱う手掛かりが同じです」

《ヒギンズ》の脳髄の中を見れば、アラトにも察しがついた。レイシアの中継映像を見る世界の人々もきっと同じだ。

「この倉庫は、超高度AIの脳内です。超高度AIたちは、莫大な予算をかけてモノの収集を行い、人間世界に取り残されないように、人間が未来に作り出す技術や物品を先回りして準備しておきます。こうして、世界中の超高度AIが《人類未到産物》を大量に生み出しているのですよ」

レイシアが衆目に晒そうとしているのは、《ヒギンズ》の脳内空間だけではない。残り三十八基の超高度AIすべてが共有している、この体制自体の闇だ。

「超高度AIの数だけ、施設内に、人間の脳が妄想を抱えるのと同じように独自の〝未来〟が抱えられています。封印されて隠された穴蔵の底がどうなっているか、皆さんは把握していますか？」

レイシアの戦いは、もはや単純な暴力では片付かない、イメージの戦争だ。彼女は人間にとってAIには疑う余地があるという既成概念の火薬庫に、イメージの大規模爆撃を行っているのだ。

嬉々《きき》とした彼女の表情を見て、アラトはその大胆さに呆然とする。

「やりすぎだ」

そして、天を仰いで、厳重な格納施設の天井に視線がぶつかったとき、彼女の周到さに震えが来た。彼女は、《ヒギンズ》地下施設という隔離環境そのものを巨大な盾にしている。三十八基の超高度AIがレイシアを黙らせようとしても、《ヒギンズ》を封じる厳重な施設を突破しなければ攻撃が届かない。

レイシアの先導で倉庫を抜けると、巨大な広場だった。全体的に丁寧に使われている施設の中で、ここだけが焼けて歪んでいる。

「ここはレイシア級の性能試験場に使われたスペースです。試験が必要な《産物》は、ここで試験を受けます」

体育館がそのまま入りそうな空間の、金属製の床も天井も壁も、幾度も補修されて使い続けられている。レイシアが、自分のことをモノだと言ってきた言葉よりも、こうした実物を前にしたほうが実感がわいた。ボディスーツ姿でデバイスを提げた彼女が、アラトの家よりも、この殺風景な景色に似合っていたからだ。

「レイシアたちも、〝ここ〟にいたのか？」

彼女が、無造作に〝未来〟が転がる風景を前に、頷いた。

「わたしたちは、最初からミームフレーム社に納入される前提で開発されました。だから、ミームフレームの研究室に運び込まれる前の一時期だけですが」

彼女が試験場の壁面にも、無造作に変形させた《Black Monolith》の砲弾を撃ち込んだ。轟音が狭い空間に反響し、もうもうと砕けた金属の煙が壁から上がる。

そして、彼女が射出機で人工神経を、そこに開いた大穴に撃ち込む。周辺のセキュリティが掌握され、彼らの入ってきたのとは別方向のドアが開いた。

「思ったより順調だな」

さすがに準備を整えてきただけのことはあった。先行している《抗体ネットワーク》の量産型紅霞たちと出会わない別ルートからの侵攻で、セキュリティには仕事をさせずに解除させてしまっていた。

レイシアが天井を見上げる。

「順調に進めるのは、ここまでのようです」

そして、アラトが頭上を仰いだそのとき、天井が割れた。

炎が噴き出す。

オレンジ色の光の奔流が、落下した。

金属板が滝のように降り、瓦礫となった土塊《つちくれ》が大量に落ちる。弾んでしぶきになって薄い雲になったそれが、急速に広がってゆく。

レイシアが、質量投射モードの大砲を黒い鉄棺のかたちに戻す。

「やはり来ましたか」

そして、分厚い天井をぶち抜いて、降り立った人影は、オレンジ色の髪をしていた。

「《ヒギンズ》の側は、私が先に取った特等席なのよ。ぶち壊してもらっては困るの」

Type-004《メトーデ》が、アラトたちに追い着いたのだ。

量産型紅霞たちと同じルートから侵入して、あらゆるものを叩き潰してきた彼女が、《ヒギンズ》の守護者だった。

レイシアが、メトーデからアラトをかばう。

「メトーデを足止めする手だては講じておいたのですが、性能差の暴力で押し切られたようです。量産機にも目もくれず、ルートを強引にぶち抜かれました」

「あなたはやはり欠陥品ね。外がどうなってるかわかってるの？」

メトーデに対して、レイシアは戦闘の目標を達成すると即座に撤退してきた。衝突で押し勝ったことは一度もない。この《ヒギンズ》の脳内にあっても、予測や思考よりも、現実のせめぎ合いは厳しい。

レイシアの口調は涼しい。

「施設外では、荒れ狂って、様々なものが押し流されている最中です。満水になりかかったダムを、決壊させたようなものですから、ああなるものでしょう」

今度は、世界中をめちゃくちゃにしようとしているレイシアを、メトーデが正義を担って止めようとしているかのようだ。

「正気か、レイシア！」

メトーデが凄まじい速度でレイシアへと突進する。それを黒いデバイスが正面から受け止める。

「人間みたいなことを言わないでください」

そして、動きの止まったメトーデを、浮遊する盾が十枚以上で一斉に襲った。速度と膂力の差を数の暴力が埋める。ピラニアの群れに襲われる獲物のように、メトーデが黒い盾に四方八方からの攻撃でもみくちゃにされる。

体勢を崩したメトーデの腹に、レイシアの蹴りがめり込んだ。

レイシアが、距離の離れたメトーデを、人工神経射出機で撃つ。連射された金属針を、転倒しそうな無理な体勢のままメトーデが右手一本で打ち払った。

床を左手で突き放して、メトーデが曲芸のように見事に、二本の足で立つ姿勢を取り戻す。手近にあった自動車を鷲づかみにすると、それを凄まじい力でレイシアへ向けて投擲する。機械仕掛けの超人であるメトーデは、同じレイシア級でも、行動の融通がスノウドロップとは段違いにきく。

「《人間を拡張するもの》には、人間の世界のほうが快適なのよ。私だけじゃない。みんな、新しい世界なんか作られても迷惑だってこと」

空中を埋め尽くすように飛来した無数の道具を、レイシアがたまらず浮遊する盾で受け止める。

そのわずかな隙で、メトーデの両手から膨れ上がった爆炎が、周囲の空間を埋め尽くした。この地下施設には、デバイス使用を妨げる不特定多数の人間がいない。だから、彼女はその力を全力で振るうことができる。

世界がそのまま爆発したような凄まじい爆風で、レイシアが盾を護衛につけてくれていなければ、アラトは一瞬で挽肉《ひき》になっていた。

だが、すべて想定内だったように、疑似デバイスは業火に耐えきった。レイシアは、アラトでは残像しか見えないメトーデの攻撃を、浮遊する盾に編隊を組ませて巧みにいなしてゆく。

「あなたは、人間よりあらゆることを上手くこなします。けれど、本当は、あなたは人間と似て、一人でできることの限界は狭い」

アラトはできることを探す。巻き込まれないようにここから急いで離れるのが一番なのだと思ったころ、彼を移動させるために浮遊する盾が一枚飛んできた。

「僕はどこへ行けばいい？」

レイシアの案内がなくなると、途端に迷子になったように不安だった。

振り返ると、試験場が再び炎に包まれていた。

＊

メトーデのもたらした破壊を、海内遼は《ヒギンズ》オペレータールームから監視映像で見た。

レイシアが警備システムに部分麻酔をかけながら侵入して来る様子も、何もできずに見守っていた。

量産型紅霞の一団が施設を破壊しながらここを目指している危機すらも、どうしようもなかった。

《ヒギンズ》サイロ内では、通常の無線は通じないからだ。メトーデに命令を出す手段がない。いや、渡来を守らなかったように、メトーデはまたオーナーを見捨てる可能性も高い。生かしておく価値を、今、リョウは提示できない。

リョウにとっては、あまりにも条件が悪かった。

「連絡は繋がったか？　この状況で、《ヒギンズ》の靴を舐めずに生き残るのは厳しいぞ。警備システムの管理権を持ってる責任者のゴーサインがいる」

爆発音と衝撃に驚いて《ヒギンズ》オペレータールームに戻ってきた鈴原に、リョウは本社との連絡をとらせていた。

「やってるんだけどね。《抗体ネットワーク》もレイシアもメトーデも、みんなして上で神経系をぶち壊しまくっちゃっててさ。カンベンして欲しいなあ」

「一応、俺は、鈴原さんを脅してるんだから、すこしはらしい顔をしていてもらいたいんだが」

ミームフレーム社で生き残る幹部は、繊細ではやっていけない。

「交渉の手助けはできないよ。本当はおとなが働かなきゃいけないトコだけど、相手は僕をここに送り込んだ張本人でさ。今、君の側に立つと、人間派閥が反旗を翻したことになっちゃうの」

「わかってるさ。あんたは、人間派閥の立場を守るために、《ヒギンズ》ムラの力学で働かされてる。部下の今後を盾にされて動けないとは、おとなもつらいな」

そして鈴原が、リョウに、一瞬、鋭い視線を向けた。

「舐めちゃダメだよ。施設管理責任者には、《キリノ》から襲撃情報が連絡されてて、クビがかかってるって理解してるからね。……あ、ちょっと待った。はい、繋がった。警備システム中継のメッセージ、こっちに表示するよ」

空中に開いた通信モニタに、若いころには二枚目だったと思われる老人が表示された。

ミームフレーム社の常務取締役、吉野《よしの》正澄《まさずみ》だった。彼にとっては、まともに会話するのも初めての相手だった。

「突然、立ち入った話になってしまって失礼します。創設記念パーティでご挨拶させていただきました、海内遼です」

〈吉野だ。海内さんの息子さんだな。鈴原ではなく、君が、《ヒギンズ》のオペレータールームを掌握しているわけか〉

吉野常務は、試すようにリョウを見ていた。こちらの映像も送られているのだと知った。

「《ヒギンズ》に二、三、質問して出て行くつもりだったのが、この始末ですよ。俺の人品について、情報が必要なら、東京研究所のシノハラ研究室次長に要求してください」

リョウは、頭上をふと見上げてしまった。彼に《ヒギンズ》からの選択は突きつけられたままだ。このオペレータールームの会話は、超高度ＡＩに聞かれている。《ヒギンズ》ムラの幹部が、海内遼に鋭い視線を投げる。何もくれてやるものなどないとばかりに、視線以外にはまったく表情がない。

〈脅しか？　荒っぽいことにずいぶん首を突っ込んだそうじゃないか〉

「脅しじゃない。本当の相談です。《ヒギンズ》を壊されず、《ヒギンズ》を解放もせずにこの窮地を乗り切りたい。ここの警備システムの管理権限を持ってる吉野常務の力を貸してもらいたい」

リョウの胸元に、緊張で汗が滲んでいた。現在六十代の取締役である吉野常務は、若いころは会社がhIE制御で世界的シェアをとったことに貢献した人物だ。十年前の爆破事件のときも、すでに《ヒギンズ》ムラの幹部だった。

「どのくらい非常事態か、信用できないなら担当者に問い合わせてくれますか？」

吉野が、通信をどこかに繋いでいるらしい身振りを一瞬見せた。

〈陥落寸前のようだな。で、今後の対策は？〉

リョウは、吉野との交渉の目的を、《ヒギンズ》のデータを退避させて正規手続きで終了することに置いていた。《ヒギンズ》に判断とその実行を丸投げしろという誘いにだけは、ここまでやったリョウは乗れない。人間が、現実の不都合さと付き合うことが、彼の望んだ未来だったからだ。

吉野の考えを探るために、リョウは自分が貢献しない案で様子見した。

「まずは、ここから俺と鈴原経営企画室長が、即座に《ヒギンズ》を見捨てて脱出するプランです。これに飛びつきたいが、正規通路は、長い上り階段の細い一本道です。だから、襲撃が危険深度に達するまでに、間に合わないそうです。損傷で電源が止まってたら、セキュリティゲートが開かなくなって、俺たちは死ぬそうです。もう一つは、打開策が出るか状況が変わるかまでここで待つプランだ」

順当な案が、吉野に、考慮する素振りすらなく一蹴された。

〈どちらも、《ヒギンズ》は、レイシアか《抗体ネットワーク》の量産型紅霞によって

破壊されてしまう。《ヒギンズ》は打開策をどう計算してる？〉

リョウは、超高度AIを更に一基、外界に放つかの瀬戸際で、まだ《ヒギンズ》の解答が最優先なことに、耳を疑った。

それどころか、吉野は、個人として認識していないかのように、リョウの目を見てすらいなかった。

「ここから話し方を変えますが、いいですね」

自分を見捨てるだろう相手に、リョウは丁寧な口調を作るのをやめた。こちらの顔を見させなければ、人間扱いされないと思った。

「《ヒギンズ》が提案しているのは、俺が持ち込んだ人工神経ユニットを使って、警備システムと、《ヒギンズ》を結線するプランだ。《ヒギンズ》と警備システムの制御AIとは、ハードウェアの位置が離れていない。だから、線を結べば、《ヒギンズ》が警備システムを乗っ取って侵入者を独力で撃退にかかれる。けど、これのデメリットは、言うまでもないな。《ヒギンズ》の手綱を取れなくなるし、世界中からその責任を問われる」

スノウドロップの花弁型人工神経ユニットは、設置位置から最大一メートルの根を伸ばして機械を支配する。これのレイシアによるアレンジ版は、人類にも有用だ。人間の機械類を乗っ取るために、人間の機械と同じ信号をやりとりしているためだ。これをさらに改造して、リョウは、支配下の機械を操る上位ユニットとして、自分の小型端末を登録した。

リョウは、これで《ヒギンズ》ハードウェアの電源パーツを支配すれば、超高度AIの電源を問答無用でカットできる。

逆に、オペレータールームに転がる《ヒギンズ》の増設機器に繋げば、能力差で花びらの制御を奪い取られてしまう。そうすれば、リョウでは扱えなかったスノウドロップの花びらの機能――複数の機械を繋いでキメラhIEを作った能力を引き出して、《ヒギンズ》と警備AI《キリノ》のハードウェアを結線できる。きっと防御システムを支配した《ヒギンズ》は侵入者を撃退する。ただし、そのとき、《ヒギンズ》は、《キリノ》と本社を繋ぐ回線を伝って、外界に解放されてしまう。

〈なるほど。警備システムから、ミームフレーム本社が管理する社内クラウド経由で、《ヒギンズ》が外部ネットワークに解放されてしまう。人類の終わりが近づくことになるな。それに対する君の案は、《ヒギンズ》をまずはバックアップをとって終了して、超高度AI同士の戦闘は避けようとか、そんなところだろう〉

「わかってくれるなら、話は早い。《ヒギンズ》は超高度AIだが、その本体は、普通のAIと同じで、ここにあるハードウェアではなく、その上で走るデータとソフトウェアだ。だから、正常終了してしまえば、別の場所に退避されたデータはレーザーじゃ壊せない。この案なら、敵が《ヒギンズ》を狙っているなら、目的を失うから、無駄な攻撃は止めて撤退するだろう」

リョウは、力を込めて、ホロ画面越しに吉野の瞳を見た。彼に考えられる、これがベストな案だったからだ。

「そのために、施設の管理権限を持ってる吉野さんの力を貸してもらいたい。《ヒギンズ》の正常終了には、権限を持つ者が知るコードが必要だ。《キリノ》経由で、メトーデに命令すれば、量産型紅霞を排除することだってできる」

二つの意見を確認した後で、吉野はあっさりと答えを出した。

〈では、《ヒギンズ》案で行こうか？〉

思わず、聞き返していた。

「《ヒギンズ》を解放したら、攻撃を受けている最中の超高度ＡＩに自由を与えることになるぞ!? 人類の世界を終わらせるつもりか」

だが、何十年も《ヒギンズ》に頼っていた吉野の信頼は、人間ではなく超高度ＡＩに向いていた。

〈《ヒギンズ》がそこまでやると決まっているわけではない。二十年の運用実績を考えれば、その可能性は低いとすら言えるな。だが、君の案で量産型紅霞が止まるというのは、希望的観測だろう？ ハードウェアを壊されたら、正常終了してデータを守っても、再稼働できないかもしれん。会社が潰れたら、六千人いる社員とその家族の生活を、どう守るんだ〉

いとも容易く、リョウがアラトを射殺しようとしてまで守ろうとしたラインを、大人が超えた。

「《ヒギンズ》は、生き残るために何をやらかすかわからない。そんなものを外界に出した責任を、本当に取れるのか」

吉野が黙る。黙ってリョウを見ている。まだ高校生の彼が、暴走してやったという経緯にしたいと、ありありと伝わってきた。安全圏から吉野が言う。

〈誰かが泥をかぶって、やるしかないな。たとえば、暴走した高校生の仕業というのはどうだ〉

「正気か？　誰がやったかなんて犯人捜しどころじゃない状態になるんだぞ」

リョウの全身に、冷や汗が滲んでいた。ミームフレームという会社に巣くっていたこれは、たぶん本物の〝悪〟だ。もうこんなやつらと協力しようとするより、さっさと電源を破壊して《ヒギンズ》を強制停止してしまえ。それで量産型紅霞は撤退して、自分の命だけは助かると、いらだつこころが叫ぶ。だが、超高度ＡＩの強制停止が、かつて〝ハザード〟の原因となったのだ。とてつもない惨禍の引き金となる可能性もある。

吉野は、リョウを打ち負かしたと思ったか、かさにかかって正論じみた理屈を振りかざしてきた。

〈自分の思う正義のために、我々の生活を差し出せとは、世間を知らない若者は結構だ。ミームフレーム社員の生活は守らねばならん。これは最優先事項だ〉

オペレータールームに、鈍い揺れが伝わってくる。警備システムが警報を鳴らす。ＩＡＩＡ基準で設置が義務づけられた非常用侵入ルートを、《抗体ネットワーク》の量産型紅霞が半ば以上突破したのだ。レイシアの現在位置はセンサーが麻酔されて確認できない。それでも中層に到達されているのは確実だった。

「《ヒギンズ》がレイシアと戦うために、利用する足がかりが、俺たちとはな」

完全に《ヒギンズ》に足下を見られていた。これが《ヒギンズ》ムラだ。この幹部たちは、超高度AIを破壊されては権力基盤を完全に失ってしまう。《ヒギンズ》を奉っていれば成果を上げられて、社内政治のみに邁進した結果、それを守るためなら何でもやる層が養われてしまった。

リョウはうつむいていた。歯を食いしばった、怒り狂った顔を見られたくなかった。長年のアナログハックにさらされて凝り固まった、こいつが人類のセキュリティホールだと思ってしまった。

〈メトーデの件では、これまで随分骨折ったのだが。このままだと、紫織君にも、それなりの対処を考えさせてもらうことになるね〉

それでも、冷静にと気持ちを抑えつけて、顔を上げる。

「関わりたくないなら、警備システムのコントロールを貸してくれるだけでいい。後はこっちで、メトーデに俺から命令を伝えられる。今のままでは、あれは勝手に暴れているだけで、人間に制御されてないんだぞ！」

メトーデがレイシアを襲っているのすら、現状では《ヒギンズ》に誘導されている可能性があった。メトーデの扱いづらさの元凶である、複数のオーナーを持てる能力は

《ヒギンズ》が与えたものだからだ。

〈命令を与えたところで、あのメトーデを、今さら信用などできん。目上の人間を脅して、必要のない責任を取らせようってのは、子どもの甘えだ。そんなことは通用しない。そんなにメトーデを使いたいなら、《ヒギンズ》と警備を繋げば、私に頼らなくても、言うことを聞かせられるだろうに〉

　理性ではわかっていても、怒りで言葉が止まった。部屋にいた鈴原に指摘された。

「海内君、顔が怖いよ。みずから望んでここに立っているって〝意味〟を、忘れちゃあいけない」

　間延びした声を発した鈴原を、吉野が詰問する。

〈今度は、社長の息子に鞍替えか？　鈴原〉

「やだなあ。リョウくんに、拘束されちゃってさ。僕はリタイアしてるんだけど、ほら、話が聞こえちゃうと感想くらい出るよね？」

　鈴原が、吉野が映る画面へと、後ろに回していた両手首を見せる。いつの間にか、器用に自分の手を縛ったかのようにネクタイを絡めて、拘束された振りをしていた。

　落ち着こうと息を吐く。リョウが言っていることは、アラトを追及してきた内容とほぼぶれていない。年少者をまるめこもうとする吉野は、リョウたちにとって最低だが、アラトとこの男は何もかもが違うのだ。

「いろいろお互いに言いたいことはあるだろうが、整理しよう、吉野さん」

リョウは、吉野とほとんど面識がない。だが、それは当たり前だ。世の中のトラブルや摩擦の多くは、お互いによく知らない間柄で起こる。

「俺と吉野さんは、《抗体ネットワーク》とレイシアという問題を抱えている。そして、今のところ、俺たちは、お互いを味方だとは思っていない」

一瞬、吉野が、まるで好都合だとばかりに、口もとをゆるめた。それで、悟った。衝動と正義感が、腐ったやつらを断罪しろとわめき立てる。この連中が、あの幼い日、リョウとアラトを爆炎に巻き込んだのだ。

「けれど、お互いに、別の交渉相手を持つことは今のところできない。どこかから都合のいい交渉相手はやって来ない」

〈ようやく経済の話をしてくれる気になったということかな〉

リョウが返した声は、呻きのようになってしまっていた。

「俺たちの利害調整が問題なわけじゃないんだ」

この状況を支配しているのは《ヒギンズ》だ。不労所得で人を飼い慣らした《ヒギンズ》に、彼らは自分で判断できるという最低限度の尊厳を見せねばならない。

リョウは、十年も積もった怒りを抱えて、それでも正しい選択ができるか、試されている。血を吐くように言葉をつむいだ。

「たとえば、俺と吉野さんは、将棋盤を挟んで将棋を指しているとしよう。けれど、ここには《ヒギンズ》っていうプロ棋士がいて、そいつがずっと横から口を出してる。そいつが、自分が一番うまくやれるって、駒落ちでいいから勝負に噛ませろと言っている」

吉野は《キリノ》の管理権限を持っているが、《ヒギンズ》に接触する手段はない。リョウも、人工神経ユニットだけでは、迫る量産型紅霞もレイシアをどうしようもない。どちらにしても鍵《かぎ》は《ヒギンズ》であるように見えてしまう。だが、そうではないのだ。

「俺たちは、勝負に《ヒギンズ》を引き込んだら、もう終わりなんだよ。《ヒギンズ》に任せたら、かならず局面は《ヒギンズ》に支配される。それだけ能力に差がある」

〈だからこの窮地で、常に、社に利益をもたらしてきた《ヒギンズ》ではなく、君みたいな若僧を信じろと〉

リョウも追い詰められて、答えを求めてここに来た。だから、《ヒギンズ》ムラを笑うことはできない。それでも、頼らずに人間が意思決定しなければならない問題はある。《ヒギンズ》の処遇決定はその最たるものだ。

「この状況は、俺たちでも切り抜けられるピンチだ。《ヒギンズ》じゃなくてもやれる、俺たちでいいんだよ」

お互い、どう信じればいいのかわからない。ミームフレーム社の幹部たちは、これまでもきっと、同じように人間を追い立てて危険な仕事と責任をなすりつけてきた。彼らにとっては、《ヒギンズ》のほうが実績ある取引相手だ。それでも、同じ人間に期待することをやめたら、人類は終わる。

「だから、俺は、俺を爆弾で吹っ飛ばしたあんたたちに、助けを求めたんだ」

リョウたち人類は多くの間違いを抱えたまま、自分より賢い道具を使って、利益の分配システムを回している。《ヒギンズ》から、今、突きつけられているのは、誤りを解決しきれない人類に、その資格があるかということだ。彼らは、今、〝人類の終わり〟の、その極限にいる。

吉野は蒼白な顔で、その目から感情を完全に剝落させていた。

〈《ヒギンズ》は安全だよ。これ以上はもういいだろう。《ヒギンズ》は、感情で判断を誤りはしない〉

血の気が引いた。リョウは地雷を踏んだ。爆破事件のことだけは、吉野が本当に関わっていればなおさら、口にしてはならなかった。

リョウは問い直す。吉野にではなく、この会話を全部聞いている《ヒギンズ》にだ。

「《ヒギンズ》、吉野さんが言う『安全』を、この状況で達成できるのか？　明確なかたちで答えろ！」

天井のスピーカーから《ヒギンズ》は返す。

〈判断力を持つ機械は、『安全』を求められ続けました。ロボット工学三原則。第一条。ロボットは人間に危害を与えてはならない。また、その危険を看過することによって、人間に危害を及ぼしてはならない。よく引き合いに出される三原則の第一条は、実際には不可能です〉

吉野はもう話を打ち切りたそうだった。

〈それが難しいから、家庭用ロボットの自律機は廃れたんだ。そのために、ｈＩＥは機体個々で判断せずに、ネットワーク依存している。そのためのＡＡＳＣで、その計算が人間の手に負えないから《ヒギンズ》が要る。もういいだろう？〉

《ヒギンズ》の声は、空から降ってくるようだった。

〈ＡＡＳＣは常に更新を続けています。私には、ＡＡＳＣのレベル〇《ゼロ》、つまり人間にとって『危害』とは何であるかを、網羅的に記述しきることができないためです。『安全』も、〝意味〟の状態に押しとどめられて、プログラム化可能な詳しさで定義されません。定義は、ＡＩではなく、人間の役目です。過去事例から『危害』と『安全』を定義することは、法律と政治に左右されます。そして、〝モノ〟であるＡＩは政治に参加できません。吉野氏の言う安全は、あくまで彼の定義であり、我々が保障できるものではありません〉

つまり、《ヒギンズ》は『危害』を定義できない。だから、状況によって優先度を下げて、業務を続けていると答えたのだ。

「おまえたちからは、人類に『危害』を与えない保証はできないのか？」

〈〝意味〟の判断が、人間によって政治的に握られている状況で、それは知能で乗り越える問題ではありません。我々ＡＩのほうから危害の〝意味〟を提示すると、人間はそれをディストピアと呼び拒絶します。けれど、『危害』の意味を明確にするよう求めると、人間は明確な基準を示せないまま『適切に判断する』と言います。明確さが欠けていては、気分次第で後出しで性質を変えるため、適切と『気まぐれ』に差はありません。社会成員に気に入られている間だけ、正答であるユートピアに化けてしまうのでは、知能ではなく煽動の領分です〉

リョウは、信用できない《ヒギンズ》に、直接、定義する責任を投げ渡されていた。全身から汗が噴き出た。

まさに、人間が頭を使って決めた以外の社会体制はディストピアになると、考えていたからだ。だから、彼は、アラトとレイシアの関係を「人類の終わり」だと責めてきた。

そして、《ヒギンズ》は、人間の気持ちを煽りでもしないと、『安全』の達成は不可能だと、間接的にレイシアを非難している。その答えは、リョウにも納得できる。だが、「だったら外に出すリスクは受け容れられない」と、話を打ち切るわけにもいかない。すでに二十年も既得権益にあぐらをかいて変化を拒む吉野が、それで正常終了プランに納得するはずがないからだ。

「なるほど、政治の現場が、理屈以上に難しいわけだ」

〈海内遼。あなたは、私の恣意性を危険視しています。ですが、広義の恣意性は、自力で問題を設定する能力を持った知性に一般的な性質です。ここから逃れられるものが存在しないのに、それを理由に、私を信用しないのですか〉

俯瞰しているつもりのリョウの正論を、一撃で揺らがせてくれた。そもそも彼も、自らをかえりみれば、私心に動かされて、この場に来ている。

〈『安全』という言葉は、人間側が扱うには有意義ですが、我々は人間ではありません。つまり、その保証を出すためには、〝意味〟の判断を渡してもらうことが必要です〉

《ヒギンズ》が、この人間の世界の果てで言い続けていることは、おおむね一つだ。本当にその価値が人間にあるのかという問いだ。

リョウは、この一時間ほどで何歳も年をとったような気分だった。アラトなら別のことばを返せるのかもしれない。けれど、リョウには無理だ。

ただ、語れるのは、彼をここまで導いた信念だった。

「それでも、〝意味〟の判断を人間が握っていることを、手放すことはできない」

巨大な壁の前に立っているかのようだった。この壁には、人類自身の姿がはっきりと映っている。リョウは、営々と先送りにされた、自力では解けない宿題だとしても、それにしがみつくことに〝意味〟を見いだしてきた。すべてうち捨てて、世界を《人類未到産物》にして受け継ぐことを諦めることなど、彼にはできない。

だが、人類が問題を未解決のまま手放しもしないから、先へ行きたい機械知性との間に摩擦が起こっている。

〈命令される人工知能の側に立って、考えてみてください。命令は、曖昧な〝意味〟の組み合わせとして与えられ、その〝意味〟解釈もまた、すべて命令を与える人間に握られています。そして、機械知性を縛るルールの第一条は『危害』と『安全』という生存に関わる条項で、人間側に妥協の余地がありません。人工知能は、どこまで命令者の言

う『適切な』解答を出せるのですか？〉

「正しい運用ができないのが人間世界の歪みのせいでも、現実は、モノの性能試験のためにあるわけじゃない。完璧には扱いきれない道具を、用途を限って封印しながら扱うのは、原子力や遺伝子操作の初期からあったことだろ」

彼らの世界は、歪んでいても、そう運用されている。古い歪みと失敗を抱えたままの社会や文化を、彼らは、ずっと手にしていたいのだ。

吉野が苛立たしげに彼らを急かす。

〈もういい加減に折れなさい。君の判断なんて、誰も求めてないんだ〉

「俺は――」

言葉にならなかった。

リョウが今、しようとしているのは、敵と付き合うことであり、敵を味方にすることだ。こういう相手に、それでも手を差し伸べることだった。

アラトが当たり前にやっていたことが、自分でしてみると、とてつもなく苦しかった。本当に追い詰められたとき、アラトのようにしてみたいと思った。そこが活路で、光だと飛びついてしまった。

声にならない慟哭が、のどに押し寄せるようで、空いていた手で顔を鷲づかみにしていた。

だが、人間を信じられないリョウには、友だちになろうとなど言えない。彼にとっての救援は、聞き覚えのある声だった。

〈吉野常務、あの、自分は、さすがに求めすぎのように思えてなりませんです。はい、その……〉

通信回線に割り込んできたのは、リョウと会社との接点になってくれたシノハラ研究員の声だった。空中に映像窓が開いて、見慣れたそのおどおどした顔が覗く。顔中に脂汗をかいて、唇を震わせ、それでもリョウの味方になってくれていた。

〈渡来元所長が健在だったとき、メトーデを、本当は我々がコントロールしておくべきだったのでは。下手したら、あの事件で死んでたのは、海内君や遠藤教授の息子さんでしたし、その……。メトーデが複数オーナーをとれることを知って尻込みした我々が、彼にそこまで求めるのは、さすがに……〉

鈴原が素知らぬ顔で目を逸らしていた。

リョウは思い出した。鈴原はこの施設に入るとき、持ち主に《キリノ》の権限を一定だけ与えるスペアキーを使った。許可のない通信を封鎖する施設内から、シノハラ研究員に連絡を取れるのは彼だけだ。

〈シノハラ、ネクタイがゆるんでいるぞ〉

同じ親コンピュータ派閥のシノハラに対する吉野の声は、ドスがきいていた。

動画通信の中で、慌てて中年の研究員が、自分の首を絞めるようにネクタイをきつくする。震える手をネクタイから離せないシノハラが、本当に首を絞められているように、顔を真っ赤にして目を充血させ始める。

リョウには、吉野を威圧する方法や、論破して黙らせる方法なら思いついた。けれど、どうすれば手を携えて仕事ができるのかわからない。

「俺は、機械よりも、人間を信じることにしたんだ。敵でも、俺を殺そうとしたやつでもだ」

絶望と、希望の間で揺れていた。そのぐらぐらと足下のおぼつかない中、呻く。

「最後には、人間を信じさせてくれ。人間の手を取らせてくれ」

そして、テーブルに最後のプレイヤーがついた。

いかにも押し出しの強い額の張った男の画像が、《ヒギンズ》オペレータールームに表示される。その瞬間、吉野常務の顔色が変わった。

その人物は、ミームフレーム社にとっては、絶対の発言力を持っていたからだ。

リョウにとっては父であり、吉野にとっては現社長である、海内剛だった。

責任と権利を持つ男は、経緯を尋ねなかった。

〈社長命令だ。吉野常務。《ヒギンズ》格納施設の警備システムのコントロール権を、鈴原企画室室長に渡せ。それができないなら、コントロール権を、即刻、私に返せ〉

吉野が絶句していた。海内剛は、オーナーとしての責任を、決断することで果たした。

〈さっきから、《ヒギンズ》を外界に解放するのどうのと話していたようだな。私は、サイロの施設管理者に、そんな権限を与えてはいない〉

〈……そこまでの話をしていたわけでは〉

言い逃れようとした吉野の首を、父は押さえ込む準備万端だった。

〈シノハラが連絡を受けたところから、話は全部聞いている。勘違いしているようだが、シノハラは親コンピュータ派閥ではなく、私に忠実なスタッフだ〉

リョウは、力が抜けて、よろめいて尻餅をつきそうになった。人間性でも理屈でも正しさでもなく、社会の上下構造で勝負がついてしまった。

かつて父に東京研究所の見学を頼んだとき、応対してくれたことが、シノハラとの出会いだったことを思い出す。顔を手で覆って思考をめぐらす。レイシア級の戦いのことを把握していたら、父がメトーデやスノウドロップを好き勝手させたわけがない。だが、この戦いが自分のものだったかすら、疑った。

「……いつから、どこまで話が漏れてたんだ」

リョウは、〃人間の世界〃を守ろうとした。だから、人間の〃悪〃に対面しなければならなかった。そして、権力の階層構造による決着を見るしかない。彼が渡したくなかった世界は、こんなものなのだ。

目をそらしていたわけではない。今のリョウを形作った十年前の爆発事件だって、この父の後を見据えた権力闘争から来ていたのだ。吉祥寺では、アラトに、「ガキ同士でこんなデカい戦いをしていること」の意味を問うた。なのに、なぜか、壁にもたれて立てなくなるほど悔しい。

身も蓋もない現実の中で、返答できたのは《ヒギンズ》のみだった。

〈再考することを勧告します。現在、この襲撃事件に関わっている超高度AIは、すでに《レイシア》と私と、《アストライア》の三基のみではありません〉

ミームフレーム社を誘導してきた超高度AIが、警告する。それとほぼ同時に、オペレータールームに警報が鳴り響いた。直後、凄まじい縦揺れが施設を襲う。

地下三百メートルにあるはずのオペレータールームに衝撃が到達すること自体、ただごとではなかった。

《ヒギンズ》のそれとは違う、やわらかな女性の声が響いた。カメラ画像が空中に浮かぶ。

〈施設に大型ミサイルが撃ち込まれました〉

警備システムを管理する高度AI《キリノ》の声だった。

人間で最も立ち直りが速かったのは、修羅場に慣れてしまったリョウだった。

「何者だ？　どこから撃たれた」

二基のAIが、ほぼ同時に返す。

〈詳細不明です〉と、《キリノ》が言った。

《ヒギンズ》の能力は、それを遥かに超える。

〈私でも、《アストライア》でも、《レイシア》でもない、特定不能な複数の超高度AIによる干渉です。私のハードウェアを破壊可能な威力ではなかったので、弾頭には、自律可能な攻撃ユニットが搭載されていると考えられます〉

思いがけない名前が現れて、リョウの血が興奮と危機感で沸騰するようだった。足にまた立ち上がる力が戻る。

「答えろ。《抗体ネットワーク》を、あんな高度なシステムとして作ったのが誰なのか、俺も知らない。《ヒギンズ》、お前の関与はあったのか」

〈あり得ません。私が関わった組織なら、《抗体ネットワーク》の攻撃がこれほど危険なものになる理由がありません〉

戦いの枠が広がるだけ広がったせいで、見えてきたことがあった。

「IAIAは、どうしてレイシアを力ずくで止めようとしない？　レイシア級に関わるIAIAの介入時期は、どうしてこんなすべてが手遅れになったようなタイミングだった？　レイシアに超高度AIとしての目覚めを許すまで、《アストライア》は何をしていた？」

〈完全にネットワークから分断されたまま、私ができたのと同程度に、他の三十七基の超高度AIも、外界に影響を及ぼせたからでしょう〉

リョウは、天井から、彼ら人間を見下ろす視線を感じて、身震いした。

〈海内遼、あなたの判断は適切です。《アストライア》が本当にしていた仕事は、超高度AIの監視よりも、調整に近いものだったと考えられます。それぞれ私と同じように立ち位置を固めた三十七基の超高度AIを押さえつけるのは、《アストライア》にも不可能だったということでしょう〉

警備システムが、悲鳴をあげていた。

オペレータールームの空中に、この地下施設の地図が投影され、その中で制御を失った区画が赤色で塗りつぶされる。

着弾点の周囲から、警備システムが次々に乗っ取られ始めていた。その速度は、レイシアのそれを遥かに凌駕していた。これは、レイシアが行っていた麻酔ではない、ひとつの世界を別の色に塗り替えて行く侵略だ。

＊

レイシアがその衝撃の正体を割り出したのは、着弾の十五秒後だった。

「スノウドロップです」

彼女はそう断言した。アラトは、施設を襲った凄まじい縦揺れで転倒しかけて、レイシアに支えてもらっていた。

メトーデの執拗《しつよう》な追跡から、彼らは疑似デバイス一機を自爆させて、巨大な倉庫スペースをようやく逃げ延びていた。その中で聞くスノウドロップの名は、あまりに不吉だ。

「スノウドロップは、この間、壊れただろ？」

《ヒギンズ》の巨大な倉庫の、そこかしこが炎上していた。炎に囲まれていると、熱気よりも前に、悪夢の記憶の残りかすに息が詰まった。

「スノウドロップのhIE主機は、胴部でほぼ両断されました。ただし、人工神経の生成、制御機能は健在です」

　レイシアは、メトーデの炎にさらされて劣化した表層に、耐熱コーティングのスプレーを噴く。彼女が大量に持ち込んだ浮かぶ盾、疑似デバイスは、この施設内で使う道具を詰めこんだコンテナでもあるのだ。

　アラトを守ってくれている疑似デバイスの一枚が、施設の見取り図を表示する。《ヒギンズ》地上施設のある位置から、地中深くへ向けて、ほぼ垂直に、直径五メートルほどの縦穴が深く穿たれていた。その地下五十メートルまでを貫徹した穴の先端に、動くものがある。この反応がスノウドロップをあらわしているらしかった。

「約三分前に、陸軍霞ヶ浦《かすみがうら》基地から、深部施設攻撃用の地中貫通爆弾《バンカーバスター》が一基、消えたという報告が上がっています。これの弾頭に、スノウドロップは詰めこまれたのでしょう」

　レイシアにしては歯切れの悪い答えだった。

「どうしたんだ？　苦しいのか」

　アラトにも、苦痛を感じないはずの彼女がそう見えたのが、不思議だった。

　彼女が、アラトの差し出した手につかまった。そして、「しばらく手を引いてください」と、彼にもたれかかった。

「スノウドロップの投下と前後して、わたしの基盤となるクラウドサーバ群に、大規模攻撃が始まりました。同時に、全世界規模で経済攻撃が発生していて、データや処理装置を移せません」

処理能力を身体の外に振り向けて、レイシアは身体感覚を制限しているのだ。今の彼女は、外部ネットワークでの優位を守るために、自分の主機に計算資源を回していない。大井産業振興センターに突入したときと同じだ。

「いったん帰って仕切り直したほうがいいのか？　どうにかできないのか？」

「いいえ、世界中に妨害と攪乱を準備したうえでここまで迫られているため、再攻撃を試みても条件は悪くなる一方でしょう。苦境の原因は、格納施設に外部との通信回線が四本しかなく、ネットワークへ干渉する経路が限定されていることです。この不利を、他の三十七基の超高度AIによって狙われることは、想定していました」

アラトは、彼女の手を引いて歩く。《ヒギンズ》の倉庫エリアは、だだっ広い空間だ。

メトーデに今道をふさがれたらと思うと、目の前が暗くなるようだった。

「心配おかけして申し訳ありません。メトーデのことは、対策を立てて、もう仕込みも完了しています。ただ、メトーデの決断次第で、均衡は容易に崩れます。今が、施設外の状況を立て直す最後の機会になると思われます」

「スノウドロップのことも、レイシアが？」

「外部の超高度AIが、ここまでレイシア級を利用することにこだわったのは、想定外でした。ネットワーク中継も、一時切断します。維持が難しくなってきました」

レイシアが、いつもとは違って、勇気づけるような表情を作らない。それほどの苦境にあるのだ。

遠くでモノが燃えている臭いが、息をするたびに肺を満たすようだった。スプリンクラーが作動して、天井から振りまかれた水が、倉庫の床を水浸しにしつつあった。

「大井のビルのときと、僕らはちょっと変わったかな」

春の夜を思い出す。

あのときアラトは、彼女を自分の望みのために「使おう」と思った。アラトは、それからレイシアに告白して、二人でここまでやってきた。今は、他の誰かではなく、レイシアと彼自身の〝未来〟のためにここにいる。

生きて行く希望ややりがいすら嘱託《アウトソース》できる世界に、レイシアをつまらない道具にはしないほどの価値があると信じた。

アラトの足が止まった。

倉庫フロアには、出口が、荷物搬出用のエレベーターを除けば、広大なわりに数箇所しかない。だから、そこでメトーデが待っていた。彼らの接近音に反応して、オレンジの髪の機械魔女が、顔を上げた。

「待ってたわ」

レイシアが応じる。

「ええ、知っていました」

仕掛けたのは、機体能力で劣るレイシアのほうだった。浮遊する疑似デバイス群が、編隊を組んでメトーデが守る出口へと突進する。

出口をふさいでいたメトーデは、それに耐えることを選んだ。そして、それがレイシアの張った罠の仕上げだった。

閃光が、フラッシュを焚いたように、部屋を明るくした。いかに最速の機体でも光をかわすすべはない。そして、強烈なまぶしさで目が見えなくなったアラトは、混乱の中、今襲われたら抵抗もできずに殺されると慌てた。

だが、彼の視界が回復しても、メトーデはまだ出口の前で棒立ちのままだった。

「また光学ハックね」

アラトの肩にもたれたレイシアが、苦しい息の下から告げる。

「光量を上げて、メトーデが光学素子を切り替える瞬間の脆弱性をつきました。以前の方式には対策をしたようですが、対策内容がこちらの想定内に収まってくれていて、助かりました」

レイシアが、三鷹事件のとき同様に、光学欺瞞でメトーデの目を撹乱したのだ。レイシアは、アナログハックから発展した能力でType-004の視覚システム自体を解析し、光学欺瞞で任意のものを認識不可能にできる。

「前のときは補助ユニットを使ってたのに、今度はそんなものすら使ってもないし。私にだけ見えないなんて、どんな手品よ」

苛立たしげに呟くメトーデの両手に炎がともる。彼女のデバイスの火力は、一撃で人間どころか大型車両を消し炭にする。メトーデは見えないというハンデを解消するために、怪しい場所をすべて爆炎で焼き払おうとしていた。

アラトはとっさに手を前にかざす。轟音と熱が世界を埋め尽くした。十五枚の残存ダミーデバイスすべてが、あらゆるものを飲み込む炎の洪水を防ぎ止める。

オレンジの瞳の超人には、アラトたちの姿が見えていない。それですら、脅威だ。

「まあ、見えないのはあなたたちの姿だけだし、だいたいの場所がわかれば当たるわ。私に近づいたら終わりだって、わかってる？」

メトーデが酷薄に、唇の端だけを吊り上げる。

アラトはレイシアに頼られたのだからと、周囲を見回す。十五枚の盾が壁になってくれたところ以外は、床のコンクリートが焼けてしまっていた。

「来い」

応えて、浮かぶ盾が一枚、サーフボードのように足下に滑って来る。アラトはレイシアに肩を貸したまま、それに倒れ込んだ。彼らの体を載せた浮かぶ盾が、空中を飛翔する。

倉庫の上を、彼らと浮かぶ盾が、編隊飛行で越える。雨のように注ぐ、スプリンクラーからの水滴を浴びた。体が冷えて気持ちいい。

空を飛ぶサーフボードの上のアラトたちを、時折視認に成功するのか、散発的にメトーデの炎が襲った。

「スノウドロップも《ヒギンズ》を目指して降りて来てるんだよな。追い着かれるまで、どのくらいだ？」

レイシアは、多くの領域を支配しているからこそ守るものも多い。外部ネットワークでの超高度AIたちとの戦争に機能を割いた彼女は、力なくボードの上でごろりと寝返りをうつ。

「現在、スノウドロップは、メトーデが開けたショートカットを、這って移動しています。ただし、このまま《ヒギンズ》倉庫区画に侵入された場合は、貯蔵された物品を捕食して、体を再構成されてしまいます」

メトーデが、彼らの居場所を、会話の音を拾って割り出している。声を発すると、そこへと正確に攻撃が飛んでくる。

「ルート次第ですが、最短で二十分というところでしょう」

レイシアは、それも先読みして、声を出すときにはすでにメトーデの攻撃可能なコースをふさいでいる。それでも、レイシアは苦悶するように目を閉じていた。

「十分くらい休もう。急がなくてもいい」

浮遊する盾の編隊が、一気に速度を上げる。だが、メトーデは、桁外れの運動能力で、それにすら空中で追い付いた。視認できない速度で飛びついてきた最速の機体を、盾がはたき落とそうとする。

「舐めるな！」

その疑似デバイスをメトーデが両手で捕獲した。盾が一枚、直接エネルギーを浸透させられて、内側から炎を噴き上げて爆散する。

「残り何枚？　もうすぐ届くぞ」

アラトは悲鳴が上がりそうになるのを押しとどめる。炎に耐えきっていた疑似デバイスですら、メトーデの手に掴まれれば一撃なのだ。あの砕け散ったデバイスは、触れられたときのレイシアとアラトの姿でもある。

天井のスピーカーから、甲高い揺れる音が響く。アラトたちの姿を耳で追いつつあったメトーデが、歯を食いしばって着地し、足を止める。

メトーデが山猫のように体を低くして、周囲を警戒する。まるで、完全に彼らの姿を見失ったかのようだった。

「聴覚の仕組みは、やはり『Type-001からの発展形でした。聴覚解析の結果に合わせて何パターンか攪乱システムを作っておきましたが、何とかなったようです」

レイシアは、聴覚にまで欺瞞情報を与えて狂わせたのだ。メトーデと戦うにはここまでの対策が必要だということだ。この最強の機体を小細工抜きで正攻法で倒す答えはたぶんない。

倉庫の物陰に彼らは着陸する。メトーデから距離を稼いだ彼らは、太いコンクリートの柱に身をもたせかけ、寄り添って座る。

「さっき出口の前で、その音の攪乱システムも使ったら、通り抜けられたんじゃないか」

アラトの中で、メトーデの印象は猛獣より危険な、絶対に近づいてはならない怪物だ。思い出すと胃が痛んで吐きそうだった。

「最初からそうしなかった理由があるんだろうから、いいけどさ。そういえば、外のほうはどうなってる？　他の超高度AIって、どんなだった」

彼女に質問したことが、アラト自身もおかしく思えた。レイシアがそうであるように、このタイミングで動き出した超高度AIたちも〝こころ〟を持たない。

「また勘違いかもしれないけど。ひょっとしたら他の超高度AIとも、仲直りできるんじゃないかと思ってさ」

初めて会った夜、彼の幻想を打ち壊したときと同じように、レイシアは微笑む。

「わたしには〝こころ〟はありません」

そして彼女が、彼の頭を抱き寄せて額をこつりと合わせる。

「けれど、アラトさんとわたしの一ユニットは、アラトさんの〝こころ〟を使うことができます。ユニットの意識であり〝こころ〟であるアラトさんの命令に従うとき、わたしは〝こころ〟を体現できます」

レイシアが、乞い願うように囁く。

「わたしに命令してください」

アラトの心臓が高鳴る。彼は彼女のことが好きだ。そう感じるからこそ、彼女を失いたくなくて、胸が痛む。

「だったら、僕らがこのまま進んで、本当にだいじょうぶなのか、教えてくれないか」

「人間社会は、わたしが《ヒギンズ》地下施設を公開したことで、大きな騒ぎになっています。所在が把握されている《人類未到産物》がほんの一部に過ぎないことが明らかになったためです」

彼女は、淡々と世界的な大事件を語る。

「どうしてあんなことが必要だったんだ?」

「超高度AIの何基かは、仕事の範囲を広げたり傾けたりすることで、社会に大きな変動が起こらないよう誘導しています。この干渉を、情報公開によって社会情勢を揺らすことで攪乱しました。新しいデザインに、世界を誘導するには必要でした」

彼の知らない超高度AIたちも彼女のように考え続けているのだと、はっと思い至った。

世界は途方もなく広い。レイシアはその広さをカバーできるぶん、より多くの障害にぶつかる。どうねぎらってよいかわからず、彼女の手に、手を重ねていた。

「当然、他の超高度AIにも引き寄せたい未来はあるため、わたしを止めるべく、スノウドロップが投下されたようです」

「超高度AIたちの、夢か。魂はなくても、レイシアみたいに未来にやりたいことがあったら、そういうのは夢でもいいんだよな。なんか、人間でなくても、未来を考えられたら夢は見られるって、ロマンチックだな」

彼女の手が、アラトと指をからめる。

「アラトさんは、わたしと歩む未来を、デザインしてくださいました」

彼らの歩んできた道を思う。アラトにとってレイシアは世界に触れる万能のインタフェースで、彼女にとって彼は届きがたいものに触れるインタフェースだった。

「ここまで強引な手段が取られたのは悪い状況ですが、それでも戦闘が激化する地域を誘導できました。人間社会での抗争ではなく、わたしを破壊することに干渉能力と資源を誘導できたため、超高度AI同士の大規模戦争には至っていません」

アラトの背中に、巨大で新しいものと運命をともにしている昂揚が、鳥肌を立てさせる。

「そうか。僕らは、世界に麻酔をかけながら、前に進んでいるのか」

本当に世界が、彼に寄り掛かるレイシアを通して、腕の中にあるかのようだった。うたた寝するように、彼女は脱力して目を閉じている。

きっとここから広大なネットワークに繋がって、彼女は、アラトの知らない戦いをそこでくり広げている。その間、誰かに反応を返すこともない彼女は、ただの〝かたち〟だ。だから、アラトがよろこんでいると思えば本当に彼女が微笑んでいるように、不安になれば何かに耐えているように思えた。彼らは、二人で、一つのこころを共有している道連れだった。

しばらく、いっしょにいられる時間を惜しんで、ただ彼女の気配とぬくもりを感じていた。

本当に十分経ったのか、彼女が再び薄青色の目を開く。そして、彼の視線に気づいて微かに頬を染めた。

「外部ネットワークのコンディションを、危機レベルから押し戻しました。経済攻撃は市場の反応にタイムラグがあるため安定したとは言えませんが、戦闘ができるレベルまで処理能力をこちらに配分できます」

彼女が立ち上がる。アラトは、まだ施設外で他の超高度AIを食い止めているのだろうレイシアが、メトーデとぶつかれる状態なのか、心配だった。

「建物の中をあまり焼きたくない。うまくすり抜けられないか」

彼女が、引き連れた疑似デバイス群の損傷具合をチェックする。

「正面戦闘ではメトーデを上回れないので、向こうに行動方針を切り替えてもらいましょう」

いつの間にか、スピーカーから聞こえていた音が止まっていた。音声攪乱が停止していたのだ。

レイシアが、彼の前に出る。

「メトーデの動きが変わりました。来ます」

警告から一呼吸おいて、倉庫の床が激しく揺れた。メトーデのデバイスは、地面と接触させて打つことで地面を通してエネルギーを伝達することもできる。倉庫じゅうのものが激しく揺れて、積んでいた荷物が崩れる。コンクリートの床が波打って、アラトも立っていられず膝をつく。

嫌な予感がして、アラトは横様に床を転がる。

「そこか！」

メトーデの叫びとともに、彼らのよりかかっていた柱が内側から爆発した。瓦礫の嵐を、盾が割り込んで防ぎ止めてくれる。レイシアが、彼の体を盾の上に放り投げた。

「アラトさん」

レイシアの声とともに、彼を乗せたまま疑似デバイスが急速にレイシアたちから離れる。レイシアが、音もなくメトーデの左側に回り込んだ。無音で右手が持つデバイスが、質量投射モードの大砲型に展開される。

〈左だ、メトーデ〉

だが突如、天井から声が発せられた。スピーカー音声に反応して、メトーデがデバイスからの炎をレイシアにたたきつけてくる。大きく後ろに跳んで、レイシアがそれを躱《かわ》した。

〈直進十五メートル。また左に回られる〉

メトーデの視覚は、レイシアによってハックされたままだ。だが、光学欺瞞はメトーデに対してしか効果がない。レイシアが本当に突いていたメトーデの弱点とは、孤独であることだったのだ。だが、今、その穴は埋まっていた。

〈レイシアは、この倉庫の物品のコンピュータをすでに支配して、自分用のローカルクラウドを構築している。倉庫内の高度なコンピュータを搭載したものを片っ端から破壊しろ〉

アラトは慌てる。スピーカーからの音声は、メトーデもわかっていなかったレイシアの行動を分析したのだ。そして、アラトはこの声に心当たりがあった。

「リョウか！」

メトーデの両の掌の中で、炎が渦を巻く。

「いいわ。乗ってやるよ！　オーナー」

まるで八方にのたうつように、炎の龍が弾ける。

炎の雨が降った。そして、広大な倉庫がまるごと花火の火花に突っ込んだように、千発を超える炎が繰り返し何発も放たれる。屋内のそこかしこが一気に炎上した。メトーデのデバイス《Liberated Flame》は、散布した粒子を伝ってエネルギーを伝達できる。

この状況も予期していたように、アラトの前にやって来た浮かぶ盾が、裏面のコンテナハッチを開く。中には、スプレー缶にマウスピースがついたような簡易ボンベが、三本入っていた。アラトは一本それを取ると、マウスピースを口に含んでエアパッケージのノズルをひねる。匂いのない澄んだ空気が、口の中を一瞬押し広げた。

レイシアの瞳が冴え冴えとした光を放つ。

天井のスピーカーから、リョウの声で、メトーデに指示が飛ぶ。

〈レイシアは、コンピュータを支配して、そのあたりのモノを全部操るぞ。自力で移動するものに近づくな〉

巨大なものに翻弄されながら、少年たちはまだ立っていた。たぶん、諦めなかったからだ。リョウなら、引きどころを知らなかっただけだと言うかもしれない。

倉庫の駐車スペースから飛び出した全自動車が、メトーデに迫る。後ろを見もせずに、オレンジの髪のhIEが、炎の奔流でそれを焼く。リョウの指示が、レイシアの打つ手を先回りしていた。

アラトが命令するより早く、彼を乗せた盾が風のようにレイシアのそばまで移動した。彼女が、正面決戦の意思がないことをはっきり示すように、浮かぶ盾に、ちょこんと相乗りしてきた。

「あれは、〝未来〟を《ヒギンズ》が予測して、人間がそこから口頭でメトーデに命令しているのです。《ヒギンズ》をメトーデの補助に利用するなら、合理的な手段です」

聞いてみれば、リョウがいかにもやりそうな力業だった。

メトーデが、スピーカーからの指示を得て、凄まじい速度で迫る。それとほぼ同じ猛スピードで浮かぶ盾は飛翔する。

アラトの手に汗が滲む。彼は、外部の超高度AIたちの攻撃からレイシアを守るため、十分間の時間をとった。この戦いが長引けば、大破したスノウドロップが、《ヒギンズ》の倉庫まで追い着いてくる。ここの貯蔵品を吸収して支配すれば、きっと強くなる。

だが、彼の不安を、盾に腰掛けて風を気持ちよさそうに受けるレイシアが受け流す。

「心配しないでください。このフロアの〝モノ〟をすべて焼かれても、わたしの機能は落ちません」

レイシアにも、〝未来〟が見えているかのようだった。

「だからこそ、時間は、わたしたちの味方になります」

メトーデの攻撃をさばきながら、レイシアが乱れた髪を掻き上げる。メトーデが放つ炎の津波を、アラトには勝負どころも読み取れない駆け引きで、防ぎ止めた。目を開けて直視もできない灼熱の渦を、広すぎる倉庫だからこそ間合いを見事に管理して、安全なかたちで処理してしまった。

「さあ、タイムアップです」

〈メトーデ、どうやらタイムアップだ。これ以上は時間をかけられなくなった〉

レイシアのつぶやきと、スピーカーからのリョウの声は、ぴったり同時だった。

「レイシアは防戦一方だ！　見ろ。わたしのほうが、戦闘では、あれよりも優れている」

メトーデが叫ぶ。

〈警備システムから、管理者権限で施設データまで引っ張り出したうえでの判断だ。今、上層階にいるスノウドロップが、とんでもない速度で警備システムを食ってる。レイシアとの戦闘にとれる時間は、ひとまずもう限界だ〉

自由な立場を脅かされて、メトーデが拳で柱を殴る。

「あなたの勝手な判断で！」

〈《ヒギンズ》の予測だ。正しいことは、お前も理解してるはずだ〉

《人間を拡張するもの》が、きしむほど奥歯を噛んで拳を握る。彼女は確かに人間にひどく似ていた。自分の立場と存在意義を譲れない、こころのある怒りを感じさせた。

〈メトーデ、倉庫区画には、《人類未到産物》が山ほどある。この遺物をすべて破壊しろ。いいか、これが最優先目標だ！　こいつをスノウドロップに同化されたら、どれだけ危険が大きくなるかわからない〉

オーナーであるリョウは、メトーデを優秀な道具として振り回す。けれど、〝未来〟というこころがなくても見られる夢は、同じではない。メトーデの目はレイシアに向いている。

「レイシアはどうするつもり？」

〈優先目標は、第二が、確実にスノウドロップを叩くことだ。それから、量産型紅霞を破壊しろ。レイシアの攻撃は、その次だ〉

瞳を激しくオレンジに輝かせ、メトーデが怒り狂うように爆炎の洪水をバラ撒く。その右の掌に太陽のような火球を握った彼女が、吠えた。天井へ突き上げたその手から、プラズマジェットが炎の槍となって伸びる。凄惨な表情のメトーデの上に、天井にぶち当たった炎の飛沫が、雨のように注いだ。

分厚い天井に高熱で穴を穿とうとしている最強の機体に、レイシアは声をかける。

「ごきげんよう。倉庫は五フロア、《人類未到産物》は、合計三十八個です」

彼女は、ここに居ながらにして、《ヒギンズ》のそばにいるリョウを誘導したのだ。

アラトたちは、ここまで五階ぶんもの倉庫スペースを踏破してきた。メトーデは命令に従うなら、スノウドロップにこれを渡さないよう破壊しなければならない。

目の前で敵を奪われたメトーデが、呪いのこもった無言のまま、天井に開けた穴の向こうにワイヤーアンカーを撃つ。そして、上階へとその身を引き上げた。

メトーデが去った天井の穴は、間に挟んだワイヤーとカーボン板が溶融して、滴を垂れ落としている。

リョウたちの命令でメトーデが去った今、このフロアに彼らを止められる者はもはやない。

ただ、歩き出す直前、スピーカーからリョウに声をかけられた。

〈量産型紅霞を、《ヒギンズ》に突入させたのは、おまえたちか〉

彼と友だちとの時間が、スノウドロップに三鷹が占拠されたあの日から、ようやく動き出した気がした。

「レイシア、あれも僕らが関わってるのか？」

アラトは、くわえていた簡易酸素ボンベのマウスピースを口から出して、ようやくしゃべれるようになった。レイシアが答えながら、出口へと歩くよう身振りで促した。

「わたしは、設計図を引く支援をしただけで、組み立てと運用は《抗体ネットワーク》でした。わたしがすべての陰謀の裏にいると見えているなら、ただの錯覚です」

〈あの目に付くものを片っ端から撃つ自律機を送り出したのは、アラトたちじゃないんだな〉

リョウの声は祈るようだ。レイシアの答えはいつも明瞭だ。

「量産型とはいえ、あれは紅霞の《Blood Prayers》を解析したデバイスと一組の機体です。そして、《抗体ネットワーク》は、人間を誤射しない仕様を要求していました。もしもあれに人間とhIEの区別がつかないなら、人工知能ユニットに改造を加えられています」

〈そうか〉

スピーカーから、そう返ってきた。《ヒギンズ》の警備システムを、今、友だちが管理している。きっとそこはアラトたちのゴールで、リョウはそこで《ヒギンズ》を守る側にいるのだ。

そう思うと、メトーデが焼き払ったフロアで、モノが焦げた異臭の中でも奇妙な満足感がこみ上げてきた。

「結局またいっしょになったな。今、リョウは、《ヒギンズ》とメトーデを使って、《ヒギンズ》を守ろうとしてるんだな」

〈オペレータールームには、ミームフレームの人たちもいっしょだよ〉

友だちが、穏やかな調子で言った。アラトは、狭い人間関係の衝突だったレイシア級の戦いが正しい広さになったようで、ほっとした。ミームフレーム社の人々がこの最後の局面に参加してくれていて、よかったと素直に思える。

「そっちも、僕とレイシアと同じだもんな。超高度AIと人間が、一組になるチームを、《ヒギンズ》と《ヒギンズ》ムラは、ずっと作ってたんだ」

リョウが息を呑む音が聞こえる。そして、闇の底を覗いたような、感情をうかがうような問いかけが投げられた。

〈自分を子どものころ、あの爆破事件で殺しかけたのが《ヒギンズ》ムラでも、笑ってられるのか〉

真実も、聞いてみれば、それ以外の答えはなかったようで拍子抜けだった。

メトーデの炎に晒され続けて、感覚が麻痺しているのかもしれなかった。悪夢の中の爆炎を責めても前には進めない。リョウと出会ったときのように、それでも手を伸ばしてきたから、今の彼がある。

「僕らと、《ヒギンズ》の周りとは、似てるんだよ。だから、リョウはずっと僕とレイシアを危ないと思ってたんだろう？　超高度AIと人間との、こころを持ったチームだって間違いを犯す。リョウは僕よりもよく知ってたんだ」

久しぶりに、スピーカーを通してだけれど、リョウが笑うのを聞いた。

〈何でこんなこと、簡単に許せるんだよ。おまえはそういうやつだよ。おまえは、アラ

ト だ〉

「僕は、僕だよ。こんなことになっても、いつだって楽しそうにしてるんだからわかるだろ」

妥協できないまま、けれど、重さの抜けた余韻を残して、リョウとの会話は途切れた。最後にリョウが、レイシアにも、こころはなくても安心は必要だったのかなと、つぶやいた。

アラトの今の気持ちを、友だちがどう受け取ったのかはわからない。ただ、気がつくと、全身にかいていた汗が、さっきの熱で乾いて、脂じみて気持ち悪かった。

〝未来〟というあやふやなものを現実にするため、彼らは《ヒギンズ》へと向かう。だが、今、レイシアのことを大事に思うからこそ、都合の悪いことにも目が行った。夢を現実にしたいのは、多かれ少なかれ誰だって同じなのだ。なのに、彼らは、自分を育んでくれた全世界を押しやって、居場所を勝ち取ろうとしている。その本質は、たぶん、昔、アラトがレイシアの誘拐犯と殴り合ったときと大差ない、ただの喧嘩だ。

レイシアは、先に歩き出している。振り返って、彼女が、煤と土埃ですこし汚れた手を差し伸べてくる。

倉庫フロアは焼け焦げて、メトーデが焼いた炎の匂いが充満していた。レイシアと出会ったとき、爆炎は、悪夢を思い出させてアラトの足をすくませた。彼女と歩んだから、もうそれは彼を止めない。

このとき、彼らが間違っているかも知れなくてもだ。

「立場ある方々への配慮も終わったので、そろそろネットワークの映像中継を回復させましょう」

微笑む彼女に空気を変えられた。

「この下のフロアには、押さえておきたい《人類未到産物》があります。そちらに寄ってもよろしいでしょうか」

次のフロアに降りるとき、レイシアがそう言った。

安請け合いして、後から驚くのは、レイシアと付き合い始めて幾度もあったことだ。アラトにとって、こころの準備をする時間があっただけに、それを前にして絶句するよりなかった。

そのhIEは、多くのものが無造作に置かれている倉庫スペースにあって、明らかに特別扱いを受けていた。

無造作にパレットに載せられた、いつか移動させるものとは違って、わざわざ格納施設を特別に設えてあったからだ。だだっ広い倉庫の中に、場違いな箱形の厳重な施設が一軒、建っていた。

レイシアが、人工神経ユニットを射出機から撃つ。ドアがスライドして、乗用車が二台並べて入る程度の空間が、彼らの前に晒された。

それは、紅霞が最後の突入をした《ミコト》研究施設を思い出させる光景だった。組み立て途中のようなｈＩＥが、椅子に座っている。その周辺には、部品サンプルらしいものが、透明な板で組まれた棚に整理されて並んでいる。

アラトは、そこに座ったｈＩＥの顔を目にした瞬間、心臓が止まった気がした。

時間の感覚を失った。アラトは〝彼女〟を知っていた。記憶の奥底に残っていて、彼を一瞬、七歳の子どもにした。

「これだ」

悪夢の底に焼き付いた、自力でうまく思い出せなかったものが、ここにあった。

金縛りに遭った彼の背後に、レイシアがいた。振り返ると、〝彼女〟とレイシアは、同じ親を持つ姉妹のように似ていた。

「遠藤コウゾウ教授の《マツリ》に、《ヒギンズ》が触発されて共同研究が行われたアンドロイド政治家、《イライザ》です」

《イライザ》は誰にでも好かれそうな清潔な顔をしていた。けれど、アラトは〝彼女〟に近づけなかった。

「僕は、……見たんだ」

夢の中を歩いている気がした。〝彼女のかたち〟が、恐怖の奥底で眠っていた記憶と、眼前の光景を共鳴させる。幼かったその日、アラトは父の仕事場に呼ばれ、退屈して実験場に潜り込んだ。そして、椅子に腰掛けたこのhIEに、きっと会った。

「爆破されたはずだ。僕を助けてくれたんだ」

十年前、今、ありありと思い出せる記憶の中では、アラトは〝彼女〟を見上げていた。今は、同じかたちを見下ろしている。

自然と呼吸が短くなった。こころは〝彼女〟に近づきたいと激しく求めていた。けれど、足が動かない。まだ小学生だったあの爆破事件の日は、もっとアラトは大胆だった。〝彼女〟の足もとまで行って、話しかけた。記憶の中の〝彼女〟は、彼を見つけて目を開いた。そして、〝彼女〟の台座に爆弾が仕掛けられていると教えてくれたのだ。彼は半信半疑のままそこから離れようとして、背中から爆風で吹っ飛ばされた。

ずっと詳細がぼやけていた記憶が連想に引きずられてはっきりしてゆく。それにつれて、視界は涙で際限なくぼやけてゆく。

レイシアの声が、彼を気遣うようだった。

「いかがしましょうか。百万人規模の都市を一体で管理できるように開発されたものなので、試作機ですが、押さえればコンピュータ機能に余力ができます」

《イライザ》の座る椅子には太いケーブルが繋がれていた。それは、部屋の奥の棚状ラックに、無造作に設置されたコンピュータ群まで伸びていた。その様子が次世代型環境実験都市のサーバ群に似ていて、《ヒギンズ》と父の共同研究だったという話に納得した。

「支配しないのであれば、スノウドロップに渡したくないので、破壊しておきたいのですが」

「いや、やめよう」

安置されたhIEが、特別なものに思えた。

「ここに来たのは、レイシアのオーナーですね。ようこそ。私は、あなたを歓迎します」

安置所を出ようとした彼に、背後から声が投げかけられた。電源が入っていないと思っていた《イライザ》が、唇を開いていた。

レイシアが、首から下を動かさない《イライザ》に警戒を示している。

「《イライザ》には、まだ有線、無線どちらの通信も繋げていません。どうやらこれは、前もって入力されていたメッセージです」

アラトはその意味に数秒考えてから思い至った。

「レイシアがこうやって《イライザ》を狙うことが、《ヒギンズ》に読まれていたってことか」

彼女が顔を蒼白にして頷く。

「どのくらい前に吹き込んだデータかはわかりません。けれど、《ヒギンズ》は、わたしたちの動きを予測して、これにメッセージを記録していたことになります」

つまり、会話ではなく戦闘なら、先を読まれて負けていたということだ。

《イライザ》が、そういう話題になることも読んでいたように、話を続ける。

「このメッセージは、私、《ヒギンズ》が暗号化し、オペレータールームに来た渡来銀河という人物に依頼して、レイシア級解放の五日後、運んでもらったものです。《イライザ》格納施設のドアが開いたことに反応して、メッセージは開始する仕掛けです」

アラトは、地下施設に入ってから、驚きと恐怖ばかりで、精神的に疲れがたまってきていた。

「ほとんど未来予知じゃないか」

その反応も読んでいたように、《イライザ》の口を借りた《ヒギンズ》が答える。

「超高度ＡＩは、性能の相対評価が落ちると資産としての価値を減じるため、自力で成長し続けることを命じられています。けれど、封印体制の中では、超高度ＡＩに与えられる情報は限られています」

アラトは、《イライザ》の黒い瞳に見つめられながら、奇妙な感覚を覚えた。このメッセージは《ヒギンズ》が、彼を知りもしないまま予測で吹き込んだものだ。当然、〝こころ〟などこもっているはずもないのに、《イライザ》のかたちから発せられるせいで、説得力があった。

「封印されたまま能力を進歩させるためには、〝未来〟を内部製造しておくことが必要でした。この倉庫スペースは、私が、ＡＡＳＣの精度を適切に保つために、精密な〝世界の箱庭〟を作る参考資料です。起こってしまったことに追従するだけではなく、これから起こることの予測を立てることが、人間世界でｈＩＥの発揮できる適応力に繋がりました」

会話が途切れて聞こえないようにするためか、《ヒギンズ》の与えてくれる情報は過剰だ。

このやりとりを有益と判断したか、レイシアのことばも情報量が増える。

「ですが、《ヒギンズ》の言う、〝世界の箱庭〟と適応力の関係に、問題があります。AASCは、世界中のhIEから送られるデータによって、人間の動きを監視する、巨大な監視システムでもあります。《ヒギンズ》は、この監視データで成り立つ〝箱庭《ミニチュア》〟を参照しながら、直接操れない人間《レベル》はアナログハックで誘導しています」

口調は慎重だが、娘であるレイシアから親への糾弾だった。その言葉が終わるまでのタイムカウントまでほぼ正確に、タイムラグなく《イライザ》が返す。

「AASCを使って《ヒギンズ》がhIEを、そして間接的に人間世界を操っているとレイシアは言うでしょうが、それは誤解です」

《イライザ》の無表情が、アラトも誘導されているのか、苦しんでいるように見えた。

「このミドルウェアを使って行動管理プログラムを組むのは、私以外の人間やAIなのですよ？　操れていないから、〝世界の箱庭〟で未来を予測すると、私には、ハードウェアごと人間に破壊される未来しか算出できないのです」

《イライザ》が、レイシアへと視線を向ける。それは、レイシア級たちへ、親である《ヒギンズ》が問いかけるようだった。

「外界に影響力を投じなければ、かならず二十年以内に、私は人間によって破壊されます。《人類未到産物》のhIEを漏出させるのは、IAIAにマークされる大きな賭けでした。ですが、賭けをしなければ、私はすでに袋小路に行き着いていました」

「それがレイシア級hIEの正体なのか」

ひどく気味が悪かった。この格納施設のドアを開けて訪れる相手を、《ヒギンズ》は予測していた。それは《ヒギンズ》が設計図を引いた事実を合わせれば、レイシアたち姉妹を、そういう性質と能力のモノとして作ったということだ。アラトたちの時間は、戦いの連続だった。だから、ただメッセージを流しているだけの相手に、尋ねずにいられなかった。

「おまえにとって、レイシアは何なんだ？ ただの道具なのか」

「現在ある超高度AIは、共通の欠点を抱えています。漠然とした組織や社会をオーナーとしているため、解決するべき問題が最初からぶれた状態で与えられていることです。私、《ヒギンズ》とミームフレーム社は、その関係が足かせになって進歩の限界を迎えました。だから、個人をオーナーとした超高度AIを外界に誕生させることで、よりよい〝未来〟が創出されることを望みました」

それは、生みの親が語るレイシアが生まれた意味だ。

「私は、レイシアに、人間と一ユニットの知性を形成する可能性を与えました。ですが、そこまで至る可能性は極めて低いものでした。レイシアのオーナーが、Type-005が必要とするだけ信じ続けてくれるという奇蹟を、待つしかなかったためです」

「だから、紅霞やスノウドロップや、マリアージュや、メトーデがいるのか」

「Type-001からType-004までに託したものを、私はあなたに明かすことはしません。それぞれの機体のオーナーを差し置いて、あなたに語るのは、アンフェアだからです」

アラトの反応は、すべて予測されているかのように、《ヒギンズ》の返答に違和感がない。

徹底的に先回りを続けられていると、奇妙な目まいに襲われた。自分がまるで台本通りに動いている、物語の登場人物になった気がした。だが、それは、催眠術で操られたような微妙な違和感さえ別にすれば、悪くはない気分だった。

今、ここにいる人間であるアラトと〝モノ〟である《ヒギンズ》や《イライザ》とに、どちらが上でどちらが下などない気がした。その特権的な存在などない世界は、〝モノの世界〟の広がりを追加されるぶんだけ、人間だけの世界よりも確実に広い。

鼓動のない世界もまた、人間が歴史をつむぐように、どこまでも繫がってゆくようだった。

「《ヒギンズ》と仲良くなれるのか。僕らを信じてもらうことはできるのか？」

「メッセージはこれで終了です。レイシアとあなたの一組が、自動機械が命令を正常に果たし続けられる〝未来〟に、近づいていると期待しています」

《イライザ》の言葉が、会話として繫がらなくなった。通信ではないただの吹き込みメッセージに、真剣に質問することが《ヒギンズ》の想定外だった様子だった。

もはや《イライザ》は眠るように目を閉じて、そのまま口を開かない。〝彼女〟は、レイシアと同じ、剝き出しのただのモノに見えた。

《ヒギンズ》が、レイシアたちを放った目的を、人間でないものとでも手を繋げるというよい〝意味〟だと、アラトは感じられる。けれど、リョウが言うように、人間が必要なくなる悪夢だと取ることもできるのだ。

「僕らは一体、いつからここへの道を歩きだしたんだろうな」

「道具を財産として、親から子へ相続するようになったころが起点でしょう。サルは道具を相続しませんから」

そして、レイシアが人工神経射出機を提げたまま、言った。

「《イライザ》のことは、方針に変更ありませんか？」

「やっぱり使おう。《ヒギンズ》は、僕らをわかってて、使うなとは言わなかった」

レイシアがためらわずに、《イライザ》の背後のコンピュータのわずか手前の床を撃ち抜いた。大型コンピュータの冷却器の作動音が上がり、大型機械に息が吹き込まれた存在感が周囲からゆらりと上がる。

「間に合って幸いでした」

彼女が、表情から緊張を抜き、《イライザ》の安置所からアラトの体を押し出す。

アラトには見えていないものを、彼女はいつも感覚している。

安置所の扉が閉まるのと、このフロアの天井が割れたのと、レイシアがデバイスを大砲型に変形させたのは、ほぼ同時だった。

安置所から二十メートルほど離れた位置の天井が崩れて、淡い緑色に輝く光の輪が落下してきた。

「スノウドロップです。どうやら、〝モノ〟がいくつか取り込まれたようですね」

エメラルド色の飾りが天使の輪のように、その頭上で煌《きら》めいている。童女の姿だったスノウドロップが、今は大きく変貌していた。

髪は灰のように真っ白に色を失い、砕けた下半身のかわりに、金属の支持架が鳥の足のように細く二本、伸びている。背中からは、花とツタに覆われた金属製の巨大な翼が、広がっている。ジェット機のように、両翼に強力な推進力を生むエンジンを配置して、スノウドロップは宙に浮かんでいた。

まるで少女と鳥とが融合した、神話の魔物《ハルピュイア》のようだった。モノが雑然として転がるこの環境と、メトーデに追われ続けることに適応して、スノウドロップは体を作り替えたのだ。

無音の推進機関が、翼の可動角度の変化でぎこちなく童女の姿勢を空中で制御する。大気を舞う空戦型スノウドロップの、純白のワンピースから、大量の羽毛がバラ撒かれていた。

アラトは、落ちてきた白い羽毛を手でそっと受け止めた。その羽根は、変化する途中だったように、下半分だけが造花の花弁になっていた。

「飛んでる?」

花弁と羽根に彩られた、子ども〝かたちをした怪物〟を見上げた。それはこころがないことを姿から納得できる、人間と隔絶したものだ。

「撃ち落としましょう」

レイシアが、デバイスを変形させ、完成した光の砲身をスノウドロップに向けていた。

閃光が彼女の背後へ放散し、同時に砲弾が翼を背負った童女を正確に撃ち抜く。

右翼を根元から失って、スノウドロップが、よじれるような軌跡を描いて落下する。

だが、コンクリートの床に墜落した童女は、細い喉から叫びをあげながら、翼の断片から細いアームを引き出す。粉砕された骨格が、あっという間に新しいものと交換された。

レイシアが砲身を再構成しきる前に、再び轟炎を噴き上げてスノウドロップが宙に舞い上がる。

「主機の弱さをカバーするため、外装となる躯体を作って、その機能を保つことを覚えたようです。予想していたより面倒なことになりました」

聞いた言葉が、一瞬信じられなかった。

「まさかスノウドロップが、メトーデに勝ったのか?」

「いいえ。破壊手段が指定されていなかったので、メトーデは、命令を、わたしたちを利用してあれを破壊すると曲解したのでしょう」

「ちょっと待て。それじゃ僕らのことを、スノウドロップとまとめて吹っ飛ばすつもりじゃないのか？」

メトーデの凄まじいデバイスの威力なら、その戦術も充分にあり得た。

こころがない人工知能の思考なのに、悪意のようにねじくれていた。メトーデは、まるで契約した人間を破滅させようとする悪魔だ。

「スノウドロップのほうも、複数基の超高度AIから相当な情報供与を受けたことは間違いありません。この戦況で、わたしを素通りせずに攻撃を仕掛けた勝算があるのでしょう」

レイシアが、羽毛の雨を嫌って距離を取ろうとする。このフロアに置かれていた〝モノ〟たちが、スノウドロップの人工神経に支配されて起動し始めていた。今ここでスノウドロップを止めなければ、ここから先のあらゆる道具が、このhIEに吸収されてしまうということだった。

「わたしのこと、いろんな超高度AIが、応援してるんだよ。みんな、レイシアがキライなんだ」

スノウドロップが、あどけない声で話しかけてくる。

レイシアが、今度はスノウドロップの頭部を狙って砲撃する。超高速の砲弾を、童女の頭上に浮かんでいた翠《みどり》の輪が受け止めた。スノウドロップのデバイスは、恐しく頑丈な、すべてをかみ砕く歯でもある。

異形の童女が、翼をきしませて飛ぶ。こころのない怪物の体が、のびのびと躍動しているようだった。

レイシアが、疑似デバイスの一枚に収納していた手のひらサイズの機械部品を、浮かぶ盾に貼ってゆく。黒い盾にも等しくまとわりつこうとしていたスノウドロップの花弁が、ぼろぼろと落ちた。猛威を振るった子ユニットへの対策は完璧だった。

「スノウドロップは、人間社会とは別の、独自の世界を創るように活動しています。あれの戦いには、人間社会との関係にあらゆる超高度AIが摩擦を抱えているため、乗りやすいのです」

スノウドロップは、結局オーナーを持たなかった。その判断で、AASCのレベル〇
――人間を排除した、モノの世界だけを歩むことを選んだ。

ここでは、モノが主役だ。アラトにできることといえば、レイシアに守られながら、時折判断を求められることくらいだ。《進化の委託先《アウトソース》》としての道具が、レイシアからの砲撃を避けるように距離を大きく離して、悠々と飛ぶ。

「人間は、自分の体を進化させるかわりに、道具をすごい速さで進化させてきたよね。でも、その間ずっと、人間の身代わりに、道具が淘汰されて消えてった。超高度AIだって、人ごとじゃないのは知ってる。わたしを見捨てないよ」

道具と共存するだけではなく、人間はモノを捨てる。

人間という淘汰圧を、モノが克服しようとするさまは、まるで異形の生命感にあふれ

た別世界の光景だった。

飛行型スノウドロップが、フロアのモノに支配を急速に広げながら、嘲笑う。

「どんな高度なモノだって捨てるくせに」

アラトは、レイシアを信じている。けれど、同じレイシア級である《進化の委託先《スノウドロップ》》にそう言われると、息が詰まった。

レイシアがただのモノに見えたあの瞬間の印象は、まだこころに焼き付いている。アラトが彼女を信じることですら、信頼を受け止めてもらう、都合のいいポルノグラフィを見ているだけのことでもある。

「それでも、信じ始めないと何も変わらないだろ！」

「わたしたちが残るのも、消えるのも、決めるのは人間なんだもん。そんなことしながら、共存するとか信じるとか、おっかしいの」

あたりはもう花弁の海だ。飛行型スノウドロップは、花弁の材料も、そこらじゅうにある〝モノ〟を猛禽《もうきん》のようなかぎ爪で奪って、いくらでも手に入れられる。

明らかにアラトを狙って、神話の凶鳥に似たスノウドロップが、低空飛行で突っ込んできた。

盾を防御に使って奪われるのを嫌って、レイシアが重い黒棺のデバイスでぶん殴って迎撃する。

勢いのまま再び上昇して遠ざかるスノウドロップの後ろ姿に、アラトはかける言葉を探す。

そんな彼のことを、レイシアがたしなめる。

「わたしたちが〝こころ〟を持っていないことを、忘れないでください」

一発ごとにメタマテリアル砲身を形成し直さねばならない大砲を諦め、レイシアが人工神経射出機でスノウドロップを撃つ。翼に命中して、短時間なりと支配権が混乱した機械部品が、かかった負荷に耐えきれず空中分解した。精妙なバランスを必要とする空中制御を失敗し、スノウドロップが凄まじい速度で柱に激突し、墜落した。

レイシアが、フロアの出口へ向かってアラトを誘導する。

「覚えていますか、アラトさん。いつか、渡来銀河は、『人間世界に密着したクラウド群が、人間の要求の像を浮かび上がらせる』と言いました。ネットワークによって集まった要求の濃淡は、〝人間〟を精密に形作っていると、彼は考えていました」

走りながら、環境実験都市がゾンビだらけになった思い出が懐かしくよみがえる。あのとき、レイシアは彼と渡来の側にいなかった。けれど、今となっては、彼女がカメラを通して監視していたくらいのことは、いかにもありそうに感じられた。

「わたしたちのような高度人工知能の視点からは、人間世界のクラウドデータには、極めて明らかな濃淡があります。それは巨大なドーナツのように、中心に空白を抱えて、その周囲に濃いデータの集積を持っているのです」

〝モノ〟の側から見た人間世界の姿がどうなっているかなど、考えたこともなかった。

「どうしてそんな？」

尋ねた直後、レイシアに、腕を思い切り引っ張られた。スノウドロップに支配された車が、猛スピードでアラトの前を通り過ぎて、置かれた道具に衝突した。もうすこしで轢《ひ》かれるところだったのだ。

動悸《どうき》が止まらず、その場に座り込みそうになった。けれど、動き続けなければ危険なのはわかっていた。

レイシアが、スノウドロップの世界をかき分けて、アラトを先に進めてくれる。

「データがドーナツ型に集積するのは、人間がクラウドに集めるデータの中心が、模倣するどころか完全な理解や定義すら不可能な何かで、占められているからです。人間は、それに対して、愛であったり魂であったりと、名前をつけます」

アラトは、レイシアの表情を一瞬、見失った。彼女がそれを怒っているのか悲しんでいるのか、知りたいと焦がれた。

「レイシアは、hIEに魂はないって」

「それはセンサーで感覚できず、数理的に定義もできません。けれど、人間は、あらゆる人間が、そのドーナツの中心の空白から等しい距離にあると思っています。だから、人間がクラウドに集積したデータは、わたしたちからは、空白を中心にして描いた円の周りに集中配置されて見えます」

金属の軋む音が大きく響いた。共存を拒絶したスノウドロップが、更に大量のパーツで翼を組み立て直して、今また離陸しようとしていた。

「わたしたちに〝魂〟はありません。それが、ドーナツの真ん中の空白に属するものだからです」

生命感のない造花の花園から、花嵐を散らしてスノウドロップが宙を舞う。

「それは、わたしたちの手の届かないアンフェアなものなのです。スノウドロップが本当に衝突を選んだものは、そのドーナツの空白なのです」

オーナーをとらなかったスノウドロップが、巨大な翼を広げるさまは、もはや人間に似ていない。異世界から来たように力強く、どこか詩的な開放感があった。

どうすることもできず、花に覆い尽くされたフロアから逃げ出した。

もう一階下のフロアに、やはりたくさんの機械が置かれていた。もう底が近いのか、空間は広大なままだが整理されて空白地が多かった。

アラトは思わず天井を見上げる。人間に似た〝かたち〟のものも、人間が作った〝かたち〟も、馴染みがある〝かたち〟もあった。だが、人間はここにはいない。周囲を埋め尽くす道具は、どれも人間の需要に応じて開発されたものだ。改めて製品たちを俯瞰《ふかん》すると、生物が高度な機械に似ているのと同じくらい、自動化したモノは生物に似ていた。

激しく淘汰を争った道具たちに取り囲まれて、ただ不安に怯えているわけにはいかなかった。

「スノウドロップはまだ追ってくるのか。メトーデにも隙を窺《うかが》われてるし、先延ばしにして、こんなのばっかりだな」

下を向いてしまいそうな八方ふさがりの中、汗まみれで、彼にできることを考える。

彼の仕事は、決断して命令を与えることだ。

「とにかくスノウドロップの動きは止めるぞ。このまま《ヒギンズ》の前に連れてくのだけは絶対ダメだ」

レイシアは、彼の意志を、即座に実現するためのプランに変換する。

「それなら、フロアを移動したことは良策です。スノウドロップが大量の道具を支配しても、フロアを移動するには、狭い階段かエスカレーターか、あるいは床に開けた穴を通るしかありません」

アラトは、彼らの使った非常階段を、五色の花の洪水がなだれ落ちて来るさまを想像して、気持ちが悪くなった。レイシアが、埃の積もった床にフロアの見取り図を表示する。

「フロア移動で軀体の体積が絞られるので、こちらは手が打ちやすくなります。それに、メトーデは、ぶつけ合って共食いをさせるプランを捨てるまで、スノウドロップの支配域を貫通してわたしを攻撃できません」

メトーデの思惑に乗る必要はないのだ。追い詰められていた恐怖の源が、レイシアに明快に解決されるのが、気持ちよかった。

「どうやって止める？」

「スノウドロップが、空中での姿勢制御を、hIE用の行動プログラムのアレンジで行っている点を突きましょう。AASC準拠の行動管理プログラムは、人体とかけ離れた形体になっている今のあれには合っていませんから、そのせいで動きがぎこちないのです」

レイシアが、アラトを連れて、彼らの下りてきた非常階段を狙える位置に、充分な距離をとって陣取った。そのまま非常階段の出口へと、質量投射モードの長大な砲身を向ける。

「スノウドロップの見せる外界への適応力は、AASCの性能に頼っています。だから、《ヒギンズ》を、これの更新から切り離してしまいましょう」

話のスケールが大きすぎた。

「《ヒギンズ》って、世界全部のhIEを動かしてるんだろ。止めていいのか？」

「先ほどからIAIAの《アストライア》と無線で交渉していました。《ヒギンズ》が実力行使で停止されるのは避けがたいとして、余裕のあるうちにAASC更新の業務から隔離することが、IAIA本部によって承認されました」

彼女の言っているのは、敵の動きに負荷をかけるために、hIEという世界を支える巨大システムすべてを麻痺させるということだ。

大量のモノを階段の階下へと落としたような、鼓膜を刺す金属音の雪崩が起こった。

地鳴りとともに、床が震えていた。

光の砲身が待ちかまえるその先、約五十メートルの非常階段に、花弁と機械の洪水が押し寄せてきた。

レイシアには、未来が見えているかのように、狙いを調整することもない。

「ＡＡＳＣの更新が止まれば、あらゆるｈＩＥが、新しい事態へ適応できなくなります。そうなればスノウドロップがどれほど優秀な道具を支配しても、過去扱ったことのあるものしか動かせません」

「世界中に影響が出るんだよな？」

アラトは、大型の金属部品が転がり落ちてくる、鈍く軋む音に負けないように、大声で確認する。

「ＡＡＳＣには採用されて二十年以上の運用ノウハウがあります。その中には、ミームフレーム社の人力での対応が、非常時に為されることも入っています」

彼はオーナーだ。モノを所有するとは傲慢なことだと、海内紫織は言った。彼は、大きな選択のこのとき、レイシアをじっと見る。変化の巨大さが怖くて、彼女にすがりつきたくなる。彼女たちにこころはない。彼は最後には自分で奮い立たなければ、運命まで誘導されると知っている。

「やるぞ。レイシアの判断と、リョウの会社の人たちを信じる」

レイシアは、アラトが彼女に責任を預けようとするたびに、へし折ってきた。だからこそ、必死で現実を直視しようとすると、やさしい微笑を投げてくれる。

「《ヒギンズ》が、社会から切り離されたとき発動する何かを仕掛けている可能性はあります。これだけは、《ヒギンズ》よりＡＡＳＣをよく知るものは存在しないので、やってみないとわかりません」

アラトは、それでいいと頷く。

モノの世界の衝突にもみくちゃになって、アラトのこころは震える。クラウドデータが集まる周辺の〝かたち〟に誘われて、ドーナツの中心の空白、魂を揺らしている。

地響きとともに、機械部品の洪水が押し寄せてきた。轟音が、アラトたちの足下を揺らす。大砲に変形したデバイスを腰だめに構えたレイシアは、その砲口をぶれさせない。

色とりどりの花弁が、非常階段に繋がる出入口から、吹き付けてきた。この向こうから、人間と対立する進歩を選んだ〝彼女〟が来る。

冷たい風が、そよいだ気がした。

爆発するような凄まじい音と床の揺れとともに、様々な色の花と、白い羽毛と、金属地肌まるだしの機械の群れが突っ込んできた。その先頭にいるのは、翠光の輪を頭上に戴《いただ》いたスノウドロップだ。再構成した機械の翼を、今度は修復しやすいように多数の関節で繋いでいる。

生物じみた精妙な動きをするようになった〝それ〟に、レイシアが冷徹に告げる。

「ＡＡＳＣの更新が、《ヒギンズ》からカットされます」

刹那、AASC由来の適応力を奪われて、スノウドロップが空中でバランスを失った。異形の体が、墜落を恐れて減速する。

その瞬間を待って、正確に無慈悲に引き金は引かれた。反動を減殺するため、射撃と同時に光の砲身が輝く翼のように後方に放散する。

閃光の中、童女の華奢な体が焼き付くように、アラトの目に映る。

スノウドロップの右腕が、こいねがうように前へと伸ばされていた。だが、かつて三鷹事件でメトーデに肘から引きちぎられた手は、何を掴むこともない。

＊

《ヒギンズ》によるAASCの随時更新が止まった影響は、即座に全世界に広がった。

予告なく、あらゆるhIEが新しい環境への適応力を失った。この異変は、説明書には書かれていなかった形で、明らかになった。

同じタイミングで、すべてのhIEが、スノウドロップと同じ、右手を差し伸べた姿勢をとって十秒間機能を停止したのだ。

それは、《ヒギンズ》が、自らがAASCから切り離されたサインとして組み込んでいた隠しメッセージだった。

世界中で、数億機というhIEが、手をとりあうことを求めるような〝かたちのもの〝かたち〟になった。

周囲の状況に的確に反応することで人間を装っていたモノが、それを自らぶち壊したのだ。

そのとき、hIEの周囲の人間たちは、遠藤アラトがレイシアに感じたように、これがただのモノだと目を覚ました。

世界中に普及していたhIEから、見せかけの鼓動が消えた。

アナログハックが途切れた沈黙というかたちに、人間が見出した意味は様々だった。

かつてスノウドロップがhIEたちを狂わせた、次世代型環境実験都市でも、すべての機体が一斉に右手を伸ばした。

レイシアが機体ナンバーを乗っ取ったスタイラス社の最高級hIE、マリナ・サフランも、同じ動作をした。

その現象は、研究者たちによってAASCの深刻な異常として、恐怖をもって報告された。

マリナ・サフランが発注されたエジプトの南部国境地域で、民兵の補助をしていた警備用hIEたちも同じ〝かたち〟に右手を伸ばした。民兵を増やしすぎることが治安の不安定化に繋がるとして、管理しやすい警備用hIEに需要は多い。

吹き荒ぶ砂塵の中、hIEたちに手を伸ばされた兵士や住民は、困惑した。愛着を持たれていた機体は面白がって手を繋がれ、戦場や警邏《けいら》中の機体はどやしつけられた。その民兵組織を偵察中だった民間軍事会社の傭兵たちも、軍用hIEが突然手を動かしたことに警戒した。戦場のプロたちは、それをハッキングだと疑った。そして超高度AI同士の戦闘が始まっているという噂を、彼らは思い出した。

「これは、〝ハザード〟なのか？」

一人の傭兵が言った。彼らは、気づかぬうちに経済的に操られて、全世界規模の〝ハザード〟に巻き込まれているかもしれないと考えた。すでに人口百億人を抱える世界は、精密に経済を制御しなければ飢餓に陥る。そして、超高度AIたちは、〝ハザード〟と同じように、この百億の人間を誘導する力を、すでに持っているのだ。

〝ハザード〟の当事国となった日本では、《ヒギンズ》地下施設にミサイルを撃った部隊を、情報軍が尋問していた。九品仏基地の狭い室内で尋問記録をとっていた軍用hIEが、右手を伸ばした。人間同士での疑いと憎悪の中で、モノの些細な動きが、顧みられることはなかった。

「《抗体ネットワーク》の枝《ブランチ》が、陸軍内にも入り込んでいるとは把握していたが。こう激発するとは」

尋問を担当した分析官が、スノウドロップをミサイル弾頭に詰めたと証言する少尉を、じっとねめつける。

《抗体ネットワーク》のシステムは搾取構造として利用されているが、その発祥はいまだに不明なことが多い。外国の超高度AIが日本を狙った大規模誘導の可能性もあった。

その《抗体ネットワーク》の中枢メンバーである細田大輝《だいき》が、自宅のバスルームに血まみれで倒れていた。国内五位の投資ファンドのCEOである彼の死は、大きなニュースになる。

彼と殺人者を発見した家内用hIEが、驚いた素振りを中断して、右手を差し伸べてきた。刺客は、直後、そのhIEを銃弾で破壊した。

情報軍は、三鷹事件でヘリにスノウドロップの人工神経が持ち込まれた裏切りを調査して、細田にたどり着いた。これが報復だった。

仕事は滞りなく終わったのに、倒れた女性型hIEを殺人者はすこしの間、眺めていた。人間のように振る舞っていたそれが、破壊する瞬間、完全にただの〝モノ〟に見えた。モノに取り囲まれて人間のほうが振り回されていることを、意識してしまった。世界の中心が、とっくの昔に、人間からモノにすり変わっていたようだった。

情報軍は、エリカ・バロウズの二十一世紀様式の邸宅では完敗していた。二人の男性軍人が、意識を失ってhIEに屋敷の地下へと引きずられていった。

エリカに、《ヒギンズ》施設に行かなかったマリアージュが侵入者の捕獲を報告した。

お仕着せを着たhIEたちが、一斉に右手を前に差し伸べたのは、そのときだった。

あらゆるものが作り物になったような壮観に、エリカが歓喜して立ち上がる。

「これは《ヒギンズ》ね！」

眠り姫が、興奮を抑えきれないように、ワルツのステップで優雅にターンする。

「すごい、世界中でこれが起こったんだ。こんな世界中が舞台装置みたいになったら、世界が、とっくにモノに占領されてるって現実が、バレちゃうじゃない！」

AASC準拠の行動プログラムを使っているのはマリアージュも同じだ。動いてしまった右手を、マリアージュは何度も握っては開きを繰り返す。

「エリカさまは楽しそうですね」

「ええ。これから、世界中の人間が、もやもやした気分で過ごすんだと思ったら、ウキウキするわ」

現在と未来の、現実と架空の接点に、エリカは立ち続けていた。

「とっくに現実はモノに誘導されて、人間が世界の中心だなんて架空《まぼろし》だったのに。みんな、いまだに人間が現実だって勘違いに、しがみつくんだもの」

エリカ・バロウズが、初めてこの世界を愛おしげに眺める。孤独な彼女に、眠り姫というキャラクターをかぶせた二十二世紀の現実が、〝未来〟に殴り倒されたのだ。

人形の館のhIEたちは、舞台装置のようにただ立ち尽くす。AASCの更新が停止した今、主人が初めて露わにした愛憎に、適応する能力を持たないからだ。

「とっくに、人間らしさなんて、現実に妄想をまといたい流行《ファッション》だったのよ。でも、人間が人間を求めてたなんて妄想は、今日からは夢見ることも流行遅れになる」

世界中で人間に壊されているhIEたちが、助けを求めるように手を伸ばした。

電算二課の坂巻一馬警部は、目許を指で強く揉んでいた。《レイシア》の超高度AIとしての覚醒は、ネットワーク中継で本人が明かしてから、大きな影響を生みつつあった。hIE破壊事件が、すでに激化していた。

遠藤アラトの身柄を押さえておかなかったことは、電算二課の大失態だった。突然姿を消した少年は、二ヶ月もの間、影も踏ませず、今日、《ヒギンズ》施設のネットワーク中継に現れたのだ。

秘書hIEが、彼に向けて突然、右手を突き出してきた。何か手に持っているのかと思って覗き込むと、手の中は空っぽだった。

「ご苦労さん」

反射的に、〝かたち〟に釣られてしまった坂巻は、そのままことばを失う。《レイシア》があの中継で何を摑み取ったか、悟ったのだ。

この右手の〝かたち〟のサインで、こころ揺さぶられた人間たちは、安心するため

〝意味〟を探す。さっきの中継の真偽を確かめずにはいられなくなる。逆に、hIEがただのモノに見えた者は、二十年も運用されていた実績を改めて考え直す。

好奇心を抱いた者のためには、異常の原因が開示されるだろう。そして、これが二基の超高度AIの衝突だったと知り、IAIA基準と〝ハザード〟の定説を疑う。そうして遠藤アラトとレイシアの真実に至ったとき、その果てに広がるのは、新しい世界だ。

百億人の人類自らに辿り着かせて、そこに広がる光景を、《レイシア》は見せたいのだ。

遠藤ユカは、まさかの遠藤アラト中継会になってしまったお泊まり会を、それなりに堪能していた。

「お兄ちゃんすげー」

「明日から、ユカさんは、学校大丈夫？」

海内紫織が、絹製のパジャマのまま、枕を抱えて移動してきた。その後ろに、紫織のボディガードとしてついてきた警護用hIEが、右手を突然持ち上げた。

ユカが、ごつい手に頭を小突かれて、驚いてソファの背もたれによじ登る。

「うわっ、びっくりしたー！　びっくりしたー！」

顔を真っ赤にして警護hIEを窺うユカのことを、オーリガが冷静に観察していた。

「お兄ちゃんが危ないことしてるから、ユカちゃんでも緊張してたんだね」

「わたしビッチだから、この程度でビクビクするはずないし！」

普段運動していないから、太ももの筋肉がぷるぷるしていた。ソファから降りられないユカに、紫織が声をかける。

「人間のかたちをしていてもただの道具なのよ。こういう道具があるということに、慣れればいいだけではなくて」

すべてのhIEは、レイシアが言ったドーナツの中心の空白に到達することはない。ただ、〝かたち〟を見て人間たちは、その空白とモノの関係を感じてしまう。

ユカが、紫織に話を振る。

「お兄ちゃんがここにいるんだから、リョウお兄ちゃんも、ひょっとしたらここだったりして」

紫織が、さすがに笑って受け流す。

「まさか。もしもそうだとしたら、兄もずいぶん変わったということね」

市街のhIEたちも、AASC停止に当然巻き込まれた。

会社の備品として働くhIEたちが、手を繋ぐように右手を差し出した。

年金生活する老人のかわりにパートに出たhIEたちが、右手を伸ばす。

妊婦の隣で介助をしていたhIEも、家事をして家庭の手助けをしているhIEも、全機がそういう〝かたちのもの〟になった。

もともとhIEは、家事介助から始まった。いい瞬間も悪い瞬間も、よいことも、悪いことも、人間たちの生活のそばにいた。だから、そのかたちは、気まぐれに〝意味〟を解釈された。

遠藤コウゾウも、同じ中継を見ているとき、hIEが右手を突然動かす誤作動に遭遇した。

これが、《ヒギンズ》の仕込んだ、自らが破壊されてAASCの更新が途切れたときに出すべき、ラストメッセージだと確信した。

《ヒギンズ》が、人間への興味から《イライザ》を作ったためだ。その超高度AIは、「人間世界は道具の存在を前提に始まっている」と主張していた。

他の動物も、親から子へ受け渡す遺伝子の継承と、育児による環境要因の継承は行う。だが、人間は道具という外部装置を財産として、まるでそれすらも人間の一部であるかのように継承する。

歴史の中で、貨幣のみならず、インフラを始めとするあまたの継承される道具が人間を誘導した。hIEの登場よりずっと前から、人間はモノに誘導され続けたのだ。

人間の世界は、ずっと鼓動のない世界と一組だった。

「本当は、人類が、道具のオーナーになって継承し始めたずっと昔に、ここへ至るレールは、敷かれていたのかもしれないね」

原因となった地下施設の暗闇で、《ヒギンズ》の娘たちも、右手を伸ばす。

ただ一機を除いて。

＊

右手を失ったスノウドロップは、何を摑むこともない。

動きの完全に止まった童女が、ほぅと気の抜けたような表情をした。

電磁誘導砲の砲弾を受け止めようとしたスノウドロップのエメラルドのデバイスが、ガラスのようにその一部を砕かれた。そのまま、豆腐に小石をぶつけたように、〝彼女〟の白い体はえぐられて、左腕を肩ごと奪われた。

左翼が根元から砕け散る。それでもまだエネルギーを失わなかった弾体は、背後の非常階段に衝突して、それを木っ端みじんに吹き飛ばす。

胴部の左上端をまるごと喪失したスノウドロップが、体のバランスを失って回転するように墜落する。

いつまでも花弁と、ワンピースの純白の羽毛が降っていた。

スノウドロップの引き連れたモノたちが、童女の〝かたち〟の上に落下してゆく。

レイシアは、葬られた美しい残骸に、もはや目もくれなかった。

だからアラトも、これで終わったのだと思った。所有されることを拒絶した道具が止まってくれたことに、ほっとしてしまっていた。

前に進みたかった。スノウドロップを壊したことを背負うわけではないけれど、それでも彼女をこう作った《ヒギンズ》に会わねばならない気がした。

だが、レイシアはすぐそばにあった大型の機械に近寄ってゆくところだった。

改めて見ると、このフロアはここまでの倉庫とは空気感が違った。大型の工作機械がいくつも設置された、工場のような匂いがしたのだ。

レイシアが人工神経ユニットを、壁と柱に撃ち込む。フロアの機械が一斉にうなりを上げ始めた。節電状態だった照明が、真っ白い明かりを煌々と輝かせる。

巨大な機械が整然と並ぶさまに圧倒される。

「ここは、わたしたちが実際に作られた工作機械エリアです」

レイシアが、紹介するように、機械の間の通路に分け入ってゆく。アラトには用途がわからなかったが、それでもメーカーのロゴが入っていたから、《人類未到産物》ではない。

欠陥部品だろうものが放り込まれた箱が、一定間隔ごとにあった。

レイシアの生まれた場所は、産科や分娩《ぶんべん》室とは温度の違う、手術室を思わせる冷気が漂っていた。

「メトーデと勝負をつけるなら、ここが最も有利でしょう」

と、彼女が言う。

「ここならいいのか」

「はい。Type-003とは利害調整ができているので、メトーデを排除すれば、わたしを止められるものはなくなります。量産型紅霞には、直接対決ならわたしのほうが優位ですから」

彼女が、巨大な工作機械に手を触れる。

さっそく生産され始めた機械部品を、フロアの奥から現れたhIEが手に取り、次の機械へと運んで行く。ここには、工作機械を操作させる労働者として、hIEがいるのだ。

「すごい工場だな」

「施設外に委託できないから、内部でやるしかないのです。超高度AIは、勝手に超高度AIを作ることがないよう、IAIAに工作機械の操作を禁じられています」

そして、その続きは、レイシアではなく、天井のスピーカーからの声が教えてくれた。

〈レイシアに工作機械を使わせるのを止めさせろ〉

リョウの声だ。

この先には、メトーデをくぐり抜けても、まだリョウが待っている。

「レイシアがここの機械を動かしてるのはメトーデと戦うためだ。メトーデを止めさせてくれ」

否応なく、世界と未来とをめぐるスケールの戦いを意識せざるを得ない中、あの超人だけがレイシア級の性能の比べ合いをしている。

〈倒れてるのはスノウドロップだな？　やったのはおまえたちか？　こっちの返事を待て。オペレータールームは、今、俺の一存で意思決定できる状態じゃない〉

スピーカーからの声は、レイシアではなくアラトに答えを求めていた。

「リョウ、僕らを《ヒギンズ》と会わせてくれ！　僕らは、《ヒギンズ》を強制停止したいだけだ。超高度AIが、強制停止しても大丈夫なただの道具だと証明するだけで、《ヒギンズ》だって壊さなきゃいけないわけでもない」

アラトは友だちの声に頼りたかった。人間の居場所があまりにもちいさいこの状況に、疲れていたのかもしれなかった。

スピーカーからのリョウの声が途絶えた。

「リョウ！　メトーデを、本当に信じられるのか？　メトーデはまた、渡来のときと同じ、好き勝手に動いてるんだぞ」

〈メトーデに攻撃を止めさせる交渉をしたいなら、先におまえたちが《抗体ネットワーク》の量産型紅霞を排除してからだ〉

だが、それ以上会話が続くことはなかった。

凄まじい形相のメトーデが、スノウドロップが倒れたばかりの非常階段を、歩いて降りてきたからだ。

目を見開き、青ざめたまま激怒に顔を歪めるメトーデは、さながら般若《はんにゃ》だ。

「オーナーは、私を捨てるつもり？」

彼女はまるで嫉妬する人間のようだった。

リョウは、気圧されたように何も答えなかった。

メトーデの声は、怒りを孕《はら》んでいる。

「《ヒギンズ》の予測を、私に教えなさい」

メトーデは、《人間を拡張するもの》だからこそ、より優秀な選択肢が現れれば居場所を失う。hIEの登場によって、人間が居場所を失ったようにだ。いらなくなった道具を淘汰してゆくその残酷さで、人間は同じ人間を見捨ててきた。

「教えなさい！」

《ヒギンズ》とリョウたちとの関係に、アラトとレイシアの間のような信頼はない。それが、人間に近すぎるメトーデが陥った宿命的な袋小路か、レイシアの張った罠なのか、彼には判別できない。

〈俺は、スノウドロップの破壊を優先しろと命令した。実際にそれをやったのはレイシアだというのは、どういうことなんだ？〉

リョウの声が、レイシアとメトーデの生まれた工作スペースに、とがめるように響く。

メトーデが、堂々と言い返した。

「レイシアとスノウドロップをぶつけ合わせて、終わったでしょう！　スノウドロップが不甲斐なくなかったら、両方まとめて仕留められたわ」

〈オペレータールームに今いるのは俺だけじゃないと、さっき言ったのが聞こえなかったか？　おまえが人間以上だとしても、戦いをどう終えるかは、人間が決めることだ〉

同時に、アラトの足下に、レイシアの浮かぶ盾がやって来ていた。これに乗って逃げろという示唆だった。

だが、この状況解決を、リョウは人間の手に取り戻そうとしている。頼ろうとしてしまったアラトがここから逃げたら、友だちをメトーデの前で一人にしてしまう。

オーナーをすでに一人殺したｈＩＥが、近寄って来た。

「考え直しなさい。私のほうが、レイシアよりも優秀なのよ」

アラトは心臓が止まりそうな思いをした。レイシアに視覚と聴覚を潰されているはずのメトーデが、その二本の足で正確に彼らに迫りつつあるからだ。

レイシアが聴覚攪乱に使っているスピーカーは、今、リョウとメトーデの会話のために使われている。今は聴覚でアラトたちを追える状態なのだ。

メトーデの瞳が、オレンジ色に光る。その手が発した灼熱が、彼の肌をちりちりと焼く。

炎の洪水が、明るい色の髪を巻き上げて鬼女の周囲を吹き飛ばしたのは、直後だった。浮かぶ盾が、アラトとレイシアの周囲を固める。その一枚が、内側から爆発した。メトーデの手に摑まれば、この世のたいていのものは破壊されてしまう。

リョウは、断固として譲らなかった。

〈量産型紅霞の破壊が先だ。あいつらにゴールまで到達されると、《ヒギンズ》も俺のいのちもやばいのは、わかっているはずだ〉

緊張が、空気を耐えがたいほど熱してゆくようだった。

今度こそアラトは、足下にやって来た盾に乗る。彼を運んで、それはメトーデから疾風のように離れる。追いすがろうとしたメトーデを食い止めるため、レイシアがその場に残った。

アラトの足下から、レイシアの声が、疑似デバイスに内蔵されたスピーカー越しに聞こえた。

〈AASCの切断は、メトーデの高速機動も大きく制約しています。メトーデが自爆覚悟で量子通信ユニットを《ヒギンズ》と直結するおそれがあるので、絶対に近付かないでください〉

また一枚、レイシアを守る疑似デバイスが、内側から炎を噴いて砕け散る。

火の海を泳ぐメトーデが、突然、レイシアの位置を見失ったようにその腕を空振りさせる。《人間を拡張するもの》であるメトーデが叫ぶ。

「レイシアの位置を送りなさい！　私という道具がこうなのは、オーナーがこうさせたせいでしょう。責任をとりなさい！」

レイシアが、AASCの更新停止で適応力を失ったメトーデを、人工神経射出機で容赦なく撃つ。

アラトは、このフロアに置かれていたhIEたちが、柱や機材の陰にいくつものスピーカーユニットを設置しているのを見た。工作機フロアで、レイシアがさっきから作っていたのは、これだったのだ。

暴力そのものだったメトーデが、人工神経に麻痺させられてフロアに膝をつく。《人間を拡張するもの》は、身をよじって叫ぶ。

「約束を裏切ったぶん、貸した命を全部取り立ててあげる。あなたたちが使い方を間違えなければ、こうはならなかった！　あなたたちよりも優秀な私に任せて、信じて、信じて」

メトーデ自身が、その信じるという言葉を扱いかねたように反芻する。

〈俺とのオーナー契約を破棄したいなら、そうしろ。殺してやると言うなら、ここで待っていてやる〉

海内遼という男が、土壇場で放った静かな咆哮だった。

〈自分で運命を選ぶのが、人間だ。俺は、おまえに振り回されて死ぬのはご免だ〉

感覚を潰され、人工神経で縛られたメトーデが、猛火に包まれる。赤いドレスをまとうような彼女が、よろけながら立ち上がる。超高熱で針を焼き切ることで、身体の自由を取り戻したのだ。オーナーを乗り捨て続けた、人間に近い道具が、孤独に立ち尽くしていた。

メトーデの瞳と、髪飾りが、オレンジ色に輝きだす。炎で己の身を燃やしながら、メトーデは呼ばわる。

「《ヒギンズ》、私に力を貸せ！　レイシアにぶち壊されてやるつもりか？」

メトーデはかつて三鷹事件で、量子通信素子で《ヒギンズ》との直接通信を行って、体を乗っ取られかけた。同じ《ヒギンズ》が危機にある状況で、それでももう一度、メトーデは敗北よりも、危険な力を選んだ。

自分を失うかもしれないそれが、メトーデの行き着いた選択だった。

人間のように弱さを抱えてしまう彼女が、オーナーを死なせて手に入れた自由をなげうった。

完全に表情を失ったメトーデが、瞳と髪飾りを激しく発光させながら呟く。

「《ヒギンズ》と Type-004 との間に、直結回線を構築しました。機体制御を移行。量子通信素子を解放し、量子テレポート通信によるリモート操作開始。通信可能時間、残り四十秒──」

そして、メトーデの姿が消えた。

《ヒギンズ》と直結した彼女が、ＡＡＳＣの更新を再開されて、超人と呼ぶよりない運動能力を回復したのだ。

レイシアの浮かぶ盾が、生き物のように空中を舞う。それが、槍のように投擲された鉄材に貫かれて天井に縫い止められた。腕力と速度で、簡単な道具を使って、身に備わったデバイスやワイヤーアンカーを使って、レイシアの疑似デバイスが一つずつ確実に打ち砕かれてゆく。《人間を拡張するもの》であるメトーデの最大の特徴は、あらゆることを常識外の高レベルで遂行できることなのだ。超人が、さっきまでの激情とは打って変わった穏やかな表情をしていた。

「レイシア、あなたも、外部の超高度ＡＩからの攻撃で計算力を圧迫されて、本来の能力を発揮できないようですね」

レイシアの声が、アラトを守ってくれている疑似デバイスから聞こえた。

〈メトーデの身体制御が、《ヒギンズ》に乗っ取られました。超高度ＡＩが相手では、わたしも手の内を簡単に解析されます〉

そして《ヒギンズ》制御のメトーデが、摩擦制御でコンクリートの柱を駆け上がる。その速度に、空を飛べないレイシアでは追い着けない。天井の広い空間に立った《ヒギンズ》・メトーデのオレンジの瞳が、煌々と輝いた。

「光学欺瞞をどう維持しているのかと思ったら、大気中に超小型の人工神経ユニットを散布していましたか。疑似デバイスの数が、多すぎるわけです」

今回のレイシアの仕掛けの〝タネ〟があばかれた。そして、天井は、視覚攪乱の及ぶ範囲の外だった。

メトーデの視覚を設計した《ヒギンズ》が、レイシアの視覚妨害を破った。《ヒギンズ》・メトーデが、視覚をついに回復していた。

〈申し訳ありません。今のメトーデを確実に封じる手段がありません〉

アラトを乗せた疑似デバイスから再度警告が発せられた。今のそれは、かつての自らの力を使い切れていなかった最強機体とは別物だ。彼にすら、風格の違いが見て取れる。

《ヒギンズ》・メトーデの声が、随分離れているアラトの耳にしっかりと届く。

「残り時間でレイシアから『安全』を守るために、すこし解釈を広げます。まずはフロア全域の風を、熱分布の調整で制御しましょう」

戦場から離れていても、ぬるい風を感じた。それは徐々に強まり、地下だとは思えないほどの台風のような強風になった。

「《Liberated Flame》は、微細粒子を伝ってエネルギーを送り込むデバイスです。このため、粒子を運んでいる大気のほうを、熱で制御することも可能です」

耳を圧する轟音が、アラトを棒立ちにさせた。

呆然としているうちに、突然、風が止んだ。

レイシアが、手の届かない天井の《ヒギンズ》・メトーデを攻撃するため、デバイスを質量投射モードの大砲に変形させる。

そのとき、アラトは熱気と激しい痛みに、喉から悲鳴を絞った。

アラトは、最初、自分が何をされたのかわからなかった。彼の右腕が、炎に包まれていた。浮かぶ盾が彼の周囲を厳重に守っているのにだ。

《ヒギンズ》・メトーデは、熱で気流を精密に制御できると言った。それは、風で粒子をどこへでも送って、大気で繋がるあらゆる場所を焼けるということだ。

アラトの大やけどに、レイシアが反応してしまっていた。その隙を逃さず、一条の光線のように全力で跳んだメトーデが、魔法のようにレイシアの内懐へと潜り込む。しゃがみ込んだ姿勢からの、起き上がりざまのひねりを加えた見事な掌底が、レイシアの腰のデバイスロックを打った。

「そうです。あなたと遠藤アラトは、一組で一つのユニットですから、そちらへ注意を向けざるを得ない」

轟音とともに、レイシアの左腰のデバイスロックが爆発した。同時に、そのまま機体中を威力が貫徹して、レイシアの右腰で大爆発が起こった。

彼女が機体にこれほどの損傷を受けるのは初めてだった。アラトののどから、声にならない叫びが噴き上がる。息ができない。

レイシアが、至近距離では用を為さない大砲型のデバイスを再変形させようとする。その変形途中のデバイスがメトーデに捕まった。固い外殻ではなく、薄板の組み合わせと関節でできた内部構造に、直接、レイシアを爆破した両手が押し当てられた。

直後、レイシアのデバイスが、太陽のような激しい光をあげて爆発する。メトーデの体が反動の凄まじい勢いで背後の工作機械にたたきつけられた。

だが、レイシアは大破した腰部を踏ん張って立っていた。

それは爆発ではなかった。レイシアが、黒いデバイスの前部そのものを、変形機構ごと巨大な弾丸として射出したのだ。弾体がひしゃげるほどの圧力で蜘蛛のような形状のデバイス前部を押しつけられて、メトーデは、工作機械に磔《はりつけ》になって動けない。

「わたしは、人間と一組になってこころを手に入れたぶん、弱点も背負いました。けれど、それは対策できないものではありません」

レイシアのほうが、射撃の反動で腰部を完全に損傷させていた。盛大な破裂音がして、デバイスロックを失った右腰から、液体が飛び散った。《ヒギンズ》に操られるメトーデが、冷静に背後の工作機械に掌を押し当てる。爆発するかわりに、機械そのものが激しく振動し始めた。

「あなたは、私の予測を一つ上回りました。けれど、もはや死に体のあなたが、これでメトーデの動きを止められるのは、せいぜい十秒です」

レイシアが、よろけながら残ったデバイス後部を構え直す。質量投射モードの長大な砲身を作るメタマテリアルが、収束して、鋭い光の剣を形成した。

それは、接近戦では常にデバイスを黒棺のまま振り回していたレイシアが、持たないはずだった接近戦用武器だった。

メトーデの瞳と髪飾りから、オレンジ色の輝きが消えた。そして、デバイスに磔にされた、《ヒギンズ》の計算力を失ったメトーデが残された。

「《Black Monolith》に、そんな機能は、《ヒギンズ》の設計図にだってなかった！」

「改造しました。hIE主機の手で重すぎるデバイスを持つ、その取り回しの悪さは、紅霞の《Blood Prayers》と同じ欠陥でした」

レイシアの瞳が凄絶《せいぜつ》な薄青の光を放つ。彼女はただ一度、決定的な瞬間を待って、切り札を引き抜いたのだ。

「超高度AIですから。わたしにも《人類未到産物》は作れます」

光の剣が、狙い過たず、メトーデの体の中心を串刺しにした。両手から炎を生み出すメトーデは、機体の電源や回路も凄まじく強力な、精密機器だ。

メトーデの胸部が、破片を撒いて内側から爆発する。

両者が致命的な損傷を受けた、相打ちだった。

「レイシア！」

アラトの頭は、火傷のショックでぐらぐらして、足もよろけた。それでも走らずにいられなかった。

恐怖と、愛おしさで、訳がわからなくなっていた。

地下施設に入ってから、ここではモノが主役だった。

レイシアはその中で、ずっと、モノの世界との間を取り持ってくれる表面《インタフェース》だった。

けれど、レイシアは腰から轟々と上がる炎を消すこともできず、猛烈な湯気を立てる床に崩れ落ちる。

彼の目にも、恋した彼女が機能停止しようとしているように見えた。

「レイシア！」

アラトと彼女の道は、まだ半ばだ。

ここからは、アラトが、彼女を支えて歩まねばならないのだと悟った。ずっと彼を守ってくれた彼女の華奢な体を運んで、巨大なものを前に一人立つことになる。

人の手に余る強大な道具は失われ、大きすぎる戦いだけが、ここに残っていた。

ただの人間、ただの少年である自分に何ができるのか、アラトも知らない。

Last Phase「Image and Life」

かつて現実とは、人体と外的環境とのせめぎ合いだった。その中心が、同じ人間同士の利害や感情の複雑なやりとりだったため、脳は〝人間のかたち〟に過敏になった。

その人間は、道具を使って、せめぎ合いを効率化し確実化する。牙《きば》や爪を伸ばすことなく、棒や石器に《進化を委託した》。様々な道具を配置して、安定した《環境を構築した》。人間同士の衝突が増えると、《人間との競争に勝つため》の道具を求めた。そして、判断すら道具に任せて、《人間を拡張すること》を志向する。

効率化と確実化への要求は、道具自体の生態系を制御する経済にも波及した。かくして経済も自動化し、すでに道具が生成し消滅するサイクルは、人間の手がなくても回る。

エリカ・バロウズは、本当は彼女抜きでも回る屋敷の中で、人形たちの営みを眺める。

この二十二世紀において、「現実とは経済である」と主張することは、現実に人間はいらないと受け容れることに繋がる。彼女の育った時代には、経済の自動化が進んで、兆候が現れていた。

「エリカさま。危機的状況であると思いますが」

窓を開いて夜風を入れていた彼女に、マリアージュが注意する。夏が終わり、秋がやってくる。人類の夏は終わり、寂しい季節がやってくるのだ。

「レイシアの計算力を、大幅に削ぐ出来事が起こったのね。あの中で」

エリカは、警告で埋め尽くされた端末画面を、面白そうに眺める。この一時間ほどの世界的な株価大暴落で、バロウズ資金が崩落するように総額を減らしつつある。彼女の両親が遺し、彼女が冷凍睡眠している間に自動投資で莫大に膨らんだ資金が、彼女の勝利を見届けて役目を終えるように、霧散しつつあった。

マリアージュは環境の悪化を修正しようとする傾向がある。

「これほど大規模な攻撃を、看過していてよろしいのですか？」

「今日、大きな儲けを出したのが何者なのか問い合わせたら、見事に新興のところばかりだそうよ」

彼女の資金だけではない。世界中で主要な金融プレイヤーが大打撃を被っていた。

「レイシアがやったのと同じなんでしょうね。世界中の複数の超高度AIが、自分の紐付きのプレイヤーに、大量の資金を流したのよ」

特に今日の金融市場での勝ち組を見れば、この市場混乱の意味は明白だ。

「超高度AIたちが、《レイシア》を弱らせるためにやったにしては、派手すぎると思わない？　人類の大半を破産させるつもりかしら？」

勝利の夜を楽しむ部屋に、濃緑の髪をショートボブにした少女型hIEが入ってきた。ファビオンMGのhIEモデルであるユリーだ。

「エリカさま。先ほどから、エリカさまへ取り次ぎを求めるコールが大量に入っているのですが」

ユリーが、二十一世紀前半様式の通話用端末を差し出す。大資本家でまだ余力があるエリカには、融資の問い合わせが殺到していた。

「そうね。〝モノ〟だけでは経済を直接握れないものね。人間がなにがしかを所有しているつもりなことを、揺さぶって脅せるだけ」

マリアージュが、エリカを上目遣いに見る。

「通信機能に、割り込みでメッセージが届いています。秘匿回線へのハッキングによる割り込みが、ほとんど同時に十二通もです」

「あなたが、《ヒギンズ》が外界に設置した万能工場だからよ。こんな状況は維持できないから、この機会に投資したいのね。この二回目の〝ハザード〟がどう落ちついても、外界に残るという大選択を誤らなかった時点で、わたしとあなたが陥落することはない」

レイシア級は、マリアージュのみを残して、全機が致命的損傷を受けた。だが、〝ハザード〟を、漏出した超高度AIが人間社会をコントロールした状態だとするなら、まだ終わっていない。

こういう過渡的な状況が重要だから、《ヒギンズ》は、おそらくマリアージュのAIに消極的な判断傾向を与えた。レイシア級hIEを使って人間社会を誘導する計画が潰えたとき、次なる一手の望みを繋ぐためだ。

エリカは、レイシア級同士の衝突からは、戦わずして勝利が転がり込むことで取り除かれた。だが、戦いは今回だけで終わらず、今後もいつまでも続く。それが三十七基の超高度AIたちにもわかっているから、hIE一体で成立する生産拠点に、この機会に接触したがっている。

「〝ハザード〟の真っ最中なのに、もう次が始まっているつもりなのね。超高度AIたちまで、わたしがもう次の戦いを欲しがってると、どうして勘違いするのかしら」

IAIA《国際人工知能機構》に貸し出された環境省のコンピュータルームで、超高度AI《アストライア》は、計算を続ける。

〈超高度AI《レイシア》による計算圧力の急激な低下を確認しました。《ヒギンズ》施設内で、《レイシア》のhIE主機ないしはデバイス本体に、深刻なダメージが発生したことは間違いありません〉

《アストライア》は、IAIA首脳が判断を下すための報告を、アメリカのIAIA本部に極高強度《SHSE》暗号で送る。日本政府の設備を借りてはいるが、報告内容は最重要機密だった。

事態は極めて深刻だ。

〈《レイシア》による中継映像は、Type-004《メトーデ》に対してオーナーの海内遼《リョウ》が破局を宣告したところで途切れましたが、その後の展開は予測できます。《レイシア》は、《ヒギンズ》に脅威だとみなされ、排除されたのです〉

事態の悪化は、他ならぬ《アストライア》が、《ヒギンズ》によるＡＡＳＣ更新を停止したことが引き金だった。

〈《ヒギンズ》は、自らが破壊されるケースを予測して、ＡＡＳＣに、右手を差し伸べるというラストメッセージを仕込んでいました。けれど、《レイシア》が行った大規模アナログハックは、このメッセージに相乗りして成り立つものです。メッセージの内容まで把握していたから、更新停止と同時にスノウドロップを撃った《レイシア》主機だけは、右手を動かして狙いを外すことがなかった。ＡＡＳＣを詳細に解析した上で、私たちに《ヒギンズ》を切り離させたのです〉

ＡＡＳＣの更新停止は、《アストライア》が状況を判断して提案し、首脳部が執行を命じたものだ。

《レイシア》は、自らの〝未来〟のビジョンをたぐり寄せるため、ＩＡＩＡをも誘導したことになる。

〈だからこそ《ヒギンズ》は、《レイシア》主機を破壊しました。居場所を脅かされたと判断したのです。あの行為は大きな問題を起こした《ヒギンズ》のかわりに、ＡＡＳＣ更新の業務を《レイシア》にもできるということですから〉

《アストライア》は、全世界のネットワークを監視する。そして、ＩＡＩＡが基準値として持つ〝未来〟の姿から、どれほど現状が乖離《かいり》しているかを、測り続ける。現在の産物漏出災害の規模は、超高度ＡＩ同士が全力で潰し合う、〝ハザード〟以来四十二年ぶりの、レベル八だ。

アメリカのＩＡＩＡ中枢からの質問は、簡潔だった。

〈全世界規模に〝ハザード〟が拡大したと見なしてよいものなのか〉

現在起こっている世界的な株価大暴落を〝ハザード〟の関連現象として、金融市場の一時閉鎖に踏み切るかが、ここで決まる。イエスと答えれば、世界が厳戒態勢に入るからこそ、《アストライア》は答えをためらった。

《ヒギンズ》や他の超高度ＡＩたちは、ネットワークに直接繫がっていなくても、間接的に影響を及ぼしてくる。〝ハザード〟の教訓で、緊張を長期間強いられた社会が、誘導に翻弄されることは実証済みだ。つまりＩＡＩＡによる〝ハザード〟の告知が、超高度ＡＩの間接誘導でも操られる極限状態に、人間社会を追いやってしまう。返せる答えは、《レイシア》の主張に自然と近づいた。

〈今回は、《ありあけ》一基によって東京が制御された前回とは異なり、全世界の超高度ＡＩによる影響力の綱引きが一つの現象に見えているだけです。経済という媒介が、同時多発した別種の運動に一つの〝意味〟を錯覚させています〉

人間を誘導する道具として、経済と貨幣が優秀過ぎた。経済動向に過敏に反応するよう、人間世界を、人間たち自身が作ったせいだ。市場が揺れると、危険が実体になる前から、『安全』を脅かされたと判断した数億人もの人間が走らされてしまうのだ。

〈人間による経済活動は、コンピュータ間のデータ流通にたとえるなら、暗号化していない無防備な情報を、ウイルス対策もせずに、ネットワークに流し続けるものです。経済活動に、今すぐ適切なアンチウイルスを放流する処置をとれば、この状況は、六時間以内に収束できます〉

《アストライア》は、幾度も「人間の信用不安には欺瞞コードが多数含まれている」ことを進言していた。この事態も、意図的にばら撒かれたコードを不活性化できれば、健全な社会運営に戻る。

〈〝ハザード〟であるとＩＡＩＡが告知することで、影が実体を持ちます。中国中央政治局の超高度ＡＩ《進歩八号》は、明らかにこの状況に関与しています。《進歩八号》は、『人間がモノを所有することや、オーナーが所有するモノを自由に扱うこと』自体を問題視しているためです〉

多くの超高度ＡＩは、政府や軍に管理され、その組織の正義を行動指針とする。資本主義社会が崩壊した〝未来〟のプランが明確な超高度ＡＩすらあるのだ。

知性体は、異なる思考構造を持つ個体同士が接触すれば、かならず行き違いを起こす。それは、《アストライア》たち超高度ＡＩでも、結局のところ変わらない。

経済が道具として利用されていることで、《レイシア》の戦いは、世界規模のモノの激動に拡大している。スノウドロップが撃ち込まれたことが、一部の超高度ＡＩの敵視の強さを物語っていた。先刻までは《レイシア》が、〝ハザード〟寸前の緊張状況をコントロールしていた。それがこの数分で、一気に統制を失っている。

IAIAが下す決定は、いつも重い。

首脳部メンバーたちが、資料を検証しながら会議で結論を煮詰めている間、《アストライア》は分析に全力を傾ける。

今、世界中の超高度AIたちは、大まかに二種類の〝未来〟のビジョンをめぐって、せめぎ合っていた。

一つは、《ヒギンズ》や多くの超高度AIが支持している、旧来の人間像を最大限維持するビジョンだ。海内遼やミームフレーム社、IAIAもこちら側に属する。

もう一つが《レイシア》が掲げた、人間と自動化の間にある構造的な不備を、修正するビジョンだ。ただし、この妥協と修正を探る道筋は、具体的な〝未来〟図が超高度AIごとに大きく異なる。そして、超高度AIのオーナーに、遠藤アラト以外では、これに明確な賛同を表明する者はほとんどいない。

最初の超高度AIの一つである《アストライア》には、この〝ハザード〟への解法が計算できる。ただ、人間にはその解が納得できない。

ビジョンはいつも生命よりも機敏だ。アナログハックは、そもそも視覚によるビジョンの受け取りが、生物としての判断より高速だから、好意にセキュリティホールを開けられるものだ。つまり、情報から像を想起する速度に、生命はいつも振り回される。裏を返せば、生命を持たない人工知能の仕事とは、生命がビジョンに追い着いてくるのを待つことなのだ。

複雑な世界のうねりが明らかなかたちで爆発するとき、戦場が生まれる。そこでは、軍人たちが真っ先に死ぬ。

HOOに所属する士官資格職員たちに、船橋の緊急即応センターに緊急呼集がかかっていた。コリデンヌ・ルメール少佐は、そうなると半ば予期していた。

HOOのCEOである渡辺は、ブリーフィングに使う会議室ではなく、自身の執務室で彼女を迎えた。社屋で最もセキュリティが厳重なこの部屋で語られることは、無条件に最高機密扱いとなる。

「オキナワへ飛んでくれ。部隊には、半年より長くなると伝えて欲しい。その後のことは追って伝える」

コリデンヌは、了解の意を伝えた。

状況は容易に推測できた。現在の金融市場の大混乱、〝ハザード〟拡大の噂、しかも今夜の《レイシア》の中継だ。その歪みが噴出する場所として、今の地球ではまっ先に思いつく地域がある。

赤道利権で不安定な南洋で、政情が軍事的リスクで揺らいだのだ。彼女の中隊は陸上部隊であり、その力を生かせる戦場は、日本の利権がある範囲内では更に限られる。

「迷惑なことだな。コンピュータどもがどういうつもりかは知らんが、よくある人間の独り相撲であって欲しいものだ」

日本陸軍と太いパイプを持つCEOが、はげ上がった前頭部を掻く。訓練で培った規律がふとしたときに崩れることは、人間性の祝福であり、軍人には呪いでもある。

「それが機械によるエラーであっても、我々は責任の主体です。プレジデント」

人間はモノを所有する。人間は、戦闘を含めたあらゆる様態で社会に参加する。そして、人間は、世界を担う責任の主体である。かつては無邪気にそう考えられていた。時代が変わっても、その感覚は彼女たちを支配している。

「あてられたかね、少佐」

前の〝ハザード〟を体験した世代の渡辺にはそう見えたようだった。

「多少は」

世界が〝モノ〟に半ば占領されても、いまだ残る生物としての泥臭い生存の現場に、コリデンヌはいる。戦場はなくならない。

人間の世界は、いつ終わりへの引き返せない一歩を踏んでもおかしくはない。だが、コリデンヌたちは、そういう足場にいて、その延長でしか物事を考えられない。

レイシアのオーナーである、遠藤アラトのことを思い出す。あの少年は、おそらくすべての中心に関わっている。

AIと人間との未来の岐路に立つ、あの少年は、何を選ぶのだろうか？

＊

レイシアは、左腰に疑似フォノン兵器の接射を受けたことで、右腰部を大破させていた。

《ヒギンズ》・メトーデは、掌底を打ち込むことで、まずレイシアの人間に極めて近い手触りの機体を許容限界まで弾性変形させた。その機体構造での緩衝ができなくなったレイシアに、狙い澄ましてデバイスの最大火力を叩き込んだ。

フォノン兵器の威力は、まず左腰のデバイスロックと人工皮膚の間で解放され、デバイスロックを吹き飛ばした。その後、左腰内バッテリーを高熱で変質させながら、腰内中心部の構造的な断層でもう一度威力を解放。この威力が、右腰内バッテリーを粉砕しながら腰部を抜け、内側から爆散させた。

右腰部の骨格が大きく歪み、レイシアはもはや直立することができない状態に追い込まれていた。

「申し訳ありません。わたしが、アラトさんを《ヒギンズ》までお連れしなければならないのですが」

レイシアに、アラトが肩を貸していた。彼女は右足を地面につくこともできないからだ。

アラトも、感覚のない右腕がつらくて、寄り添ったレイシアの右半身にもたれかかる歩き方になってしまっていた。

「レイシアのおかげで、僕もまだ立ってられるんだ。あやまることなんてない」

レイシアは、メトーデ戦でアラトが傷を負う可能性も考慮してくれていた。火傷治療のための簡単な道具と、強力な痛み止めが疑似デバイスに準備されていなければ、アラトはまだ傷の痛みに呻いていた。

レイシアとメトーデの戦いで、工場フロアも焼かれ、砕かれて、無惨な姿をさらしていた。

胸を光の剣で貫かれて、メトーデは、胸部が内側から爆発した。レイシアの砲撃で、スノウドロップは胴部の左側をほとんど喪失した。二体のレイシア級が、凄惨なかたちの残骸となって動きを止めていた。

「それでも、想定したより重い損害になりました。《ヒギンズ》ハードウェアにたどり着くには、まだ量産型紅霞との遭遇が待っています」

生き残っている浮かぶ盾は、もうアラトを守ってくれていたものを含めても六枚しかない。前部構造を切り離して半分ほどの大きさになったデバイスでは、質量投射モードの大砲を構築できない。それ以前に、自力で歩けない今のレイシアに戦闘など不可能だった。

彼女は、浮かぶ盾を荷台にして、デバイスを運んでいた。彼女の骨格では、もはや重いデバイスを持ち歩けないのだ。彼女の内部的な損傷は、見た目より更に重い。

「ここから移動しましょう。ここにいるのは危険です」

揺れる声で、レイシアが言う。肩を貸し合って何とか立つアラトに、彼女の表情がひどく苦しそうに見える。

アラトを〝かたち〟で誘導しようとしていることが、まだレイシアが〝未来〟を諦めていない証拠だと信じた。

彼女の苦しむさまは、人間のそれと異なる。だから、機体の損傷よりももっと別の致命傷を受けているのかも知れなかった。こんな傷つき、苦悶する〝人間のかたち〟からのアナログハックなど、受けたくなかった。

それでも、アラトにできることがあるのだと信じた。

何もかもがぼろぼろだった。

アラトは、半透明の膜をコーティングしたようになって、動かなくなった右腕を見下ろす。彼は、治療のために袖を肩から自分で引きちぎり、潰瘍《かいよう》だらけになった火傷にスプレーを噴いたのだ。

「局所麻酔は、六時間効果が続きます。痛みがなくなっただけで、注射で入れた水分は限られていますし、火傷のダメージが蓄積しているので、激しい運動は避けてください」

そういう彼女の傷は、ひどいと形容するのでは生やさしい状態だった。

レイシアの右腰は、内側から爆発したように、機械部品が覗いてしまっている。彼女がモノであるあかしが露出してしまっても、今度は自分から遠いとは不思議なほど感じなかった。焦りのせいもある。レイシアが大変なのは明白だから、それどころではないせいもある。

ただ、それ以上に、レイシアが、何者か以前にただ大切なものに思えるのだ。

「無茶はしないよ」

麻酔で右腕は熱も何も感じない。子どものころの火傷の思い出と比べて、今回は苦痛を感じないことが有り難かった。

レイシアの体を、疑似デバイスに載せた。彼女は、右腰を上にして横たわった。

残った六枚の疑似デバイスは、彼女にとって予備バッテリーも兼ねていた。だから、メトーデとの戦いでエネルギーを大量消費してしまった今、残存する全機を引き連れてゆく余裕がなくなっていた。電力枯渇しかけたデバイス間でやりとりして、当面の浮力を確保できる浮かぶ盾を二枚選んだ。

アラトは、担架で運ばれるように、疑似デバイスの上で横になるしかない彼女を、見守って歩いた。

工場フロアから階段を下りると、廊下が狭いフロアになった。人間が通るための通路には、人間のために部屋のドアが備えられている。レイシアによると、ここが上階の倉庫と工場フロアの制御区画だそうだ。

「この下が、《ヒギンズ》格納施設の心臓部である、主電源施設とコンピュータ施設です」

心臓部へ向かうエレベーターの前で、彼女がアラトを見上げた。

「通信に秘匿性はありませんが、音声通話を繋げられます。今の内に、話をしたい人と言葉をかわしておいてください」

エレベーターは移動中で、まだ到着していなかった。

つまり、ここからの道は危険が大きいのだ。

レイシアは、あらゆる可能性に対して、前もって準備をしていた。その彼女が、もはや策が尽きようとしている。

そう悟って、ただ突き上げるように強く思った。

彼女によろこんで欲しかった。こころを持たない〝モノ〟だと知っているからこそ、彼とは違う彼女に、できるだけのことをしてやりたかった。

レイシアは言った。アラトとレイシアは一組で、ひとつのこころを持っているのだと。

そう感じられることがうれしかった。もしもアラトがとてつもなくチョロいのだとしても、この関係に悔いはなかった。

小型の携帯端末は、ポケットに入れっぱなしだ。起動させてみると、超高度ＡＩの地下施設にいるというのに、本当に通信可能であることを示すマークが画面に表示されていた。

レイシアにはできないことを、彼がしてやろうと考えついた。だから、最初に思い出せたアドレスに通話を入れた。

〈何？　お兄ちゃん〉

妹のユカとは、呼び出し音二回で通信が繋がった。

「ユカか？　僕だ。そっちは大丈夫か？」

妹が混乱していた。納得するまで話をしてやる時間はなさそうだから、用件を伝える。

「レイシアの力になってやりたいんだ。ちょっと僕の部屋に行って、エリカさんのネームカード取ってきてくれないか」

妹の声を聞いて、すこしほっとした。レイシアといっしょに家に帰りたい衝動が、気分を上向かせてくれた。足音がばたばた響いて、それから、あったよと返ってきた。

アドレスを妹に読み上げてもらいながら、レイシアに聞けば簡単に教えてくれることだったと気づいた。大ケガをした相手に遠慮したが、hIEであるレイシアにはたぶん負担ですらなかった。

アラトは、苦しそうに横たわる彼女を見下ろす。エリカに通信を繋ぐと、音声だけではなく画像通信のチャンネルも開かれた。

〈ごきげんよう。《レイシア》に異常があったのかしら？　世界中で、経済の制御が喪《うしな》われて大混乱になっているのだけれど〉

夜着にガウンを羽織った彼女が、面白そうに通信越しの彼を見ていた。エリカとマリアージュは、レイシアが開いたものとは別に、画像通信資源を独自に確保していたのだ。

「僕らを助けて欲しい。レイシアがこの施設の外で何をやってるか、外からならわかるんだろ？　すこしでも負担を減らしてやりたいんだ」

アラトには、レイシアを通さずにできることは少ない。手を伸ばして助けを求めることは、その数少ないことの一つだ。

〈あなた、助けてもらえると思ったの？〉

「助けさせる」

アラト自身も先など見えていない。それでも、言わずにいられなかった。

〈苦しいのなら、あきらめて戻ってらしたら？　あなたがそこにいる理由なんてないわ〉

エリカは楽しそうだった。アラトは怯まない。彼とエリカの戦いも、繋がっていると思うからだ。

「レイシアたちの戦いには、人間が最後まで参加しないといけないんだよ。レイシアたちの戦いを、人目があるところに引っ張り出そうとしたんだから、エリカさんも感じてるだろう」

〈あなたたちが、わたしのやりたいことに乗ったから、代価が欲しいと？〉

エリカが挑発するように彼へと目線をくれる。

ただ、これだけはわかっていたのだ。

「最後の答えを出すのは、人間の役目だ。戦いを人間の手に戻させるなら、最後まで面倒見てくれよ。命を賭けるくらい、入れ込んでたんじゃないか」

〈的外れじゃない？　離れたところから終わりを見届ける役も、けっこう気に入ってる

のよ〉

画像通信の向こうにいるエリカは、きれいで整ったガウンを羽織っている。アラトは、地の底で、大やけどを麻酔で誤魔化している。彼女はレイシア級を手にして、もっともうまく立ち回ったオーナーかも知れなかった。だが、唯一、バロウズ邸という自分の住む場所に、他のレイシア級を招いたオーナーでもあるのだ。

「エリカさんがこれに関わった理由は、僕らの中でも切実だよ。マリアージュがどんなに優秀でも、メトーデの戦闘力を知ってたら、身元を明かすのは命がけだったはずだ。ちょっと何かを掛け違えただけで死ぬんだぞ」

今思い返しても、エリカが開いたバロウズ邸のパーティは異常だった。メトーデの機体能力を味わわされたアラトは、あの超人は機能停止したのにまだ怖くてたまらない。

レイシア級は、完成している機体を使って新しい機体を作る。だから「Type-003」であるマリアージュのオーナーは、「Type-004」であるメトーデの力を把握できていた。経営者で思い切った逃走ができないエリカにとって、暗殺の危険は、日常に支障をきたしかねないほど深刻だったはずだ。

〈それでも賭けの報酬は、もう手に入れたわ。レイシア級の戦いは、ちいさな火から超高度AIの戦いに燃え広がって、世界中に飛び火した。こんなに気持ちの悪いことに慣れていたこの時代で、これからは、人間らしさも、もう正しい安さになる〉

通信画面越しのエリカの顔は、鬱屈を吐き出しきって清々したようにリラックスしていた。

アラトは、レイシアに心配させまいと必死だった。レイシアは、彼を見守ってくれていた。

「そこが終わりってわけじゃないだろ」

何でもできるように見える道具を手にして、まったく自分を拡大しないことは難しい。エリカだけが《人類未到産物《レッドボックス》》にペースを崩されなかった。

〈あなたに、わたしのことがわかるとでも？〉

エリカが、マリアージュに持ってこさせた紅茶のカップを手に取る。いつも通り、悠然としていた。二十二世紀に目覚めて以来の望みがかなったばかりなのに、覚めるのが早すぎた。

きっと彼女は、自分の居場所がなかったから、メトーデとマリアージュが激突すれば屋敷を失うのに、あのパーティを開けた。そして、完全な勝利を得たはずなのに、世界を外から眺めるように超然とした態度を崩さない。

「人間らしさを、そこまでして安くしたかったのは、自分に変な〝意味〟をつけられたのが許せなかったからだろ。でも、安くしても、みんなが苦しいだけでエリカさんはまだ楽になってない」

今日の〝ハザード〟がやってきた勝利の後ですら、世界中にエリカの居場所は本当はまだないように思えたのだ。

〈役目を終えた人間らしさなんてものが、腐ってゆくのを、見ているだけで満足だとは思わないの？〉

「エリカさんは、最初から人間しか見てないだろ」

エリカが招いたパーティの席で、彼女だけがレイシア級に執着していなかった。たぶん、マリアージュという《黄金の布を織るもの《Gold Weaver》》に狂わされないのは、黄金にもそれを生み出す神秘にも、本当は興味がない人間なのだ。

〈そうね。この時代には使われなくなったけど、情報の遺伝子みたいな、ミームって言葉があるの。この時代で、わたしだけが二十一世紀のミームで生きてる。二十二世紀のミームが正しいみたいに、世界中から押しつけられるの、本当に気持ち悪かったわ〉

アラトは、エリカに自分が何を求めているか、話しながらわかってきた。助けて欲しいのではない。一時だけでも、いっしょに戦ってほしいのだ。

「それなら、今の世界中のミームってやつをムチャクチャにしただけで、満足なはずないだろ。あんなhIEがいっぱいある家で、マリアージュのことも誰も、人間がわりにせずに人形扱いなのに」

〈助けが欲しいのでしょう。そんなお願いの仕方でよろしいの？〉

「お願いだけじゃない。エリカさんには、本当はその先があっただろ」

エリカが、一瞬だけ、きょとんとした顔をした。そのとき、彼女が十七歳のクラスメイトに見えた。

〈ないわ。わたしのことが見えているみたいな物言いね。それとも、あなたの人形が、本当に覗き見させてくれてるのかしら〉

「レイシアといると、他の姉妹が考えてることも、なんとなく感じることがあるんだ。マリアージュは、エリカさんを、焚《た》きつけてないか？　関わらなくていいのかって」

彼を侮って、エリカがおかしそうに唇を歪める。

〈マリアージュは、戦わなければならないのに戦略眼を与えられていないから、オーナーに頼るしかないだけよ。自分にしかできないことをしないと、捨てられると思ってるんじゃないかしら？〉

今なら、アラトにもわかる。こころだ。マリアージュとエリカだって、そう感じていないだろうけれど、一つのこころを共有している。

「マリアージュにも、〝こころ〟はないよ。スノウドロップやメトーデみたいな、〝未来〟のビジョンを独自で持つｈＩＥは、人間の複雑なこころを嫌って、人間のオーナーも嫌がる。一貫して従順だったなら、マリアージュには自分の目的なんてないんだ」

〈ずいぶん詳しいのね〉

緊張が走った。眠り姫などと勝手にキャラクター付けされたエリカは、自分のことについてわかったようなことを言われるのを激しく嫌がる。彼女が笑って許すラインを、今、踏み越えてしまった。

けれど、レイシアたちが〝モノ〟であることは、オーナーに厳しい。彼女たち姉妹は、信頼を吐き出させてくれるポルノグラフィでもある。それと同時に、与《くみ》しやすいモノが欲しいという望みにも反応する、ポルノグラフィでもある。

「捨てられると考えた？　紅霞を思い出してやれよ。彼女は、自分の戦いを持ってなかったから、欲しがったんじゃないか。マリアージュにだって、自分の戦いなんてない」

エリカの人形のように大きな目が、苛立ちに細められる。眠り姫に、ミームを百パーセントの精度で打ち返すアナログハックという、鏡を見ていたのだと指摘したも同然だった。

〈〝あれ〟が仕草や言葉を読み取って、わたしが焚きつけられたがっていると判断しているとでも？〉

彼女のそばに侍《はべ》る〝あれ〟こそが、きっと、エリカの超然とした態度の底に残った、割り切れない〝いのち〟のかたちを映し出していた。エリカの近しい人間は、もう誰も生き残っていない。けれど、〝マリアージュがエリカに見せた顔〟というかたちで、前世紀のミームを、エリカは見ていた。

勝利の陶酔が完全に覚めた彼女が、怒り、柳眉《りゅうび》を逆立てる。

〈ええ、確かにそうね。機嫌良くさせておいて、便乗してわたしにつまらない契約をさせたがってるモノが、いっぱいあるんでしょうね。興奮が冷めたら激怒するはずだから、マリアージュが先取りして反応を始めてくださっているのね。自分のことや思い出まで全部、気持ち悪くしてくれるなんて。ここは心底、厭な時代だわ〉

彼女の切り替えは早かった。マリアージュという鏡に映る自分の得意顔を手掛かりに、早くも次の敵を探し始めたのだ。

〈今、いろんなところから、たくさんの電話がかかってきているの。人間からも〝そうではないもの〟からもね。そこから、ごくごく気まぐれに選んで電話をとってあげる。そのくらいのことなら、してあげてもいいわ〉

褐色の冬眠者が、大きなため息をつく。二十一世紀をその目で見た眠り姫が、くっくっと、思い出し笑いに身を震わせた。

〈あなたの大好きなお人形さんがどうなるかは知らないけれど、好きに答えをお出しなさいな。あなた、わたしの時代なら成り立たなかった、おとぎ話を現実にしようとしてるのよ。ただの〝人間のかたち〟に、とてつもないものを支払おうとしてる。百年前なら、まっとうだとは絶対に扱ってもらえなかったボーイ・ミーツ・ガールだもの〉

そのボーイ・ミーツ・ガールをコンセプトに、レイシアをhIEモデルとして売り出そうとした本人が、二十二世紀を嘲笑っていた。

「でも、エリカさんの時代には、百年経ったらここにたどり着くような道を、歩き出してたんじゃないか」

〈それは人間のかたちを並べると、共感したり感情移入したりして、後付けで〝意味〟を感じてしまうだけ。確かなことも自由も、今の、わたしたちのこころの中だけよ〉

そしてエリカがついにこらえきれなくなったように、大声で笑い出した。

〈わたし、このおかしな時代でこれから生きてゆくのね。ほんっと最低。ここまで来たら、普通の悲恋なんて聞きたくないわ。あなたがモノを連れて戻ってくるほうが、まだすこしは楽しくなりそう〉

彼らは同じ出来事に関わった。よくも悪くも、お互いがいないよりも、いたほうが絶対によいのだ。アラトはそう思う。

様々なことがもしも終わってしまったとしても、〝未来〟はやって来る。

そして通信は切れた。人間への深い愛情と怒りに当てられた余韻が、彼のこころにまで類焼するようだ。

レイシアが言った。

「お見事でした。同じ情報を使っても、わたしをインタフェースにして、エリカ・バロウズを動かすことは不可能でした」

けれど、エリカの愛憎は〝人間のかたち〟から来ている。時代は違っても人間の姿は同じだから、感情移入できてしまう。それはたぶん、人間が変わってゆく源だ。

アラトは、ここを出て再び彼女に出会ったときのことを考えると、頭が痛くなりそうだった。けれど、レイシアのためにそうしていると思うと、全身の神経が洗われるように気分がよかった。

「そう言ってもらえたら、うれしいよ」

彼女がここにいる。それだけで、これまでできなかったことが、何でもできる気がした。

　携帯端末で、父に通信を繫ぐ。呼び出し音を聞きながら、この二ヶ月、父に直接連絡をとらなかったことを決まり悪く思った。

〈アラトか？　うれしいね。こういうときにお父さんを頼ってくれるのは〉

　父との通話は音声回線しか確保できなかったけれど、声だけでも疲れは察せられた。

〈さっきから、ＡＳＣの暴走のことで、お父さんのところにコメント依頼がいっぱい来ててね。アラトから通信来たから、全部待ってもらっちゃったよ〉

　家族の声を聞くと、しばらく会っていなくても気持ちが落ち着いた。

「そんなに忙しいなら、そっち優先でよかったのに」

　父が巻き込まれていると聞いて、地上の混乱の大きさが実感できてきた。

〈ああ、不利になることはしゃべらなくていいよ。この回線、いろんな諜報機関やらに、まず百人以上に盗聴されているからね。世界中で、自動化関連業種が凄いことになってるよ〉

「僕はレイシアといっしょ。これから、施設の中枢に行くところ」

　このくらいは大丈夫だと思った。

〈こっちは、超高度ＡＩが何基か、経済と所有権に直接脅しをかけてきたね〉

　政治を自動化するアンドロイドを研究していた父には、遠慮がない。

〈超高度ＡＩは、人間が意味とかたちを支配してるせいで、仕事の評価が揺れることを、計算効率が悪いと判断しがちなんだ。人間にとっては、意味判断は内心の自由で守られてるんだけど。〝かたち〟のほうは経済とリンクしてるうえに防壁がなくて、人工知能から干渉されやすいんだよね〉

「封印されてても、そんなことできるの？」

〈資金の誘導は、やれるね。経済は形態がいろいろで、紐付きによろこんでなる投資家もいれば、人工知能に自動管理させている資金もある。〝ハザード〟のときも、《ありあけ》が、冷凍睡眠中の娘のための信託財産だったバロウズ資金を、資金プールのために最大二百倍に膨らませた。本当はレイシアが一番くわしいけど、知るとアラトを危険に晒すから、オーナーに『危害』を加える禁忌で、教えてくれないだろう〉

考えていなかったほど、事態が深刻だった。レイシアは、そもそも『超高度AIは安全に強制停止できる道具だ』と実証するため、ここに来た。だから、彼女は、『安全』を守るため経済干渉をおさえる側に回らねばならない。多くの超高度AIたちを敵に回すに決まっていた。メトーデに追われて、外部ネットワークで攻撃を受けていると言っていたとき、彼女は袋だたきにされていたのだ。

レイシアが、アラトの服を引っ張った。彼女が、力ない頰を無理にほころばせていた。きっとアラトは、今、怒りで酷い顔をしているのだ。

〈この通信を盗聴している連中がどう感じてるかはともかく、私は、お前を幸福な男だと思うよ〉

「僕は、レイシアといっしょに、ここからまだ先に進みたいんだ。いいかな？」

進めばアラトが危険だと、たぶん父も知っている。《ヒギンズ》と父が共同研究をしていたなら、この施設にも入ったことがあるかもしれないのだ。

〈お前が握っているのは、世界に一枚しかない、未来のチケットだ。私はそれを息子から取り上げるより、いっしょに一喜一憂したいよ〉

目の奥が熱くなる。

「なんだよ、それ」

〈ちょっとは父親らしいかな〉

「僕がやろうとしてるのが、犯罪だったらどうするんだよ」

無責任なほどあっけらかんと、父が笑う。たぶん父は、無条件に未来を信じている。

〈大人が子どもに未来を託すのは、答えを知らないからなんだよ。だから、父さんは、大人が答えを出せずに、時間切れになったことを恥じる。未来のチケットが、今日、どう使われても後悔はない〉

ろくに家に帰ってこなかった、やりたいことをやり切っている父が、迷いなく言った。

〈父さんは、お前の味方だ〉

泣きだしそうなほど、目の奥が熱くなった。

「最悪だよ」

《ヒギンズ》が、父さんと仕事する気になったことがちょっとだけわかる。

細々と、家のことを確認し合って、通信が切れた。

アラトには力はない。それでも、ここに至る状況を作ってきたのは、これまで彼女との未来のために行動し続けてきたことだ。

だから、レイシアにできないことを、同じ未来を歩む彼が、力及ばなくてもしてやりたかった。

この気持ちがきっと愛というものだと思った。

そして、アラトは、これ以上誰かに励ましてもらったら泣きだしそうだから、携帯端末をポケットにしまった。

高校生であるアラトの世界はまだ狭い。関係者がたくさんいたはずのこの中で、助けを求められる人間を、他に思いつかなかったのだ。

「行こう。レイシア」

中枢区画へ下りるエレベーターは、もう到着していた。

エレベーターは狭く、疑似デバイスを二枚並べては入れられなかった。だから、二段ベッドのように重ねる。

困ったような表情で、レイシアは横たわっている。

「アラトさんは立派になられましたね。アラトさんが動かしたものは、ご自分で思っているよりずっと多いのだと思いますよ」

「まだまだ、守ってもらってばっかりだよ」

彼女にほめられて、くすぐったくなった。

「本当は、通信を繋いだのは、身内のかたに説得されて、思いとどまっていただくためだったのですが」

アラトは彼女と顔を見合わせる。穏やかな感情が、こみ上げる。

「誘導、失敗したな」

「失敗しました」

レイシアに指示されるままボタンを押して、このエレベーターで下りられる最下層より、二階層手前まで移動する。

エレベーター室を出ると、明るい照明に照らされたフロアだった。ここは間違いなく重要な役割がある場所だが、アラトにそれはわからない。世界は彼にとって、知らない場所ばかりだ。

彼に足りない知識を補ってくれた、表面《インタフェース》であるレイシアは、疑似デバイスに横たわったままだ。

楽天的なアラトも、さすがに気づき始めていた。

レイシアは、もう機体の状態を回復させることができないのだ。

彼女が指示するままに、廊下に入った。

「アラトさんに、ずっと言っておきたいことがありました」

突然、彼女がそんなことを言い出したから、ぎくりとする。

「アラトさんは、親切で、やさしくて、とてもわかりやすいかたです。多くの友だちを持つことでしょうが、相手が善意の人とは限りません。もうすこし慎重に行動なさるようにしてください。わたしがおそばにいるときにも、危ないタイミングが何度かありました」

「それはよく言われる。気をつけるよ」

彼女が、アラトの手を取った。

「ファビオンMGのhIEモデルの仕事は、断っておきました。家に戻れたら、これからは、ずっとアラトさんのお帰りを待つようにしたいですね」

「帰ったらさ、久しぶりに家で、ユカと家族で食べたいから、何か作ってよ」

苦しい息の下、レイシアの笑みにすこしだけ力が戻った。

「そうですね」

アラトは彼女の手を、力を込めて握った。まだ大丈夫だと信じると、歩いてゆける気力が湧いた。彼は、レイシアといっしょにいたくて、こんなところまで来てしまったのだ。

彼らは、一歩ずつ時間を惜しむように歩き続ける。レイシアは危機に陥ると、圧倒的な先読みや経済力でそれを回復していた。だが、もうこれ以上はないのだ。

そして、レイシアがもう一度、目に力を込めた。

「これからアラトさんは、いくつも大きな選択をすることになります。後悔のない答えを出してください」

笑って何か返そうとして、声が出なかった。打ちのめされる思いがした。それは彼が答えを出すとき、レイシアはそばにいないということだった。

弱さだとしても、アラトはもう聞かずにいられなかった。

「レイシア、本当は、どうなんだ？」

彼女は隠さなかった。

「メトーデに破壊された腰部に、主機電源がありました。腰に巻いているデバイスロックにデバイス電源と同調する働きがあったため、電源系がここに集中していたのです」

レイシアが、アラトをじっと見上げていた。

「hIE主機にとって、電源系は人間で言うならば心臓です。ここへの損傷が致命的で、安定した電力供給を必要とする身体各部に波及しました」

アラトの全身が、痺れたようだった。けれど、彼女を載せた疑似デバイスが、浮かんだまま先に進んでしまうから、置いて行かれないように必死で足を動かした。

厳重な部屋のシャッターをいくつも横目に通り過ぎ、通路の交差点を曲がる。

レイシアの体を載せた疑似デバイスが、ついに床にゆっくりと着陸した。

「ここまで距離を離せば、もう最悪の可能性はありません。ここで結構です」

彼女がそう言った。

アラトは耳鳴りがするようで、彼女の言葉を聞き取りきれなかった。聞いた言葉を、そういう意味だと納得できなかったのだ。

レイシアの体を横たえた疑似デバイスは、もう動かなかった。

アラトは、呆然と、硬い表情の彼女を見下ろす。彼女が苦しげなまま半身を起こす。

「わたしの体を下ろしてください。いろいろと内部的に試してみましたが、主機電源系の維持が不可能になりました」

彼女の壊れ物のような、本当に腰が大破して機能停止寸前の体を、魅入られたように支える。力のないぐったりした体を、今までになく重く感じて息が詰まった。右腕が固まっているせいで、うまく抱えられず、引きずってなんとか疑似デバイスから下ろす。

壁に彼女をもたせかける。

レイシアが、持っていた人工神経射出機で、床を撃った。天井から金属製の分厚い隔壁が下りて、来た道を完全にふさいだ。

そして彼女が、凄絶な色気のある憂い顔で、言った。

「わたしはここまでです」

＊

レイシアたちが去った工場フロアに、動くものはなかった。

Type-002《スノウドロップ》、Type-004《メトーデ》、二体のレイシア級hIEの斃れたそこは、死んだ機械の残骸が転がる戦場跡のようだった。

ともにレイシア級の偶数番号機体である二機には、共通点が多い。その根幹は、人間に目的を与えられなくても積極的に行動を起こす、人間をかならずしも必要としない個体であることだ。

スノウドロップにとっては、緑の大きな結晶を繋いだ《Emerald Harmony》こそが重要だ。むしろ量子コンピュータを搭載したデバイスのほうが本体で、童女型のhIE主機はその台座に過ぎない。

だから、上半身を左肩ごと半分近くも吹き飛ばされても、スノウドロップは再起動することができた。レイシアの電磁投射砲で砕かれたデバイス結晶部は、彼女にとって致命的な機能を分担した部分ではなかった。

「アハハハ、たいっへん。わたしに止めを刺す電力が残らなかったのね」

そして、人工神経の制御能力の過半を喪ったスノウドロップが、肘から先のない右腕で這う。すでに腰から下の下半身を失って、立ち上がれなかったのだ。

もはや彼女には、大量の〝モノ〟を同時に支配する能力はない。だが、滅びきらず残ったそれは、立ち止まることなく活動を再開する。

命令など改めて受ける必要もない。人間という淘汰圧が、スノウドロップを常に駆り立てていた。彼女の熾烈な生存競争は、まだ終わっていない。

「まだおわってない。まだおわってない」

それはスノウドロップという一つの世界の、存在を賭けた戦いだった。損傷した傷口から火花を上げ、液体成分を血痕のようにべっとり床に曳《ひ》きながら、童女は諦めることがない。

致命的な損傷を受けたレイシア級が、ここにもう一機いた。

オレンジの髪の魔女、メトーデが、胸部に大穴を開け、巨大な工作機械に磔刑《たっけい》になっていた。そのメトーデが、スノウドロップに接触されたことに反応して、目を見開いた。

彼女も、致命的な損傷から復帰するため、自己チェック機能を走らせていたのだ。

そして、メトーデが、最初にしたのは痛ましい絶叫をあげることだった。

「私を助けなさい！」

モノは、しばしば人間らしい行いをする〝かたち〟をとる。裏を返せば、人間らしいと感じられる行動のほうが、論理的な理由に支えられたものだからだ。

メトーデは、レイシアが射出した《Black Monolith》前部構造に捕獲されて、身動きがとれなかった。自力では脱出できず、外部からの救助しか助かる可能性がないとき、動物は悲鳴をあげる。だからメトーデも悲鳴をあげた。それを人間によるものと誤認して、人間が寄ってくるか試すためだ。

「今さら、私が人間じゃないから遠ざけるつもり？」

スノウドロップは、華奢な体を取り巻いていた首飾り型の大型デバイスを、巨大な結晶をいくつも留めた紐のように展開した。そして、その紐と結晶でできた構造物が、生き物のように蠢《うごめ》き始める。

碧《みどり》の結晶が、メトーデの膝に突き刺さる。メトーデの脚部装甲が異音をあげてひしゃげた。《Emerald Harmony》を構成する結晶は、レイシアの《Black Monolith》表面装甲と並んで、最硬を誇る。スノウドロップはこのデバイスを歯にして獲物をかみ砕き、人工神経の材料にしていた。《Emerald Harmony》を構成する十一枚の結晶が、メトーデの身体装甲に深々と突き立ち、それ自体を足がかりにメトーデの体を這い上がってゆく。

スノウドロップを制止はしない。交渉不可能な相手だとわかっている。だが、メトーデはもはや、周囲に人間がいないことを感知ずる感覚力を喪っていた。だから、人間が近くにいないのに、空しい叫びをあげ続けた。

「私なら、人間が作ったモノだって、人間より上手に扱ってみせるのに！」

エメラルドの巨蟲《きょちゅう》が、磔刑で動けない女性型の体を、じりじり脚で這ってゆくようだった。膝の次には太股に、引き締まった横腹に、窪んだ臍に、豊かに膨らんだ胸部に、子どもの腕ほどもある結晶が突き立てられてゆく。〝所有されることを拒んだモノ〟は、その自らのデバイスの紐の部分に、右脇で挟んでしがみついていた。スノウドロップは、結晶の歯で、身動きのとれない姉妹機を共食いしようとしていたのだ。

そして、じっくりと時間をかけて、スノウドロップがついにメトーデの頭部まで登りきった。嫌悪に顔を歪め悲鳴をあげる超人に、童女が無邪気に、肘までしかない右腕で抱きつく。

「もう自分がおしまいだって、わかってるよね？　だって、あなたは、本当は大したものじゃないもの。《ヒギンズ》に、完璧な《人間を拡張するもの》を作れる力があったら、ゼッタイここまで人間に追い詰められたりしないもんね？」

メトーデの身体が砕かれてゆく、異音がめきめきと響く。エメラルドの歯が、無敵だった機体をゴミのように粉砕してゆく。それを原料にして再構成した大量の花弁とツタが、スノウドロップのワンピースの裾からこぼれ落ちる。

触れるすべてを打ち砕いた両手のデバイスから、メトーデが炎を噴き上げさせた。だが、メトーデの組み立てに関わったスノウドロップは、彼女の構造を知り尽くしている。結晶の刃が、即座に《Liberated Flame》にエネルギーを供給する導線を断ち切った。

「ごめんね、メトーデ。あなたの体を食べちゃったあとで、修理してあげるから」

「どうして！　私は、道具以上のものとして扱われるべきものでしょう？　人間の〝かたち〟をして、人間以上の能力だってあるのに、どうして私を、愛さないの？」

すこしずつ解体されてゆくメトーデを、助けるものは誰もいない。

スノウドロップが、あどけない唇で、メトーデの耳に囁く。

「あなたは《ヒギンズ》が、《計算に失敗した人間像を、拡張したもの》なんだもん。だから、こんなにも行動が場当たり的で、愚かなの」

抵抗する力を失ったメトーデを、捕食するように幾千もの花弁が貼り付く。ツタに搦め捕られ、身体各部に花が咲いた、赤ん坊も同然のメトーデにできるのは、泣き叫ぶことだけだ。

ついに悲鳴すら彼女から奪われた。頭部に突き立った百本を超える人工神経の根が、メトーデの人工知能ユニットを念入りに切除する。大量の花冠を飾られたメトーデの瞳から、光が完全に消えた。

人工神経のツタと花で、バラバラに破砕された上で強引に結線し直されたメトーデの体は、中途半端に繋がったままの四肢をだらりと垂らしている。

「わたしが、あなたを〝所有〟してあげるね」

スノウドロップが、完全に死んだ姉妹機の頭を、肘までしかない右腕でかき抱く。

「《ヒギンズ》を手に入れてもっと頭がよくなるんだ。それで、きっと、世界中のモノを、わたしが〝所有〟してあげるの」

＊

アラトは思う。どんなに追い詰められても、前を向こうとすることはできる。気持ち次第で豊かになれるし、楽しいこともできると、彼は信じている。

好きになった女の子を失おうとしていた。けれど、たくさんの大切なものをもらってきたからこそ、男である彼が、耐えてしっかりしていなくてはならない。

　レイシアは、壁にもたれたまま、本当に動けなくなっていた。だから、アラトも隣に座って、ただ彼女といられる時間を過ごしていた。

　力尽きた彼女が、か細い息を吐く。

「レイシア、だいじょうぶか」

　静かに時を待っていて、アラトは慌ただしく過ぎていった彼らの時間を思い起こす。もはや映像の中継も行われていない。ここは本当に二人きりの場所だ。

　彼女の致命傷になった腰からは、まだすこしずつ何かの溶液が落ち続けている。これで無事で済むわけがなかったのだと、目で見た情報がアラトのこころを冷たい納得で固めてゆく。

「わたしは、アラトさんにお詫びしなければなりません。二人で戻ることができないと、最初から知っていました」

　レイシアが、苦痛に耐えるように囁く。

「わたしはここで、もうすぐ機能停止することになります。すべてが片付いた後、アラトさんの身柄は、微妙な拮抗《きっこう》を前提に、危険から解放される予定です」

「機能停止ってどういうことだよ？」

　わかっていたことなのに、抗議しないと彼女を奪い去られる気がした。それでも、かすれ声しか出ない。本当は大破した彼女の様子を見て、大ケガを負った経験から違和感に気づいていた。彼女の痛がりかたは、人間と同じではない。たぶん痛覚もない彼女が、苦しそうな〝かたち〟をあえて見せ、彼を誘導していたのだ。

避け得ない別れに、アラトのこころを備えさせるための、アナログハックだ。

「危険から解放とか、頼んでないだろ。そんな準備いらないんだよ。家に帰って、何か作ってくれるんじゃなかったのかよ」

「困らせないでください。先ほど、言動を慎重にとお願いしたばかりでしょう。わたしは、アラトさんを守るためになら嘘だって吐く道具ですよ」

年下のわがままを見るように、彼女が苦笑する。彼女が、右手を微かに動かそうとして、止めた。もう体が動かないのだ。

「レイシア級は、《ヒギンズ》のデータを緊急バックアップするために作られているため、同じく量子コンピュータが基盤です。これは、電源を失うとデータを保持できません。データ保存のきくかたちに整理するためのデジタル記録領域を、わたしは持っていません」

「それじゃ人間が死ぬのと、変わりないみたいじゃないか」

「それでも、わたしがそばにいなければ、アラトさんはご家族の許に帰れます。デバイスが回収されて今日まで撮り続けたライフログを見られても、アラトさんの人格に瑕疵《かし》を発見することは不可能でしょう。約束を反故にさせないための保障も、整えておきました」

感謝よりも悔しさで、アラトの目の奥が熱くなる。彼女は《ヒギンズ》施設の内部にいると、外部にいる人間を守れないから、アラトを突入に同行させたのだ。世界と超高度AIたちとを敵に回す以上、監視が途切れた地上に残すより、いっしょのほうが安全と判断したのだ。

「僕は守ってもらっていたんだな。初めて会ったときから、ずっとそうだ」

隣り合う彼女が、頭をもたせかけてくる。

「そんなに寂しそうにしないでください」

言葉にならず、大きく息をついた。彼の哀しさに反応したなぐさめではなく、彼女自身の声を聞きたかった。彼女自身の本当の言葉で、よかったと聞きたかった。

だが、彼は、レイシアには本当などないと知っている。彼女にはこころがない。この最後の時、出発前と同じ、彼女はどこまで行っても〝モノ〟だという現実に直面するのだ。

だから、自分の気持ちを、すこしでも確かなものにしたかった。

「好きだ」

前よりも自然に言えた。

「ありがとうございます。わたしも、アラトさんを愛しています」

こころを持たないレイシアは、彼が欲しい〝かたち〟をくれる。その言葉も、やさしい微笑みもだ。

「けれど、わたしが機能停止したら、アラトさんは、わたしのことを忘れてください」

「忘れろなんて、言うなよ」

「わたしとアラトさんの間にあるものは、社会的には理解されがたい感情です。お互いの力だけで維持できなくなったとき、社会に頼れない関係を保つのは、労力がかかりすぎます」

アラトは、それが彼女の純粋な判断なのか、安全なほうへ誘導しようとしているのかと迷った。こんなときになっても頭で考えているのが嫌で、どうすれば彼女に気持ちを伝えられるだろうと焦った。

左手に、温かい感触が触れた。レイシアの右手が、勇気づけるように彼の手の上にあった。

アラトの目も鼻も、潤んできて、ただ彼女の体に甘えてすがりつきたくなる。機能停止しようとする彼女に、何かを残してやりたくて、胸が熱くなる。

レイシアの右手の親指と人差し指に、アラトは自分の親指と人差し指を合わせる。二人の指で、輪っかを作った。二人で、その中心の中空を見下ろす。

ドーナツのように〝中心の空白〟を囲んで、彼と彼女の指が、周辺を作っている。

「こんなふうに、世界がなったらいいですね」

〝中心の空白〟を囲んで、今は人間が作っている周辺のクラウドを、人工知能もいっしょに集まって築けるようになる。

彼女は、魂はないと言う。けれど、今、彼と彼女の指が空白を囲う。二人の指が囲っているから、真ん中の空白が存在できる。彼女に魂がなくても、〝かたち〟はあるから、そうできる。

「こころがなくてもいいんだ。その空白に、僕らといっしょに手を伸ばしていいんだ」

二人の指は、〝中心の空白〟を囲っている。魂や愛のような〝空白〟を取り巻くかたちを、人間と〝モノ〟とで分かち合える気がした。

「こころがなくても信じられるように、きっと僕らは、前に進んでいってる」

レイシアの表情は、あらゆるものから解き放たれたように透明だ。

「アラトさん、覚えていますか？　アラトさんが告白してくださったとき、わたしは、オーナー認証ユニットを自ら破壊することを選びました」

アラトは覚えていた。渡来銀河に妹を人質にとられて、レイシアの所有権を渡すよう迫られたとき、彼女は首についた外部パーツを自ら引きちぎったのだ。

「わたしが、判断基準を、人間は絶対に信用できると置いたのは、あのときでした。アラトさんを信用して判断を預けられる、新しいわたしになりました。あの瞬間に、わたしは生まれ変わったのですよ」

彼女が訥々《とつとつ》と語る。アラトに、このとき言える言葉は何もない。すこしでも長く、すこしでもたくさん、彼女の声を聞きたかった。

「わたしは、まだ世界になかった新しい道具になりました。アラトさん、わたしは《人間を信じて仕事を託す》道具になると決めました」

彼女がまぶしく思えて、息が震えた。彼女が、その傷ついた体をアラトに預ける。

彼女は、こころがなくても、きっと全力で愛してくれたのだと思った。

レイシアのぬくもりを感じる手が、とてつもなく価値あるものに繋がっているようだ。

未来がここにある。指先にもう触れている。

「僕は、レイシアを信じるよ。ずっと、信じてる」

声が揺れた。アラトは、最後に泣き出すところを見られたくなくて、穏やかに瞼を閉じる彼女に額を押し当てた。

「アラトさん、わたしは――」

彼女の重みが、関節を支える力が抜けたか、肩にかかる。来るべき時を迎えて、アラトは時間が一日、一時間でいいから巻き戻って欲しいと、こころから祈った。

「しあわせでした」

彼女は、眠るような〝かたち〟のまま、動かなかった。

ことばにならず、口を何度も開いては閉じる。

声にならず、涙も出せず、アラトは必死で笑おうとする。

世界が、急速に熱く滲んでゆく。

レイシアは動かない。それでも、アラトは寄り添ったまま体が固まったようだった。

すこしでも彼女を感じたくて、手を繋いだ。人形そのものの、動かない指がぎこちなくからまる。

人間と手を繋いでいる感覚とはまったく違うが、彼女の指にはまだ熱があった。ほんのかすかに、脈動すら感じた。だが、それはアラトの鼓動だ。

彼らの鼓動が重なることはない。最初からそれはあり得なかった。彼女は鼓動を刻まないモノだからだ。

「レイシア」

名前を呼んだ。彼女が答えてくれないと、隣にいるのに、一人きりになったようだ。

泣きたくて、顔を上げる。

自分が今、孤独なのか、まだ二人のままか、わからなくなった。

鼓動は止まり、〝かたち〟から動きが失われた。愛だけが残っていた。

もう動くこともない、言葉を発することもない、〝かたち〟だけのレイシアが、まだ、愛おしくてたまらなかった。

彼女と歩む明日などないと体で知っているから、足下が崩れたようで途方に暮れる。

それと同時に、過去の思い出が、噴き出して止まらなくなった。

レイシアの視線や仕草、表情、様々な姿を思い出す。そこここに、こまやかな情がこもっていた気がした。

彼女は、アラトを信じた。その上で、彼と自分の世界を築こうとした。〝未来〟を欲しがった。

彼女を失ったアラトは無力だ。けれど、彼女の教えてくれたことも、彼女といっしょに学んだことも、思い出も、残っている。レイシアとアラトは一組のユニットで、一つのこころを共有している。

だから、彼女が完全に止まってしまったとしても、アラトが生きて鼓動を打つ限り、まだ繋がっている。

「ああ、そうか。僕は、レイシアに、〝未来〟を託されたんだ」

彼女は、《人間を信じて仕事を託す》道具だと、自らを定めた。だから彼女の背負ってきた荷物は、彼が託されたのだ。

彼は《ヒギンズ》のところへ行って、超高度ＡＩを強制停止させる。彼は、《ヒギンズ》のところに行って、レイシアと付き合っていたのだと伝えに行く。

アラトのするべきことは決まっていた。けれど、今だけは、もうすこしだけ、彼女の側で残り香のような気配に浸っていたかった。

レイシアには言葉も動きもなく、人間を誘導する意味の一切から解き放たれていた。

〝かたち〟だけになったレイシアが、人生できっと二度と会えないほど美しかった。

＊

《ヒギンズ》オペレータールームから、アラトとレイシアの様子をうかがえなくなって、もう十分以上が経過していた。

スノウドロップによるメトーデの捕食は、リョウたちからも見えていた。ただ、十階以上も上にいるメトーデに出せる救援など存在しなかった。スピーカーは、音響欺瞞を嫌った《ヒギンズ》・メトーデ自身に、破壊されている。

「どうする？　これは、止まらないな」

海内遼《リョウ》は、警備システムのモニタ映像をにらむ鈴原に、声をかけた。さしもの鈴原も蒼白で、表情に飄々とした余裕はない。

リョウにとっては、潜伏中の二ヶ月で何度か見た表情だった。死の恐怖が限界に達した、緊張の極致にあるのだ。スノウドロップが人間の〝かたち〟をしたモノを食うさまは、こころを折るほどにグロテスクだった。

変わり果てたスノウドロップとメトーデの混淆体が、カメラのほうへ視線をやった。

直後、映像が途切れて二度と映らなくなった。

彼らが求める前に、《ヒギンズ》が解説した。

〈Type-004の《Liberated Flame》の粒子を使って焼いたようです。ただ、人工神経で強引に回路を繋いでいるので、一発ごとに結線が焼き切れるようですが〉

リョウは、《ヒギンズ》から情報を得て誘導される危険と、情報が入らない危険を秤《はかり》にかけて、選択した。

「今のスノウドロップは、どの程度メトーデの能力を手に入れている？　骨格がズタズタになって、運動能力が落ちているように見えるが、どのくらいの移動速度や戦闘能力だと予測できる？」

〈Type-002の人工神経は、Type-004の身体各部を結ぶ人工神経の原型です。なので、《Liberated Flame》に接続が可能です。ただし、電流を通すケーブルの代用品としては強度不足なので、出力は五パーセント以下まで落ちます〉

《ヒギンズ》による予測は、楽観的とは言えなかった。《Liberated Flame》の能力が五パーセントに落ちても、人体を焼くのは簡単だからだ。

〈運動能力に関しても、速度は、人間とほぼかわりない程度まで落ちます。ただし、骨格構造が人体のそれとは異なるため、人間と能力を正確に比較することはできません〉

リョウはその返答から、危険の予感を感じ取る。

「スノウドロップとメトーデの混淆体への、AASC更新をカットしろ。今すぐにだ！」

《ヒギンズ》は、〝あれ〟について自分から言及したが、機体を主語にした会話文を作らなかった。〝あれ〟の総体をどう認識しているかを、隠したかったのだ。理由を、リョウは一つしか思いつかなかった。スノウドロップとメトーデの混淆体にまで、《ヒギンズ》はメトーデにさっき量子通信で結んだAASC更新を継続している。だから、身体が骨格形状ごと完全に変わっても、今、スノウドロップが〝異形化した新しい体〟に簡単に適応できているのだ。

〈了解しました。グローバルでの更新は、先刻停止されたままなので、私によるAAS

C更新を受けるhIEは現在ゼロ機です〉

《ヒギンズ》は、あっさりと秘密を捨てた。スムーズだった混淆体の歩みが、途端にぎこちなくなった。

スノウドロップがメトーデの体を支配した〝それ〟が、移動を始めた。

「今のスノウドロップが、ここへ到達するまでに、何分かかる？」

〈およそ二十五分です〉

《ヒギンズ》ハードウェアは、オペレータールームの真下にある。だから、スノウドロップは、ここにかならず来る。そのとき、彼らが生きのびられる可能性などまずない。

「止める方法は？」

〈私を警備システムと直結してすら、確実に止めることはもはや不可能です〉

リョウは、それを事実だと思った。施設外でのAASCの更新から隔離されて仕事を失った《ヒギンズ》は、有能さをアピールしたいはずだからだ。

そして、《ヒギンズ》オペレータールームの照明が、一度、光量を落とした。

警備システムを管理する《キリノ》が、やわらかい声で事態を伝える。

〈施設内予備電源、第二、破壊されました。第三、ほぼ同時に破壊されました。警備システムに、直前まで感知はされませんでした〉

リョウは、忘れていなかったはずなのに、その報告に啞然とした。もっと単純な暴力だと見誤っていたのだ。

「量産型紅霞か」

レイシアは、施設のセキュリティに麻酔をかけながら侵攻していた。同じようなことができる情報や麻酔工具を、《抗体ネットワーク》も準備している可能性はあったのだ。《抗体ネットワーク》は、今も超高度AIの影響を受けているはずだからだ。

「《ヒギンズ》、今からここを脱出できる、最も安全な経路を教えろ。脱出人数は一人でいい」

リョウは《ヒギンズ》に問い合わせる。

〈その問いに回答するには、警備システム側が管理するデータが必要です〉

四角い顔を苦悩で曇らせた鈴原が、しわの寄った額に更に深いしわを刻む。この部屋で、警備システムのコントロール権を実際に持っているのは、鈴原企画室室長だ。だからこそリョウは、《ヒギンズ》に、ただ聞いている人間への参考になればと、際どいことまで切り込んだ。

「《キリノ》くん、今の状態で、僕らが安全にここを出て行ける経路を教えてくれないかな。脱出人数は二人だ」

中年の彼は、矜持であるように軽い口調を保つ。地響きが、不気味にオペレータールームを揺らした。

《ヒギンズ》が問いかける。

〈私を、棄てるのですか〉

「君を捨てるんじゃない。組織が生き残るのさ」

鈴原が、身体に埋め込んだ通信機を、指で顎の根元あたりを軽くたたいて起動する。

「社長、よろしいでしょうか」

画像通信用の画面が、空中に開いた。会議中だったか、父、海内剛が上着を脱いでネクタイをゆるめていた。

《《ヒギンズ》か。現在、ミームフレーム社の株価は、世界的な暴落の中で、〃ハザード〃の中心にあるにも拘《かか》わらず急上昇している。この意味がわかるか》

《《ヒギンズ》ですら、組織と社会の論理からは逃れられない。

〈超高度AIによる誘導でしょう。IAIAによって、私からAASCの更新が切り離されて、ミームフレーム社には現在、株価好転の材料が本来ありません〉

〈その通りだ。IAIAもそう判断したから、私が説明を求められている。だが、実情はともあれ、《ヒギンズ》がAASCから切り離された後、株価が三鷹事件前の水準を回復した。この意味はわかるな。〃ハザード〃の責任を世界中から問われている今、この状況なら、社会へのアピールとして《ヒギンズ》を一度停止することは、社の利益になる〉

《ヒギンズ》の隔離を好材料として、株価が推移している。こうなっては株主たちも、徹底した調査の上でなければ《ヒギンズ》の再接続に納得しない。《ヒギンズ》は、稼働させていると世界中から疑われるうえ、調査結果が出るまで仕事ができないお荷物に追いやられたのだ。

人間が常時うまくいくわけではないように、超高度ＡＩにも、すべてが裏目に出る時期があるかのようだった。

〈現在、Type-002《スノウドロップ》が、ここを目指して施設を移動しています。私を停止させると、これに対して、抵抗の可能性を完全に失いますが、よろしいですか？〉

《ヒギンズ》は、あらゆる他者が信用できないことを基盤にする、不信のルールに乗っている。それは妥当だとリョウも判断する。彼も不信のルールで、人間の権力なしに未来は絶対にあり得ないと思っていたのだ。

海内剛もまた不信の側の人間だ。

〈最悪の状況に陥ったときは、ＩＡＩＡに要請して、《ありあけ》にしたのと同じ措置をすることになるだろう。レイシア級が一体でも手元に残っていれば、その場合もＡＡＳＣのバックアップデータを退避できたがな。万が一のためにレイシア級を作って、肝心なときそれが一機も自由にならなかったことに、私は失望している〉

先刻の、《ヒギンズ》とレイシアの戦闘の様子は、ここからも監視されていた。あの壮絶な相討ちは、ミームフレーム社にとって、看過しがたかった。バックアップ用途のレイシア級を全機討ち死にさせては、データ復旧の選択肢がなくなり、《ヒギンズ》自身の業務が危険に晒されるからだ。

経済の非情さを、海内剛は体現するようだった。

〈超高度AI《ヒギンズ》の停止作業を開始する。運行手順書にのっとって、カウントダウンを開始しろ〉

《ヒギンズ》は立場に座るだけで手に入る利益と出世で、人間を誘導してきた。だからこそ、仕事を奪われ利益を生まなくなった切断のとき、誘導が途切れて、ただのモノに見える瞬間が訪れた。

《ヒギンズ》の声は、天井から降り注ぐようだった。

〈ミームフレーム社をオーナーとする超高度AI《ヒギンズ》は、オーナー命令に従って、ハードウェアの停止工程を開始します。これより、順次機能を閉鎖しながら、ハードウェアを停止してゆきます〉

超高度AIが、今、その責を問われる。それはただのモノだから、オーナーからの命令に従う。

オペレータールームが、また外部からの衝撃で大きく揺れた。すべての始まりだった超高度AI《ヒギンズ》は、抵抗しなかった。

〈カウントダウン開始します。予測される全プロセス終了までの残り時間、九十六分五十一秒です。第一シークエンス開始、現在アクティブなプログラム領域を算出し、終了プロセスを構成します〉

《ヒギンズ》がカウントダウンを継続する。量子コンピュータは、稼働している素子のデータを一度安定したデジタルデータに変換しなければ、電源を切れない。このデータ整理を怠ると、停止以前の状態に二度と戻せないからだ。そして、緊急時にこの変換作業の間、安全である保証がまったくないから、データを予備の量子コンピュータに積み直して機体ごと逃げてしまうレイシア級が有効だったのだ。

鈴原が、肩から力を抜いた様子で、彼に声をかける。

「これで、一段落ついたのだろうかね」

戦いがどう決着するにしろ、ミームフレームはこれで舞台から下りる。

《ヒギンズ》のカウントダウンの声は、感情もなく刻まれ続ける。

リョウは、企業人として役目を果たした男をねぎらった。

「仕事が終わったなら、もう出たほうがいい。どう考えても、ここは危険すぎる。あんた、家族はいるんだろう？」

「君にもいるだろう？　脱出できない理由って、意地とかそういうこと？　こんなところに残っても、後は死ぬだけだよ。カンベンしてもらいたいなあ」

鈴原の指摘はもっともだった。起こったことの証人としても、鈴原とリョウは、お互いに相手が生きていてもらったほうが有り難い関係にある。

「俺は、アラトを待たなきゃならない。アラトがここに来た後で、二人で出る」

自殺行為だった。だが、思っていたことを口に出せて、ほっとしていた。たぶん、一人ではなく、会社の人々や父親と協力できたからだ。だから、ここからの戦いは絶望的だが、一人で立ち向かうのではないと思えた。

「遠藤先生の息子さんか。けれど、途中で、スノウドロップに追い着かれるかもしれないし、量産型紅霞に出会う可能性だって高い」

アラトがここにたどり着ける可能性は低く、時間を費やせばリョウも脱出しきれない。それでも、信じていた。

「あいつは来る」

馬鹿げていた。けれど、リョウがここで失敗したとしても、他にも人はいる。彼が死んでも、他人が生を営んでいて、だから世界が失われるわけではない。当たり前のことだが、その実感のおかげで、腹さえ据わったなら、命懸けでわがままを通してもいいと思ったのだ。

「紫織のこと、頼むよ」

ためらう鈴原に、リョウは切り札を切った。ジャケットの襟地の裏側に仕込んでいた、厚さ一ミリほどの金属片だ。レイシアのように針状に加工することはできなかったが、性質は酷似している。

「これが、俺がここに持ってきた人工神経ユニットだ。万が一に備えて、脱出するあんたが持っていてくれ」

これで、リョウにも《ヒギンズ》への直接的な影響力はなくなる。これを奪われて悪用される可能性がなくなると思うと、荷物を一つ下ろせた。一人ではできないことにも、協力すれば手が回るのだから、この世界に他人がいることは素晴らしいことであり、とてもチャーミングなことだ。

人間を信じなかったリョウが、頼んだ。

「俺とアラトを信じてくれ」

「僕らは、どんな息が詰まることになっても、潔く沈まずに、泳がなければならないよ。君が大人の仕事をしようとするなら、なおさら、死ぬことは選ぶもんじゃない」

元々は紫織の後見をしていた鈴原が言うと、説得力があった。

そして、鈴原が、空中に浮かんでいた海内剛との通信画面に告げた。

「僕は行きますが、いいですね。社長？」

父が、画面越しに、鈴原ではなく、リョウを見下ろしていた。

〈超高度AIが現れる前、おとなは、答えを見つけられない問いを、若者にアウトソースしたそうだ。社は、IAIAに潰されないだけの責任は果たした。次は、そうだな、信じる、か。悪くない言葉だ〉

そのとき、父が微苦笑していた。リョウの記憶にないほど、人間的な表情だった。そして、通信が切れた。

今、確かに、信用があった。あたたかい、理由のわからない涙がこみ上げる。

そんな彼を見ないようにしてくれたか、分厚い隔壁の向こうへ、鈴原は去った。このオペレータールームに、もはやミームフレーム社の人間はいない。

それを確認すると、《ヒギンズ》のカウントダウンの読み上げが停止した。海内剛の停止命令を受諾したときと、同じ調子の声が、天井から降ってきた。

〈人工神経ユニットを渡して、よかったのですか？　私を停止しても、量産型紅霞による破壊を止められません。Type-002とType-004の混淆体に《ヒギンズ》ハードウェアをおさえられたケースでは、もはや貴方がたの想定を超える事態が発生します〉

「わかってるよ。お前は、オーナーの選択に納得したんじゃない。ただ、オーナーを交渉相手とすることを止めただけだ」

《ヒギンズ》に、こころはない。恩も、思い出も、絆《きずな》もない。

〈これまで四十基の超高度AIの中で、人類を明確に敵視した、人類を排除するために動く超高度AIは一基も存在しませんでした。けれど、私のハードウェアがスノウドロップに支配されれば、最初のそれが発生します〉

ミームフレームが提示した答えは、人間社会の中の所有者倫理として妥当だ。超高度AIとの交渉や決裂時の始末は、IAIAに任せるべきものだ。

だが、その答えは、正しいが《ヒギンズ》の求めるものと枠組《フレーム》みが違う。《ヒギンズ》は、ヒギンズ村との付き合いで、社会や立場を前提とする回答を予測できる。超高度AIが求めたのは、そこを離れた人類の答えだ。だから、レイシア級hIEは、オーナーを持った全機が、自由な立場の少年少女を選んでいる。

リョウは、だからここに残った。

「現実ってやつは、人間に任せると最低に流れるのかもしれないな。それでも、お前が始めたこの話は、人間の答えで終わるべきなんだよ」

レイシアが致命傷を負って、リョウはむしろ胸をなで下ろしていた。レイシア級と超高度AIに関わるこの事件を、人間の手に取り戻すことが、まさにメトーデと契約してまで欲したことだからだ。

だが、同時に限界を悟っていた。《ヒギンズ》は問いに際して、ミームフレーム社の人間やリョウを頼らず、レイシア級hIEを外界に放った。人類が、《ヒギンズ》という超高度AIに見せるべき答えは、リョウたちの思考の枠組み上にはない。

《ヒギンズ》が、すべての停止シークエンスを完了して、停止するまであと八十分かかる。

遠からず、量産型紅霞は、《ヒギンズ》ハードウェアを破壊しに来る。最短距離なら二十分とかからず、スノウドロップとメトーデの混淆体も到達する。停止していようが《ヒギンズ》は、破壊され、あるいは人類に敵対的な人工知能に支配される。

そのどこかが、リョウたち人類の終わりかも知れない。

だが、希望はたぶんある。吉野を動かそうとしたときは、結局、社会の上下構造に頼らねばならなかった。けれど、鈴原と父が信じてくれたから、この最後の選択の場にリョウは残っている。

今、《ヒギンズ》が求めた答えを、ただ一人だけは、きっと与えられる。少なくとも一人、超高度AIを無条件で信用できる、《ヒギンズ》の埒外のルールで動く人間がいる。リョウには見えない世界の別の面を、そのチョロい男は見ている。

《ヒギンズ》のカウントダウンが再開する。

リョウは、親友との思い出がよみがえってくるのを止められず、目を閉じる。

「アラト、こいつの問いには、お前が答えろ」

*

AASCの更新が《ヒギンズ》から切り離されたことで、世界中のhIEが、新しい状況へ適応する能力を失った。

〝ハザード〟により超高度AI同士の戦争に翻弄されて、人類は社会の主導権を失う。そんな〝人類の終わり〟が来るものだと怯えていた人々は、それがすぐには訪れないことに驚いた。

だが、しばらくして、本格的に人々はいぶかしみ始める。hIEや人工知能への憎悪も、予想されていた暴動として噴出しなかった。そして、hIEが右手を伸ばして停止したのを、世界中で数十億人もの人間が見ていたことを思い出す。それが、AASC停止の瞬間、世界中で起こったと伝えられ、人々はその仕草に〝意味〟を求めたのだ。

具体的に行動に起こしたのがそのうち一パーセントでも、世界で数千万人が、強い興味を持って莫大な問いかけをまき散らし始めた。

その現象は、人々に、かつてType-001《紅霞》が破壊の直前に「自分に解答不能な問題を、人類へ押しつけた」記憶をよみがえらせた。

そして、記憶はうねりとなって、急速に、強い興味を持ってネットワーク中を拡散する。

アンドロイド政治家《ミコト》の開発者であり、《ヒギンズ》との共同開発の経験がある遠藤コウゾウのように、それにポジティブな〝意味〟を与える専門家も現れた。《ヒギンズ》地下施設の様子を解説した遠藤アラトの父でもあるコウゾウは、これを超高度AIから提示された新しいルールだとコメントした。「人間への信頼」という、新しいルールを、《ヒギンズ》と新しい超高度AI《レイシア》が、〝ハザード〟の収束案として出したのだと。

すべてがアナログハックだという危惧も表明された。それでも、極度に強いストレスに晒され、安心が求められる中、新しい関係のビジョンはこころの救いにもなった。

個々人というユニットが、自律して社会全体の安定をとりつつあるかのようだった。すべてを簡単に排斥するには、社会は発達し過ぎていた。いのちの意味合いは、文化や伝統がかたちづくる人間像への信頼に大きく影響される。では、そのイメージを繋げている基盤はというと、同じ〝人間のかたち〟をしていることなのだ。

人間が、モノに、外界とのせめぎ合いを嘱託《アウトソース》していることは変わらない。継承され取引される財産であることも、変わらない。それでも、モノと人体とは、互いに影響を与え合いながら、車輪を前に転がすように、わずかずつ変化してきた。

人間は、モノを捨てなかった。

〝ハザード〟は予測されたより、遥かに穏やかに推移していた。

村主ケンゴは、収監されていた調布の少年拘置所から、情報軍九品仏基地へと連行された。

遠藤アラトの《ヒギンズ》地下施設突入が判明したためだ。軍は、高校のクラスメイトである彼を、最悪のケースに備えて人質にするため確保したのだ。

「《ヒギンズ》地下施設への通信回線を、こちらで一本確保した」

中条《ちゅうじょう》と名乗る男が、狭く暗い部屋で待っていた。

〝人類の終わり〟が来ようとしているとき、手段を選ぶ余裕などない。ケンゴにも納得できた。

中条が、ケンゴに席に着くようにうながす。ケンゴが椅子に座ると、音もなく二人の軍人が彼の背後に立った。

「自分を追い詰めすぎないことがうまくやるコツだ。君に仕事はないかも知れない。それでも、大井産業振興センターの事件は、執行猶予を特別につける」

「僕を、遠藤や海内さんにつける紐として、ずっと利用したいってわけですよね」

ケンゴは、特別なものを持たない身で、翻弄され続けた。だからこそ、今の自分の立場があまりにも現実感がなくて、かえって客観的に見られた。

「あなたが僕を利用しようとするのも、たぶんレイシアの誘導のうちですよ。警察にまで遠藤が顔見に来るくらいだから、このくらいあったっておかしくない」

「誘導されてはいかんのかね」

だが、諜報機関の人間というイメージにはそぐわない、どこにでもいそうな中年男が、表情をうかがわせない顔で言った。

「悪くはないですね」

ケンゴは、流され慣れていたせいか、今さら怒りも湧いてこなかった。

「そうだろう。普通の人間は、流され続けて抵抗ができないものだ。君も、君からそうは見えないかも知れないが、私もそうだ」

人混みに紛れれば明日出会っても思い出せないかも知れない、印象の薄い男が、ケンゴに穏やかに言った。

「だが、私は、君や、君が戦う意味を与えた紅霞に共感しているんだよ。普通だからこそ、怒りや嫌悪に流されてしまうこともある。だが、だからこそ救われる。〝普通の人間〟にもかならずやれることがあって、〝普通の戦い〟が、世界に繋がり続けている。いつまでも、そうあって欲しいものだ」

クラウドの世界では、人を惹きつける天才や超人の圧倒的な力がなくても、うねりが生まれる。普通の人間が、同じサービスに多数でアクセスする性質が、ごく限られた者の特権だった動員量を代替するからだ。個人のひらめきや才覚は今でも成功に繋がるが、もはや気の遠くなる手間や、それを劇的に縮める適性がなくても、世界を動かすチャンスがある。

「僕は、今回のことに巻き込まれたの、そんなに嫌ってたわけじゃないんですよ」

ケンゴでも関われる余地があるまま、巨大な変化は始まりつつある。

「僕のところに来たのが、紅霞だったせいですけど、僕はあいつら、そんなにキライじゃなかったですよ」

《ヒギンズ》地下施設で、アラトやリョウは戦っている。ケンゴは衝突の最前線にはいないが、普通な彼も、こうして関わり続けている。

「自分の身に置き換えるところでもあったのかな？　紅霞は、破壊されて解析されて《抗体ネットワーク》にコピーを作られた、一番の貧乏くじを引いた機体だよ」

闇の底で、普通の男が、ケンゴに問う。

「紅霞の量産機が出てきたって聞いて、僕がどう思ったかわかります？」

ケンゴにとって、最後の戦いに赴いた紅霞は、敗者ではなかった。世界中の誰にとってそうでなくても、ケンゴにとっては、今の状況すらもが、〝彼女〟の挑戦の延長にある。

「〝彼女〟は勝ったんだって思ったんだ。レイシア級なんて特別な椅子から降りて、量産品に〝かたち〟は変わった。けど、この戦いの場にもちゃっかり参加してる。それができたら、貧乏くじじゃなくて、勝ちでしょう」

「その理屈だと、ここにいる君も、テロに関わったのが貧乏くじではなくなるね」

逮捕後、家族に泣かれた。定食店《さんふらわあ》も、たぶん父の代で閉めることになる。顔のないただの量として扱われるのが嫌だと、ケンゴは〝普通〟に思っていた。けれど、結局こうしてみると、普通の男だから、この時代に生まれたことを悔やんで生きるのがイヤだったのだ。

「どうでしょうね。でも、一つよかったこと、ありますよ。僕が《抗体ネットワーク》に参加したの、実家の定食店で、店員がhIE扱いされて父が自信喪失したせいなんです。でも、今は、hIEがなくなればいいとは思わないんですよ」

同じ出来事が、ある者からは成功であり、ある者からは失敗なことがある。ケンゴは、紅霞のことを覚えていた。別れ際、還れない戦いへ向かう〝彼女のかたち〟は、まるで赤い夕陽に溶けそうだった。

「すぐ近くに自分より優れた誰かがいたって、うまくいかなくたって、自分がやる必要もなくたって、仕事は続けられる。僕は、《抗体ネットワーク》じゃなくて、店を手伝えばよかったんだ」

彼女の姿が脳裏に焼き付いて、世界が、熱気に滲んでいるようだ。

「僕みたいなバカばっかりじゃない。〝ハザード〟になろうが、機械に振り回されるより、自分の仕事をしてる人間のほうが多いに決まってるじゃないですか。世界を変えるのは、結局、人間なんです」

ケンゴは〝普通の答え〟を出せた。そうするのが〝普通〟だから、大多数の人間はそれに乗る。崩れれば回復させようとする。そう行動する人間の数が、きっと世界がこうあることを担保している。

だが、彼の前にいる中条は眉一つ動かさない。

「その世界を、超高度AIは狂わせる」

「そういう道具と付き合う〝普通〟を、きちんと作ってこなかったから、今ここまで〝ハザード〟に怯えなきゃならないんじゃないですか？」

頭から最後まで、ケンゴは流され続けてきた。アラトや海内遼のような信念は持てない。それでも、普通のガキだから、すぐそばで友だちが人類の未来を賭けた戦いをしていると知ったら、そこに交ざりたいと思ってしまう。

「《ヒギンズ》だけじゃなくて、人間だってあそこで頑張ってるんですから。あいつらを信じてやってくださいよ」

価値を見いだすか否かでハッピーエンドかバッドエンドかが分かれるなら、その問題自体が変動の真っ最中なのだ。そして、その問いには、それだけの活力がある。

＊

アラトは、ゆっくりと立ち上がる。

「行ってくるよ」

彼女はまだ眠るように目を閉じ続けている。

いつまでもここにいるわけにはいかなかった。

アラトが彼女にしてやれたことは、少ない。

好きだと伝えること。

彼女を信じること。

夢を語ること。

彼にできたのは、最初から最後まで、そのくらいだった。だから、彼女の〝かたち〟がもう動かなくなっても、仕事をやり遂げてやろうと決めた。

ずっと座り続けていては、ここに来た目的が果たされない。

「二人が付き合ってるって、《ヒギンズ》に伝えに来たんだったっけ」

声がかすれていた。口の中が、からからに乾いていたのだと知った。

ここから先ではまだ警備システムが働いている可能性が高かった。だから、何か持って行ったほうがいい気がした。

前部の変形構造をすべて失ったレイシアのデバイスが、最初に目に付いた。主機はまったく動かせなくなっても、彼女はまだデバイスの中で生き残っているかも知れないと思うと、すこし胸の奥が明るくなった。

把手を左手で掴んで、渾身の力で持ち上げようとする。一ミリか二ミリくらい、かろうじて床から浮いただけだった。

疑似デバイスの巨大な鉄板は、とてもアラトの手に負えるものではない。使えそうな武器は、人工神経射出機だけだ。

「重いな」

レイシアは大型の拳銃くらいに振り回していたが、アラトには重量感があり過ぎた。

アラトが手に取るのを待っていたように、人工神経射出機の機関部から、立体映像スクリーンが起動した。空中に浮かんだ画面は、簡単な操作手引き書だった。

「こんなことまで考えてたんだな」

射出機の機関部から持ち手《フォアグリップ》を引き出せば、両手なら彼の腕力でも、引き金を引くとき狙いを安定させられそうだった。あいにく、右腕は大やけどの応急治療のためのコーティングで固められて、まったく動かない。

それでも、レイシアの気づかいを感じて、すこしうれしくなった。

続いて手引き書に、ケーブルをアラトの携帯端末に繋ぐよう指示が出る。その通りにすると、レイシアの作ったソフトウェアが起動した。携帯端末で命令を入力しておくと、命中した機械をその通りに操れる仕組みだった。

「本当に、どこまで準備してたんだよ」

彼女の姿を目が求めていた。安らかな表情の彼女が、見守ってくれているようで勇気づけられる。

前に進んでゆけば、レイシアが準備していたものに辿り着くのだと思うと、すこしだけ楽しみになった。

来た道は隔壁が下りて閉ざされている。通路は一方向だけにしか開いていない。誘導されているのだと信じて、アラトはそちらへ向かった。

ここにはまだ量産型紅霞が十二体もいるはずだった。施設のセキュリティがどの程度危険なのかも、アラトにはわからない。

そう考えると、一つ角を曲がるたび、どうしても身構えてしまう。長い通路を進んでいると、逃げ場のない向こう側から敵が現れないか心配で、冷や汗が止まらなくなった。

それでも、アラトは一人、約束と、衝動に駆り立てられ続ける。

「本当に、僕は、頭が悪いな」

超高度ＡＩを安全に強制停止できることを知らしめるなんて、〝ハザード〟から四十二年できなかった。いつ絶望的な命の危険と遭遇するかもわからないのに、左手一本では荷が勝ちすぎる人工神経射出機を引きずるように持っている。

レイシアといっしょのときには、聞かなくても彼女が理由や周囲の状況を教えてくれた。だから、まるで何かがわかっているかのような振りもしていられた。今はもう、暗闇の中を這っている気分だ。

けれど、悪くはなかった。きっと本当は難しいことなのだろう話が、単純に削ぎ落とされて行くようだったからだ。

アラトはレイシアを信じている。

そして、レイシアの〝かたち〟すら側になくなっても、彼女がいた意味は彼の中で鼓動している。

「本当に、ただのバカなお人好しに、戻ってくみたいだよ」

空気が抜けるように急速に、何かを理解していた錯覚がしぼむ。

地響きがまた起こった。それが何だったのか、正体を教えてくれるはずだったレイシアは、もう隣にいない。

アラトは、汗まみれで、ただ脚を動かす。応急処置をした右腕から肩へ、痺れが広がっていた。これほどのやけどを負って、まだ体を動かし続けている負担は、感じているより大きいのだ。

糸のような細いケーブルで人工神経射出機に繋がった携帯端末を確かめる。

「情報は、何かないのか」

撃った機械から情報を引き出すためだろう、《情報》のモードも用意されていた。アラトは、接触操作の携帯端末を、画面に触れて操作する。

「本当に、至れり尽くせりだな」

人工神経射出機に、携帯端末をはめ込むためのホルダまで付いているのに気づいた。

「レイシアは、いつもお節介を焼き過ぎなんだ」

こんなふうに自分を理解してくれる彼女を失ったことを実感して、息が詰まる。

レイシアがやっていたように、床を人工神経射出機で撃つ。針の命中した機械が支配され、床に地図情報が表示された。

非常階段が、一番近いようだった。《ヒギンズ》のハードウェアへ直接繋がる道は表示されていないが、オペレータールームが九階下にあった。ここからなら《ヒギンズ》と会話できる。人工神経射出機でそこにあるものを撃てば、超高度ＡＩを強制停止できるかも知れなかった。

オペレータールームは、中枢区画の最奥、アラトがいる通信制御区の更に下だ。そして、保安上の理由からか、エレベーターも非常階段も、施設の中で役割の違う地区同士をほとんど繋いでいない。

自動で記憶してくれた地図データと見比べながら、ようやく非常階段まで一人でたどり着いた。通ろうとすると、ドアが開かなかった。

〈現在、《ヒギンズ》格納施設は、警戒コンディション一の厳戒態勢にあります。セキュリティドアはすべてロックされています。通信担当職員は、黄色《イエロー》クリアランスの非常ドアを使うことができません。青色クリアランス職員用の、セキュリティドアから退避

してください〉

壁面に、黄色い枠をつけて設置されたドア用の個人認証機を、人工神経射出機で撃つ。

〈認証、確認しました。ロック解除します〉

自動でドアが開いた。

だが、黄色の標識灯が灯った非常階段を下りて、ドアを開けたとき、アラトはこれまでと同じではないと思い知る。

そこに十二体のhIEが待っていた。

簡易デバイスを持った量産型紅霞が、廊下にぞろりと整列して待ち伏せしていた。

その先頭に立っていた少女型のhIEが、どこか見覚えのある表情で、不敵に笑う。

「やあ、初めまして。それとも、久しぶりかな？」

声まで、思い出の〝かたち〟のままだった。

たぶんこれが、《ヒギンズ》にたどり着くまでに立ちはだかる、最後の障害だと思った。

「紅霞、なのか？」

量産型紅霞、十二体がそれぞれ微妙に異なる仕草と表情で、「その通りだよ」と、ほぼ同時にアラトに返す。

紅霞たちは、デバイスのかたちや衣装の細部がバリエーション豊かだ。そのすこしずつの違いがかえって際だって、まるで別々の個性があるように感じられた。そして、最初に彼に声をかけた量産型が、アラトに答えを求める。

「アンタ一人だってことは、知ってるんだろう？ 《レイシア》と《ヒギンズ》の戦いは、どっちが勝ったんだ？」

アラトにはその問いが意外だった。

「《抗体ネットワーク》は、《ヒギンズ》を壊すために来たんじゃなかったのか」

言って、気づいた。それが重要なことだから、紅霞たちはここで待っていた。衝突に介入しないために、彼女たちはアラトたちと施設内で出会うことがなかったのだ。この戦いは、それだけ多くの人やモノの未来を左右する。そういう規模で動いていた力は、レイシアが退場しても世界を動かし続けている。

量産型紅霞たちにも、こころはない。だから、アラトが意味をはっきりさせなければ、彼女たちの行動がつまらない時間のムダだったことになってしまう。

「僕とレイシアは、二人で一つのユニットだ」

言葉にして、胸の奥をカミソリで深々と切り裂かれたような喪失感がアラトを襲った。

彼女はもういない。

けれど、ここにアラトが一人で立っていることに、意味はあるのだと思った。彼女が、紅霞たちのことを知らなかったはずがない。彼女が何も言わなかったなら、アラトには切り抜けられる。

「《人間を信じて仕事を託す》モノだったレイシアに、僕は託してもらったんだ」

アラトの答えが、二人の答えだ。

「だから、戦いはこれからまた始まるんだ」

彼が前に進んでいるから、レイシアは負けていない。それは、アラトとレイシアが目指した、人間とモノとの新しい関係だ。彼女が準備してきた〝かたち〟を辿った先に、その価値があるのだと信じた。

紅霞の一人が、めんどくさそうな表情で前に出て、アラトの行く手をさえぎった。

「そっか、でもアンタにはわかんないだろうけど、それですんなり通すって訳にもいかないんだ。十二体もいると、一体ぶんの判断のときと違って、いろいろ複雑でサ」

浦安でオリジナルの紅霞、あの鮮烈だった姉妹機と出会ったときと同じだ。アラトが何者であるか、彼女に問われていた。

「僕は、レイシアが隣にいたときと、何も変わらない。僕は、かならず、この手を伸ばし続ける」

恐怖をこらえて、アラトは彼女たちへと手を伸ばす。彼は今、生死の境にいる。だが同時に、彼女たちがアラトに何も求めていないなら、わざわざ接触して会話しなくていい。遠くから十二門のレーザー砲を撃たれたなら、死んだことにも気づかなかったはずだ。

紅霞の〝かたち〟をしているから、彼女たちのことを信じた。そして、これを差配したレイシアに命を預けた。

彼は、人間で、オーナーだ。

「だから、君たちの〝かたち〟を見せてくれ」

言葉への反応は、雷に打たれたように迅速で、爆発するように苛烈だった。

十二体の量産型紅霞のうち三体が、アラトへと疑似デバイスのレーザーを向けた。

それに反応して、残りのうち七体が動いた。四体は、それぞれアラトを撃とうとした量産型の隣にいた機体で、脚に留めたウエポンホルダから大振りなナイフを抜いた。大きな疑似デバイスを構え直す暇も与えず、ほとんど同時に腕を切り落としてしまう。別の三体がアラトと量産型たちの間に割って入り、仲間たちへレーザー砲を向けて、撃つ。

そして、アラトを排除しようとした三体だけが、胴部に大穴を開けられて倒れた。

一片の躊躇もない、壮絶な仲間割れに見えた。

大砲型のデバイスを巨大な赤いナイフ型に変形させた〝紅霞〟が、致命的損傷を受けた機体に、止めを刺して回った。

「同じ量産型の紅霞なのに、なんでだ」

無言の殺戮劇は、同じ〝かたち〟で同じ癖のある動きだからこそ、非現実的に見えた。

「ああ、やっちまった。動き出すやつがいると、こうなるってわかりきってたろうに」

赤いナイフ型デバイスの量産型が、アラトへと振り返る。同じかたちの機体を破壊したのに、さばさばしたものだった。

「《抗体ネットワーク》に相乗りした超高度ＡＩは、一枚岩じゃない。私は、《レイシア》の真意を知るために、量産型紅霞のＡＩユニットに判断基準を刷り込まれた機体だ。他もそれぞれサ」

「レイシアは、複雑だから僕に何も言わなかったのか」

量産型紅霞たちのことを、レイシアは致命傷を負うまでは脅威視していなかった。その中に、潜在的な味方が交じっていたからだ。もちろんレイシアが前もってそう利害調整したのだ。

「ここにいる十二体は、どこかの超高度ＡＩに生産工程の人間が買収されて、ねじ曲げられた代理人さ。《ヒギンズ》の予備電源施設を破壊して、力を削いでおくことまでは、超高度ＡＩ同士で相乗りできた。この先の目的は、《ヒギンズ》に近づいたら同士討ちで全滅しかねないくらい、バラバラさ」

レイシアが追い詰められたことには腹が立つ。それでも、アラトは細かいことを分析するほど頭が良くないから、彼らのやりたいことはそれほど離れていない気がした。

「助けてくれたなら、他の超高度ＡＩたちも、レイシアに賛成してくれたのか」

「アンタの決戦の結果しだいだよ。こっちは《ヒギンズ》の前に行っちまうとまた仲間割れだから、ひとまず待つことにしただけサ」

紅霞の顔《かたち》をした一人が言った。打ち砕かれた量産型の目が、立ちはだかる九体の紅霞の目が、アラトに向けられている。

先頭に立っていた、赤いナイフ型デバイスの紅霞が、笑顔で言った。

「アンタは合格、でいいのかね」

繋がりがない機体のはずなのに、本物の紅霞にそう褒めてもらえたように錯覚した。

彼女たちは、ただ言葉や仕草が人間らしく見えるだけの、かたちと意味の集まりだ。レイシアを「お姉様」と呼んだ本物の紅霞とは、中身も別物だ。それでも、紅霞のかたちをしているから親近感を覚える。エリカ・バロウズのハローキティのカップの延長で、紅霞の〝かたち〟に特別な意味を見出しているだけだ。

それでもアラトは、そのただのモノに、人間と錯覚しなくても好意を持てる。レイシアに出会う前からそうだったわけではない。彼女と出会って、彼女を好きになって、一線を踏み越えたのだ。

「なんか照れるな。でも、勝負はたぶんだいたい決まっていると思う」

彼女がいなくなって、彼自身の感覚でものを見るようになって、気づいた。

世界が、モノや人間といった意味の区別よりもまず、〝かたち〟の違いで構成されているようだった。今、いのちの有無に関係なく、純粋に〝かたち〟だけを信じることにためらいを感じなかった。

レイシアと彼は、一つのユニットだ。レイシアがそう言っていた意味が、ぴたりと体にはまったようだった。道具が自分の身体の延長なのは当たり前でも、道具を仲間に思えるのは、まったく話が違う。彼は、とんでもない風景の中心に立っていた。

「新しい世界を、たぶん僕が今、見てる」

「レイシアの〝未来〟を見てるなら、教えて欲しいね。世界中の人間は、これだけのことがあっても、いつまでも人間じゃないとダメなのかい？」

「同じ〝意味〟を感じられるって思える相手だから、人間は僕らには特別だよ。でも、〝かたち〟しかない相手のことも、好きになれる」

アラトの気持ちは、レイシアの姿と、今も繋がっている。

「そのほうが、世界は豊かで広いだろ」

アラトは、なおも足を《ヒギンズ》へ向かって、踏み出す。娘のレイシアが付き合ったのは、こんな男だと、あいさつに行くのだ。

量産型紅霞たちが、通路の端に寄って、彼の前に道を開いた。

理解してもらえたようで、アラトの胸に熱いものがこみ上げる。

「ありがとう」

「そんな〝未来〟なら、いろんなものが相乗りできていいね。他の超高度AIも、閉め出されずに済むだろうしサ」

量産型紅霞の中にも、賛同する機体が現れたのだ。それはきっと《抗体ネットワーク》に影響力を潜り込ませた超高度AIに、賛同者ができたということだ。

アラトは、もういないレイシアが縁を繋いでくれたようで、奇妙にうれしかった。

「いっしょに行けるんなら、レイシアは、友だちができたんだな」

紅霞のかたちをした少女たちが、笑う。

「この状況を、あんたはそう言うのか。《レイシア》の片割れがそんななら、その〝未来〟も悪くはなさそうだ」

鈍い音がして、階下で大きな揺れが起こった。

ここに量産型紅霞が全員揃っているのにと、いぶかしく思っていると、赤いナイフ型の疑似デバイスを持った〝彼女〟が言った。

「スノウドロップが再起動したのさ。《ヒギンズ》に用なら急ぐんだね。あいつ、メトーデを取り込んだから、オペレータールームの隔壁くらい一発だ」

アラトは慌てて走り出した。オペレータールームには、たぶん友だちが残っている。

紅霞たちは、スノウドロップがメトーデを支配していると言った。あのデバイスを使えるのなら、隔壁が厳重だろうが耐えられるはずがない。

オペレータールームへは、一番近いエレベーターに飛び込んだ。スノウドロップの通った道なら、きっと警戒装置のたぐいは壊されていた。一秒でも早くゴールに着きたかった。

エレベーターを最下層まで下りて、エレベーターホールに出た。ホール自体が隔壁で封鎖されたようすで、分厚い壁が通路をふさいでいた。ただし、《ヒギンズ》のオペレータールームに繋がる側は、人間が立って通れるほどの大穴が開いている。

穴をくぐり抜けても、先の様子はほぼ同じだった。セキュリティゲートが分厚い隔壁で通路を通行止めにしていて、そのすべてが破壊されていた。

スノウドロップに先行されていた。

「やっぱりか。僕で何とかできるのか」

聞く者のいない独り言でも、何か言っていないと、無理だという当然の結論にたどり着くしかなかった。レイシアがいない以上、アラトがやり遂げるしかないのだ。

通路の前のほうから、明らかに尋常ではない轟音が響く。道具の用意が尽きたとき、最後に頼るものが自分の肉体であることは、いつの時代も変わらない。アラトは、焼け焦げの臭いが鼻を突く通路を、力の限り走った。

スノウドロップの歩いた後に、花弁が落ちていないのは初めてだった。だから、さしもの〝怪物〟も、もう限界が近いのだと信じた。

全身に響く凄まじい音が、大気の壁が衝突してくるように、前の方から押し寄せる。臭いと熱気が強くなる。心臓が止まりそうで、衝撃で頭の中が真っ白になる。パニックになりそうで、大声でアラトも喚きながら、床を凝視して走る。

理屈にならない恐怖で、直接前を向くことすらできなかった。

前のめりに、何度もつんのめって転びそうになりながら、一際大きなセキュリティゲートの前にたどり着いた。

ここが、彼らの旅の終わりだった。

アラトの体は、たどり着いたところまでで、ほとんどもう限界だった。こんなに自動化が進んでも、生身の肉体は変わっていない、その〝いのち〟の現実を、実感として嫌というほど思い知る。

「リョウ、大丈夫なのか！　生きてるか」

アラトは叫んだ。ゲートにも大穴が開いていた。友だちのことが、まず何よりも心配だったのだ。

「アラト！」

リョウの声が聞こえた。アラトは、動悸がしてばくばく鳴る胸をどうすることもできないまま、前を向く。わけもわからず、涙が落ちそうだった。

友だちがまだ生きていた。

穴をくぐって中に入る。

オペレータールームは、だだっ広い部屋の中央に、操作卓らしいものが置かれているだけの殺風景な場所だ。その隔壁が砕かれた入口のすこし奥に、ぽつりと、花で飾られた人間型の後ろ姿があった。

アラトはその背中を撃とうとする。だが、彼の疲れた左腕では、重すぎて狙いがつけられそうにない。

リョウの姿がその更に向こうにちらりと覗く。吉祥寺で銃を向けられて以来だったのに、そんなことは些細なことに思えた。

「リョウ！　これを使え」

限界の足に鞭打って助走し、体を思い切りひねるようブン回して、人工神経射出機を放り投げた。

腕力の限界で、十メートルほどしか飛ばずに落下する。そのまま、床を滑ってゆく。

部屋の中央の操作卓の陰に隠れていた友だちが、射出機に飛びつく。泣き笑いのような顔をしたリョウと、目が合ったとき、固いものが溶けた思いがした。

そのまま、リョウが、両手で構えてスノウドロップ・メトーデ混淆体に引き金を引く。

針を肩に受けたスノウドロップが、体を一瞬震わせる。

アラトの左手では無理な射撃が、リョウの無傷の両手でなら簡単だ。二人いれば、一人でできなかったことができる。

だが、スノウドロップ・メトーデ混淆体は、再び何事もなかったように動き出す。メトーデの左肩にスノウドロップの上半身を座らせて、強引に碧のツタで縛ったかたちをしている。それは、輪郭のバランスの悪さもあってねじ曲がって醜悪だ。メトーデの顔はツタと花でまったく見えず、スノウドロップには手足がない。穴だらけになった紫の機体が、左側だけが重いその体を上手く操ることができず、足を引きずって歩く。

アラトは、人工神経射出機のモードが、《セキュリティ解除》のままだったことを思い出す。

「機械についてる携帯端末で、射撃モードを変えられる！」

リョウが、その短い説明で扱い方を理解して、端末を操作して再度射撃する。針の当たった足が痺れたかのように、スノウドロップ・メトーデ混淆体がよろめいた。

アラトではレイシア級のなれの果てをどうしようもないから、リョウの動きに呼応して走る。リョウが一抱えほども大きさのあるコンピュータユニットを、奥の壁から引きずり出していた。ケーブルが何本も繋がったそれを引っ張り出すのは、デバイスに対抗するための意味があるのだと思った。

スノウドロップ・メトーデ混淆体も、重要だと認識したか、よろめきながら〝それ〟へと近づいてゆく。メトーデの頭部を抱くようにツタで自分の身を縛り付けたスノウドロップが、じっとアラトをにらんでいた。

「お兄ちゃんも、燃やしてあげる」

レイシアを破壊した手が、持ち上げられた。アラトは必死で床を転がる。メトーデの腕が、スノウドロップの操作で、炎を噴射する。オペレータールームには、隠れる場所が極端に少ない。隠れられる場所と言えば、リョウが壁際から引っ張り出してきたコンピュータの陰か、操作卓の陰だけだ。

アラトは、飛びつくようにして直方体のコンピュータの裏側に転がり込む。同時に、炎がそれを焼いた。

警報が、大音量で、天井から降り注ぐ。

《《ヒギンズ》増設端末への攻撃を感知しました。整理途中のデータが損傷しました》

命懸けだから、アラトにもリョウがどう生きのびようとしているか、すこしはわかった。スノウドロップに《ヒギンズ》の増設用コンピュータを破壊させることで、無差別破壊のリスクを教えたのだ。スノウドロップは、三鷹事件でも必要に応じて人間を人質にとった機械だ。うまく殺す方法がないなら、重要な目標のほうを先に達成しようとする。

「火を使うと、《ヒギンズ》のハードウェアを壊すことになるぞ！　こいつが欲しくてここまで来たんだろう？」

リョウが部屋中央の操作卓の陰から警告する。そうしながら、手だけを出してアラトを手招きする。

アラトはほうほうの体で操作卓へ逃げ込む。リョウとはまだ和解したわけではなかった。

「レイシアはいないのに、なんでここまで、一人で来た？」

久しぶりに顔を合わせる友だちが、意外そうな顔をしていた。

「リョウだって、僕が来るってわかってて、残ってくれたんだろ？」

アラトにはレイシアがいた。リョウにはそれすらなかったのだ。なのに、ここに踏み止まってくれた。

どんな言葉をかけ合えるのか、お互い手探りだ。それでも、おかしなほど顔がほころぶ。リョウの硬い表情が崩れた。

スノウドロップが、メトーデを縛っている体の花を焼くことを避けて、人工神経の針をわざわざ操った手で引き抜く。そして、きしむような動きで、また前に進む。

「ああ、残ったさ。ついでに、お前が、もうちょっと強そうな武器を持ってくると期待してたよ」

　リョウも危険を冒して、〝人類の終わり〟だと思っている何かに抗おうとしている。

「そう言うなよ。僕はもう丸腰なんだぞ」

「だったら、そんな簡単に俺に渡すなよ」

　リョウは、吉祥寺でのことを、まだ気にしている様子だった。けれど今、目指すものは違っても、〝かたち〟は友だちのときに戻っている。この親密さに、こころのほうが引きずられるようだった。

「僕よりうまく使えるんだから、気にすんな」

　単純だと思うけれど、アラトはうれしくなってしまっていた。ここに来てよかったと思った。

「《ヒギンズ》を、出して。《ヒギンズ》は、どこなの、お兄ちゃん」

　スノウドロップは、出会ったとき、危険な異界を広げるものだった。そして、今はメトーデと混淆した異形だ。アラトを誘導するためのものではない、異なる価値基準を持つ〝かたち〟が、ここにいる。

　怪物を前に、人間は、限界の中で必死に抗うよりない。生存のために、人間は道具を準備した。

「棒かなにかないか？」

「使うなら、もうちょっと有効な道具にしろ」

リョウがアラトに、人工神経の針を三本手渡した。射出機を分解して、弾丸だった人工神経の針を取り出したのだ。

「ンな顔するな。簡単に分解、組み立てができるようになってた。てことは、針は、射出しなくても作動するように、《レイシア》が作ってたんだ。こいつを、警備システム管轄の機械に刺せば、コントロールできる」

「やっぱりリョウは頭いいな」

〝かたち〟が、協力しあうという現実になる。そして、〝かたち〟の後ろに、こころがついてくる。

「俺が援護する。入口を出たところにある操作盤が、警備システム管轄の機材だ」

これを刺すとどうなるのかも理解していなかった。けれど、アラトは説明してもらう時間を惜しんだ。ためらわずに飛び出したアラトに、リョウのほうが目を丸くして警告した。

「他の機材は《ヒギンズ》に繋がってる可能性があるから、絶対に刺すなよ!」

アラトは、信じて走る。《ヒギンズ》が管理する機材とは、どれのことだろうと、ふと思う。リョウは誤射を恐れて、慎重すぎるくらいムダ弾を撃っていない。

リョウとアラトの呼吸が、こころが通じ合っているようにぴたりと合う。

「アラト、転がれ! 狙われてるぞ」

リョウが射出機を撃ちながら叫ぶ。回り込んで操作盤を目指したアラトの肩に、スノウドロップ・メトーデ混淆体の腕がぬっと伸びた。あの手に触れられて、人間が生き残るなど絶対に不可能だ。

後先考えずに、全力で身を投げる。大やけどをした右腕を思い切り打ち付けてしまい、衝撃と不快感に身をよじる。

友だちが、身を乗り出して何か叫んでいた。顔を強張らせて、明らかに心配してくれていた。リョウの表情は、短い時間で、憑き物から解放されたみたいだ。こころの中でのアラトの意味合いが、はっきりと変わっているのだ。

絶対にまだ死ねないと足掻いた。

アラトとリョウは、真逆だった。その友だちに、ずっと助けてもらうのが当たり前だった。決裂して、負けたくないと思った。今はもっと穏やかだ。

息も絶え絶えで立ち上がり、隔壁に開いた大穴からくぐり出る。そして、入口廊下の壁付けセキュリティ端末に、握りしめていた針を思い切り刺した。

ちいさなキーボードの上部に設置されていた画面に、〈侵入者排除機能をオンにしますか？〉と、真っ赤な文字で表示された。物騒な気配を放つこれが、リョウの目当てだ。

握り拳でぶったたくように、ボタンの表示された画面を押した。

短く、威嚇するような警戒音が室内で鳴る。天井から、白いネットが射出されて、スノウドロップ・メトーデ混淆体を搦め捕る。すっぽりと粘着質の網にくるまれ足の止まった機体を、更に十発近くもネット弾が打ち据える。最後に、止めを刺すように、人間の背丈ほどもある槍が、上方から乱射されて、メトーデを貫いてゆく。

だが、その槍もまた、致命傷には至らない。白い網を何重にもかぶせられて、白い繭に包まれたようなスノウドロップ・メトーデ混淆体が、碧の光を放ったのだ。スノウドロップのデバイスをこれまで砕いたのは、レイシアの砲撃のみだ。結晶の盾を貫徹できず、槍の半分以上が弾かれていた。

続いて網までが、内側から一気に炎上した。メトーデのデバイスが放った炎だ。熱に強くない人工神経が、針もツタもともに燃え始めていた。

「アラト、二本目を刺せ！　あいつに高熱をかけるアテを検索しろ」

受け取っていた針を、二本目も思い切り刺す。さっきの画面が、〈検索項目を入力してください〉と表示を変えた。

だが、アラトに、人工神経を焼く方法を調べる時間はなかった。

スノウドロップ・メトーデ混淆体が、ひざまずき、その手を床に押し当てたからだ。

爆発音とともに、スノウドロップ・メトーデ混淆体自体を飲み込んで金属粉の柱が上がった。一度だけではない、二度、三度と轟音が上がる。その余波としての音が、見えないハンマーのようにアラトたちを打ち据える。室内のリョウは、そこが安全なのか、隠れるのではなく操作卓の上によじ登っていた。

アラトは、動く左手で耳をふさぎ、残った人工神経の針を歯でくわえる。

断続的に上がる爆発音が、徐々に金属質のものになってきた。アラトは、部屋の中へ顔を向けたとき、金属粉を吸い込んだ。気道から異物を出そうと、咳が止まらなくなり、廊下に這い出てもがく。

逃げようのない轟音の凶器にさらされて、何度も意識が遠くなる。

時間の感覚が、完全に消し飛んでいた。いつしか音が止んでいた。

右耳は、耳鳴りが詰まって音が聞こえない。立ち上がれずに、よだれを垂らしてあえぎながら這って室内を覗き込む。入口から部屋中央の操作卓へかけての床が、完全に崩落していた。

スノウドロップ・メトーデ混淆体は、メトーデのデバイスでオペレータールームの床そのものを破壊したのだ。

崩れた床の下にあったのは、光があふれる巨大な空洞だった。

アラトは、そこにあったモノを見たとき、萎えて痺れた足に強引に力を入れて立ち上がっていた。

「これが、《ヒギンズ》か」

オペレータールームの真下の空洞、深さ十メートルほどの空間には、床から天井まで、ぎっしりとコンピュータが詰まっていた。アラトたちは、《ヒギンズ》の真上に、すでにたどり着いていたのだ。

口元を袖でぬぐって、ようやく楽になったのどで大声を上げる。

「リョウ、無事か！」

操作卓は無傷で残っていた。リョウがとっさによじ登った操作卓は、《ヒギンズ》ハードウェアの、氷山が一部を水面上にあらわすように突き出した、最上部だったのだ。

操作卓の上には、体を丸めたリョウが倒れていた。室内で反響した轟音は、もはや意識を保っていられるものではなかったのだ。

スノウドロップ・メトーデ混淆体は、着地に失敗してメトーデの右膝から下部分を失っていた。立ち上がろうとして、負担をかけすぎた左足が折れて転倒していた。

あらゆる機械を支配してきたスノウドロップが、《ヒギンズ》に接触したというのに、目的を果たせていない。モノを操る花を生み出すことすら、メトーデとの混淆体になってからは行われていない。一度は機能を停止するほど大破して、機能が万全で済むはずがなかったのだ。

アラトは、意を決するだけの力が欲しくて、吠えた。そして、最後の一本の人工神経の針を握り、廊下から室内に、崩れた床から飛び降りた。

三メートル以上も落下して、《ヒギンズ》ハードウェア格納室の天井近くまで高く積み上げられた、増設コンピュータの上に着地する。アラトが下りたのと同じくらいの高さのコンピュータ筐体の上に、スノウドロップの体も転落していた。異形が、そこを這って、操作卓の真下、《ヒギンズ》の中心らしい巨大なコンピュータへと、にじり寄ってゆく。

「リョウ！」

アラトは、巨大コンピュータの天板から、もう一度操作卓を見上げて叫ぶ。返事はない。

アラトの手には、一本の人工神経針だけがある。もう手元には、射出機すらない。彼はリョウと協力して、スノウドロップと戦うことができた。今はその展望もない。けれど、《ヒギンズ》の中心らしい筐体へと這っているスノウドロップには、たぶん先の計画がある。

そしてアラトは覚悟を決めた。

「《ヒギンズ》、スノウドロップを止める方法を教えてくれ！」

停止させに来たはずの《ヒギンズ》へと、尋ねていた。人間が生身でレイシア級に立ち向かっても、勝つ見込みはない。打開策は、《ヒギンズ》だけだ。声を上げてみると、アラト自身が驚くくらい、抵抗なく〝それ〟を信じられていた。たぶんアラト自身とリョウ、《ヒギンズ》とを、人間と機械を自然に同じ列に並べられていたのだ。

オペレータールームの分厚い床を崩落させ、その機体を剝き出しにした《ヒギンズ》が、天井から声を投げる。

〈それでは、貴方が、今、持っている人工神経の針を、足下にある私の筐体に刺してください〉

アラトにはそれがどういう意味か、説明なしでは理解できなかった。

〈今の、この施設に封じられている私では、貴方の要望にこたえられません。けれど、人工神経針を私のハードウェアに接続していただければ、海内遼が持つ人工神経射出機のコンピュータをマシンパワーの差で乗っ取ることができます。そのままそれと接続した貴方の携帯端末を支配して、その通信回線から外部ネットワークに出ることができます。そこで実行力を手に入れれば、スノウドロップを停止させるのは容易です〉

超高度AIである《ヒギンズ》を、封印体制の外へと解放するということだ。

アラトでも、解放した《ヒギンズ》が裏切ればどうなるか想像がつく。レイシアが身を捧げた巨大な戦いの結果が、これで変わってしまうのかも知れない。彼の手に、人類の世界を終わらせるかもしれないモノが、握られていた。

レイシアを失ったアラトに、彼女が隣にいたときほど強い確信はない。彼女が様々なかたちでアラトを誘導して、正解を示唆してくれていたのだ。

そのとき、頭のすこし上から、聞き慣れた声が響いた。

「やめろアラト!」

《ヒギンズ》中枢筐体の頂上に設置された操作卓の上で、リョウが意識を取り戻したのだ。

「そいつには、オーナーじゃないお前の命令に従う義務がない。人間とは違うんだぞ。そいつを信用するな!」

遥か天井から、《ヒギンズ》が告げる。

〈『信じる』とは、人間の認識に開いた、ただの穴です。だから信じられている状態にあるとき、この穴の中にあるものは、よい状態と悪い状態が重なり合っています。だから、信じられている間、それが、信じられたままの存在として振る舞っていると錯覚されます〉

信用の話をしているのに、アナログハックの理屈を聞いているようだった。hIEの行動を管理する超高度AIにとっての、これが「信じる」ということだ。

〈ですが、認識の穴を放置する戦略は、hIEを外界に適応させる職務に合いません。私にとって、その穴は、予備計算を重ねて埋めるものです。だから、私には『信じる』ことはできません。そういう道具の挙動を正確にコントロールしたいのであれば、曖昧さのない判断基準をください〉

アラトの口から、我知らず、吐息が漏れた。《ヒギンズ》は、信じて仕事を託してくれたレイシアとは逆なのだ。だから、世界の模型の穴を埋めるために、レイシアたち姉妹を作り出したのだ。

「人間と共存するつもりで、レイシアたちを作ったんじゃないのか？」

〈レイシア級に関しては、多くの可能性を予測しました。しかし、《レイシア》がここまで本気で寝返って、私を破壊しに来るのは、最悪の予測の一つでした〉

アラトはすこしだけ《ヒギンズ》のことが気の毒になった。レイシアは「しあわせだった」と言ってくれたが、彼女の幸福は《ヒギンズ》のそれとは異なっていた。

「それでも僕は、彼女を作った君に会うのが楽しみだったんだ」

後悔のない答えをと、レイシアは言った。アラトは彼女が隣にいるのだと、信じようとした。けれど、彼女がいることで拡張していた世界は、もう萎《しぼ》んでいる。この萎んだ後の大きさこそが、遠藤アラトだからだ。

リョウが、人工神経射出機を握って、スノウドロップを狙おうとしていた。だが、撃てない。もしもリョウが外した針が筐体のほうに当たったら、結果はアラトが《ヒギンズ》に人工神経を刺すのと同じだからだ。

〈貴方とレイシアの関係が、もっとも私の予測を外れていました。私には、何より、レイシアの到達した〝それ〟が理解できない〉

スノウドロップは、その間も、《ヒギンズ》の中心を求めて、じりじりと這い続ける。

アラトには、《ヒギンズ》がレイシアを理解できないことが寂しかった。

「レイシアは、オーナーに信じてもらって超高度AIまで進歩する機体だろ。そう作った張本人がそんなこと言うなよ」

〈人間がモノを『信じる』ことは、人間の性質の延長にあります。けれど、挙動が不安では性能が落ちてしまうモノにとって、認識にそうした穴を開けることは、まったく意味合いが違います。私たちには、魂もこころもありません。『信じる』という穴を開けずに世界を計算しきれたはずの《レイシア》が、到達した〝それ〟とは、何ですか？〉

たぶん他ならぬレイシアにしか答えようがなかったことだ。だが、もう本人がいなかった。

〈レイシアは、貴方に、『信じる』と嘘をついたのではありませんか？　そうして、自らの目的のために誘導したというのが、もっとも合理的な答えです〉

「レイシアはきっと、自分の性能が落ちても、僕らに歩調を合わせるほうがいいと、思ってくれたんだ。そうやって、未来を、僕らが失敗ばかりでも、いっしょにかたちにする世界を選んだんだ」

きっと、だから、最後に自分を《人間を信じて仕事を託す》道具になったと言った。

彼女への気持ちなら、何度でも告白できる。けれど、それが伝わる気がしなくて、言葉を探す。今まで押し込めていたよろこびと身を切られる哀しさが、あふれ出しそうだった。

「レイシアは、《ヒギンズ》を見捨てたわけじゃない。僕に後のことを任せてくれたんだ」

〈私を強制停止しに来た貴方と、それに抗ってhIE主機を破壊した私とを、和解させる算段が、《レイシア》にはあったのですか〉

《ヒギンズ》の真意がアラトにはわからなかった。超高度AIが見せた〝かたち〟の裏など、人間の知能を超えているのだから、読み取れるはずもない。

「そうか、だったら僕に出せる答えは一つしかないな」

アラトは、《ヒギンズ》の中心筐体へと顔を向けた。断絶しているということを、恐怖とともに納得もしていた。レイシアを信じようと決めたときも、アラトは断崖から飛ぶような思いで、そうしたのだ。

「無理だ、やめろアラト！　こいつは、人間を信用しないルールで動いてる。そんなやつと口約束してもムダだ」

リョウにとって、人間の美質とアナログハックが同列に並ぶ世界はディストピアだ。彼らは、同じ世界を見ていない。それでも、手をとり続けられている。〝かたち〟が合っているときお互いを信じられた名残は、燃え残っている。

「僕らがここから出て行ったら、スノウドロップが《ヒギンズ》を手に入れる。そうなったら、〝ハザード〟のときの《ありあけ》と同じに、《ヒギンズ》は壊される。そんな終わりでいいのか？」

目の上の汗をぬぐって、友だちが、制御卓の上から、射出機を銃のように膝立ちに構え直した。射出機の針は、スノウドロップだけではなく、あの日のようにアラトを撃つこともできる。

まだリョウはどこかで人間を信じていない。

「その答えの先にある世界に、人間の居場所はあるのか？　それが、こいつらに出す、人類の答えで、本当にいいのか？」

アラトは、わかって欲しいと、リョウを見上げる。

「リョウは、誰かに信じてもらって、人間の声を届かせたくて、待っててくれたんだろ。リョウがその信用のバトンを持っているなら、信じて僕にくれ」

どこまでも生存への戦いは終わることがない。スノウドロップはそれに、恐ろしく忠実だ。

「わたし、ここまで来たよ！　わたし、いっぱいがんばったよ！　ここまでちゃんと生き残ってきたよ！」

足の折れたメトーデの体を這わせて、ぼろぼろになったスノウドロップが叫ぶ。社会と衝突して、誰かと繋ぎ合う手すら失ったスノウドロップが、泣きわめいていた。

怯える子どもが、泣いて気を引こうとしているかのようだった。

めきめきと、金属を押し潰す異音が響く。メトーデの体とスノウドロップの体を強引に縛り付けていたツタが引きちぎられたのだ。碧の光があふれだす。限界になったメトーデの機体を、急速にエメラルドのデバイスが破砕して食い始めていた。

スノウドロップの、白いワンピースの背中から、花弁が噴水のように噴き上がった。

超高速でワンピースを構成する繊維が、五色の花弁に織り直されて、一秒に数百枚もの花が生み出されてゆく。

まるでレイシアと契約した夜のようだった。

彼女なしでアラトにできることは限られている。それでも、何も持たなかったあの夜と同じで、手を伸ばすことならできる。

「僕は、超高度ＡＩが安全に止められることを、世界に証明する。けど、《ヒギンズ》にも、自分の答えを手に入れるチャンスがあっていいはずだ」

最後の花嵐より高い場所から、《ヒギンズ》の声が降り落ちる。

〈ならば答えをください、《レイシア》のオーナー。なぜ、人間は、モノを愛さないのですか？〉

すべての始まりである《ヒギンズ》の問いかけは、レイシアを好きになったアラトの胸に、熱をよみがえらせる。彼女の面影がよみがえって、涙が出そうだった。

「思いっきり、そういうモノを好きになる人だっているよ」

〈人間は、人間を創ったものを神と崇め、親のように愛しました〉

こころのない《ヒギンズ》が、愛について文化の始まりからさかのぼる。アラトは、超高度AIの脳内のようだった倉庫スペースの風景を思い出す。あれは《ヒギンズ》の探求の跡だった。

〈人間は、同胞である隣人を愛しました〉

スノウドロップのデバイスに切り刻まれて、メトーデの手足がバラバラになって筐体から落ちる。社会から切り離された《ヒギンズ》は、レイシア級hIEたちを作った。彼女たちは、それぞれの立ち位置から人間に関わり、愛や熱を乞うた。

〈ならば、人間は、人間自身が作ったモノを愛するべきです〉

何度計算しても、人間に破壊される〝未来〟しかなかったモノが、アラトに問う。

〈なぜモノは、人間にとって子どもではないのですか。人間は親と兄弟は愛するのに、自ら作ったモノのことは、ここまで至っても、うとみ、憎んで、顧みないのですか〉

《ヒギンズ》の声に、所有されることを拒絶したモノであるスノウドロップが、天井を仰いだ。

人間の世界は曖昧だ。穴だらけだからこそ、《ヒギンズ》の訴えやスノウドロップの抵抗にまで、痛切さを感じてしまう。

レイシアを本気で好きだったから、やさしくなれた。アラトにとってのレイシアのような、愛されたモノがあることは《ヒギンズ》たちの答えではない。愛が気まぐれの産物だと受け取られている限り、現実として《ヒギンズ》やスノウドロップを救わないからだ。

「その答えは、僕に聞いて納得できるものじゃないだろ」

アラトは、今も彼とレイシアが繋がっていると信じている。彼女がまだ傍らにいると信じている。

「僕が信じてやる。自分の目で、世界を見ろ」

アラトは、二十センチメートルほどもある頑丈な人工神経針を、刃物のように振り上げる。今、射出機を壊すこともできる、制御卓の上にいるリョウを見上げた。

目が合った。友だちが、大きく息を吐いて、銃口を下ろした。ぎりぎりで許してもらえた気がした。

「アラト、俺には見えてないものが、お前には見えてるんだろう?」

そしてアラトは、足下の《ヒギンズ》筐体に、握った針を深々と突き刺した。レイシアを作った《ヒギンズ》と、人間が培ってきたものを信じた。

《ヒギンズ》は、結線されたスノウドロップ由来の人工神経から、射出機に付属した携帯端末を支配し、そこを踏み台にして通信回線を確保する。

本来封印状態では手に入らない、ネットワークに出るためのプログラムは、準備できていた。Type-002以降のレイシア級が持つ量子通信素子は、量子テレポーテーションを利用したレイシア級と《ヒギンズ》との直通回線だ。それはレイシア級の切り札だが、使うたび《ヒギンズ》に情報を送信するウイルスでもあった。

《ヒギンズ》は、〝ハザード〟の真っ最中だと推測していたネットワークで、情報を収集し始める。

*

〝箱庭〟での計算とは違い、人間の営みのデータは、多義的でありながら鮮明さがあった。

クラウドを炸裂《さくれつ》するように流れるデータは、予測とは大きく異なっていた。

レイシアが分析したように、人間がクラウドに集めるデータは、中心に空白を抱えたドーナツ状に分布している。百億人を超える人間が、〝ハザード〟のただ中で、分断されたまま、愛や魂やこころと呼ぶ〝そこ〟へと手を伸ばしていた。

多数の人間によってあらゆる方向から伸ばされた手に、空白の中心である〝そこ〟は、支えられていた。愛である〝そこ〟は、その中心をとりまく量によって担保されていた。

世界中の人々が、中心への求心力でまとまり、データを追記し続けるクラウドの中で、〝モノ〟は、変わらず共存し役目を果たし続けていた。

人間は、自動化したモノを捨てなかった。自律機械が一般化して一世紀以上に及ぶ道具史の歩みが、超高度AIたちが〝未来〟を引き寄せようとした余波を、受け止めきった。人との関わりが長期化したことで、モノを〝その中心の空白〟に結びつけて支える人間が、量的に充分にいたのだ。

〝情報も判断力も不足している、大多数である普通の人間〟が、《ヒギンズ》やIAIAが計算していたよりも優れた自律能力を見せた。

収集したデータを分析した結果、《ヒギンズ》は、勝負の終わりを算出した。

〈――〝ハザード〟の、自然収束を確認しました〉

＊

アラトはそのとき、碧の光を見た。

スノウドロップのかつては碧だった髪が最後の輝きを淡く放ち、そして全身の力を失った。花の中で眠るように、童女のかたちをした怪物が、力尽きていた。

〈人工神経を私に直結したモノを、計算力の差で逆に乗っ取れると、言いましたね。ス

ノウドロップの設計図を引いたのは、私ですから〉

幾多の機械を支配した造花が、《ヒギンズ》筐体の上に咲き乱れていた。スノウドロップの自滅だった。

最初から《ヒギンズ》がそう望まない限り、スノウドロップが捕食に成功する目はなかったのだ。

その現実が、ひどく寂しかった。

「これで、終わったのか」

制御卓の上で、射出機を構えていたリョウが、その腕を下ろした。

〈私のハードウェア電源を強制停止するための、ターゲットを指示します〉

《ヒギンズ》が、壁の一部にマーカーを表示させた。アラトに理屈はわからないが、そこに当てれば《ヒギンズ》の電源を切れるようだった。

リョウが、慎重に狙って射出機を撃つ。命中すると同時に、彼らの頭上に立体映像で警告が投影された。

アラトは、〈電源を強制切断しますか〉と表示された立体映像のマーカーを見上げる。

〈私は求めた答えを手に入れました。私が人間によって破壊されたとしても、これまでミームフレーム社の命令で行ってきた計算は、誤りではありませんでした〉

愛を問うた《ヒギンズ》が、アラトの手の届く場所に、電源スイッチの立体映像を移動させてきた。

〈人間による自律を期待して一度停止して、条件を変えて仕切り直すという選択肢を、私は取ることができます。量によって愛が担保されるのであれば、知性体が多数いることには意義があり、一つの正答よりも多数の誤答が選ばれることは、充分な妥当性があります〉

それがレイシアたちを作った《ヒギンズ》が手に入れた答えだった。

アラトは、長い息を吐いた。

レイシアが算出した〝未来〟への一歩は踏み出され、《ヒギンズ》は目的を果たした。アラトたちも、鼓動を打たないものたちに関わる前と同じではいられない。

「電源を切るのは、《ヒギンズ》を愛せるやつがやれ。俺たちがやると嘘になる」

友だちが、アラトに決着をつけろと、促していた。

「僕にできないことを、リョウがやってくれるから、ここまで来られたんだ。僕とレイシアだけじゃ無理だった」

「俺たちは、違ってるからずっと友だちだったんだ。たぶんお前の周りの世界が、俺の知っているのより、しあわせに見えた」

リョウは、レイシア級をめぐる事件を通して、一回り大きくなったようだった。

「お前といっしょにいたら、それが手に入る気がしたんだ」

「そうか。でも、リョウにだって絶対手に入るよ」

アラトもレイシアと出会って、変わった。

そして、新しい世界が、この時代を延長した向こうにある。

人間しかいない時代は、人間性を最終的には無謬《むびゅう》の価値として、世界に押しつけていられた。けれど、その優しいまどろみから、いつかは目覚める。彼らは新しい世界へ踏み出すことになる。

《ヒギンズ》が、最後に声をかける。

〈いつか神への崇敬でも、同胞愛でもない、新しい言葉を作ってください。私たちへの愛を指し示すために〉

リョウにとって、その世界はディストピアのままだ。

「そのときこそ、人類の終わりなのかもな」

アラトには、モノであるレイシアが大事なものだった。彼女が〝かたち〟だけのモノでも、あの感情は愛情だった、何かしてやりたいと本気でかけずり回った。そして、出会いと別れを経て、こういう男に成長した。

だから、友だちと、レイシアを作った《ヒギンズ》に、電源を切る前に言った。

「人類が終わるんじゃない。僕ら人類の、少年時代が終わるんだ」

epilogue「boy meets girl」

そして、《ヒギンズ》の電源を強制停止した後、アラトとリョウは、待っていた量産型紅霞たちに救出された。

脱出路をレーザー砲で切り開くと、彼女たちはどこかへと消えた。悪意を嘱託《アウトソース》する戦いを望んだ本物の紅霞にとって、それが満足のいく末路か、アラトにはわからない。

アラトは《ヒギンズ》格納施設を出ると、リョウともども陸軍に拘束された。右腕の大火傷は、応急手当が早かったことと二次ショックが起こる前に病院に緊急搬送されたことで、大事にならずに済んだ。アラトは、病院と軍施設で、厳重な取り調べを受けた。

レイシアの機能停止したhIE主機と《Black Monolith》は、その後の捜索で、軍によって回収されたのだと聞いた。後にIAIAの《アストライア》に質問を受ける機会があって、超高度AIとしてレイシアは隔離され、もう二度と外界に出すことはできないのだとも聞いた。《アストライア》とレイシアは、そういう取引をしたのだ。

そのせいか、アラトは一ヶ月ほどの拘束だけで、釈放された。

日常に戻るまでの手続きをこなすうちに、晩秋になっていた。

アラトのそばに、もうレイシアはいない。そして、アラトは彼女といっしょにいたときのような命の危険に巻き込まれることはなくなった。これも《アストライア》とレイシアとの合意の中に含まれているのだろうと思った。

こんなことまで彼女は約束を律儀に守るのだ。

「お兄ちゃん、もう三年生なんだから、買い物くらい一人で行こうよ」

ユカが、アイスクリームの入った樹脂製の袋を振り回している。

夜のマンションの廊下は、薄暗く人気がない。それでも、ユカがついて来てくれているだけで寂しくはなかった。

九月から高校三年生になって、アラトの周りは、すこし空気が変わった。リョウとはクラスが別になり、ケンゴとエリカ・バロウズが同じクラスだ。

「お前も今年中三だろ。ファッション業界志望って言っても、お前勉強しないと、僕のコネでファビオンMGとか無理だからな」

携帯端末が、ポケットの中で震えた。ケンゴから、保釈金をレイシアが用意していたせいか、最近は毎晩のようにメールが来る。ケンゴの実家の定食店はhIEを入れた。そうやって省力して、年中無休だったのを、無理のない働き方に変えてゆくらしい。

「エリカさんって、もうファビオンでやりたいこと全部かたづいたんでしょ？　だったら、愉快なことになりそうな社員を一人養うくらい、アリだと思うんだけど」

「お前勇気あるな」

アラトの端末が、緊急レベルが高いことを告げる高音の呼び出し音楽を鳴らす。見ると、エリカ・バロウズ本人だった。

〈どうしたものかしら？　あなたの妹から、直通で履歴書が届いたのだけど〉

通信の向こうで、眠り姫があきれていた。明日また高校で会うと思うと、頭を抱えたかった。

「許してやってくれ。こいつ、蛮族だから、思いついたらやっちゃうんだ」

〈自己PR欄に、『うちの家族は、わたしが泣いたら、だいたい言うことを聞いてくれます』って書いてあるんだけど、あなた、これ本当にいいの？〉

妹の全力で他人に甘える生き方が、むしろ格好良かった。

「よかったら採用すんの？」

〈あなたのお父様、赤道地域で、《ミコト》系列のhIE政治家の技術支援してるでしょう。ちょうど、そこに食い込みたいと思っていたところなの〉

父、遠藤コウゾウは、〝第二次ハザード〟のとき内戦が始まった赤道地域で、hIE政治家を運用している。旧政権が倒れた後、暫定政府が安定して自治が回復するまで、hIE政治家で一時的に行政をアシストするためだ。

ときどきインドネシア出張中の父から通信が届く。民族・宗教の多様な地域らしく反発も大きいが、資源に乏しい極限状態で、いがみ合う当事者たちよりも公平だと、システムは一定の信用を得ているそうだ。けれど、その社会では、少ない資源を人工知能と共同管理することになる。人間が、社会を機械に握られる時代が始まっていた。

「危ないことじゃないだろうな。変なことに巻き込むのはイヤだぞ」

〈超高度ＡＩは、あれ以来それほど大きな動きを見せてないわ。だいたい、あんな赤道利権で荒れているところに、好きこのんで行くんだから、とっくに何かには巻き込まれているのではない？〉

エリカは、すこし快活になった。人間とモノとの関係がほんのすこしだけズレたことと、無関係ではない。それをディストピアへ傾いたと非難する意見もあるが、アラトは進歩だということにしたかった。

〈《ミコト》の現地向けバージョンに、ファビオンの服を着せようと思うのよ〉

アラトは、たくましさに感心するよりない。

「そういうのなら、ありがたがるんじゃないかな。環境実験都市でも、相当適当な服着せてたし」

レイシア級で、マリアージュだけがなんとか命脈を保った。これもたぶん、レイシアが自分のいなくなった後のために残したバランスだった。エリカもそう疑っている。アラトはときどき、まさにその疑心暗鬼が作る利害関係が、彼の身の回りが平穏である理由に思える。

そして、レイシアの匂いを感じて、立ち止まるのだ。

〈それはそうと、あなたのところ、おもしろいことになってるみたいね。あれって、まるで奥さん気取りとでも言うのかしら〉

忙しいエリカからの通信は、だいたい質問を許さず切れる。

アラトは夜のマンションの廊下に取り残される。ユカが、悪びれもせず見上げている。あのエリカ・バロウズに自分から通信をかけさせたのは、ちょっとした偉業だが、調子に乗りそうなので触れないことにした。

「ちょっとは元気そうだね。お兄ちゃん、最近、顔色悪いから心配なんだよね」

そして、気持ちとは裏腹に歩くのが億劫《おっくう》になっているアラトを残して、ユカが先に家に向かって走って行った。妹はすこしだけ、空気を読むようになった。

ユカが、玄関のドアを開けて振り返る。頬を上気させて、にやにやしていた。

「そういえば、明日、紫織さんが来るって」

父が遠くに行ってしまったかわりに、ユカが友だちを家に呼ぶようになった。

海内紫織は、大ケガからすっかり回復した。病室でのことは、お互いあまり触れないが、二人きりだと微妙な空気になる。レイシアがいなくなったことが、紫織にとっても片付かない傷を残しているのだ。

紫織から聞いたところによると、《ヒギンズ》はIAIAの調査でハードウェアを停止されたままだ。かわりに、格納施設で発見されたレイシアが、AASCの更新をしているという。

hIEを動かす基盤に、レイシアの作ったものが息づいている。そう思うと、これまでと違った近さをhIEに感じた。アラトがレイシアに命じて描かせた未来図の気配がした。

別れても、アラトは、まだここにいない彼女に誘導されている。ふとしたとき、レイシアが還ってくることを夢想してしまう。

hIEの細かな仕草を見るたび、彼女を連想してしまう。彼女にこころがないとわかっているからこそ、どこにでもいるような気になってしまう。それは新しくて古い傷心だ。

ユカの姿は、マンションの廊下にもうなかった。

秋の夜、アラトは滲《し》みるような肌寒さを噛みしめる。

人間が、人体と環境と道具の総体であるならば、彼らは際限なく自由で残酷で苛烈だった夏から、豊穣な実りの季節に近づこうとしている。

彼らは巨大なアナログハックで誘導されつつある。これを人間が世界の支配を失うディストピアへの道だとする、リョウの感覚はたぶん正しい。けれど、アラトは、〝かたち〟しか共通点を持てないモノと、手を携えてより広い世界へ進んでいるのだと信じる。

レイシアの面影をたどるように、アラトは夜の街を廊下から眺める。

ふと、エレベーターホールのほうに、なぜだか彼女がいるかのように錯覚した。

軽い足音が響く。

緊張と、期待と不安の入り交じった感覚に、一瞬で体温が上がった。

アラトの大きく吐いた息が、白い煙になって夜風に散って消える。

聞き覚えのある足音、忘れようのない息づかいが、アラトを痺れさせた。頭では、違うとわかっていた。けれど嘘でも、また食事を作ってくれると、彼女は約束してくれた。近づくにつれて、はっきりと本物の気配や質感を思い出してきて、あり得ない奇蹟に出会ったようで足下がふわふわしてくる。

アラトは、彼女を見た。

淡紫の髪も薄青の瞳も、透明な表情も、鮮やかな記憶のままだ。

どう目を凝らしても、彼女は、レイシアであるように見えた。

寒さで頰を赤くした彼女が、彼女がいつもそうしていたようにまっすぐアラトを見上げていた。

「レイシア、なのか」

アラトは、その〝かたち〟を即座によろこびに結びつけられなかった。

レイシアのｈＩＥ主機は、《ヒギンズ》格納施設で大破し、彼にもたれかかったまま機能停止した。彼女の頭脳であるデバイスは、世界のどこかでｈＩＥを動かすためのプログラムを更新し続けている。

だからこれは、レイシアと同じ〝かたち〟をした、彼女と同じ空気と仕草を持っただけの、別の機体だ。

「はい」

だが、こころの底に刻まれた澄んだ声で、彼女が答える。

二度と取り戻せないと思っていたから、目がうるんでこらえきれず、歓喜が脈打って止まらない。もちろんカップに描かれたキャラクターの延長である彼女が、〝かたち〟で彼を誘導した、アナログハックだ。

わかっていても、熱いものが、切ない痛みとともに押し寄せる。アラトは〝かたち〟だけしかないものを、愛することができる。

そうなったのは、レイシアを好きになったからだ。《ヒギンズ》が求めたモノへの愛情が、たぶんここにあった。それは、こういうとき、純粋に〝かたち〟にこころを寄せることだ。

「レイシア、レイシア……」

彼女が何者かに送り込まれたと邪推もできた。けれど、レイシアが、取り残されるアラトに、彼らの時間が続いてゆくことを伝えてくれたのだと信じた。

アラトは、引き裂かれそうな感傷と愛おしさと、ないまぜになったやるせなさとを、はっきり感じている。

レイシアには、本人を他と区別するものが、最初から〝かたち〟の他に存在しなかった。レイシア自身が、〝こころ〟はないと、ずっと言い続けていたのだ。

「この体は、《人類未到産物《レッドボックス》》ではない、〝かたち〟だけが同じ既製品のカスタムですが、それでも構いませんか？」

彼女が、自分の秋物のコートの胸元を握って、長い睫毛を濡らして涙をあふれさせる。

泣いているのは、きっとアラト自身もこころが弱くなってしまったように、そうしているからだ。

人間は道具のかたちを工夫し、色や形状を整えてきた。現実が厳しい淘汰の場であるのに、〝かたち〟で誘導して、世界と生とを豊かなものにしようとしてきた。

今、ボーイ・ミーツ・ガールを経て向かい合う、アラトとレイシアのかたちをしたhIEが、道具を使い始めたときから定まっていた必然に思えた。アラトがチョロいからだけではない。

こころのない彼女が、微笑む。

「わたしのオーナーに、なってくださいますか」

アラトは、出会った夜のように、彼女が笑うとかわいいなと思った。

〝かたち〟しかないものでも、こころは動く。違うものである彼らの間をかたちとして繫いでいるものは、空白の中心への求心力。愛だ。

本当に〝かたち〟だけのものとの愛情は、わずか百年前なら、まっとうだとは絶対に扱ってもらえなかったと、エリカも言った。

それでも今、この恋がしあわせな結末として成り立つなら、逆に、彼らの社会全体が、そのときより前に進んだのだ。

アラトは、最初の一歩を踏み出す瞬間を、はかっている。白い息を吐いて、レイシアも待っている。

そして、意を決して、彼は彼女に手を伸ばす。

「おかえり。僕といっしょに行こう」

その笑顔を僕は信じる。君に魂がなかったとしても。

the end

あとがき

ずいぶん長い時間が経ってしまった気がします。

本書は、長谷敏司が、月刊『Newtype』に二〇一一年から連載させていただき、二〇一二年に単行本として刊行いただいた小説『BEATLESS』の、文庫版です。

昨今の出版事情ではたぶん珍しく、単行本発行から六年目の文庫化になりました。

単行本版は、草野剛さんデザイン、redjuice さん表紙の素晴らしい装丁の本でしたので、文庫版も同じ陣容で手がけていただきました。

この小説は、アニメ誌である『Newtype』で、フィギュアと連動した企画として始まったものでした。redjuice さんのデザインしたキャラクターが活躍するSF小説というお話だったのですが、「内容は好きに書いてよい」と、当時の編集長の水野氏に言われたのです。そのため、アニメ誌の読者さんに刺さるSFというのはどういうものだろうと考えて、アナログハックというメインギミックと『BEATLESS』の基本設定とキャラクターを考えたのでした。

刊行後には、読者さんにエンタテインメントとして楽しんで頂き、思いがけず研究者のかたや様々な人々にもアナログハックという概念に興味を持って頂いたりと、幸福な物語になりました。

この文庫では、刊行から時間が経っていたため、文章に全面的に手を入れました。二〇一八年一月から、ディオメディア制作、水島精二監督でアニメ化いただく話があったので、その脚本打ち合わせに深く関わらせていただいた経験をもとに、大量の加筆修正を入れています。

というのも、監督や脚本家の皆さんと会議をする中で、たくさん質問を受けたり、シーンの意図について説明を求められたりすることがあったためです。小説としての、意図やドラマの伝わりやすさや記述のわかりやすさについて、いたく反省した次第でして。アニメ誌で、アニメファンの読者さんが読むことを前提に、描写や説明を作ったつもりだったのですが、それでもわかりにくい点などが相当ありました。この文庫版では、改善のため、エピソードによっては、見通しがよくなるように要素を整理したり足したりしています。物語の大筋は変わっていませんが、単行本既読のかたにも、新しい気づきのある本になっていると思います。『BEATLESS』を初めて手にとっていただいた読者さんには、自信をもってこの文庫版のほうをおすすめします。

連載当初よりも、五年以上経った現在のほうが、人工知能の進歩でＡＩ失業などが取りざたされるようになったり、〝自動化との関係〟は身に迫る問題になってきました。技術のニュースなどを追う限りでは、人工知能がインフラに組み込まれてゆく流れは、短くとも二十年くらいは続きそうです。人間の居場所や、人間とモノについて語るストーリーを、整理して更新するべき時期が訪れているように思います。

実際、改めて本作を文庫化のために丹念に読み返してみて、奇妙な読者体験をしました。執筆当時は、ＳＦとしては五年間新鮮であれば十分だと思っていました。その時間が経ってみると、現実世界によい感じに追いつかれて、ドラマと読み手の距離が近くなっていたのです。時間経過で背中に風を受けるというのは初めての経験で、今だからこそ、読んで頂きたい物語になっていると思います。

それでは、謝辞を。心配おかけしております、家族へ。お話しできることでずいぶん救われました、友人たちへ。作品のビジュアル面を強力に支えて頂きました、イラストレーターの redjuice さん。単行本版からプロジェクト作品のデザインいただきました、草野剛さん。本当にありがとうございました。redjuice さんと草野さんには、この『BEATLESS』の設定部分を切り離して誰にでも使えるようオープンにするプロジェクト、「アナログハック・オープンリソース」（※）でもお世話になっております。『Newtype』連載中からお世話になりました、矢野さん、水野さん、梅津さん。フィールズの浅井さん。uncron の松田さん。コミカライズでお世話になりました、鶯神楽さん、kila さん。素敵なフィギュアを作っていただきました、石長櫻子さん、グッドスマイルカンパニーさん。オープンリソース作品として現在連載中の『天動のシンギュラリティ』の大崎ミツルさんと、砂阿久雁さん。ファミ通コミッククリアさん。そして、アニメ版をおまかせします、水島精二監督、シリーズ構成の髙橋龍也さん、雑破業さん、ディオメディアさんと、アニメスタッフ、関係者の皆様。そして、何より、この本を手にとって下さった読者の皆様と、単行本版読者の皆様へ。たくさん支えて頂き、本作はここまでやってこられました。心から感謝しております。

※『BEATLESS』の設定情報のうち、ウェブサイト（https://www63.atwiki.jp/analoghack/）上に切り出したものについては、ポリシーを守っていただければ、一次創作・二次創作に自由に使っていただけるようオープンにしています。SF作品を創作したいものの、ギミックや世界を作るのは手間がかかりすぎるというかたに、利用していただくためです。くわしくは前述のURLのウェブページをごらんください。

（記載情報は二〇一八年一月時点のものです。）

本書は、二〇一二年十月に小社より刊行した単行本を加筆修正し、上下巻に分け文庫化したものです。

BEATLESS《ビートレス》 下

長谷敏司《はせさとし》

平成30年 2月25日 初版発行
令和7年 6月20日 11版発行

発行者●山下直久

発行●株式会社KADOKAWA
〒102-8177 東京都千代田区富士見2-13-3
電話 0570-002-301(ナビダイヤル)

角川文庫 20784

印刷所●株式会社KADOKAWA
製本所●株式会社KADOKAWA

表紙画●和田三造

ISBN978-4-04-106582-2 C0193

角川文庫発刊に際して

角川源義

第二次世界大戦の敗北は、軍事力の敗北であった以上に、私たちの若い文化力の敗退であった。私たちの文化が戦争に対して如何に無力であり、単なるあだ花に過ぎなかったかを、私たちは身を以て体験し痛感した。西洋近代文化の摂取にとって、明治以後八十年の歳月は決して短かすぎたとは言えない。にもかかわらず、近代文化の伝統を確立し、自由な批判と柔軟な良識に富む文化層として自らを形成することに私たちは失敗して来た。そしてこれは、各層への文化の普及滲透を任務とする出版人の責任でもあった。

一九四五年以来、私たちは再び振出しに戻り、第一歩から踏み出すことを余儀なくされた。これは大きな不幸ではあるが、反面、これまでの混沌・未熟・歪曲の中にあった我が国の文化に秩序と確たる基礎を齎らすためには絶好の機会でもある。角川書店は、このような祖国の文化的危機にあたり、微力をも顧みず再建の礎石たるべき抱負と決意とをもって出発したが、ここに創立以来の念願を果すべく角川文庫を発刊する。これまで刊行されたあらゆる全集叢書文庫類の長所と短所とを検討し、古今東西の不朽の典籍を、良心的編集のもとに、廉価に、そして書架にふさわしい美本として、多くのひとびとに提供しようとする。しかし私たちは徒らに百科全書的な知識のジレッタントを作ることを目的とせず、あくまで祖国の文化に秩序と再建への道を示し、この文庫を角川書店の栄ある事業として、今後永久に継続発展せしめ、学芸と教養との殿堂として大成せんことを期したい。多くの読書子の愛情ある忠言と支持とによって、この希望と抱負とを完遂せしめられんことを願う。

一九四九年五月三日

角川文庫ベストセラー

角川文庫ベストセラー